GEBROKEN GLAS

CAROLYN D. WALL

gebroken glas

roman

Vertaald door
Wim Scherpenisse
en Mieke Trouw

Uitgeverij De Vliegende Hollander

Uitgeverij De Vliegende Hollander stelt alles in het werk om op milieuvriendelijke en duurzame wijze met natuurlijke bronnen om te gaan. Bij de productie van dit boek is gebruik gemaakt van papier met het FSC-kenmerk. Dit kenmerk garandeert dat het hout, of de houtvezel waarvan het product is gemaakt, afkomstig is van ecologisch en sociaal verantwoord bosbeheer.

Oorspronkelijk uitgegeven door Poisoned Pen Press
Published in agreement with the author,
c/o Baror International, Inc., Armonk, New York, U.S.A.
Oorspronkelijke titel *Sweeping Up Glass*
Vormgeving binnenwerk Perfect Service
Omslagontwerp Martin Pyper – me studio
Omslagfoto Spaarnestad Photo
ISBN 978 90 495 0001 6
NUR 302

Dit boek draag ik op aan mijn vader
die naar me luisterde alsof
mijn woorden volmaakt waren
en mijn stem een heel land kon redden.

Mijn eeuwige dank gaat uit naar de mensen van de Dead Writers Society, voor hun suggesties en omdat ze naar mijn tirades luisterden.

Rafael, bedankt voor je voortreffelijke redactiewerk, en dank ook aan iedereen bij Poisoned Pen Press.

Bovenal gaat mijn eeuwige liefde en waardering uit naar al mijn kinderen, stuk voor stuk, en naar Gary, de beste echtgenoot die een schrijfster zich maar kan wensen.

1

Het langgerekte gehuil van een wolf golft als kiespijn door me heen. Hoger op de helling weergalmen schoten. De echo's sterven langzaam weg tot ze nauwelijks nog een geluid, maar meer een herinnering zijn.

Er is niemand meer op dit stuk van de helling behalve Ida en ik, en mijn kleinzoon Will'm. Van die jongen hou ik zielsveel, maar Ida, dat is een ander verhaal. Ze woont in een geteerd schuurtje achter op ons terrein, en hoewel dit de koudste winter is die ooit in Kentucky is gemeten, staat ze op dit moment buiten met een deken om zich heen. Ze staat Bijbelteksten te citeren en te vloeken als een ketellapper. Haar witte haar piekt alle kanten op als dat van een wilde.

Ik ben Ida's kind. Zij is dus mijn ma, en Tate Harker was mijn pa. Ik wou dat híj er nog was, maar hij ligt begraven naast de buitenplee.

Degene die op de wolven schiet, is op verboden terrein.

'Ik ben even met de jongen weg,' zeg ik tegen Ida.

Ik heb wat eten en drinken voor haar: een gekookt ei, brood en boter, een stuk appel in een doek en een kop hete thee. Ze loopt achter me aan naar binnen en gaat op haar veldbed zitten. Haar gezicht is geel geworden van jarenlang roken, haar lippen zijn dun en haar hals lijkt op de lel van een kalkoen. Ze heeft nu al bijna drie weken hetzelfde nachthemd aan, hoewel er een schoon hemd opgevouwen op een doos naast haar bed ligt.

Pa heeft me eens verteld dat Ida mooi en vol vuur was toen hij haar leerde kennen. Ze reed van hot naar her op haar ezel en preekte over gouden straten die het wonnen van de korte weg naar de hel. Ze bidt nog altijd dagelijks tot God dat hij haar mag verlossen van dronkenlappen, dieven en lui zoals ik. Vorige zomer heeft ze bijbels in zeven talen laten komen, maar ze heeft de dozen niet eens opengemaakt. Het is donker in haar hutje, en het stinkt er naar massageolie en oudemensenluchtjes. Misschien komt het van de slap geworden kartonnen dozen die nog steeds niet zijn uitgepakt, hoewel mijn Saul haar hier al twaalf jaar geleden naartoe heeft verhuisd. Daarna is ook hij gestorven.

'Ik kan geen appel eten met dit valse gebit,' zegt ze.

'Will'm heeft dat stuk voor je bewaard.'

'Je geniet ervan, hè, dat ik hier in dit varkenskot woon terwijl die jongen en jij als vorsten leven.'

Wij leven 'als vorsten' achter de kruidenierszaak, in een keuken met alleen koud water. Will'm slaapt in een nis naast de houtkachel en ik in de slaapkamer. Ik heb geprobeerd Ida's leven in deze hut aangenamer te maken door er een tafel neer te zetten en een gordijn op te hangen, maar zij wil daar niets van weten, ze zegt dat ze toch gauw zal overgaan.

'Ik ben even met de jongen weg,' zeg ik.

'Ik zal God vragen je je zonden te vergeven, Olivia.'

Ida is niet het enige wat mij slapeloze nachten bezorgt. Ik maak me ook zorgen omdat zo veel mensen boodschappen komen doen zonder dat ze geld hebben. Meestal pakken ze gewoon wat ze nodig hebben. Will'm en ik schrijven alles op en zij betalen terug als ze dat kunnen – soms met zoete aardappelen of gele uien, of een broedende kip als de schuld te hoog wordt.

Als pa er nog was, zou hij zeggen dat alles wel goed kwam.

'Schiet op als je mee wilt,' zeg ik tegen Will'm.

Het is een volkomen zinloze onderneming. Ik trek mijn dikke wollen cape en wanten aan. Ik neem Sauls geweer mee.

Will'm pakt de tobogan uit de voorraadschuur. Hij draagt een paar oude schoenen en zo veel overhemden dat hij wel een stapel wasgoed lijkt. Ik kan zijn bruine ogen maar net onderscheiden achter de ronde gaten in zijn wollen muts. Ik weet wat hij denkt, hetzelfde als pa vroeger: dat er misschien een gewond beest is dat zijn hulp nodig heeft.

Ik word volgend jaar tweeënveertig, te oud om met mijn dikke benen de besneeuwde helling op te zwoegen zodat ik pijn in mijn heupen krijg. Ik zou thuis in de keuken moeten staan om de overgebleven bonen van gisteravond op te warmen. Will'm loopt achter me met de tobogan aan het touw. Al na korte tijd zijn mijn vingers ijskoud en mijn tenen gevoelloos, en ik besef dat ik me op het daglicht heb verkeken. Op een plek waar de sneeuw glad en schoon is, blijven we staan om op adem te komen. Het is donkerder hier boven tussen de elzen en de dennen. Ik zet de lantaarn op de slee, strijk een lucifer af en houd het vlammetje bij de pit.

Beneden, aan onze linkerhand, gaan er lichtjes aan in Aurora, en enkele auto's ploeteren met flikkerende lampen door de sneeuwprut.

'Alweer een schot!' zegt Will'm. 'Oma?'

Ik vind het vreselijk als hij me zo aankijkt, alsof ik verdomme elk probleem in Pope County kan oplossen. 'Will'm, deze winter gaan ze toch allemaal dood van de honger.'

Maar dat meen ik niet en dat weet hij ook. Zo meteen gaan de jagers naar huis om roggewhisky te drinken en warm te eten. Voorbij de rij elzen zoeken de laatste grijze wolven hongerig beschutting bij elkaar. Het zijn de enige wolven die in Kentucky voorkomen, en sinds vanavond zijn er weer een paar minder.

Op een open plek stuiten we op de twee mannetjes. Will'm staart naar de donkere ronde gaten in hun zij. Hun rechteroor is eraf. Een klein grijs wijfje is onder de struiken gekropen, kijkt naar ons en laat haar tanden zien. Ook zij is aangeschoten en heeft een afgesneden oor. Het bloed is uit de wond in haar oog gelopen en haar vacht zit op die plek vol klitten. We zien de afgesneden oren nergens.

Dit zijn niet zomaar wolven. De grijze wolven leven al vijfenzestig jaar ongestoord op de hellingen van de Big Foley. Tot er een week geleden opeens een mannetje lag, aangeschoten en met een afgesneden oor. Will'm en ik vonden het dier en verlosten het uit zijn lijden. Vandaag is de jager teruggekomen, en hij was niet alleen.

'Verdomme,' zeg ik. 'Dit wijfje had jongen, midden in de winter.'

'Maak haar niet af,' zegt hij.

'Ze heeft een kogel in haar dij en ze is al bijna doodgebloed.'

'We nemen haar mee naar huis.'

Maar ondertussen denk ik: *Ik weet wie dit heeft gedaan.*

'Ga eens een stukje achteruit.' Ik leg het geweer aan. 'We zouden het huis niet eens halen, ze zou halverwege al dood zijn.'

'Maar ze is nú nog niet dood,' zegt Will'm.

Die verdraaide jongen. De kou is bijtend scherp. Er komt waarschijnlijk nog meer sneeuw, en als die valt bedekt hij onze sporen en de steile rotsen. Eén welgemikt schot tussen haar ogen, dan is ze uit haar lijden. Maar tussen haar ogen loopt ook die smalle zilverkleurige streep.

Ik vraag me af of Will'm zichzelf met die wolvenjongen vergelijkt. Ooit zal ik hem over Pauline moeten vertellen, hoewel hij nooit naar haar heeft gevraagd. Hij heeft nog niet geleerd dat alle schepselen Gods zichzelf moeten zien te redden en dat de duivel de traagsten te pakken neemt.

'Geef je sjaal eens. We zullen haar stevig muilkorven en haar op de tobogan vastbinden.'

'Ik kan wel bij haar gaan zitten,' zegt hij met een grijns.

'Nee, dat kan niet. Jij moet achter de slee lopen en goed opletten. Doe wat ik zeg, anders laten we haar hier liggen.'

'Goed.'

'En ze mag onder geen beding in het hemelbed slapen, en ook niet eronder. En als ze morgenochtend niet beter is, maak ik haar alsnog af.'

Het is lastig zonder touw. Ik trek de slee en Will'm houdt de zaak in evenwicht. Een paar keer glijdt de wolvin eraf, en dan leggen we haar terug en ruilen van plaats. Goeie god, ik begrijp elke dag minder van mezelf. Ik ben zo moe dat de wolvin, de jongen en Ida in mijn hoofd door elkaar lopen tot ik niet meer weet wie wie is, of wie me het hardst nodig heeft.

2

In de hoek van de keuken leggen we de wolvin op een deken. Het zou misdadig zijn om haar in haar toestand in onze bouwvallige voorraadschuur te stoppen, waar een hongerige lynx haar zou kunnen vinden, of waar Ida haar zou kunnen zien als ze naar buiten kwam. De wolvin ademt zwaar, en ze heeft haar ogen dicht. Will'ms sjaal zit nog steeds als een zacht snoer om haar snuit – net zo'n losse muilkorf als ik pa vroeger zag aanbrengen. Bloed sijpelt uit de plek waar haar oor heeft gezeten.

Ik stapel wat aanmaakhoutjes in de kachel en steek ze aan. Pak een bord met witte bonen uit de kast en kwak ze in een pan. Met een theelepel laat ik er een paar op haar tong glijden, maar ze draait met haar ogen.

'Er liggen nog klusjes te wachten,' zeg ik, terwijl ik opsta.

Will'm staat midden in de keuken. Er hangt een gele gloeilamp boven onze tafel. 'Maar als we haar wond niet hechten, gaat ze dood.'

'Zo gaat dat soms.'

'Net als met de vrouw van Wing Harris?'

Ik draai mijn hoofd met een ruk naar hem toe. 'Praat me niet van Wings vrouw.'

'Iedereen weet dat ze elke dag zwakker wordt.'

Ik wil er niets van horen. 'Ga naar buiten en haal het hout, nu je je jas nog aan hebt.'

Er liggen aardappelschillen in de gootsteen, en ik schep ze met mijn hand op en stop ze in mijn zak. Ik schop tegen de sneeuw, die onder de achterdeur door is gewaaid en op de veranda in een brij is veranderd. Dan pak ik de emmers van hun spijkers en sla het ijs van de onderkant af. Will'm klost achter me aan naar buiten, het trappetje af. Ik wou dat hij Wings naam niet had genoemd.

Toen we jong waren, bestond er geen enkel geheim tussen Wing en mij. Maar sinds vijfentwintig jaar steken we de straat over om elkaar niet tegen het lijf te lopen. Nu wisselen we alleen nog maar af en toe een korte groet in Ruse's Café.

Al met al heb ik een getikte ma die honderd stoffige bijbels bezit, een slungelige jongen met een week hart, en geen man om mee te slapen. En een grijze wolvin die op mijn keukenvloer dood ligt te gaan.

Buiten, in het donker, sjort Will'm de bijl uit een stam. 'Kunnen we dan in elk geval haar oor dichtnaaien?'

Verdomme nog aan toe. Jaren geleden heeft Ida pa bij de dichtgetimmerde buitenplee begraven. Sindsdien loop ik tien keer per dag over hem heen. Ook nu stap ik op die plek, op weg naar de overdekte put. Pa had zichzelf het vak van dierenarts geleerd en was zeer geliefd, maar er staat nog niet eens een stok in de grond om zijn graf te markeren. Er komt een dag dat ik hem naar de helling verplaats, in de buurt van Saul, en dan krijgt hij een echte grafsteen.

Bijna dertien jaar ben ik met Saul getrouwd geweest. Toen hij doodging, gaf ik Junk Hanley een dollar om hier een platte plavei te komen leggen waarop stond dat Saul Cross een beminde echtgenoot en vader was. Niet dat ik hem zozeer heb bemind.

Mijn schoenen doorbreken de donkere sneeuwkorst, en er kleven klompjes ijs aan mijn rok. Ik duw de deur open, zet de lantaarn op de grond, schep voer in de ene emmer, vul de andere met aardappelen. Ik snij een streng uien af. Morgenochtend zal ik in onze winkel een lijst van de voorraden in de bussen en op de planken maken en de laatste blikken limabonen en bakpoeder neerzetten. Als de mensen op de pof blijven kopen, kan ik straks niets meer bestellen.

Ik ga het geitenhok binnen, gooi de aardappelschillen naar de beesten toe, gebruik het handvat van een schoffel om het ijs op de waterbak te breken. Het is hier zo donker dat ik maar net Ida's lage hut en de vastgebonden ezel ernaast kan zien. Ook al ging Ida tekeer over haar avondeten, ik ben ervan overtuigd dat ze het al op heeft en in slaap is gevallen terwijl ze haar pijp rookte. Er komt nog een dag dat ze de hele boel hier laat afbranden, en als ze dat doet, hoop ik dat ze de ezel meeneemt. Aan de andere kant van het erf is Will'm bezig om aanmaakhout te kloven.

Ik tik het ijs in de ondiepe pannen ook kapot, maar de vijf kippen gaan nog liever dood van dorst dan dat ze van hun nest komen.

Will'm loopt achter me aan naar binnen, schudt zijn jas van zijn schouders, gaat zitten en laat de smeltende sneeuw van zijn schoenen lopen. Ik zet de aardappelemmer onder de gootsteen.

Verdorie. Misschien heb ik de wolvin wel mee naar huis genomen om Will'm een plezier te doen – of misschien wel vanwege pa, wiens oude kliniek nog steeds onder deze keuken ligt. Ik ben in geen jaren naar beneden geweest, en nu heb ik er ook weinig zin in. Maar ik haal de lamp die op de veranda hangt. Will'm zet grote ogen op als ik de sleutels van de haak haal en de kelderdeur openmaak.

Mijn schoenen maken holle geluiden op de trap, maar de vloer onderaan is van aangestampte aarde. Er is geen elektriciteit, en zoals Saul zou hebben gezegd, het is hier zo muf als de neten. Geen wonder dat hij zich in deze ruimte vol schimmel, spinnenwebben en stof nooit liet zien. Saul zei dat pa niet goed bij zijn hoofd was, omdat hij bijna de godganse dag hier beneden met zijn beestjes in de weer was en de rest van de tijd met de distilleerketel in het kleine schuurtje.

Het is voor het eerst in jaren dat hier licht komt. Het ruikt vies, alsof er dingen zijn doodgegaan en weggerot, al verloor pa maar zelden een patiënt. De rot zit in de tunnel die hij tussen de kelder en het schuurtje heeft gebouwd. Daardoor hoefde hij niet door een dikke meter sneeuw te ploeteren als hij alleen maar naar zijn distilleerketel wilde. Nu zijn beide uiteinden afgedekt.

Ik kijk om me heen naar de slaapplaatsen van oud stro, de tafel die de hele lengte van de ruimte beslaat, roestige metalen kooien en draagkorven met verbogen handvatten, emmers, een hooivork en spades, kratten, een paar kapotte lantaarns. Bij het zien van de grote hokken met tralies en drinkbakken word ik even heel misselijk. Onder dit huis is het niet de herinnering aan pa waar ik bang voor ben.

'Het is hier zo klam dat je 't aan je longen zou krijgen.' Van een plank pak ik een stoffige, bruine fles en een paar andere dingen – een lange schaar en een pakje gebogen naalden – en daarna lopen we de trap op, naar het licht. Ik doe de deur op slot en laat de sleutels weer op het haakje glijden.

Uit mijn naaimand haal ik wit draad, en ik scheur vierkante stukjes verband uit schoon katoen, en lange repen die als windsels moeten dienen. De chloroform heeft zijn kracht verloren, maar we hebben niets anders. Ik giet drie druppels op een oude lap. We wassen onze handen met warm water en zeep en gaan dan op de grond zitten. Als de wolvin zo ver mogelijk onder zeil is, knip ik het samengeklitte haar van haar dij. Ze schokt en trekt, en haar ogen draaien wit weg als ik een stukje vacht weg scheer en in de wond wroet. Mijn gezicht voelt pijnlijk strak aan, en mijn ogen tranen verschrikkelijk.

'Wie zou dit hebben gedaan?' vraagt Will'm.

Ik trek mijn vingers terug. Op mijn handpalm ligt de metalen kogel. Ik giet peroxide in de wond en zie het bruisen. Ik rol een stuk draad af, breek het met mijn tanden en hou de naald in het licht. Vloek binnensmonds dat mijn ogen niet meer zo goed zijn als vroeger. Ik laat Will'm zien hoe hij de randen van de wond bij elkaar kan houden, en terwijl hij haar huid tussen zijn vingers klemt, breng ik een stuk of vijf hechtingen aan. We doen hetzelfde met het oor, en halen zo goed en zo kwaad als het kan het bloed uit haar oog. Ze krimpt ineen en jankt. Onder de mannenbroek die ik draag – plus de katoenen jurk, het vest en het lange ondergoed – ben ik klam van het zweet.

Will'm biedt aan om een gebed voor haar uit te spreken.

'Doe maar,' zeg ik tegen hem. 'En als je dan toch bezig bent, bid dan ook maar meteen voor de jagers. Als ik met ze klaar ben, zal het ze spijten dat ze ooit zijn geboren.'

3

Ik heb niets wat ik de wolvin zou kunnen geven tegen de pijn. Het heeft geen zin een Lydia Pinkham-tablet of een Carter's-leverpil fijn te maken, en ik durf haar niet nog een keer chloroform te geven. Ik zal Dooby, de apotheker, vragen wat ik haar het best kan geven, als ze morgenochtend tenminste niet de hele keuken overhoop heeft gehaald en ons in onze slaap heeft verslonden. Ze ademt zwak en oppervlakkig, en als ze haar ogen opendoet, zijn die geel en vol panische angst.

Moge God me bijstaan als ze vannacht sterft en ik de schuld krijg. Een barmhartige Samaritaan is tenslotte niet altijd een zegen. Elke dag sterven er mensen uit naam van de liefde.

Ik heb een gordijn opgehangen tussen de keuken en de winkel. De enige slaapkamer is aan de voorkant van het huis, door een deur gescheiden van de winkel. Ik vrees voor Will'ms welzijn als hij in zijn nis in de keuken zou slapen, op een paar meter afstand van de grijze wolvin, met alleen maar een opgehangen laken als bescherming, dus we nemen ons avondeten mee naar voren en gaan midden op mijn hemelbed zitten. Ik hou van deze kamer met zijn hoge zoldering, het bed met de verenmatras, de oude kleerkast en de schommelstoel. In een oude muurkast is een wc gemaakt, er hangt een gebarsten spiegel en er is elektrisch licht. Het maakt niet uit dat we door de winkel en de slaapkamer moeten om daar te komen

Ik vertel Will'm dat mijn pa zelfs een prairiehaas rustig kon krijgen wiens ene poot zo was toegetakeld dat het bot eruit stak. We zitten in onze nachthemden op bed, dopen stukken brood in onze bonensoep en praten over Ida, de grijze wolvin en wat we morgenochtend zullen doen.

'Oma?' zegt Will'm. 'Die jongen gaan zonder haar dood, hè?'

'Als ze al niet dood zíjn.'

'Zullen we ze morgenochtend gaan zoeken?'

'Jij moet naar school, en zelfs als we er nog een paar zouden vinden, is zij er te slecht aan toe om voor ze te zorgen.'

'Wij zouden ze misschien zelf kunnen voeren.'

'Nee, geen sprake van.'

Morgenochtend zullen we weten of de wolvin het redt. En moge God ons bijstaan als Ida morgenvroeg uit bed komt en in de keuken op zoek gaat naar thee en havermout.

Ik stop de jongen in, hij mag naast me slapen. We liggen in het donker naar elkaar te kijken. Tegen de ochtend dommel ik in, maar dan schrik ik ergens van en ben ik weer klaarwakker. Ik schuif mijn voeten in een paar zware schoenen en trek een flanellen kamerjas aan. Ik loop de winkel door en loer door de kier naast het gordijn. Er liggen flarden stukgeknaagd touw op de grond, en bebloede stukken van het laken. Er zitten bloedvegen op het linoleum en de vensterbank. Het raam is kapot, de sneeuw bezaaid met glasscherven. De grijze wolvin is weg.

'Godallemachtig.'

Ik doe de achterdeur open en loop de veranda over en de treden af, voorzichtig vanwege het ijs. De loodgrijze lucht houdt zijn adem in. Er loopt een bloederig spoor naar Ida's schuurtje, en vandaar langs de bevroren pick-up naar de voorraadschuur. Daar ligt de wolvin, met één poot uitgestrekt op haar zij. Van onder haar buik verspreidt zich een donkere bloedkring in de sneeuw. Vijf meter verderop staat Ida, in haar nachthemd, met pa's oude winchester tegen haar schouder, haar hoofd nog achterovergeklapt door de kracht van het schot.

4

Ik heb zin om Ida te vermoorden. En niet voor het eerst.

Toen ik dertien was, vertelde Dooby me iets over haar wat ik eigenlijk nooit had willen weten.

Toen ma net in verwachting was van mij, verkocht Dooby's pa haar in de apotheek de poeders waarmee ze haar baarmoeder probeerde te legen. Het eerste kind spuugde ze als een onrijpe dadelpruim uit, maar het tweede was ik, en ik bleef zitten. Ik klemde me aan haar donkere binnenbekleding vast tot ze een dikke buik kreeg en het merendeel van de tijd misselijk was van het bittere Duitse bier dat ze van de dokter moest drinken om aan te komen. Later kreeg ik van anderen te horen dat ik proestend, protesterend en toen al uitgehongerd ter wereld kwam.

De maanden daarna, terwijl pa de winkel draaiende hield en honden en katten behandelde, lag ma altijd wel aan het een of ander dood te gaan. Haar zenuwen, zei ze, waren aan de uiteinden rafelig als oude lompen. Hoewel ik krijste als een nest muizen, wilde ze me niet oppakken, verschonen of voeden, tot pa me na zijn werk uit mijn wieg griste. Hij trok me mijn luier uit, zeepte me in en spoelde me af tot ik weer een beetje toonbaar was. Hij gaf me zo veel te eten als ik op kon, en ook al wiegde hij me tot diep in de nacht, hij kreeg me nooit stil.

Het kabaal was te veel voor ma, en al probeerde pa me in de knik van haar arm te leggen, ze wilde me niet hebben, ze wiegde liever een lege deken heen en weer. Kort gezegd, ma gleed een afgrond in waaruit niemand haar kon redden. Ze liep door het hele huis, wrong zich de handen en huilde, waardoor onze laatste klanten zachtjes gingen praten. Eigenlijk wilden ze helemaal niet meer komen, maar ze waren dol op pa.

Soms gaf ma over in een emmer in de keuken. Het merendeel van de tijd lag ze in het grote hemelbed, terwijl de vrouwen uit Aurora in- en uitliepen met afgedekte schalen. Pa bracht haar de ondersteek en verschoonde haar lakens, want ze weigerde haar voeten op de grond te zetten of haar hoofd op te tillen. Doc Pritchett gaf haar poeders en lavementen, leverdrankjes en sulfer met suiker en stroop, maar niets hielp. Ze wilde zelfs geen hapje soep, en haar middel was zo dun als dat van een stokpaard. Uiteindelijk liet pa een dokter uit Buelton komen. Hij kwam op een zaterdagmiddag, bracht allerlei brijomslagen op haar buik en borst aan, en zette tot slot bloedzuigers op haar handpalmen. Niets hielp.

Kort daarna gaf pa de moed op en spande hij het paard van de buren voor onze wagen, want onze merrie was oud en moest afgemaakt worden. Hij wikkelde ma in een deken en legde haar voorzichtig achterin, omringd door kussens zodat ze niet heen en weer kon rollen. Ze zeggen dat ik op wankele beentjes in de deuropening van de kruidenierswinkel stond en hen nakeek terwijl ze wegreden. Niemand weet nog of ik huilde.

Wat er daarna gebeurde, weet ik nog goed.

Er kwamen mensen boodschappen doen. Ze kochten pakjes gist en stukken kaas, 's zomers rabarber, bataten en blikken gele suikerbonen. Pa moest in zijn eentje alle klanten helpen en rende met mij onder zijn arm de trap op en af. De tijd verstreek, de ene dag vloeide als gesmolten was over in de andere.

Mensen die we al kenden, en een aantal die we niet kenden, kwamen naar de winkel voor een praatje en een aai over mijn bol, en dan herinnerden ze zich opeens dat ze ook nog een pond hoofdkaas of twee varkenspoten nodig hadden. Pa scheurde vellen vetvrij papier af en schreef met potlood bordjes voor in de etalage – drie bosjes boerenkool voor een stuiver, zes eieren voor een dubbeltje. Er kwam geld binnen. Ik ruziede met de kippen om hun eieren, en elke ochtend molk ik de geiten. Pa bracht nog drie geiten mee naar huis, en twee keer in de week stuurde hij de warme melk naar Mrs. Nailhow, die kaas maakte en een deel voor zichzelf hield. We verkochten de kaas voor maar liefst acht cent per pond. Nog voordat ik naar school ging, had het kruideniersvak al geen geheimen meer voor me.

We waren ook het officieuze postkantoor. Uit een metalen doosje verkocht ik postzegels van een cent. Een man met een overall en een blauwe pet bracht op maandag-, woensdag- en vrijdagochtend brieven die ik sorteerde en op stapeltjes legde, want ik kende de namen al – Samson, Ruse, French, Andrews, Phelps. Harker, dat waren wij. Ik wist welke brieven rekeningen waren die aan de melkboer moesten worden betaald. Op mijn zesde kon ik al geld in een enveloppe stoppen, het adres schrijven en een cent uit de kassa in het doosje gooien voor een postzegel. Al die tijd kwam er zelfs geen ansichtkaart van ma, en daar had ik geen enkel probleem mee.

De ene eeuw ging over in de andere. Pa wijdde me in in de wereld van het thuisdokteren – de geheimen van schurft en rotkreupel, en de schade die een auto kon aanrichten bij een te trage bluetick coonhound.

Onze oude merrie struikelde uiteindelijk en brak een enkel. Pa groef een gat en ging met zijn geweer zo staan dat ze er meteen in viel toen hij schoot. Daarna maakte hij een vuur van takken en bladeren, en verpestte hij de lucht met haar brandende lijf. Hij bedekte haar botten met leem, en nog jaren daarna werden maisstengels die we daar plantten wel drie meter hoog. Pa kocht een narrige ezel die Sanderson heette, en we spanden het balkende, bokkige beest voor de wagen. 's Avonds bezorgden we boodschappen, haalden we grof, zoet maismeel op de boerderij van Daymen, en watermeloen en pompoenen bij Sylvester. 's Ochtends vroeg sleepten we balen hooi van het ene veld naar het andere. Pa wist overal wel een paar centen te verdienen.

Als hij 's avonds laat bruine flessen drank naar de afgelegen boerderijen vervoerde, ging ik mee, en ik hield de wacht bij de weg terwijl er mannen ruilhandel met hem dreven. We vergaarden konijnenbouten, verse groenten, appels en tomaten. We stapelden ze in grote manden in de winkel – en aten vorstelijk.

Na school stond ik in de zaak. Op woensdag kwamen de zwarten, en op dinsdag stond de winkel vol blanken die spullen insloegen alsof het een maand duurde voor het weer donderdag werd.

Miss Dovey was een van onze woensdagse klanten. Ze was zo zwart als de nacht en zo knokig dat je op haar lijf de was schoon kon schrobben. Om haar haar zat altijd een doek, en onder haar lange jurk was ze barrevoets, net als de meeste anderen van haar familie. Op een ochtend schuifelde ze naar binnen terwijl ik op de grond zat en twee zakdoekjes aan elkaar probeerde te naaien. Op het moment dat ze over de toonbank keek, had ik net een scheldwoord gezegd dat ik van pa niet mocht gebruiken.

'Wat doe jij daar nou in hemelsnaam, Miss Livvy?' vroeg ze. Haar brillenglazen waren zo dik als de bodem van een weckpot en hadden dezelfde bleekselderijgroene kleur.

'Ik probeer een jurk voor mijn pop te naaien, Miss Dovey,' zei ik. 'Maar mijn draad wil niet blijven liggen.'

Ze nam mijn werk in haar handen. 'Geef mij die naald maar, dan zal ik je laten zien hoe je die draad moet knopen.'

En dat deed ze. Met ons tweeën zaten we in kleermakerszit op die houten vloer, en ze leerde me alles over plooien en zomen, patroondelen op elkaar leggen en knopen aannaaien. Ik moest vaak overeind krabbelen om boodschappen in te pakken en af te rekenen. Uiteindelijk stond er een hele rits zwarten toe te kijken. Ik herinnerde me dat ik beleefd moest zijn, sprong op en zei: 'Blijven jullie maar hier, dan haal ik iets lekkers.'

Ze moesten wel blijven staan terwijl de dochter van hun paardendokter, die ze bijna net zo hoog hadden zitten als God, naar de keuken liep. Ik besmeerde brood met boter terwijl zij in de winkel kleingeld uittelden voor zout en rijst die ze niet nodig hadden. Ik sneed mijn sandwiches in piepkleine vierkantjes om er meer uit te kunnen delen, en ze knikten en prezen mijn smeerkunst.

Toen de rest naar huis ging, nam Miss Dovey afscheid. Bij de deur stond ze even stil om haar hand op mijn hoofd te leggen. Een gewoonte van de zwarten. Ooit vroeg ik pa wat het betekende, en hij zei dat het een zegen was.

De maanden daarna naaide ik lappenpoppen en zoomde ik kinderjurkjes en schorten. Blanke dames bewonderden de nette steekjes. Terwijl ik op de winkel paste en met mijn handwerk pronkte, ging pa naar beneden om naar zijn patiënten te kijken. Telkens als ik langs de kelderdeur liep, hoorde ik hem fluiten, en ik weet niet wie van ons het meest in zijn sas was.

Maar toen kwamen de uitvaarten – zwaarmoedige, zwijgzame zondagochtendbegrafenissen die gek genoeg net voor de kerkdiensten voor de zwarten plaatsvonden. Ik vermoedde dat het gewoon een geschikte tijd was, omdat de mensen er dan toch al op hun paasbest bij liepen en van plan waren voor het avondeten een kip te braden. Eerst bezweek Lacy Settles zoontje, daarna haar oudste neefje, en voordat we het wisten twee kerels die in hutten bij de rivier woonden. De kisten waren sober, de grafredes verdrietig, en die twee jongemannen gingen zonder een sprankje muziek naar de hemel. Terwijl we in de rij stonden om een klomp aarde in het gat te gooien, vroeg ik hardop aan pa of ze soms een besmettelijke ziekte hadden gehad, en waarom we onze gebruikelijke halleluja's niet schreeuwden. In mijn herinnering was dat de enige keer dat pa zijn hand op mijn mond legde.

Pa hield ook de hele week de distilleerketel gaande, en ik leerde wat de waarde van een bruine fles drank was. Ik mocht nooit een druppel maiswhisky proeven, en zelf dronk hij ook niet veel. Af en toe, als hij met een stuk of vijf mannen op onze binnenplaats op omgekeerde kratten zat en een fles doorgaf, betrokken ze mij bij het gesprek totdat pa me onomwonden naar bed stuurde. Zelfs als hij langzaam door de drank werd betoverd en liedjes zong, met zijn armen zwaaide en verhalen vertelde, vergaf ik hem elke zonde die hij zich op de hals zou kunnen halen. Hij hield van me, en hij kon niets verkeerd doen.

Was ophangen en schrobben deden pa en ik om beurten. De oude Miz Prince uit de buurt van Buelton bracht ons ruim anderhalve schepel tomaten, omdat pa zes puppy's ter wereld had geholpen. Haar bruine hond Bessie was te oud voor een nest, en de bevalling was zwaar, de arme hond uitgeput en Miz Prince in alle staten. Vervolgens ontvelden pa en ik twee dagen lang tomaten en maakten we chilisaus met uien die we op al ons eten schepten.

Meestal moest ik koken, dus ik bakte pepers, kookte groenten en maakte jus van bloem en reuzel. Mijn maisbeignets waren plat en mijn kleine broodjes hard als steen, maar pa werkte ze naar binnen met een glimlach die ik tot in mijn voeten voelde. Hij was zo knap als een filmster en nam iedereen voor zich in. Het verbaast me nu dat de vrouwen zich in ma's afwezigheid niet aan zijn voeten wierpen – of misschien deden ze dat wel, maar was hij zo fatsoenlijk om dat voor me verborgen te houden.

5

Zo lang ik me kan herinneren is Junk Hanley elke woensdag met zijn ma in onze winkel geweest. Op een keer zei hij: 'Mr. Harker, wij zijn u zeer verplicht, en het zou ons een eer zijn uw veranda te mogen aanvegen.'

Zelfs ik snapte nog wel dat hij eigenlijk iets anders bedoelde, maar ik zei het niet, want daarmee zou ik alleen maar benadrukken hoe arm we allemaal waren. En we hadden een grote veranda, dat was een feit.

'Dat zou mooi zijn,' zei pa. 'Ik kan wel iemand gebruiken die de boel een paar maal per week aanveegt.' Hij perste zijn lippen op elkaar alsof hij diep nadacht. 'Ik zoek ook iemand om hout te hakken op de helling en het naar de winkel te sjouwen, en voor nog meer klussen – in het voorjaar moet het aardappelveldje worden bewerkt.'

Voor al dat soort karweitjes wilde pa hem een kwartje per week betalen. Junk grijnsde zo breed dat zijn mond wel een schijf meloen leek.

Ik kende de verhalen over Junk; ik vond ze prachtig.

Tante Pinny Albert zei dat Junks ma hem op zijn hoofd had laten vallen toen hij klein was, waardoor de achterkant van zijn schedel afgeplat was en hij een beetje schuins sloffend liep. Zijn kaalgeschoren hoofd was glad als een ui en zijn ogen waren grote witte knikkers die hij meestal half onder zijn oogleden verstopt hield. Hij had een verfrommeld oor en een scheve neus, en de knopen aan zijn overhemd hadden allemaal verschillende kleuren. Zijn familie was de enige in Pope County die kon lezen en schrijven.

Junks vader verzamelde oud ijzer en lompen, maar zijn grootvader was krantenman geweest tijdens de Burgeroorlog, en daarna nog twintig jaar in Glover County. Ida zei dat dat werk voor blanken was en dat het een zonde was dat hij zich door een krant had laten betalen. Ik vind het een grappig idee dat zowel zwarten als blanken met zijn krantje op hun veranda zaten. Ik stel me voor dat ze knikten en zeiden: 'Die Hanley weet het toch altijd maar mooi te zeggen.'

Toen Junk jong was, ging hij het leger in. Eerst naar het noorden, naar Three Mile Flats, waar hij leerde marcheren en salueren en plees moest schrobben met een tandenborstel. Een tijdje later stuurde het leger hem nog verder naar het noorden, naar Euclid, Montana. Daar ontmoette hij zwarten uit het hele land. Ze bekwaamden zich in paardrijden en schieten. Een poos later gingen ze naar het zuiden, de woestijn in, waar ze in een van de laatste Apache-veldslagen aan het westelijke front meevochten.

Er waren in Junks bataljon maar een paar mannen die konden lezen en schrijven. In de enige brief die Junk aan zijn familie stuurde, schreef hij dat hij zich schuldig voelde omdat hij op indianen schoot. Op een dag ontving hij een brief die voor iemand anders bestemd was. Het was een treurige afscheidsbrief van een zekere Miss Jackson uit Falsette, North Dakota. Ze had hem ondertekend met 'Love Alice', en Junk meende dat dat 'Love' bij haar naam hoorde.

Hij schreef een beleefde brief terug. Love Alice bleek ook zwart te zijn. Ze werden meteen halsoverkop verliefd op elkaar. Toen de schermutselingen in het westen voorbij waren, vertrok Love Alice uit Falsette en reisde Junk tegemoet. Ze troffen elkaar in Omaha, waar ze in een kamer achter een biljartzaal door een rondtrekkend predikant in de echt werden verbonden. Ze vierden hun wittebroodsweken in het magazijn. In ruil voor een veldbed boenden ze vloeren, deden ze de afwas (daar was Junk aardig bedreven in geworden), zetten ze de tapkast in de was en krijtten ze de keuen. Ze ontbeten, lunchten en dineerden met zoute crackers en sardientjes, en stuurden een kaart naar huis, ondertekend met 'Junk en Love Alice Hanley'.

Ze sopten in vijf verschillende staten ketels schoon en bereikten uiteindelijk Aurora, waar ze samen met Junks ma en een hele rits familieleden, onder wie tante Pinny Albert en haar twee zoons met o-benen, hun intrek namen in een huis met drie kamers aan Rowe

Street. Ze gedroegen zich rustig en beschaafd en gingen regelmatig naar de kerk.

Love Alice zelf was niet groter dan een mus; ze had een lichtere huid dan haar man en een enorm brede, platte neus vol sproeten. Toen ze in ons dorp kwam wonen, was ze een getrouwde vrouw van dertien, en ik was onmiddellijk dol op haar.

Het hout van het huisje van de Hanleys rotte weg, net als bij alle anderen aan Rowe Street. 's Winters kwamen er planken voor de ramen, en in het voorjaar werden die weer losgehaald voor de frisse lucht. De voor- en achterveranda puilden uit van de onbruikbare troep, en 's zomers zaten poedelnaakte kinderen graatmagere honden achterna in het zand rond het huis. Altijd als ik erlangs liep, gaf de oudste jongen de kleintjes een draai om de oren. Ik vermoed dat hij wilde dat ze in de houding gingen staan of zich van hun beste kant lieten zien, maar ze stonden me alleen maar aan te gapen met hun duim in hun mond en hun magere piemeltjes bungelend tussen hun benen. En dan lachten ze naar me met melkwitte tanden.

Hun ouders werkten meestal als dienstmeisje of als conciërge. Maar er waren niet veel banen en in de loop der tijd gingen steeds meer jonge zwarten weg uit het dorp. Tante Pinny Albert had voor haar zoons met o-benen een baantje in een wasserij geregeld, en haar drie zussen kookten en maakten schoon bij families in Buelton. Anderen werkten op boerderijen nog verder weg.

Op een keer won Junks broer, Longfeet Abram, met pokeren een roestige oude bus. Op goede dagen bracht Longfeet zijn buren en familie naar hun werk en haalde ze weer op; iedereen betaalde mee aan de benzine. Maar de bus had kuren, hij kermde en kreunde, de motor sloeg terug en er kwam een dikke walm uit. Longfeet zette hem in de schaduw naast het huis van zijn schoonvader, dominee Timothy Culpepper. Elke dag deed hij de motorkap open en klom hij erin om aan een of ander onderdeel te prutsen.

Net als de meeste mensen hier verbouwden de Hanleys en de zusjes Albert mais en tomaten achter hun huis. Hun meel, spek en koffie kochten ze bij ons. Eens per maand stopte de vrachtwagen van de armenzorg in de berm naast de grote weg, en dan stonden de mensen in de rij voor bruine bonen en rijst, bonnen voor een liter melk van de zuivelhandel en pakjes zaaimais. Als ze ziek waren, lapten ze zichzelf weer op. Als ze tbc of griep kregen, werden ze naar het huis van Doc Pritchett gebracht, waar ze naast de greppel gingen zitten om op hun beurt te wachten.

In die greppel verloor Love Alice haar kindje. Zijn levenssappen stroomden weg langs de binnenkant van haar benen, zodat ze in een plas van haar eigen donkere bloed gehurkt zat voordat ze zelfs maar had kunnen schreeuwen. Ik vroeg me af of mijn pa haar kindje had kunnen redden, maar toen ik dat zei, huilde Love Alice nog harder dan ze al deed.

In een oud huis aan het eind van Rowe Street hielden ze hun godsdienstoefeningen: dat was de zwarte methodistisch-anglicaanse kerk. Ze kwamen daar niet alleen 's zondags bij elkaar, maar ook op doordeweekse avonden. Dan aten ze uit meegebrachte schalen en loofden God dat het een aard had. Op zomeravonden dreef hun gezang onze kant uit. Ze baden voor Longfeet Abram, die in de gevangenis zat, voor de ziel van Love Alice' kindje, en ongetwijfeld ook voor ons.

Het was fijn dat Junk regelmatig bij ons was. Hij kwam 's middags om hout te hakken of in de winkel te helpen. Hij hing uien op en vulde de vaten met kidneybonen en witte bonen. Pa was meestal beneden bezig een of ander ziek beest te verzorgen, en ik ging naar de keuken om twee sneden brood met jam te besmeren. Junk was gek op dadelpruimenjam, die ons door Miz Leona Abernathy was gestuurd als dank voor de genezing van de maagstoornis van haar katten. Junk en ik gingen op de toonbank van de winkel zitten (we hadden inmiddels een grote bronzen kassa, die rammelde en rinkelde als ik op de knoppen drukte), aten ons brood op en praatten over van alles en nog wat.

Soms stuurde tante Pinny Albert pasteitjes en taartjes als dank voor de porties erwtjes die we zelf niet op konden, en af en toe een streng borduurkatoen, die ik in de kist gooide. Ik had met liefde alles weg willen geven wat we hadden, en soms sprak pa me ernstig toe en legde me uit hoeveel de artsen van ma kostten en hoe hoog de rekening van het ziekenhuis was.

Toen liet Junks ma op een keer weten dat ik mee mocht naar hun woensdagse kerkdienst als pa het goedvond. Ik maakte mijn vlechten los. Pa borstelde mijn krullen en deed er een lint in. Hij zei dat ik het mooiste meisje van de hele streek was. Hij was de enige die dat ooit tegen me had gezegd. Toen Junk me kwam halen gaf ik hem een hand, en we liepen samen de heuvel op, ik in een vers gestreken schort en een overhemdbloes met rijgsluiting en met een grote witte strik op mijn hoofd.

Miz Hanley stond op haar veranda te wachten. Haar marineblauwe jurk bolde op de naden, en de huid van haar gezicht stond zo strak gespannen dat het leek alsof haar wangen moesten worden uitgenomen. Haar haar was kort met strakke krulletjes en ze droeg handschoenen waarvan de meeste vingers gaatjes hadden. Ze had een handtas aan haar arm. Ze zei dat ze Love Alice al met de afgedekte schalen vooruit had gestuurd omdat wij er zo lang over hadden gedaan. Ze wierp Junk een boze blik toe, en hij beende met zulke grote passen verder dat ik moest hollen om hem bij te houden.

'Alles goed met je vader, Miss Livvy?' vroeg Miz Hanley hijgend.

'Ja mevrouw.'

'Hij is een ingoede man.' Ze legde een hand op mijn rug. 'Laat niemand ooit iets kwaads over hem beweren.'

'Nee mevrouw.'

Ze keek me van opzij aan. 'Ben je ooit eerder in een kerk geweest?'

Dat was ik niet. Mijn ma had mijn pa in haar jongere jaren zozeer uitgeput met haar preektochten dat hij daarna nooit meer iets van het geloof had willen weten.

'Nou, let maar heel goed op en gedraag je als een nette jongedame, zoals je vader je heeft geleerd.'

Ik keek naar Junk, maar die deed kennelijk erg zijn best om zich als een nette jongeman te gedragen, en we waren trouwens ook bij de stoep van het grote witte huis aangekomen dat ze de kerk noemden. Op de veranda stonden vrouwen met vriendelijke gezichten en mannen met hun hoed in de hand om elkaar te begroeten, en iedereen lachte me toe en raakte me behoedzaam aan, alsof ik van glas was. We liepen naar binnen, waarbij Junk zijn grote hoofd boog om door de deur te kunnen, en gingen aan de kant staan terwijl de vrouwen bedrijvig stoelen in het gelid zetten en vorken neerlegden. Er waren planken op schragen gelegd en overal stonden borden en schalen.

Dominee Culpepper, een kleine man met wit kroeshaar en een daverende stem, hief zijn handen en boog zijn hoofd, en ik hield mijn adem in terwijl hij God vroeg deze rijke spijzen in onze maag te doen belanden zoals eens Jonas in de maag van de walvis. Hij vroeg ons bij iedere hap kool en reuzel aan onze Heer te denken. A-mén!

De maaltijd begon. Pa en ik hadden nooit honger geleden, maar dit was meer eten dan ik ooit bij elkaar had gezien. Miz Hanley pakte een bord en vroeg me of ik pens met gekookte aardappelen wilde, en misschien een kotelet of een moot gepaneerde meerval, een drumstick of een varkensschenkel? Ik knikte, en ik kreeg ook nog in azijn gekookte groente, ingelegde watermeloen en erwtjes met reuzel. Ik at maispudding, zoete aardappeltaart van Love Alice en wilde champignons met roomsaus. Miss Dovey, die in de voorkamer van haar huis lesgaf aan kinderen, bracht me een stuk chocoladetaart, en ik werkte het naar binnen terwijl ik op mijn schoot een schaal bramenijs in wankel evenwicht hield.

Toen was het eten voorbij, en de vrouwen begonnen de schalen op te ruimen. De mannen slenterden naar buiten om sjekkies te rollen en uit flessen te drinken die ze in papieren zakken onder de struiken hadden verstopt. Junk ging bij de andere mannen zitten, en na een poosje kwam Love Alice ook naar buiten. Ik had maagpijn en dat zei ik tegen haar, maar zij grijnsde van oor tot oor en zei dat dit hier echt helemaal haar familie was.

'Je echte familie woont toch in North Dakota, Love Alice?'

'Ja, maar ze zijn allemaal dood,' zei ze.

Mijn buik was gaan rommelen en ik legde mijn handen erop. 'Heb je helemaal niemand meer?'

'Van mijn ma weet ik het niet zeker. Hoe oud ben jij, O-livvy?'

Ik boerde. 'Tien.'

'Goed, dan zal ik je over mijn pa vertellen. Luister. Hij werkte bij de plaatselijke winkel, kisten openmaken en zo. Op een keer timmerde hij een nieuwe veranda voor de winkel. Een blanke vrouw liep langs hem heen en tilde haar rok op om op die veranda te stappen. Hij keek gauw de andere kant op, maar het was al te laat. Ze gilde en riep dat mijn pa onder haar rok had gekeken. Dat hij zeker van plan was geweest haar te verkrachten. Mijn pa zei dat hij nooit zoiets zou doen, maar de winkelier kwam met een paar andere mannen naar buiten. Ze schopten en sloegen hem en vroegen zich hardop af wat ze met hem zouden doen.'

Ik moest weer boeren. 'O, Love Alice...'

'Toen hij 's avonds niet thuiskwam voor het eten, zei mijn ma: "Vooruit, Alice Lee, ga eens kijken waar hij blijft." Wil je de rest van het verhaal ook horen, O-livvy?'

'Ja.'

'Nou, luister dan. Ze waren achter de stal en hadden mijn pa z'n handen vastgebonden. Ze gooiden een touw over een plataan en tilden hem met z'n drieën op.'

Ik voelde dat mijn mond openviel.

'Toen lieten ze hem los. Hij schokte en kronkelde.'

'Wat heb je gedaan?'

'Ik ging naar huis en vertelde het aan mijn ma. Ze zei dat ik haar handtas moest pakken. Daarna ging ze de deur uit. Ik heb haar nooit meer teruggezien.'

Ik wilde zeggen hoe erg ik het voor haar vond, maar ik kon de juiste woorden niet vinden. Ik bevoelde mijn pijnlijke buik.

'Kom,' zei ze. 'Ze gaan beginnen.'

We gingen naar binnen en vonden een plaatsje bij de familie. Ik dacht erover na hoe het zou zijn als mijn pa voor mijn ogen werd gedood. Ik had een keer gehoord dat als iemand wordt opgehangen, zijn ogen naar buiten komen en aan draadjes uit de kassen hangen. Ik zat daar maar zonder een woord te zeggen, en toen keerde mijn maag zich ineens onverhoeds om, en het volgende ogenblik kwam alles naar buiten wat ik had gegeten, het gutste over de jurk en de schoenen van Junks ma en de gestopte kousen van een paar vrouwen die in onze buurt zaten. Junk nam me in zijn armen en droeg me naar buiten, en daar ging ik achter de haag hevig beschaamd liggen kermen en janken.

Later zat ik in de grote kamer waar de dienst werd gehouden tegen Junks ma aan geleund, die haar arm de hele tijd om me heen hield. Haar jurk was nog vochtig van het schoonschrobben, ze rook naar zeep en lavendelwater en haar borsten waren net grote zachte kussens. Ik vroeg me af of andere moeders ook zo waren – of alleen de zwarte. Ik liet mijn ogen langzaam dichtvallen terwijl Junks oom, dominee Timothy Culpepper, de hele tijd aan het bidden was. Hij zei dat God onder ons was, geloof het maar, want het is waar. Wij waren allemaal Zijn kinderen (hij sprak het uit als 'kinnere'). Laat de feestvreugde maar losbarsten. Daarna begon de muziek, die alle kieren vulde tot de hele ruimte klopte als een zere duim, en ik wist dat dit het geluid was dat 's zomers door de wind werd aangevoerd. Ik vond het zo mooi dat ik kippenvel kreeg. Er werd gestampt en geklapt, en overal om me heen werd gelachen en halleluja geroepen. Zelfs als volwassene heb ik bij het woord 'extase' nooit meer iets anders voor me gezien dan dit.

Later droeg Junk mijn slungelige kinderlijf naar huis, terwijl ik met mijn gezicht tegen zijn hals sliep. Het was al laat, maar pa wachtte me op de achterveranda op en tilde de lamp op zodat Junk door de deur kon en me binnen neer kon zetten. Ik hoopte dat Junk niets over de hele beschamende vertoning zou zeggen. Maar ik zag iets ongewoons in pa's gezicht, en daarom probeerde ik goed wakker te worden en weer op mijn eigen benen te gaan staan.

'We hebben een telegram gekregen van het ziekenhuis in Buelton, Olivia,' zei hij. 'Je mama komt aan het eind van de zomer thuis!'

Ik schudde mijn hoofd.

'We moeten ons op haar komst voorbereiden.'

Het was onmogelijk. Dat mens, dat zich pa's vrouw noemde, hoorde in Buelton, waar ze ons geen kwaad kon doen. Zo lang ik leefde zou ik nooit van haar houden of haar mijn mama noemen. Pa had me verraden.

Ik wrong me los, sprong de verandatreden af, holde de achtertuin in en wierp me op de grond. Met mijn gezicht tegen de natte aarde bad ik dat Junks ma mij als eerste zou opeisen. Ik smeekte God mij pens te laten eten zonder over te geven, mijn neus plat te maken en me kroeshaar te geven. Ik vroeg het uit naam van het aardappelveldje met de opgeschoten planten met hun rubberachtige stengels. Ik vroeg het uit naam van de in plakjes gesneden groene tomaten en komkommers, de zomerpompoenen en de ingelegde watermeloenen. Uit naam van dominee Timothy Culpepper bad ik om ook zwart te mogen zijn. Alstublieft. A-mén.

6

Love Alice was Junks vrouw, voor nu en voor altijd. Ik vroeg me af wat Miz Hanley ervan vond dat haar zoon een kindbruid mee naar huis had genomen.

Als Love Alice tijd had, kwam ze in het dorp naar me toe. Een van de dingen die we het liefst deden, was onze neus tegen de winkelramen van de apotheek van Dooby, de ijzerhandel van French en andere winkels op de hoofdstraat duwen. Dat deden we ook op die bewolkte dag dat ze een zucht slaakte en op het trottoir ging zitten. Ik liet me ook op de grond zakken.

'Is er iets?' Ik spuugde op de neus van mijn schoen en wreef er met mijn vinger overheen.

Love Alice was blootsvoets, de zolen van haar voeten waren lichter bruin dan de rest van haar lijf, bijna roze – en haar handen ook. Haar hielen waren dik en geel van het eelt, net zoals de muizen van papa's handen eeltig waren van de talloze kurken die hij in whiskyflessen had geduwd.

''k Ben afgepeigerd, O-livvy,' zei ze.

'Moet je van Miz Hanley zo hard werken?'

'Nee, dat is het niet.' Ze giechelde. 'Het komt door Junk. Maar dat moet ik je eigenlijk niet vertellen – wat een man met een vrouw doet.'

Opeens besefte ik dat Love Alice geheimen wist die alleen getrouwde mensen kenden. 'Mijn pa heeft me alles verteld,' zei ik.

'Alles?'

'Ik heb honden gezien,' zei ik gewichtig.

Ze leunde zo dicht naar me toe dat ik al haar sproetjes kon tellen. 'Nou,' zei ze, 'als een man op een vrouw gaat liggen – dat heeft een naam.'

'Wat dan?'

Ze ging nog zachter praten. 'Dekken.'

'Dekken? Als een tafel?' vroeg ik.

'Ja. Mannen moeten dat.'

Ik had nooit begrepen waarom dat was, en tot nu toe had ik ook nooit geweten hoe het heette. 'Waarom moeten ze dat?'

'Als ze het niet doen,' zei ze, 'zwellen ze op als een pad...'

'Love Alice Hanley, dat verzin je.'

'Nietes,' zei ze. 'Heb je die oude mannen voor de winkel van Mr. French zien zitten? Vet als varkens. Nou, je kunt er donder op zeggen dat zij niet dekken.'

'Heeft Junk dat gezegd?'

'Daar ben ik zelf achter gekomen. Zal ik het uitleggen?'

Ik knikte gretig.

'Nou, het wordt overdag steeds erger, maar een man moet het verbergen. Hij kan natuurlijk niet met een punt in zijn broek rondlopen. Ik vroeg aan Junk wat mannen doen als ze thuis geen vrouw hebben.'

Ik wist niet of ik dat wel wilde weten. Mijn pa had geen vrouw – maar misschien kreeg ik deze kans nooit meer. 'Wat zei hij?'

Love Alice giechelde. 'Hij zei dat een man dan naar het bos gaat en het in zijn eentje doet.'

Ik kon me er niets bij voorstellen. De ouwe French was niet getrouwd en zo mager als een riek. 'Hoe dan?'

'Vroeg ik ook. Junk liet me zijn hand zien, vouwde zijn vingers naar binnen. Ik zei: "O ja, dat zal wel gaan."'

Ik vroeg me af waarom niemand dit had verteld aan de kerels die in de hoofdstraat onderuitgezakt in hun leunstoelen hingen. Dan hoefden ze hun broekband niet open te laten staan of met buiken als rijpe watermeloenen rond te lopen.

'Maar goed,' zei Love Alice met een zucht, 'Junk denkt aan mij, daarginds in het veld, jazeker, maar hij wacht. Soms zijn we nauwelijks klaar met het avondeten of hij neemt me al mee naar de achterkamer – en dan laat hij zijn mama aan tafel zitten, met de tranen in haar ogen.'

'Waarom is ze dan overstuur? Ze heeft het zelf ook gedaan – anders had ze Junk niet gehad.'

'Tja,' zei Love Alice. 'Misschien moet ze eraan wennen dat haar zoon nu een man is.'

Ik vroeg me af hoe een grote vent als Junk Hanley ook maar íéts kon doen met dit meisje, dat nauwelijks groter was dan een tandenstoker. Ik beet op mijn lip. 'Hoe voelt het, Love Alice?'

Ze vertrok haar mond, zoekend naar de juiste woorden.

Ik had met Junk boterhammen met jam gegeten. Ik wou dat we het over iemand anders hadden.

Ze trok haar lippen op. 'De eerste keer beet ik op mijn tanden – zo. Want het deed hartstikke zeer. Maar toen Junk het bloed zag, moest hij huilen en zei hij dat hij het nooit meer zou doen.'

Een tiental vlechtjes danste op en neer. 'Maar ik zei, wacht maar, jij komt heus wel terug. En ja hoor, de volgende avond...'

'Och, arme ziel.'

'O-livvy, soms heeft hij de omvang van een jampot!' Ze haalde haar schouders op. 'Je went eraan. Het is verbazend wat een man allemaal kan doen, en later...'

Ik zat met mijn ogen te knipperen.

'Later,' zei ze met een grijns, 'is het net als te veel pecantaart.'

'Je meent het.'

Love Alice lachte. 'O, daar komt de oude Mr. French.' Ze sprong op en duwde haar rug tegen het winkelraam van Dooby, haar ogen neergeslagen.

Dit had ik Love Alice wel honderd keer zien doen. Ik had pa verteld dat ik daar het land aan had, maar hij zei dat ik het maar zo moest laten.

'Love Alice, nadat je dat kindje bij Doc had verloren, waarom heb je eigenlijk nooit meer een nieuwe gekregen?'

Ze zuchtte. 'Ik was hooguit zeven of acht. Nam een kortere weg naar huis. Een blanke man die ik nog nooit had gezien, kwam uit het veld en gooide me op het zandpad. Ik was zo klein dat ik in een karrenspoor paste. Daarna was ik helemaal opgezwollen, ik was paars en ik bloedde. Mama zei dat ze dacht dat ze me kwijt was. Doc zei dat er iets helemaal kapot was. Nu krijg ik nooit meer kinderen.'

Ik was boos op de hele wereld dat Love Alice in een karrenspoor had moeten liggen. Op dat moment, door het winkelraam, zag ik Dooby's blinkende toonbank met de draaikrukken, waar je fris en ijsjes kon bestellen.

'Love Alice, ga mee naar binnen om een ijsje te eten.'

Ze schudde haar hoofd.

'Lust je geen ijs?'

Ze stopte haar handen achter haar rug.

'Ik trakteer. Mijn pa betaalt wel.'

'Je weet dat het niet mag van Mr. Dooby.'

'Dat is een stomme regel.'

'Maakt niet uit.' Ze schudde haar hoofd en de vlechtjes dansten weer rond.

'Nou, dan moet ik een hartig woordje met Mr. Dooby spreken.'

'Niet doen, O-livvy!'

Maar ik was al op hoge poten en met mijn kin in de lucht naar binnen gemarcheerd. Ik stond stil in het middelste gangpad, waar Dooby dozen uitpakte.

'Mr. Dooby,' zei ik. 'Waarom mogen hier geen zwarten komen?'

Hij haalde blikjes snuif uit de doos en zette ze heel netjes op de plank. 'Ze mogen hier wel komen, Olivia. Ze moeten alleen door de achterdeur naar binnen. En als er dan geen blanken in de winkel zijn...'

'Mr. Dooby, dat is niet erg christelijk.'

'Jij en je pa doen precies hetzelfde. Zwarten doen één keer in de week boodschappen. Ze krijgen alles wat ze nodig hebben. Ik heb vanochtend het medicijn tegen de rugpijn van Miss Dovey gemaakt, en poeders die helpen tegen de jicht van haar zuster.'

Ik schaamde me dat wij dezelfde regel hadden, en ik had zin om ruzie te maken. 'Nou, ik wil graag een ijsje voor Love Alice en een voor mij, alstublieft, en zet ze maar op pa's rekening.' Zoiets had ik nog nooit gedaan, en pa zou me de wind van voren geven.

'Dat gaat niet, Olivia,' zei hij. 'Achter die toonbank bedienen we geen zwarten. Dat weet je.'

'Dan wil ik graag twee ijsjes voor mezelf, Mr. Dooby. Een chocolade-ijsje en een aardbeienijsje.'

'Olivia...'

'Die wilt u me niet geven omdat ik er dan misschien een aan Love Alice geef,' zei ik.

'Precies, jongedame.'

Ik liet mijn kin zakken en tuurde tussen mijn wimpers door naar hem. 'Dan wil ik er graag één.'

'Goed dan,' zei hij met de zucht van een volwassene die door een kind tot het uiterste wordt getergd. 'Chocolade?'

Ik klom op de kruk en keek toe terwijl hij de bak openmaakte en het bevroren spul in een hoorntje schepte. Ik probeerde niet aan pa's rekening aan het einde van de maand te denken.

'Alsjeblieft, Olivia,' zei hij, terwijl hij me het ijsje met een servetje aanreikte.

'Dank u wel, Mr. Dooby.' Ik kwam van de kruk af. Daarna liep ik de winkel uit en gaf ik het ijsje aan Love Alice. Ik keek door het winkelraam om er zeker van te zijn dat Dooby het zag.

Love Alice stond op en bleef ernaar staren tot het begon te smelten en over haar hand liep. Ik grijnsde tegen haar, draaide me om en liep weg. Aan het einde van de straat keek ik om. Ze stond nog exact op de plaats waar ik haar had achtergelaten. Vervolgens liep ze de straat op en liet ze het ijsje vallen. Met haar blote voet drukte ze het in het ijzeren rooster. Het zoog de lucht uit mijn longen, en terwijl ik daar zo stond, drong er iets tot me door: als er iets als eergevoel bestond, was het bij Love Alice sterker aanwezig dan het bij mij ooit zou zijn.

Ik wilde terugrennen en mijn armen om haar heen slaan, zeggen dat het me speet. Ik wilde Dooby's winkel in stormen en hem met mijn vuisten stompen. In plaats daarvan kon ik me alleen maar om de hoek verstoppen, met mijn gezicht beschaamd tegen de roetkleurige bakstenen leunen en wensen dat ik nooit was geboren.

7

Elk jaar in juli ging dominee Culpepper met zijn hele schare gelovigen naar Captain's Creek om gebraden kip en maisbrood met boter te eten en de geest te verkwikken. Die kreek zelf was min of meer per ongeluk ontstaan.

De plek waar ons dorp lag, was lang geleden ontdekt door Frank en Aurora Solomon, die met hun boot de Capulet af voeren, waarschijnlijk om vis te vangen voor hun avondeten. Ze maakten een afmeerplek voor hun boot en een hut voor als het slecht weer was, en weldra kwamen er anderen, die huizen bouwden en winkels openden. En toen, op een nacht dat de maan scheen, pakte Aurora al hun spullen weer in en gingen ze op zoek naar een andere plek waar niemand woonde.

In de loop der jaren kreeg de Capulet op verschillende plekken armen en benen. De mensen uit Aurora picknickten graag aan die kreken, de kleine kinderen speelden er in het ondiepe water en de iets groteren vingen witvissen. Dominee Culpepper gebruikte Captain's Creek om mensen te dopen. Dat was een gebeurtenis waar ik nog nooit bij was geweest, maar ik had geruchten gehoord dat er meer mensen verdronken dan dat er zieltjes werden gered. Om te beginnen wist ik niet precies wat dat zielenheil inhield, alleen dat het iets met Jezus te maken had. Misschien daalde Hij uit de wolken neer en sprak Hij tot de dominee met een stem die de anderen niet konden horen.

Ik had in een boek een keer een plaatje van een rechtszaal gezien; de rechter troonde hoog boven de andere aanwezigen en de schuldige stond geketend voor hem en smeekte om genade. Ik vroeg me af of het bij de doop ook zo ging, of je voor de Heer – of de dominee – moest verschijnen om je zaak te bepleiten. En of de doop je enige kans was om dat in dit leven te doen. Ik vroeg pa of ik naar de kreek mocht gaan om te kijken. Hij vond het goed als ik me netjes gedroeg en niet in de weg liep.

Ik ging in een iepenbosje achter een boom zitten, niet omdat ik dacht dat ik niet welkom zou zijn, maar omdat ik doodsbang was dat ze me zagen en me in de rivier gooiden. Ik kon niet goed zwemmen en ik wilde niet dood. Ik vroeg me ook af hoe het met dikke mensen ging, of de dopers moeite zouden hebben om ze weer uit het water te tillen. En of die mensen, als ze verdronken, met de stroom mee dreven en, verlost van al hun zonden, aanspoelden op een plek waar andere mensen zaten te picknicken.

Terwijl ik daarover nadacht, spreidden de vrouwen dekens uit en legden er zuigelingen op, die kirrend en halfnaakt heen en weer rolden. Net als op een gewone zondagmiddag werden er drumsticks en schijven meloen uitgedeeld. Oude mannen zaten op klapstoelen onder de bomen, spuugden pitten uit en lachten bulderend. Ze dronken water met citroensap uit papieren bekertjes, rookten bruine sigaretten en sloegen zich op de knieën. Ik zag kinderen stickball spelen en wou dat ik mee kon doen.

Miz Hanley zag me. 'Livvy, kind, ben jij daar?' riep ze vanaf de sprei waar ze op zat, omringd door kleinkinderen, schalen aardappelsalade met mosterd en potten zoete uien.

Ik was goed opgevoed, dus ik wist dat ik me nu niet mocht omdraaien om hard weg te lopen. Ik stapte van achter de boom tevoorschijn. 'Ja, Miz Hanley. Ik ben het, Olivia Harker.'

'Kom eens wat dichterbij, dan kunnen we je beter zien.'

'Ja mevrouw.'

'Junk,' zei ze, 'pak eens een bord voor haar. Heb je honger, kind?'

'Ja mevrouw,' zei ik, hoewel ik geen hap door mijn keel zou kunnen krijgen, want mijn maag draaide en ik was banger dan ik ooit van mijn leven geweest was. Maar deze mensen hielden van me: Junk, en Love Alice, die de kinderen achternazat tot ze het uitgilden. Zij zouden wel zorgen dat me niets overkwam. Toch wou ik dat ik goed kon zwemmen.

Ik ging naast Junks ma zitten, en er kropen twee kleintjes op mijn schoot. Ik raakte hun kroeshaar aan en streelde hun rug. Hun huid was glad en koel en had de kleur van in een pan gesmolten chocola. Ik had ze wel de hele rest van de dag willen strelen, maar Junk joeg ze weg en zette een kartonnen bord op mijn knieën.

'Was je toevallig in de buurt, Miss Livvy?' vroeg hij. Hij was groter dan pa en dikker dan zes eikenbomen. Zijn handen waren ze groot als de hammen die tegen Pasen in de slagerij in Buelton hingen.

'Ik...'

'Het maakt niet uit, hoor, je bent welkom,' zei hij. Zijn stem was traag en vriendelijk en hij keek me grijnzend aan. Junk kende me beter dan ikzelf.

Niemand zei dat het tijd was om te beginnen, maar een man in de schaduw begon te neuriën, een tweede viel in en er weerklonk een harmonieuze, stijgende en dalende melodie tussen de bomen. Sommige aanwezigen deden hun ogen dicht en strekten hun handen uit alsof het regende, wat niet zo was. Het geluid dat ze maakten overspoelde me als warm water, en dat deed me aan de rivier denken en ik werd weer ongerust. Ik zette mijn bord neer.

De dominee hief zijn hoofd op en bad met zijn luide, sonore stem.

Op een keer moesten pa en ik een jachthond afleveren bij een methodistische predikant in Buelton. Toen we aan kwamen rijden, stonden de deuren wijd open en ging de dominee zijn gemeente net voor in gebed. Pa, die de hond in zijn armen hield, schudde zijn hoed af en gebaarde dat ik mijn hoofd ook moest ontbloten. We bleven op de onderste stoeptree staan totdat de dominee zijn gebed beëindigde, dat zo zacht was dat het als een fluistering naar ons toe zweefde. Tot mijn verbazing zei zelfs niemand amen. Daarna gingen we op de veranda zitten en kriebelden we de hond achter zijn oren totdat de dienst voorbij was.

Dominee Culpepper leek volstrekt niet op die methodist. Hij riep God aan namens iedereen die daar aan de rivier was, en hij riep ook mij. Ik was zo verliefd op het stijgen en dalen van zijn stem dat de woorden langs me heen gingen. Ik vulde zijn gebed aan met een heleboel eigen amens.

Toen liepen er mensen de rivier in, sommigen met kleine kinderen in hun armen, en een van de mannen ging naar de dominee toe om hem te helpen terwijl de rest bleef zingen: '*Shall we gather at the river...*' Zondaars kruisten hun armen. De dominee kneep hun neus dicht en liet hen achterover in het water zakken. Als ze weer bovenkwamen, straalden ze als de zon die door een wolk breekt, of als iemand die net een stuk aardbeientaart en een vork heeft gekregen.

Ik slenterde naar de zanderige kreek. De kleintjes die op mijn schoot hadden gezeten werden net ondergedompeld, de mensen riepen 'God zij geloofd' en 'Dank U, Jezus' en de kinderen kwamen met verbaasde gezichtjes weer boven. Toen een jongetje een keel opzette, gaven ze hem aan elkaar door om smakkende kussen op zijn hoofdje te drukken en hem op iemands duim te laten zuigen.

'Junk,' zei ik, terwijl ik het water in waadde, 'waarom moeten die kleintjes gedoopt worden terwijl ze nog niet oud genoeg zijn om te hebben gezondigd?'

'Zo zijn ze klaar voor het echte leven, Miss Livvy.'

'Hoezo dan?'

'Dat kan ik ook niet precies zeggen – ze verdienen er in elk geval geen cent meer door als ze groot zijn!' Hij lachte om zijn eigen grapje, met een diepe buiklach.

'Ben jij gedoopt, Junk?'

'O, zo vaak.'

Ik zag dat ze de mensen niet diep onderdompelden, maar precies zo ver dat ze helemaal nat waren van het rivierwater. Je zag hun gezichten nog onder het oppervlak. Een van de gedoopten kwam proestend boven, en zijn broeders en zusters lachten, klopten hem op zijn rug en sloegen een handdoek om hem heen. Hij kreeg koffie uit een thermosfles.

'Hoe weet je dat het tijd is om gedoopt te worden?' vroeg ik.

'O... als alles je te veel wordt.'

'Als je iets hebt dat je heel erg dwarszit, is dat een goed moment?' vroeg ik.

'Dat denk ik wel. Sorry, Miss Livvy, maar het is nu mijn beurt om te helpen.'

Het gezang werd minder. Er liepen al mensen rond die borden verzamelden.

'Dominee Culpepper,' riep ik, tot mijn middel in het water. 'Ik wil gedoopt worden.'

'Nee maar, Olivia Harker,' zei hij. 'Vindt je vader dat wel goed?'

'Jawel dominee,' loog ik. Ook daarvoor moest ik vergeving vragen als ik zo meteen onder water was.

'Goed,' zei hij. 'Dan vragen we Jezus om al je zorgen weg te wassen.'

Ik knikte.

Een man die ik niet kende, legde zijn hand op mijn rug.

'Kruis je armen en hou je adem in,' zei de dominee.

Maar terwijl ze me achterover in het water lieten zakken, werd ik bestormd door allerlei gedachten. Als ze me loslieten, zou ik dan met de rivier meedrijven, de zee op? Zou ik pa dan nooit weerzien? Ze dompelden me onder en er kwam water door mijn neus en mijn mond naar binnen, troebel door de waterplanten en de gladde lijven. Ik slikte en kokhalsde en probeerde mijn ogen open te doen, maar die waren wazig en branderig. Ik trapte, maaide met mijn armen in het rond en gaf de dominee een klap waarvan zijn bril af vloog. Ik hoorde niet of hij me zegende, maar voelde alleen dat Junks handen me uit het water tilden.

Ik was druipnat, ik veegde door mijn ogen en mijn haar, mijn gezicht was verwrongen omdat ik bang was dat ik huilde, en ik had het stervenskoud. Ik schaamde me dood om wat ik had gedaan, omdat ik hen had beloerd en in hun rivier had gelegen, en toen ik weer op mijn benen stond, wrong ik me los en waadde naar de oever, op weg naar de bomen. Maar er staken wortels uit de grond en ik struikelde, zodat ik plat op mijn gezicht viel en vernederd bleef liggen. Gelukkig schoot er niemand toe om me overeind te helpen. Ik wilde niet huilen. Ik bleef met gebalde vuisten liggen en probeerde hen met mijn gedachten te dwingen naar huis te gaan.

'Miss Olivia?'

'Ga weg, dominee.'

Hij kwam naast me zitten; hij gromde en de botten in zijn knieën kraakten. 'Is alles goed met je, Miss Olivia?'

'Jawel dominee.'

'Ik zie dat je met je oor tegen de grond ligt.'

'Jawel dominee.'

'Hoor je de aarde spreken?'

Die vraag verraste me, want ik hoorde inderdaad iets, al vanaf dat ik heel klein was: wortels die bewogen, stengels die zich ontvouwden, zaadjes die opensprongen alsof er iets geboren werd. Pas toen de wind zachtjes over mijn natte lichaam streek, schoot me weer te binnen waar ik was. 'Ja dominee,' zei ik.

'Alsjeblieft, daar heb je het bewijs.'

'Waarvoor?' Ik durfde hem niet aan te kijken. Ik had hem een fikse klap gegeven en ik vroeg me af of hij zijn bril nog had teruggevonden of dat hij de rest van zijn leven met half dichtgeknepen ogen zou moeten rondlopen.

'Sommige mensen zijn uit het water geboren,' zei hij. 'Olivia Harker is uit de aarde geboren.'

'Aardig dat u probeert me op te monteren, dominee, maar ik heb mezelf onsterfelijk belachelijk gemaakt en iedereen weet dat.' Ik verborg mijn gezicht in mijn arm. Ik had een gevoelige plek op mijn jukbeen en mijn ene knie begon pijn te doen.

'Nee hoor, helemaal niet,' zei hij met zijn hand op mijn hoofd. Hij strooide een handvol zand over me uit. 'Uit naam van de aarde doop ik u Olivia Harker, gesterkt door de liefde van de Vader, het bloed van de Zoon en de Heilige Geest.'

Ik wachtte af of ik me nu anders zou voelen.

'Je zonden zijn je vergeven, Miss Olivia.'

Ik keek hem aan. 'Dominee?'

'Ja?'

'Wat is de Heilige Geest?'

'Nou, dat is wat je hoort als je je oor tegen de grond legt, Miss Olivia,' zei hij.

De dominee klom op de wagen van Miss Dovey en bracht alle kinderen terug; ik zat tussen hen in en omklemde de achterste plank. Achter de wagen liepen de mensen arm in arm; ze droegen klapstoelen en lege manden. Ze zagen er moe en gelukkig uit, vervuld van iets wat ik niet had gevonden.

Ze lieten me bij de kruising uitstappen en ik liep de rest van de weg. Pa was in de kelder aan het werk, het licht viel schuin omhoog over de trap en de keukenvloer. Er stond een afgedekte schaal achter op de kachel, wat me deed denken aan het bord gebraden kip dat ik op de sprei van Miz Hanley had laten staan.

'Ben jij daar, Olivia?' riep pa naar boven.

'Ja pa.'

'Steek maar vast een lamp aan, ik kom zo.'

Ik ging de nis in en trok het gordijn dicht, maakte mijn natte schort open en trok mijn veters los. Ik had er niet aan gedacht mijn schoenen uit te doen voordat ik de kreek in was gelopen, en ik hoopte maar dat ze niet twee maten kleiner zouden zijn als ze waren opgedroogd. Vroeger zou ik de trap af zijn gestormd om pa alles te vertellen wat ik had gezien en gehoord, maar deze dag was zo ongewoon dat ik er zelf niet goed raad mee wist. Ik wachtte niet tot hij boven kwam, maar trok een schoon nachthemd over mijn hoofd, kroop in bed en ging met mijn gezicht naar de muur liggen. Toen hij kwam kijken, deed ik of ik al sliep.

8

Ik hoopte stiekem dat ma bij thuiskomst zou besluiten dat ze gelukkiger was geweest in Buelton, geen twijfel mogelijk, en dat ze pa zou opdragen om de ezel voor de wagen te spannen en haar terug te brengen. Als dat niet gebeurde, zou ik bij Junk en Love Alice gaan wonen tot pa langskwam om te zeggen dat ze in een afwateringsgreppel was gevallen en was verdronken.

In augustus was ik jarig. Pa en ik gingen naar Dooby, waar we op de krukken aan de toonbank broodjes kip en vanille-ijs uit geribbelde schaaltjes aten. Ik was nog steeds boos op Dooby en weigerde hem aan te kijken. Daarna wandelden pa en ik naar de bergkam en luisterden we op de rand van het voorgebergte naar opa's wolven, die de avond naar zich toe riepen.

Pa was lang, met lange armen en benen en een knokig gezicht. Hij kon toveren, hij kon iets recht in de ogen kijken en het meteen rustig maken. Ooit had er een halfvolwassen wolf uit zijn hand gegeten.

'Luister, meissie,' zei hij dan.

Ik was dol op dit verhaal.

'Mijn pa zag ze voor het eerst in Alaska. Ze lagen languit in de zon, likten hun poten en zorgden voor hun jongen. Op dat moment begreep hij dat hij daar zou moeten blijven of ze mee naar huis zou moeten nemen.'

'Waarom is hij niet gebleven?' moest ik dan vragen.

'Omdat je oma en ik hier waren, en hij hield meer van ons.' Pa keek me aan. 'Net zoals ik van jou hou. Daarom bouwde hij kooien, die hij met takken en bladeren bedekte. Hij legde er vlees in en hield ze de hele winter in de gaten totdat hij een mannetje en een vrouwtje ving.'

'En hij zorgde dat hij ze nooit recht in de ogen keek,' zei ik.

'Precies. Hij spande de muilezels in en hing de kooien aan palen. Hij huurde een stuk of vijf kerels in en nam de benen naar het zuiden. Zorg dat je dat verhaal niet vergeet, meissie.'

'Nee, pa.'

'Er waren in Kentucky nooit wolven geweest voordat deze kwamen, maar ze gedijden goed. Die eerste lente waren er een stuk of vijf pups met zilvergrijze snuiten. Er kan ze niets gebeuren – snap je?'

Ik snapte het niet. Ik wist alleen wat mij allemaal was overkomen: bronchitis, pokken, roodvonk en de bof. Maar in die tijd waren er wel meer dingen die ik niet begreep, zoals de manier waarop een ziel een lichaam verliet als het doodging. Toen de oude Mr. Sykes overleed, hing ik rond in de deuropening van zijn slaapkamer, terwijl mijn pa met zijn vrouw bij hem waakte. Ik dacht dat ik zou zien dat God zijn hand uitstak om de ziel van Mr. Sykes op te scheppen, zoals je het vet van een stoofpot afschuimt. Maar er gebeurde niets, alleen zijn mond zakte open, en pa boog zich naar hem toe om zijn hand over zijn ogen te halen zodat hij niet meer naar het plafond staarde.

Ik kon de dood al niet bevatten, maar ik vond zwangerschap en geboorte nog verwarrender. De zwarte meisjes waren echt een raadsel voor me – op zondag hinkelden ze met me, op maandag waren hun buiken zo rond als meloenen en hadden ze twee zuigelingen aan de borst. Ik vermoedde dan ook dat ze in het geheim vroeg trouwden en meer dan één echtgenoot hadden. Ik vroeg me af waar ze die lieten, en wat er zou gebeuren als de mannen elkaar 's avonds een keer aan tafel zouden treffen. Ik informeerde daarnaar, en ook naar andere dingen. Ik vernam dat jongens die het met zichzelf deden beslist blind zouden worden. Ik hoorde ook dat een meisje in brand kon vliegen als haar maandelijkse bloeding samenviel met volle maan. Op school ging het gerucht dat je een slet kon herkennen aan haar grote boezem, en dat een meisje zes avonden op rij in een handspiegel moest kijken als ze wilde dat de jongen van haar keuze langskwam. Ik wist heel zeker dat alle populaire meisjes vijf avonden op rij hun spiegel pakten en dan giechelden en gilden over de vraag of ze die laatste avond aandurfden, uit angst dat er iets fout ging en dat de lelijkste jongen uit de buurt voor de deur zou staan. Ik hoorde dat een meisje in verwachting zou raken als een jongen haar kuste en daarbij zijn tong gebruikte. Ik gaf dat nieuws door, en voegde er mijn persoonlijke, maar verwarde overtuiging aan toe dat hetzelfde zou gebeuren als een jongen in een potje plaste en dat een nacht onder het raam van een meisje zette. Uiteindelijk gaf mijn juf, Miss Reingold, me een briefje voor pa met de mededeling dat ik ongepaste voorlichting had gegeven.

Pa moest maar aan een buurvrouw vragen of ze mij wilde vertellen waar een jongedame wel en niet over hoorde te praten, zei ze. Dan kon ze meteen zorgen dat mijn informatie correct was. Het was háár taak, zei Miss Reingold, om me te leren hoe ik een rij breuken moest optellen, waar ik Engeland en Schotland op de kaart kon vinden, wat de correcte spelling van Mississippi was en wat de hoofdsteden van New York, Virginia en Vermont waren. Van haar leerde ik 'America the Beautiful' zingen, en ook dat jonge meisjes altijd een schone zakdoek in hun zak hoorden te hebben.

Uiteindelijk liep ik met het briefje de heuvel op naar Miss Dovey, die in de voorkamer van haar huis lesgaf aan zwarte kinderen, en ik ging op het trapje van haar veranda zitten tot de school uitging. Een paar van de kinderen die met hun boeken naar buiten renden, zeiden: 'Hoi, O-livia.' Miss Dovey nam me mee naar binnen, las het briefje en vertelde me over dingen als schone lappen bewaren voor als ik bloedde, en dat ik nee moest zeggen als een jongen met me achter de schuur wilde, mijn rok wilde optillen of me op intieme plekken wilde aanraken. Ik dacht terug aan wat Love Alice over haar ooms had gezegd, en ik vroeg me af hoe oud Miss Dovey was geweest toen een man voor het eerst haar rok had opgetild.

Ze vroeg zich hardop en hoofdschuddend af waar mijn ma was nu ik haar nodig had. Ik was dol op Miss Doveys stem, en onder andere omstandigheden had ik er uren naar kunnen luisteren, maar vandaag wilde ik het liefst in een donker hoekje wegkruipen. Ik wist wat honden en paarden met elkaar deden en waar kleine ratjes vandaan kwamen. Dankzij Love Alice had ik er nu zelfs een woord voor. Ik nam me heilig voor dat al die viezigheid mij nooit zou overkomen. Ik bleef naar mijn schoenen staren en hoopte vurig dat de rode kleur van mijn wangen zou verdwijnen. Ik zei 'ja, mevrouw' en 'nee, mevrouw' en bleef ineengedoken op het krukje zitten tot ze een suikerkoekje voor me haalde, me een aai over mijn bol gaf en me naar huis stuurde.

9

Diezelfde zomer voor ma's terugkeer nestelde zich een onbestemde kriebel in mijn borst. Volgens Love Alice was dat een onmiskenbaar teken dat ik groeide, en met een stukje touw hield ik elke avond de ontwikkelingen bij, bang dat mijn borsten te vroeg, te laat of helemaal niet zouden ontluiken. De borsten van Love Alice waren klein, rond en volmaakt van vorm, maar zo veel geluk zou ik vast niet hebben. Hoewel ik dol was op de zware borsten van Junks ma, en op die van Mrs. Dooby en haar zuster, de dikke weduwe, was ik bang dat de mijne te vroeg zouden gaan groeien, zodat mijn boezem tegen de winter zo zwaar zou zijn dat ik voorover kieperde. Zo had ik er weer iets bij om over te tobben.

Maar ik vond het geweldig om pa te helpen in de kelder. Onder aan de trappen hingen twee lantaarns aan haken. Zijn medische tabellen waren met grote stalen muurspijkers aan de wand bevestigd. Twee dikke zwarte boeken lagen opengeslagen op zijn behandeltafel. Elke dag hield ik konijnen, opossums en doodsbange wasberen in bedwang terwijl pa hun in vallen gemangelde poten spalkte. In die tijd kreeg ik een hekel aan jagers – niet aan degenen die een haas of een paar eekhoorns mee naar huis namen om op te eten, maar aan degenen die op beesten schoten en ze dan gewond lieten liggen.

Pa verzorgde de dieren van de Samsons, Mr. French, de Daymens en de Sylvesters. Hij lapte de katten van Doc Pritchett op en hielp in de stal van Mrs. Nailhow een kalf ter wereld. Overal in de vallei maakte hij smeerseltjes en brijomslagen, zalven en poeders. In ruil daarvoor kreeg hij karmozijnbesscheuten, erwten in de peul, zoete mais en één keer een poot van een wilde kalkoen.

Pa en ik aten bijna nooit vlees, want dat konden we niet betalen.

Maar we hadden wel kippen, en pa was er een meester in om die de nek om te draaien. Afgezien daarvan – en van een portie gezouten varkensvlees van iemand wiens muilezel we hadden behandeld – aten we groente, fruit en gele maispannenkoekjes. Meestal hadden we koolsoep met uien en plat brood om erin te dopen. Gebakken aardappelen met salie en rozemarijn. Stroop die we als boter op pannenkoeken smeerden. We waren gek op met witte suiker gekookte rabarber, en op wilde honing voor op onze havervlokken, en we dronken de verse melk van de geiten die we hielden. Op het gebied van eten waren we het roerend met elkaar eens. Maar op andere gebieden hadden we zo onze meningsverschillen.

Pa was geen prater, ik praatte aan één stuk door. 'Stil nou eens, Olivia,' zeiden de mensen vaak. 'Je kwekt maar door.' Maar hij luisterde naar me. Soms staakte hij zijn bezigheden en keek hij me recht aan tot ik helemaal klaar was. Alsof hij meende dat ik misschien echt wat te zeggen had.

Ter voorbereiding op de komst van ma knapte pa het huis op met twintig liter witkalk die hij ooit voor het halen van een veulen had gekregen. Hoewel het kale hout op een heleboel plekken door de kalklaag heen kwam en ons dak nog steeds verzakt was van vele jaren sneeuw, merkte ik wel dat hij erg in zijn nopjes was.

Maar ik weigerde mee te helpen. Pa kon me er niet toe bewegen. Ik protesteerde en stampvoette. Voor het eerst van mijn leven stuurde hij me naar bed om eens heel goed na te denken. En nadenken deed ik, met de dekens tot aan mijn kin opgetrokken, terwijl buiten de zon nog niet eens onder was. Het was een zegen geweest dat ma bij ons was weggegaan. En zelfs al had ze net zo'n boezem als Junks ma, dan nog wilde ik haar niet terug.

Vanuit mijn bed in de nis, waarvoor ik het gordijn had dichtgetrokken, hoorde ik pa in de keuken water opschenken en de kachel opstoken. Ik rook warm maisbrood en hoorde borden rammelen. Ik luisterde naar het getik van de vork tegen het bord terwijl hij zijn avondeten opat en voelde me nog akeliger. Na een poosje trok hij het gordijn opzij en bleef staan, met een stuk maisbrood en een beker melk in zijn hand.

Ik kwam half overeind. 'Miss Dovey zegt dat ma getikt is.'

'Dat is dwazenpraat.'

'Ze zegt dat dat de reden is dat je nooit bij haar op bezoek bent geweest. Hoe weet je dat het beter met haar gaat als je haar niet met eigen ogen gezien hebt?'

Hij kwam de nis in en ging naast me zitten. 'Dat zegt haar arts.'

'Ik wil niet dat ze hier komt, pa. Ik vind het hier fijn, zo met ons tweetjes.'

'Vroeger was ze jong en mooi,' zei hij, 'en vol vuur. Waarom heb je toch zo'n hekel aan haar, Olivia?'

Ik haalde mijn schouders op, maar niet uit bokkigheid. Ik wist het zelf ook niet.

'Hoe dan ook, ik heb haar nodig om hier te helpen,' zei hij. 'Het valt om de dooie dood niet mee om het huishouden te doen, de winkel en de kliniek draaiende te houden en op jou te passen.'

Ik voelde dat ik verstrakte. 'Ik wil nog meer maisbrood.'

'Ze komt over drie weken thuis. Ik wil dat je aardig tegen haar doet. En er is geen maisbrood meer.'

Ik likte kruimels van mijn hand. 'Mag ik dan een hond?'

'Hè?'

'Als ik een hond had, zou ik hem elke dag te eten geven.'

'Olivia, toe nou...'

Het raam in de keuken was inmiddels donker. Ik ging weer liggen en draaide me naar de muur. Ik vond het al moeilijk genoeg dat ik elke dag in de spiegel moest kijken om me ervan te vergewissen dat ik op pa leek en volstrekt niet op haar. Ik moest er niet aan denken om haar werkelijk om me heen te hebben.

'Als ik een hond had, zou ik hem Vlekkie noemen.' Ik trok de sprei onder mijn kin en deed mijn ogen dicht. Ik deed of pa ook was weggegaan, of ik alleen was en op het punt stond van honger om te komen en niemand om me gaf.

Pa stond op, en ik hoorde dat hij het gordijn achter zich dichttrok.

Ik keek door mijn hete tranen naar de barsten in het pleisterwerk van de muur en luisterde naar opa's wolven, die een nieuwe nacht naar zich toe riepen.

10

Het was september. Ik moest weer naar school, en over twee weken zou ma thuiskomen.

Zoals elke dinsdagmiddag die zomer kwamen Love Alice en haar vriendin Mavis Brown langs. We maakten thee van heet water en melk, en zij zeiden dat het huis er splinternieuw uitzag met die witkalk aan de buitenkant en de dubbele waslaag op de vloer. Ik tilde de ijzeren kookplaat op zodat we boven het vuur brood konden roosteren, en aan tafel hielden we onze kopjes vast met twee vingers door het oor.

'Miss Harker,' zei Mavis Brown, 'geef mij nog maar een lepeltje suiker in mijn thee. Dit is een mooier eethuis dan dat van Mr. Ruse.'

Love Alice hikte. 'Hoe weet jij dat nou? Je bent nog nooit bij Mr. Ruse geweest.'

Ik zei: 'Iedereen met enig aanzien is bij Ruse's geweest.'

Ik had niet gezien dat de achterdeur was opengegaan en dat pa was binnengekomen. Hij moest mijn woorden hebben opgevangen, want hij staarde naar me alsof ik een kind van iemand anders was.

'Het spijt me.'

Pa hing zijn jas aan een grote spijker.

'Hoe gaat het, Mr. Harker?' babbelde Love Alice.

Hij kwam aan tafel zitten, schonk wat thee op een schoteltje, blies erop en nam een slok. 'Prima, Love Alice. Met jou ook? En Junk?'

'Ja hoor.' Ze lachte, zodat je haar grote witte tanden zag.

'Ik moet een bestelling afleveren, Olivia,' zei pa. 'Ik blijf niet lang weg.'

Dit was een kans om het weer goed te maken. 'Mogen we mee? Alsjeblieft, pa!'

Hij schudde zijn hoofd. 'Niet naar de familie Phelps.'

'We blijven in de wagen, je hebt geen last van ons.'

'Olivia, deze keer moet ik streng zijn.'

'Maar...'

'Die jongens van Phelps zijn zo kwaadaardig als valse honden. Ik heb besloten dat ik ze vanaf vandaag niets meer breng. Wat daar allemaal gebeurt...' Pa perste zijn lippen op elkaar, alsof hij al te veel had gezegd. 'Tot straks.'

Zodra hij naar buiten was gegaan, zei ik botweg: 'Jullie moeten nu weg.'

'Hemel, O-livvy,' zei Love Alice. 'Jij bent iets van plan.'

'Ik verstop me in de wagen. Jullie mogen mee.'

'Ikke niet,' zei Mavis, terwijl ze de deur uit liep en van het trapje stapte. 'Wij mogen daar niet naartoe.'

Uiteindelijk hurkte ik in mijn eentje tussen twee balen hooi, onder de oude wollen deken waarmee pa de drankflessen afdekte. Pa gaf de ezel een zacht tikje met de zweep.

Ik had hem een keer gevraagd hoe hij wist hoeveel flessen hij moest afleveren. Hij zei dat ik goed moest opletten – soms reed er bijvoorbeeld een man langs ons huis die zijn hoed afnam en er drie keer mee zwaaide. 'Dat is een teken, Olivia. Je moet leren hoe je de tekenen kunt herkennen.'

Achter in de wagen hobbelde ik mee naar het oosten, waar het landschap vlakker werd. Ik wist wel het een en ander over de jongens van Phelps. Ze waren net als hun land – verwilderd en onverzorgd sinds hun pa was doodgegaan. Ik heb hun ma nooit gekend, maar ik kende de oude man van gezicht. Zijn drie zoons hadden een poosje in Ruse's Café rondgehangen.

Maar toen sloot de zoon van Ruse zich bij hen aan, tot Grote Ruse met een pannenkoeksmes zijn keel dichtdrukte en hem in de buitenplee opsloot. De jongens van Phelps hadden daar hartelijk om gelachen, maar sindsdien lieten ze Kleine Ruse met rust en bemoeiden ze zich voornamelijk met elkaar.

Op een dag ging de oude Mr. Phelps dood, en toen werden de twee oudste jongens vals. De opschepperige, gespierde James Arnold was altijd de leider. Alton was de middelste, een onaangename kerel met een grote mond. De bleke Booger was de jongste. Hij had opgezwollen ogen en was niet al te snugger. Hij liep met gebogen schouders en hangende armen, als een aap, en de andere twee sloegen iedereen die hem uitlachte bont en blauw. Booger ging op zijn achtste van school omdat de meesters en juffen niets met hem konden beginnen. Op een dag kwam de sheriff de jongens van school halen, en ze kwamen niet meer terug. Een paar weken later hoorden we dat hun ma er met een handelsreiziger vandoor was gegaan.

Vandaag wilde ik Booger eens van dichtbij bekijken. We reden om een half omgevallen hek heen en kwamen bij het grote huis. Pa gaf de ezel het commando om stil te staan en ik hoorde hem roepen: 'Hallo daar, in de schuur!'

Ik sloeg een hoekje van de deken terug en tuurde naar James Arnold Phelps, die een tuinbroek zonder overhemd droeg. Hij was even breed als groot, en in zijn samengeklitte baard zaten etensrestjes en twijgjes. Hij vroeg aan pa of hij de drank bij zich had.

Pa kwam van de wagen, en toen hij de deken van de gekurkte flessen afhaalde en mij zag, schoten zijn ogen vuur. Ik was doodsbenauwd.

'Ik heb de indruk dat jullie al vroeg zijn begonnen, jongens,' zei hij, maar hij keek nog steeds naar mij.

James Arnold trok zijn lip op als een hond die wordt getreiterd. 'Zeker weten, Harker. Het zijn zware tijden.'

'Nou,' zei pa, terwijl hij de flessen uit de wagen haalde. 'Ga je gang, jongens. Deze twee krijgen jullie van mij.'

James Arnold schudde zijn hoofd. 'O nee. Twee is lang niet genoeg. Hoeveel flessen heb je in die wagen?'

Alton kwam uit de schuur. Hij was veel minder fors dan zijn broer, maar hij zag er zelfs hanig uit als hij stilstond. 'Ik hoor dat je ons geen whisky wilt verkopen, Harker.'

'Klopt, Alton,' zei pa. 'Jullie drinken de halve nacht en jagen de mensen dan de stuipen op het lijf. Vorige week hebben jullie het paard van de oude Bristow doodgereden. Ik ben er met mijn spa naartoe gegaan om het te helpen begraven – Bristow had dat dier al een hele poos.'

Alton grijnsde naar zijn broer.

Pa schudde zijn hoofd. Hij draaide zich om en wilde weer op de wagen klimmen.

Maar voor een grote, zware man was James Arnold erg snel, en hij greep pa bij zijn jas en draaide hem naar zich toe. Hij duwde hem hard tegen de wagen, waardoor zijn hoed afviel. James Arnold bracht zijn gezicht vlak bij dat van pa. 'We zijn niet van plan om een nieuwe leverancier te zoeken, Harker,' zei hij. 'Als jij ons niks meer brengt, vertellen we de sheriff in Buelton dat je de allerbeste drank van de wijde omtrek stookt.'

Pa zei: 'De sheriff houdt ook van mijn whisky, jongens. Je vertelt hem dus oud nieuws, en daarna zou hij op een zaterdagavond best eens met de federale politie naar jullie schuur kunnen komen.'

Ik sloeg mijn handen voor mijn mond en hoorde pa hijgen. 'Ik ga weer verder. Jullie hebben genoeg te doen – jullie moeten voor je pa's ranch en je broer Booger zorgen. Hoe gaat het trouwens met hem?'

James Arnold bracht zijn arm naar achteren en gaf pa een harde stomp op zijn wang. Ik zag pa's hoofd met een ruk opzij klappen, en als James Arnold zijn hand niet plat op zijn borst had gelegd, zou pa tegen de grond zijn gegaan. Zijn hele wang zat onder het bloed.

'Booger is dood,' siste James Arnold tussen zijn tanden. 'Hij heeft je goeie maiswhisky gedronken en zich voor zijn kop geschoten. Zo goed gaat het met hem, Harker.'

Pa bracht zijn hand omhoog om aan zijn gezicht te voelen, en ik gooide de deken van me af en sprong op.

Alton Phelps liet grijnzend al zijn tanden zien, net als honden soms doen als ze doodgaan. 'Kijk nou eens wat er in die wagen zit.'

Ik balde mijn vuisten. 'Smerige varkens!' schreeuwde ik. 'Jullie hebben varkenskoppen en jullie dragen stinkende varkensbroeken!'

Alton kwam naar me toe en tilde me aan de bretels van mijn tuinbroek op. Ik kon de stank van zijn adem en zijn rotte tanden ruiken. 'Mag je zulke dingen wel van je mama zeggen, meisje?' vroeg hij grijnzend.

'Mijn ma woont nog niet bij ons.'

'Olivia,' zei pa. 'Hou je mond.'

'O ja,' zei Alton lijzig, 'volgens mij heb ik over haar gehoord. Die hoeren uit het gekkenhuis zijn zo wellustig als wat. Als ze thuiskomt, zeg dan maar dat Alton Phelps haar met een bezoekje komt vereren.'

Het leek lang te duren voordat ik genoeg speeksel bij elkaar had, maar ik spuugde een klodder in zijn oog, waardoor hij gilde en met een ruk achteruit vloog. Ik viel bijna over de rand terwijl hij het speeksel met de muis van zijn hand wegveegde.

'Klein kreng!' schold hij. 'Wie denk je wel dat je bent?'

'Ik ben Olivia Harker, en jij bent een nul!'

'Nee, meisje. Ik ben Alton Phelps, en dit is mijn broer, James Arnold Phelps. Als je slim bent, onthoud je onze namen. De duivel weet dat ik de jouwe niet zal vergeten.'

Op dat moment gaf pa James Arnold een kopstoot, waardoor James Arnold dubbelsloeg en naar adem snakte.

Alton kwam langzaam tussen hen in staan, alsof hij er nog eens over had nagedacht en geen haast meer had om het ons betaald te zetten. Hij haalde een helderrode, vierkante doek tevoorschijn, waarmee hij zijn gezicht schoonveegde. 'En, Harker, blijf je ons flessen verkopen? Om ons in deze zware tijden te helpen?'

Pa schudde langzaam zijn hoofd. 'Nee. Maar ik vind het heel erg van Booger. Ik weet dat jullie van hem hielden. Als ik kan helpen om hem te begraven...'

'Is al gebeurd,' zei James Arnold. 'De grond is godsgruwelijk hard, de jongen is al half vergaan.' Hij tilde pa aan de voorkant van zijn hemd op en zei woedend in zijn gezicht: 'Ik weet wat je hier komt doen, Harker, en ik wil dat je ermee ophoudt.' Daarna gaf hij hem nog een klap.

Ik hoorde pa kreunen, maar hij kwam overeind. Hij raapte zijn hoed op en sloeg het stof eraf. Met grote moeite klom hij op de wagen en trok de hoed over zijn ogen. Hij spoorde de ezel aan en stuurde de wagen om de schuur heen. Ik stond achterin en bleef Alton Phelps aanstaren tot hij in de schaduw verdween.

'Ga zitten, Olivia,' zei pa uiteindelijk.

Daarna hobbelden we de weg op en reden we terug naar huis.

Na een poosje zei pa: 'Thuis moet je mijn wang met naald en draad...'

'Weet ik. Pa, wat gebeurt er op zaterdagavond in hun schuur?'

Hij haalde een lap tevoorschijn, hield hem tegen zijn gezicht en keek naar het bloed. 'Olivia, je hebt dingen opgevangen die je beter niet had kunnen horen. Ik wil dat je vergeet dat we hier ooit zijn geweest.'

11

De week voordat ma thuiskwam, boog Love Alice zich over de tafel naar me toe. 'Ik heb het je nog nooit verteld, O-livvy,' zei ze met haar hoge stemmetje, 'maar ik wéét soms dingen.'

'Hoe bedoel je, wat voor dingen? De tafels van vermenigvuldiging en zo?'

'Nee,' fluisterde ze. 'Dingen die ik niet zou mogen weten – bijvoorbeeld wanneer iemand zal sterven. Of dat iemand zijn vrouw bedriegt.'

'Dat verzin je.'

'Het hoort niet, dat weet ik,' zei ze. 'God zal me ervoor straffen. *Love Alice*, zal Hij tegen me zeggen, *jij mag de hemel niet in, want je hebt in de hoofden van andere mensen gegluurd en hun geheimen gezien.*'

Ik schudde met mijn eigen hoofd tot mijn vlechten dansten. 'Love Alice, niemand weet wat andere mensen denken.'

'Je kunt het maar beter geloven.'

Ik zat met beide handen om mijn kop thee. 'Goed – waar denk ik op dit moment aan?'

Love Alice hield haar hoofd scheef, zodat haar sproeten naar beneden gleden. Ze leek net een roodborstje dat luistert of het wormen hoort. 'Je denkt aan je mama. Je zult veel verdriet hebben en dat vind ik naar voor je. Goeie god, O-livvy, het zal lang duren voordat jij gelukkig bent.'

'Dat zeg je alleen maar omdat ik je heb verteld dat ma thuiskomt.'

Ze schudde haar hoofd. 'Je bent bang voor haar, en ze ís er nog niet eens.'

Ze had gelijk; ik was bang. Niet alleen voor ma, maar ook dat Love Alice misschien wel echt in de toekomst kon kijken. Ik was blij dat ik pa's voetstappen op de veranda hoorde.

'En, O-livvy,' fluisterde Love Alice me toe, 'op een dag zul je zelf een dochtertje krijgen.'

'Niks daarvan, ik trouw nooit. Ik blijf hier voor pa werken totdat ik een heel oude vrouw ben.'

Love Alice glimlachte bedroefd. 'Ze zal zonneblond haar hebben. En je zult haar Pauline noemen, geloof me maar.'

12

Ma kwam op een warme maandagmiddag thuis, in een mooi rijtuigje dat pa had gehuurd. Hij had een schots en scheve bruinesuikercake voor haar gebakken met eieren die ik uit ons kippenhok had geraapt, en zei dat hij een wc binnenshuis wilde bouwen. Er lagen fris gewassen lakens op het grote hemelbed. En hij was van plan om de nieuwe ezel Sanderson aan haar te geven. Als ze het wilde, zou hij een zadel voor haar kopen. Die dag ging de winkel vroeg dicht en zetten we een bordje in de etalage, maar iedereen wist al wat er aan de hand was.

Pa liep ma op de weg tegemoet en tilde haar reistas uit het rijtuig. Ze gaf hem een arm en hij leidde haar over het lange pad en de treetjes op naar de winkel, waar ze naar de planken met blikken en ingelegde groente keek. Haar goudblonde krullen waren opgestoken, en haar lichaam was slank en gewelfd als een wilgentak. Toen kreeg ze in de gaten dat ik van achter het gordijn naar haar gluurde. Pa liep naar de keuken om koffie te zetten.

Ze kwam recht op me af – we waren bijna even lang – en zei: 'Smerig, dat is het enige woord voor deze winkel. Nou, ik kan je vertellen dat ik hier nooit een dag zal werken. En jij, jij blijft uit mijn buurt. Zorg dat je niet op mijn zenuwen werkt. Geen gelach, geen gehuil, geen stemverheffing.'

In de keuken hoorde ik pa kopjes klaarzetten en de cake aansnijden. Ma streek met haar vinger over de rand van de aardappelton, alsof het mijn schuld was als ze daar vuil aantrof. Daarna bestudeerde ze mijn gezicht. 'Wat ben jij lelijk,' zei ze.

Ik wist niet welke kwaal ze had gehad, maar ik wist wel dat hij nog niet ernstig genoeg was geweest.

Pa riep dat de koffie klaar was, maar ze bedankte en ging naar bed 'om te rusten'.

Ik probeerde het hem uit te leggen, ik zei: 'Ze voelt zich te goed. Ze is trouwens ook helemaal niet op ons gesteld.'

Maar hij lachte schril en zei dat ik aan het avondeten moest beginnen. Als we haar met rust lieten, zou ze vanzelf wel wennen. Hij ging naar de kelder, waar het doodstil bleef, en ik wikkelde de cake in een doek en legde hem in de provisiekast. Ik waste een kool met zout water om het ongedierte te doden, en schepte er vervolgens veel genoegen in om hem met het slagersmes in stukken te hakken. Nadat ik de kern bij de geiten had gegooid, liep ik naar de buitenplee, waarbij ik de hordeur drie of vier keer hard liet dichtslaan. Hoe meer lawaai ik maakte, hoe beter ik me voelde, maar er lag een steen op mijn maag.

Ik sneed een aardappel en een restje gele paprika in stukjes, deed er een handvol doperwten bij en maakte deeg voor broodjes, dat ik wegzette om het te laten rijzen. Daarna ging ik op de trap van de achterveranda zitten en keek ik met mijn hand boven mijn ogen naar ons land, naar de eerste helling van Big Foley, achter de opgedroogde beek. Ik vroeg me af wat ma zou zeggen als ze de wolven hoorde huilen – of misschien wisten die wel dat ze thuis was, en liepen ze daarginds op hun tenen rond.

Even later kondigde ik luidkeels aan dat het eten klaar was. Pa kwam als eerste binnen, met een zorgelijke trek om zijn mond, en hij legde de vorken recht en zette zout en peper op tafel. Het brood was best goed gelukt. Ma liet zich niet zien, en pa en ik stonden elkaar aan te kijken tot ik vastberaden naar de slaapkamerdeur stapte en zachtjes klopte. Je kon geen hand voor ogen zien omdat de gordijnen dicht waren, maar ik hoorde ma wrevelig vragen: 'Wat is er?'

'Het eten staat op tafel.'

Met een zucht ging ze rechtop zitten. Ze legde een hand op haar rug, alsof die vreselijk stijf was geworden van het bed.

Op het moment dat ze binnenkwam, zat pa aan tafel, maar hij sprong op alsof hij door een wesp was gestoken en trok haar stoel naar achteren. Hij schoof de stoel netjes aan, haalde de theedoek en legde die op haar schoot. Toen ik zijn soep op tafel zette, gaf hij haar zijn kom, sneed een broodje open en reikte haar een mes aan, een botermes noemde hij het. Ik zette nog twee kommen op tafel.

Na één blik op de koolsoep met de verse paprika en doperwten trok ze haar neus op. 'Wat een waardeloos welkomstmaal.'

'Ida Mae...' zei pa.

'Ik had kunnen weten dat ze niet kon koken. Ik zweer je, kinderen werken alleen maar op je zenuwen.'

Ik wachtte tot pa zou zeggen dat koolsoep zijn lievelingsgerecht was en dat dit de beste broodjes waren die ik ooit had gebakken, maar al zag ik zijn mond bewegen, er kwamen geen woorden uit.

'En verwacht alsjeblieft niet dat ik voortaan het eten klaarmaak,' zei ze. 'Ik weet helemaal niets meer van koken, en ik heb geen zin om het opnieuw te leren.'

'Olivia zal beter haar best doen,' zei pa, kijkend naar zijn kom.

Ik sprong onhandig op, waarbij mijn stoel op de grond viel en ik mijn melk omstootte. Ik wist niet aan wie van hen ik op dat moment een grotere hekel had. 'Dit heb ik niet voor jou gemaakt, dwaze zuurpruim die je bent!' schreeuwde ik. 'Ik heb het voor pa gemaakt, omdat hij het lekker vindt! Voor jou zou ik nog niet koken als je op de trap naar de hel lag te verhongeren. Ik vraag me af waarom je eigenlijk bent teruggekomen. Ik heb een hekel aan je – en aan die rotezel ook!'

Het was veel meer dan ik eigenlijk had willen zeggen, maar ik denk dat deze dijkdoorbraak onvermijdelijk was geweest.

Ze vloog van haar stoel en greep me bij de arm. Ze was verrassend sterk, en ze boog mijn hoofd boven de gootsteen, waar ze een stuk sodazeep in mijn mond duwde. Ik tilde hijgend en kokhalzend mijn hoofd op om pa te smeken hier een einde aan te maken, maar hij bleef gewoon zwijgend naar zijn eten zitten staren. Door zijn behoefte om de vrede in zijn gezin te bewaren, viel hij bij mij helaas van zijn voetstuk.

Die nacht, in mijn nis, luisterde ik met het gordijn dicht naar haar gesnik en naar pa, die haar gouden bergen beloofde. Hij zou de distilleerketel weghalen, geen dieren meer behandelen en meer tijd besteden aan de winkel, zodat zij dat niet hoefde te doen. Hij zou ook vaker koken – ze hoefde geen vinger uit te steken.

Ze bleef maar snikken, en ze jammerde en zeurde dat ze veroordeeld was tot dit godvergeten gat.

Pa zei dat hij bij de bank een lening zou afsluiten en een auto zou kopen, zodat ze vaak naar Buelton kon. Hij zou zorgen dat het haar aan niets ontbrak. Hij praatte alsof ze nog steeds dat mooie jonge meisje uit zijn herinnering was, en op dat moment besefte ik wat er was gebeurd – mijn geboorte was de oorzaak van haar zenuwaandoening. Terwijl ik hen zo hoorde fluisteren, vroeg ik me af of hij zich verontschuldigde dat ik zo lelijk was.

Later hoorde ik dat hij haar mee naar de slaapkamer nam. Een paar minuten later was hij in de keuken ingespannen bezig om allerlei spullen te verplaatsen, en toen wist ik dat hij voor zichzelf een bed op de vloer had gemaakt. Op dat moment besloot ik haar Ida te noemen, en al bad ik God elke nacht om haar tot zich te nemen, Hij luisterde nooit.

De weken daarna fantaseerde ik soms dat pa en ik onze spullen naar de kelder verhuisden, waar we niets meer met Ida te maken hadden. We zouden boven een kaarsvlam koken en ons wassen in de tobbe die hij voor operaties gebruikte. We zouden onze patiënten verzorgen en Ida nooit meer hoeven zien. Als we geluk hadden, kwam iemand ons vroeg of laat vertellen dat ze dood was.

Meestal negeerde ik haar. Zaterdags en zondags tekende ik naaipatronen voor sierlijke schorten en zonnehoeden, die ik vervolgens uit stoffen uit de winkel knipte en in elkaar zette. 's Ochtends vroeg bracht ik ze op weg naar school naar Dooby, die het goed vond dat ik ze in zijn etalage hing. Ik deed heel goede zaken, in tegenstelling tot pa. Er kwamen steeds minder gewonde beesten naar ons huis. De mensen lieten hem nog maar zelden komen om een wond te verbinden of kalveren in stuitligging ter wereld te helpen, en we misten de groente en de appelbeignets. Overdag stond hij in de winkel, maar zelfs dat was niet meer hetzelfde. De mensen deden haastig boodschappen en keken bezorgd naar het keukengordijn.

Die herfst kwam pa thuis met een man die de winkel van elektrische lampen voorzag. Hij hing er ook een in de slaapkamer, en boven onze keukentafel kwam een bungelend koord voor een lichtpeertje.

Hij liep met een spoel zwart draad van ons huis naar een van de elektriciteitspalen die langs onze weg waren neergezet. Pa gaf hem vier dozen kruidenierswaren en tekende een schuldbekentenis voor de rest.

Na school paste ik op de winkel. Terwijl ik daar of onder de keukenlamp aan mijn naaiwerk bezig was, ging pa de berg op om vademhout te hakken, dat hij met de wagen afleverde. Daar verdienden we een paar dubbeltjes mee. Hij kwam in het donker thuis, at de maaltijd op die ik achter op de kachel voor hem bewaard had en sliep in zijn deken op de keukenvloer.

Uit mijn stoffen knipte ik huizen met puntige daken en rode ronde appels, die ik op gebleekte katoen stikte. Ik naaide gemberkoekmannetjes op theedoeken en borduurde hun ogen en mond. Twee keer per maand, op zondag, ging ik in Aurora de deuren langs om restjes stof op te halen. Terwijl de vrouw van Angus Samson een stuk badstof voor me oprolde, zei ze dat ik de knapste lompenboer was die ze ooit had gezien.

Voedsel begon schaars te worden, en we moesten ook nog de rekening van het licht betalen. Nu we zo weinig verkochten, konden we geen blikken eten of tandpoeder meer bestellen. We kochten niets meer bij de zuivelhandel en leefden op geitenmelk. Aan het einde van de week waren er nauwelijks nog munten over voor in de keukenla. 's Avonds laat kwamen er soms mannen aan onze achterdeur die een fles van Tate Harkers drank wilden hebben, maar pa schudde zijn hoofd en stuurde ze weg. Maar hij kon geen nee zeggen als hij bij een paard met een beschadigde hoef werd geroepen, of als een kalf per se achterstevoren geboren wilde worden. Deze ritjes naar het platteland leverden ons zomerpompoenen en meloenen op, en rijpe tomaten die volgens pa Ida's herstel zouden bevorderen.

Ik nam mijn lunch mee naar school in een blikken trommeltje – brood zonder boter en een gezouten, gekookte aardappel. In de zomer een perzik of een abrikoos. Geen van de anderen had het beter.

Al gauw aten pa en ik vijf avonden per week maispannenkoekjes en bruine bonen. Ida bleef het merendeel van de tijd in bed, waar ze met lange tanden de gele suikerbonen en hardgekookte eieren at die ik haar van pa op een dienblaadje moest brengen. Ze trok overal haar neus voor op een dronk voornamelijk slappe thee met een beetje suiker. Van fruit kreeg ze blaasjes op haar tong en raakten haar nieren van streek, zei ze. Van vlees werd haar bloed donker, en van melk kreeg ze verstopping. Ze klaagde over kramp in haar benen en een bonkend hoofd. Ze stond op het punt om te bezwijken. Toen pa daarover doorvroeg, noemde ze hem een rund, en ze riep me wel tien keer per dag luidkeels bij zich, alleen maar om te zeggen dat ik op haar zenuwen werkte. Haar dood was onze schuld, zei ze.

Nadat Doc Pritchett haar had onderzocht, zei hij dat ze niets mankeerde en dat haar dood nog niet nabij was. Hij adviseerde haar juist om uit bed te komen en een bezigheid te zoeken. Ida noemde hem een waardeloze kwakzalver.

13

Uiteindelijk vroeg Ida of pa een bijbel voor haar kon halen. Voor vijfennegentig cent kocht hij er een in een winkel in Buelton, waaruit ze hardop begon voor te lezen. Maar de Bijbelcitaten waren zwaar en rolden als een houtwagen over me heen. De zaligsprekingen bevestigden dat ik naar de hel ging. Op een dag zei ik dat ook. Ida trok haar jas aan en waagde zich met een broodmes buiten op ons smalle stuk land – tot aan de eerste helling, waar ze een twijg van een groene wilg afsneed. Dat werd haar zweep, die ze daarna regelmatig gebruikte om me uit naam van de Heer een pak slaag te geven.

Ik wenste vurig dat ze op Sanderson zou klimmen en zou wegrijden om tegen iemand anders te preken. Maar tot die tijd – als ze me nog één keer met de zweep gaf omdat mijn maaltijden haar niet bevielen, zou ik met een vork haar ogen uitsteken.

Op kerstochtend doodde pa een van onze drie overgebleven kippen, en ik vulde de hen met brood en schoof haar met ingewanden en al in de oven. Ik maakte vla met eieren en een beetje suiker, en voerde de eierschalen aan de kippen, waarbij ik bedacht dat alles in een kringetje ronddraait. Dat moest ook de reden zijn waarom Ida weer was thuisgekomen.

Pa bleef die dag thuis. Halverwege de ochtend, toen Ida op de buitenplee zat, gaf hij me vlug een zoete rode appel en twee klosjes draad – een zilver, een goud. Ik had nog nooit zoiets moois gezien. Terwijl we 's middags aan tafel zaten en de houtkachel lieten branden, zat het kostbare draad in de zak van mijn schort. Pa en ik haalden herinneringen op aan grappige kerstfeesten en andere feestdagen uit het verleden, terwijl Ida met haar bijbel in haar hand uit het raam keek. Ik haalde de kanten zakdoekjes die ik aan het naaien was en werkte er bij het licht van het peertje aan verder. Een poosje leek het leven best goed. Het was nog nooit zo knus geweest met ons drieën.

In januari was Ida jarig, en pa trakteerde ons op een etentje bij Ruse. Ik denk dat hij me die avond niet vertrouwde in de keuken, en terecht. Een snuifje wolfskers over Ida's aardappel, en ik zou voorgoed van haar verlost zijn.

Zij en ik zouden pa om zes uur in het eethuis treffen. Zelf kwam hij vanuit het gehucht Lansing daarheen.

Daar woonden een paar grote families, die hun eigen eten verbouwden en varkens fokten en slachtten. Daardoor hoefden ze maar zelden naar het dorp te komen, maar als we ze een keer op straat tegenkwamen, riep Ida luidkeels: 'Mijn hemel, wat een dik mens!'

Vanavond was pa in Lansing om een nest dwarsliggende jonge katjes ter wereld te helpen. Later vertelde hij me dat Mrs. Nailhow had gehuild en haar handen had gewrongen, en dat drie van haar vier kinderen met haar mee hadden gebruld.

Maar om halfzes stond Ida klaar in onze keuken. Ze droeg haar mooiste roomkleurige linnen jurk, met een strik aan de kraag en paarlemoeren knoopjes aan de pols. Haar haar was aan weerskanten naar achteren gerold en hing als een strokleurige waterval over haar rug. Sinds haar thuiskomst was ze nog geen pond aangekomen, en ze was zo fijn gebouwd als een vogeltje.

Ze duwde me in de kast waar pa een wc wilde bouwen en zette me voor de spiegel. Ik was even groot als zij, mijn roodbruine haar was dik en grof. Ida zei dat het eruit zag alsof het in rode inkt was gedoopt en in een noordoosterstorm was opgedroogd. Ze rolde het nu tussen haar handen en zette een kam op mijn achterhoofd. Er volgden nog twee kammen om hem goed vast te zetten, en daarna draaide ze me om en kneep ze in mijn wangen. Vervolgens keek ze naar beneden.

'Olivia Harker, je trekt nu onmiddellijk die broek uit!' zei ze. 'Jongedames dragen geen mannenbroeken onder hun rok.'

Ze trok mijn jurk met een ruk omhoog en maakte razendsnel mijn broek los. Ik hield hem vast en rukte me los uit haar greep, maar het volgende moment lagen we op de grond, waarbij Ida grommend en vloekend aan mijn broekspijpen sjorde. Ik scheurde de strik van haar jurk en we rolden door de slaapkamer. Mijn hoofd klapte tegen het voeteneinde van het bed, en Ida gilde: 'Jezus, Olivia, barbaars kind dat je bent, gedraag je op mijn verjaardag nu goddomme eens als een dame!' Voor een kleine vrouw kon ze angstaanjagend kwaad worden, en ze rolde zich boven op me en drukte mijn benen tegen de grond. Op dat moment gaf ik haar een harde klap.

Maar ze had mijn haar vast en beukte met mijn hoofd op de vloer. Met alle kracht die ik bezat, duwde ik haar van me af. Met rode hoofden lagen we elkaar woedend aan te kijken en onze hete adem in elkaars mond te hijgen. Mijn broek lag dan wel gedraaid om mijn knieën, maar haar kapsel was losgeraakt en er waren twee knopen van haar jurk gescheurd. Op een of andere manier vond ik dat allemaal erg grappig. Ik had uit alle macht tegen haar gevochten.

'Ik laat mijn haar loshangen,' zei ik.

'Die broek gaat uit.'

'Dan vries ik dood.'

'Helemaal niet. Ik zal je een paar kousen geven.'

'Ik heb een hekel aan kousen.'

Maar ik kreeg ze toch, bruine dingen met dunne beentjes, die kriebelende ribbels hadden en in mijn kruis knelden. Ze kleedde zich om in een bruine ruiten jurk die een maat te groot voor haar was, maar dat maakte niet uit. Ida zag er altijd goed uit, wat ze ook aantrok. Ze borstelde haar haar luchtig en zette het vast met een bruin lint van keperband. Nu was zij het kind en ik de oude vrouw.

Zwijgend sloegen we sjaals om en trokken we onze schoenen, jassen en handschoenen aan. In de duisternis, die al vroeg was ingevallen, gingen we te voet op weg naar Ruse's Café. We waren laat, waarschijnlijk zat pa al op ons te wachten.

'Geen woord hierover tegen je vader,' zei ze kribbig. Haar adem vormde wolkjes.

'Waarom niet?' vroeg ik. 'Ben je bang dat hij denkt dat je weer gek bent geworden? Dat hij je terugstuurt naar Buelton?'

We sloegen af om de stenen brug over te steken, en ze snoof. 'Als ik jou was, zou ik maar goed op mijn tellen passen, jongedame. Er zijn instituten voor ongehoorzame kinderen, tehuizen voor onhandelbare meisjes. Ze slapen op kale matrassen en krijgen brood en water te eten. Ze moeten heel hard werken en worden elke dag geslagen.'

Het was die avond snijdend koud, en op de weg lag een glimmend laagje ijs. Ik bleef in de berm lopen, waar het verkeer de sneeuw naartoe had gespetterd en waar mijn schoenen houvast vonden. 'Daar heb ik nog nooit van gehoord.'

Ze keek me aan. Op haar wang was nog vaag de afdruk van mijn klap te zien. 'Je vader en ik hebben het erover gehad. Geloof me, meisje, je balanceert op het randje.'

14

We staken over naar Main Street, waar we de lichten bij Ruse zagen branden. Er was niemand buiten, niet één paard en geen enkele wagen. Toen we de deur openduwden en naar binnen gingen, bleken we de enige gasten te zijn. Ida deed haar muts af en trok een stralend gezicht. 'Zijn we te laat voor het eten, Mr. Ruse?'

De oude Ruse, die achter de tapkast een krant stond te lezen, keek op. 'Helemaal niet, Miz Harker. Olivia. Ga maar zitten, dan breng ik jullie de kaart.'

'Dank u zeer,' zei Ida, alsof ze een chique dame was en hij had aangeboden haar naar de overkant van een rivier te dragen. Ik werd er onpasselijk van.

Het eethuis was L-vormig; de ontbrekende hoek werd in beslag genomen door een kapperszaak. Mrs. Ruse bleef het merendeel van de tijd in de keuken, terwijl haar man de scepter zwaaide over een tapkast met zeven krukken en vijf houten tafels met stoelen. Op iedere tafel stonden zout en peper, een pot suiker en een afgedekt schaaltje met chilisaus die Mrs. Ruse zelf had gemaakt. Er was een hoge glazen toonbank bij de deur, met een kassa waar Ruse de rekeningen opmaakte en Chiclet-kauwgom en met pepermunt gevulde chocolatjes in vetvrij papier verkocht.

Ida koos een tafel bij het raam, alsof ze door voorbijgangers gezien wilde worden. Ze streek haar jurk omstandig glad voor het geval Grote Ruse haar figuur nog niet mocht hebben opgemerkt.

Hij bracht twee glazen water en de menukaarten. Ze legde een hand op zijn arm. 'Kunt u me misschien zeggen hoe laat het is?'

'Halfzeven,' zei hij licht blozend. Ik denk dat hij niet gewend was aan de aanraking van andere vrouwen dan zijn echtgenote.

Ik schudde mijn hoofd en bestudeerde de kaart.

'Hoe gaat het met jou, Olivia?' vroeg hij.

'O, goed, hoor, Mr. Ruse. Ik wil graag...'

Maar Ida wapperde met haar hand om me het zwijgen op te leggen. Ze keek op naar Grote Ruse en glimlachte. Haar tanden waren zo wit dat je bij de weerschijn ervan had kunnen lezen.

Ruse lachte terug, waarbij er allemaal plooien in de onderste helft van zijn gezicht kwamen. Hij zag er idioot uit.

'Een kop koffie graag, dan denk ik er nog even over na,' zei ze. 'En een glas melk voor de kleine meid.'

Zo noemde ze me tegenwoordig, 'de kleine meid', alsof ze mijn echte naam was vergeten. Ik wist al wat ik wilde eten, maar zoals zo vaak als Ida erbij was, kwam er geen geluid uit mijn mond.

Toen Ruse terugkwam met de koffie en de melk, tikte Ida hem lachend tegen zijn been met haar menukaart. 'Ik ben vandaag jarig en mijn man had me voor de gelegenheid dit etentje aangeboden, maar het lijkt erop dat hij verlaat is. Ik denk dat wij maar vast moeten bestellen, mijn beste Mr. Ruse.'

'Ga gerust uw gang, Miz Harker,' zei Grote Ruse. 'Als Tate niet kan komen, kan hij ook achteraf betalen. En jullie krijgen van mij een stuk taart bij wijze van verjaarscadeau.'

'Nou, wat ontzéttend lief van u,' zei Ida met een brede lach.

Als ze zo doorging, zou haar gezicht nog in tweeën splijten, of ik zou over de tafel gaan kotsen, één van tweeën.

'Wat kunt u ons aanbevelen?'

'Kalkoenpastei, vers uit de oven, Miz Harker. Ik laat er twee brengen.'

'Ik wil biefstuk,' zei ik, want dat zou pa hebben besteld. 'Kort gebakken alstublieft. Rood vanbinnen.'

Ida wapperde met haar menukaart. 'Dat kind weet niet wat goed voor haar is. Tweemaal de kalkoenpastei graag.'

Ik keek naar buiten en wenste vurig dat pa zou komen. Maar hij kwam niet, dus keek ik maar om me heen, hoewel ik de zaak kende als mijn binnenzak. Op warme zomerdagen had Grote Ruse vaak een glas koud water voor me op de tapkast gezet. Hij stond ook bekend om zijn lekkere honingkoekjes, die pa vroeger soms op zaterdagmorgen voor me kocht. Ik kende zijn zoon, die een paar jaar ouder was dan ik en zo lelijk als de nacht. Hij heette eigenlijk Cornelius – geen wonder dat hij die naam nooit gebruikte. Iedereen noemde hem Kleine Ruse.

Kleine Ruse was nu bedrijvig in de weer. Hij nam tafels af, vulde zoutvaatjes bij en kon zijn ogen niet van Ida afhouden.

Er werden twee stukken kalkoenpastei gebracht, met vette jus en een broodje en klontjes boter erbij. Mr. French kwam binnen met Mr. Andrews, de kapper, die zijn zaak net had gesloten. Ze gingen aan een tafeltje zitten, aten plakken chocoladecake en dronken koffie. Ze keken steeds in onze richting en praatten zachtjes met elkaar. Ik boog me diep over mijn bord. Ida lachte de twee mannen stralend, maar wat onzeker toe. Ik smeerde boter op mijn broodje en stak de helft in mijn mond.

Kleine Ruse nam de tafel naast de onze af. 'Hoi, Olivia,' zei hij.

Ik hoorde zijn ma in de keuken luidruchtig bezig met pannen en lepels. 'Hallo,' zei ik met mijn mond vol.

Hij grijnsde naar me; Ida zag het. Ze legde haar vork neer. 'Olivia Harker,' zei ze, 'ik vind het niet goed dat die jongen naar jou lonkt. Als jij iets onzedelijks met hem doet...'

Ik geneerde me dood. Kleine Ruse vluchtte haastig naar de keuken met zijn flaporen en zijn veel te kort geknipte haar. Ik zag hem de hele avond niet meer.

'Mr. Ru-use,' riep Ida, en hij kwam met de koffiepot om haar kop opnieuw vol te schenken.

Ik wenste innig dat pa binnen zou komen. Dan kon ik een paar hapjes van zijn biefstuk snaaien, en hij zou me vertellen over de kat van de Nailhows en de laatste nieuwtjes uit Lansing. Ik hoopte maar dat daar iemand was met wie hij mee kon rijden. Anders zou het nog heel lang kunnen duren voor hij thuis was.

Ida had haar hand op het been van Grote Ruse gelegd. 'Tjonge, ik heb bewondering voor iemand die een eigen zaak drijft. Daar is veel moed voor nodig.' Tot mijn verbijstering – en waarschijnlijk ook die van Ruse – haakte ze haar hand om zijn been en trok ze hem naar zich toe, zodat ze nu tegen de gesp van zijn broekriem praatte.

Ruse wierp de hele tijd blikken in de richting van de keuken. Ik vroeg me af wat hij ervan vond dat pa's vrouw met hem flirtte. Maar Ruse' hoofd was kennelijk helemaal uitgeschakeld. Zijn flaporen waren zo rood geworden als kerstballen en zijn ogen rolden zowat uit de kassen. Ik popelde om Love Alice te vertellen dat Grote Ruse zijn ding zo graag in Ida had willen steken dat de rook bijna uit z'n oren kwam. Als Love Alice gelijk had, kon hij nu ieder ogenblik opzwellen als een pad. Ik was het liefst onder de tafel gekropen.

Ida keek naar hem op. 'Maar hoor mij nou, ik praat maar door. Als u ons zo meteen een plak chocoladecake brengt, Mr. Ruse, nodig ik u uit bij ons te komen zitten.'

Ik hoorde niet meer wat hij antwoordde. Ik griste mijn jas van de kapstok en rende het eethuis uit alsof een lynx me op de hielen zat. Ik had Ida zien hoereren met Grote Ruse en ik wilde daar nooit meer naartoe.

Ik had nog maar twee stappen buiten de deur gedaan toen er een glanzende nieuwe pick-up kwam aanstormen in het licht van de straatlantaarns. Door de voorruit zag ik het gezicht van Alton Phelps, en ik nam aan dat de man naast hem zijn broer James Arnold was. Ze slingerden over de bevroren straat, en toen ze de portieren openden en naar buiten tuimelden, had ik er spijt van dat ik niet was weggerend of mijn leven ervan afhing.

Te laat – ik dook weg.

Maar Alton graaide al naar mijn arm en smeet me tegen de auto. 'Zo, meissie,' lalde hij. 'Laat ons nou maar onze gang gaan met Ida Mae. Jou pakken we nog wel als je wat groter bent.'

Ik wurmde me los en rende tussen twee huizen door de velden in. Al na korte tijd kwam ik minder snel vooruit door het logge ijs, maar ik kon Main Street tenminste niet meer zien en was zelf evenmin te zien vanuit het donkere hotel of de bakkerij, waar het licht in de keuken brandde. Het was bitter koud. Na een poosje zaten mijn schoenen vol sneeuw, en de wind striemde zo fel dat mijn oren ijskoud werden. Ik voelde de pijn tot diep in mijn hoofd en legde mijn handen over mijn oren, maar mijn vingers deden zeer als twee rijen verrotte tanden. Maar ik wilde niet terug naar Ruse om mijn sjaal en mijn wanten te halen. Ik wilde op zoek naar pa, en als ik hem vond zou ik hem vertellen wat er allemaal was gebeurd.

Maar ik wist niet meer welke zijweg naar Lansing ging. Na een tijdje begon ik te huilen van de kou. De ijzige wind gierde. Ik verlangde terug naar de broek die ik bij het gevecht met Ida was kwijtgeraakt. Tot overmaat van ramp had ik geen enkel gevoel meer in mijn voeten, en even later viel ik in een diep sneeuwduin. Ik jammerde om pa. Ver weg zag ik een zwak licht, en ik strompelde dwars over een veld, struikelde de hele tijd over de bevroren stoppels van de mais van de afgelopen zomer en verloor mijn houvast in opgewaaide sneeuwhopen.

Uiteindelijk ging ik maar op de grond liggen en deed mijn ogen dicht. Als ik hier zou sterven, hoopte ik dat pa me zou vinden en spijt zou krijgen dat hij Ida ooit naar huis had gehaald. Maar er brandde op drie plekken licht, waarvan één niet al te ver weg was. Ik vervolgde mijn moeizame tocht, hoorde honden blaffen en was bang dat ik levend zou worden verslonden. Mijn botten zouden waarschijnlijk door honden worden weggesleept en begraven, zodat niemand zou weten wat ik allemaal te verduren had gehad. Misschien zou er een grootscheepse zoekactie komen, met veel tranen als ze me vonden. Als dat gebeurde, hoopte ik dat Grote Ruse niet degene zou zijn die me doodgevroren vond. Aan de andere kant, als hij me vond, zou hij misschien weer bedenken hoe idioot hij zich had gedragen op de avond van Ida's verjaardag en daar eeuwig spijt van hebben.

Ik gleed op mijn knieën van een dijkje af en stak een kreek over; het ijs had er scherpe punten en richels, maar het hield mijn gewicht. Vandaar kwam ik op een erf, en ik klopte op de eerste de beste deur die ik zag. Mrs. Nailhow deed open.

Ik zakte in haar armen in elkaar. Toen was pa er ineens ook, hij droeg me naar de bank en legde me neer, met het bloed van de kat op zijn overhemd. Mrs. Nailhow trok mijn schoenen uit en stroopte mijn gescheurde kousen af. Mijn benen zaten onder de bloedklonters en schrijnden hevig. Mijn bevroren haar piekte alle kanten op en pa zei tegen Mrs. Nailhow dat ze er niet aan mocht komen, omdat het anders kon afbreken. Ze begon mijn voeten te wrijven, en een paar van de kinderen Nailhow wreven mee, tot ik het uitschreeuwde van de pijn en naar de keuken strompelde, waar pa op de grond naast de klaaglijk mauwende kat zat.

Het arme beest was er erger aan toe dan ik. Pa had haar een muilkorf omgedaan en haar poten vastgebonden zodat ze hem niet kon krabben. Met één hand kneedde hij haar opgezwollen buik terwijl hij haar met twee vingers van de andere inwendig onderzocht.

'Dat een kat zo veel jonkies met stuitligging kan hebben...' zei hij, en hij keek naar me zonder me te zien. Zijn gedachten waren bij de buik van het arme dier. Hij had al drie katjes gered. Als ik het vierde was geweest, had hij meer aandacht voor me gehad en mijn wonden verbonden. Hij legde de jonkies naast de moederpoes.

Ik schaamde me opeens voor mijn blote, gewonde benen en trok mijn knieën onder mijn rok, zodat pa niet kon zien hoe erg ik toegetakeld was.

'Ik voel er nog twee,' zei hij. 'We moeten kalm aan doen, anders bloedt ze dood.'

Ik vermoedde dat pa dat hele verjaardagsetentje voor Ida glad vergeten was, en ik was niet van plan hem eraan te herinneren. Hij zou er gauw genoeg van horen. Ik vroeg me af of Mrs. Ruse inmiddels uit haar keuken was gekomen en Ida met een braadpan had doodgeslagen. En daar in die warme keuken van de familie Nailhow bedacht ik ook nog dat ik pa kon vragen naar dat tehuis voor onhandelbare meisjes. Maar ik hield mijn mond. En keek naar de kat. Eén ding stond vast: als kinderen krijgen zo in zijn werk ging, zou ik nooit een man zijn gang met me laten gaan. Dan hield hij zijn broek maar mooi dichtgeknoopt. Voor mijn part mocht hij met zo'n knal uit elkaar barsten dat de brokstukken over heel Pope County verspreid raakten.

15

Op een avond tegen het eind van de winter kwam pa thuis, stampte zijn schoenen af op de veranda en riep om Ida.

'Wat zullen we nou beleven, Tate Harker – wat héb jij?' Ze kwam de slaapkamer uit, met een wollen sjaal omgeslagen en haar haar nog in de war.

'Trek je jas aan en kom naar buiten, allebei,' zei hij terwijl hij ons om beurten aankeek. 'Ik wil jullie iets laten zien.'

'Ik kan niks zien in het donker,' zei Ida.

Maar pa dreef ons de verandatreden af en naar de achterkant van het huis, waar tegen een hoop opgewaaide sneeuw een pick-up stond. De voorkant was zo gedeukt dat het leek alsof de jongens van Phelps er in hun razernij op hadden ingebeukt. Hij had maar één werkende koplamp, waarvan de lichtbundel schuin door onze tuin viel. Het portier aan de bijrijderskant was met touw dichtgebonden.

'Goeie god,' zei Ida. Toen sloeg ze haar handen voor haar mond. 'Kijk nou wat je me aandoet – nou heb ik de naam des Heren ijdel gebruikt. Wat is dat een walgelijk ding, zeg.'

'Nee, hoor,' zei pa, en hij streek over de bumper. 'Er is alleen ruig in gereden.'

'Nou, ik stap er niet in – voor geen goud.'

'Ik rij wel,' zei ik, en ik ging achter het stuur zitten.

Hij woelde door mijn haar.

'Het is een duivelse machine!' riep Ida ons na. 'En zo lelijk als de nacht!'

Pa was gek op de pick-up en zo trots als een pauw als hij ermee naar het dorp of een boerderij reed. Hij verkocht nog steeds brandhout en stookte ook weer in het geniep sterkedrank. Ik grijnsde van oor tot oor als we met het ding een erf op reden, het raampje omlaag en mijn elleboog op de portierrand alsof ik de koningin van Sheba was.

Ida weigerde een hele tijd in de pick-up te stappen, maar op een keer trok ze haar jas aan en beval ze pa achteruit de weg op te rijden. Ze stapte in en ging met kaarsrechte rug zitten. De sneeuw op de grote weg was geruimd en pa maakte een ritje naar het noorden, heen en terug naar Paramus, met mij in het midden. Hij grijnsde zo breed dat ik bang was dat zijn gezicht in tweeën zou splijten. Hij miste inmiddels twee tanden aan de rechterkant van zijn mond, maar hij was er daardoor niet minder knap op geworden, en vanaf die dag reden we elke zaterdag naar het dorp; dan zetten we de auto voor Ruse's Café, en Ida ging boodschappen doen. Ik bleef in de cabine zitten en keek naar de lege gebouwen in de straat. Wat later kwam Ida terug, en pa, die de boel in de gaten had staan houden, kwam vanaf de ijzerwinkel op de hoek aanlopen. We installeerden ons weer op de bank en reden naar huis. Zo ging het week na week, terwijl de ijspegels aan onze dakranden smolten en er in de tuin stevig groen gras opschoot.

Toen de zomer goed en wel was begonnen, smeekte ik pa regelmatig of ik ook eens achter het stuur mocht. Ida wilde juist per se niet rijden, en die twee hadden daar voortdurend ruzie over. Maar op een ochtend had ze kennelijk genoeg van het gekibbel; ze trok haar vest aan en reed in de pick-up weg. Ze kwam briesend weer thuis.

'Tate Harker!' riep ze boven aan de keldertrap naar beneden. 'Ik was er bijna niet meer geweest, en dat komt allemaal door dat helse voertuig!'

Pa kwam de trap op terwijl hij zijn handen aan een oude lap afveegde. 'Godsamme, Ida, ik heb een paar zieke biggetjes onder narcose. Wat heb je gedaan?'

'Niks. Maar die auto van jou is me bijna noodlottig geworden!'

Pa keek uit het keukenraam. 'Waar heb je 'm gezet?'

'Íkheb 'm nergens gezet,' snauwde ze. 'Hij heeft zichzélf ergens gezet – in de greppel bij het huis van French.'

'Godsamme,' zei pa weer. Hij pakte zijn jas en trok hem haastig aan. 'Heb je Henry French gevraagd je thuis te brengen?'

'Nee. Ik wil niet dat iedereen weet dat Tate Harker zijn vrouw in een levensgevaarlijke machine laat rondrijden!'

Pa uitte een paar grove krachttermen, die ik hem nog nooit eerder had horen gebruiken. Het was zes kilometer lopen naar het huis van French. Hij heeft haar daarna nooit meer laten rijden.

Op een koude avond gingen pa en ik samen naar het oude huis van de Samsons om een nest jonge hondjes ter wereld te helpen. Ik had gehoord dat Mrs. Samson doof was en dat zij en haar man niet met elkaar praatten maar gebaren maakten met hun handen, en dat wilde ik dolgraag eens zien. We reden met de raampjes omlaag, zodat de koude wind het stof uit ons hoofd kon blazen, zoals pa zei. Hij rook heerlijk, naar paardenzalf en gesteven katoen.

De Samsons hadden een smal houten huis zonder gang met een hoog schuin dak. Vanuit de voorkamer kwam je direct in de slaapkamer, en daarachter was een heel klein keukentje met een afgedekte plee-emmer, een tafel, twee stoelen en een potkacheltje. Gehurkt op de vloer hielpen we elf jonge hondjes ter wereld. Zeven ervan werden dood geboren. Mrs. Samson gaf me een oude lap om mijn handen af te vegen, en terwijl pa de teef schoonveegde en de pasgeboren hondjes aan de tepels legde, ging ik naar buiten, waar Mr. Samson in de donkere achtertuin een gat groef. Hij gooide de dode hondjes erin en dekte ze af met zand. Hij stampte de aarde aan met zijn zware schoen, keek me recht aan en zei: 'Te veel is altijd slecht.'

Dat was meer dan ik hem in al die jaren dat ik hem kende had horen zeggen, dus ik nam aan dat ik zijn woorden goed moest onthouden. Ik liep achter hem aan naar binnen en vroeg me af of God er net zo uitzag als Angus Samson, met wit haar en een baard. Pa pakte zijn hoed.

'Tate,' murmelde Angus bij de deur, 'als je wilt, mag je een van de hondjes hebben voor je dochter.'

Ik had wel in de lucht willen springen van blijdschap. Ik keek naar pa en mijn hart klopte in mijn keel.

Ik praatte honderduit, ademloos van het vooruitzicht dat ik een hond zou krijgen. Een eigen hond! Ik wipte op en neer op de bank van de pick-up, verzon alvast namen en vroeg hoe lang ik nog zou moeten wachten.

'Tot ze zover zijn, Olivia,' zei pa.

'Hoe lang duurt dat nog?'

'Een poosje, ze moeten eerst gespeend zijn.'

Toen we bijna thuis waren, legde hij een hand op mijn schouder om me te kalmeren. We zagen James Arnold Phelps geen van beiden totdat hij pal voor de auto stond. In het licht van onze koplamp zette hij grote angstogen op en zijn hemd lichtte fel op. Hij stak allebei zijn handen omhoog, en het volgende ogenblik was hij verdwenen. Onze banden ploegden door de sneeuw. We slipten in de richting van de greppel en sloegen over de kop, zodat ik tegen het dashboard en het dak smakte, en daarna nog een keer, verstrengeld met pa. Na een stilte die heel lang leek te duren, schoot ik dwars door de voorruit en met mijn hoofd naar voren de bevroren straat op. Maandenlang waren de enige geluiden die ik kon oproepen het gegil van pa's remmen en de vermaning van Angus Samson dat te veel altijd slecht was.

16

Ik werd wakker in een soort zwarte kist waar mijn hoofd uit stak. Vaag vroeg ik me af waaraan mijn lichaam deze gevangenschap te danken had. Het merendeel van de tijd sliep ik, waarbij ik af en toe geleidelijk weer tot bewustzijn kwam. Terwijl ik in dat ding lag, drong er niets anders tot me door dan de gestaag zoemende zuigers van experimentele apparatuur en het gefluister van schoenen op linoleum. Soms een stem. Ik herinner me dat ik een keer mijn ogen opendeed en allemaal zenuwachtige mensen zag, die met lampjes in mijn ogen schenen en met hun vuisten op mijn borst sloegen.

Het enige wat ik wilde, was dat pa me kwam vertellen dat dit allemaal maar een droom was en dat hij me mee naar huis nam. Maar mijn enige bezoekers waren mensen in witte jassen. Op dat moment vond ik het zorgwekkend dat ik me pa's stem niet meer voor de geest kon halen, maar vlak voor ik in slaap viel zag ik soms een glimp van zijn gezicht. Maar daarna kwamen de koplamp en de ogen van James Arnold Phelps. Ik wilde vragen wat er met pa was gebeurd, maar dat durfde ik niet. Daarom vocht ik tegen de slaap tot ik het niet meer kon volhouden, en daarna worstelde ik me weer door splinterende autoruiten en botten en stukken metaal heen tot ik uiteindelijk in slaap viel.

Ik wist niet goed waar ik allemaal pijn had, maar als die zich verzamelde in mijn benen of mijn borst, of als ik het bij een pijnscheut uitschreeuwde, kwamen er vrouwen in witte jurken aanrennen. Ze maakten troostende geluidjes en legden hun handen op de machine die voor mij probeerde te ademen. Op de ergste momenten druppelden ze iets in mijn mondhoek, waarna ik in slaap viel.

Op andere momenten lag ik naar het plafond te kijken. Er waren allemaal draadjes en pleisters aan me vastgemaakt, er liepen slangetjes in en uit, en boven mijn hoofd waren glazen flessen opgehangen. Mijn keel voelde aan als schuurpapier. Naast mijn bed stond een stoel met een rechte leuning, waarop vaak een verpleegster zat als ik wakker werd.

Uiteindelijk werd ik overgebracht naar een bed waarin ik tussen koele katoenen lakens lag. Mijn linkerhand en -arm waren aan een plank vastgemaakt, maar mijn rechterhand was vrij. Na een aantal dagen ontdekte ik dat mijn hoofd in het verband zat, met uitsparingen voor mijn ogen en nog meer gaatjes voor de slangetjes in mijn neus en mond. Om mijn kaak en mond zat een dikke laag verbandgaas.

Na verloop van tijd vonden mijn vingers de zware metalen ring om mijn hoofd, die met bouten door het verband aan mijn kaak leek te zijn vastgemaakt. Op dat moment besefte ik dat ik ernstige verwondingen had. Ik was niet in staat om mijn mond open te doen of me op mijn zij te draaien. Ik werd gevoed door een rubberen slang die aan mijn gehemelte was vastgeplakt. Later brachten ze me milkshakes met een rietje, maar ik dronk niets.

Omdat ik zo lang in de ijzeren bak had gelegen, was mijn rechterbeen verkeerd geheeld en moest het onder verdoving opnieuw worden gebroken voordat het goed kon worden gezet. Nu was het gebogen, opgetakeld en zo strak ingepakt dat het wel een kalkoen bij de slager leek.

Af en toe kwam Ida langs. Dan stond ze daar in haar jas, met haar handtas tegen haar borst geklemd. Ze deed haar mond bijna niet open, en terwijl ik weer in slaap viel, zei ik ook niets tegen haar. Als ik mijn ogen opendeed, was ze weg.

Na verloop van tijd lieten ze mijn been zakken en haalden ze het gips eraf. Er moesten twee artsen, een zaalhulp en een hele troep verpleegsters aan te pas komen om de stellage rond mijn hoofd te verwijderen, en terwijl ze in hun handen klapten, kon ik eindelijk stijfjes mijn nek draaien. Ik had het merendeel van de tijd hoofdpijn, maar ik klaagde zelden. Ik had gewoon helemaal niets te zeggen, en niemand aan wie ik iets kwijt wilde. Daarna draaiden ze mijn hoofdeinde omhoog en zag ik door de spleetjes in mijn verband dat ik in een lange, smalle zaal lag, met twintig of dertig bedden aan elke kant. Iemand vertelde me dat het de armenzaal was, voor mensen die geen geld hadden. Ik was te moe om wakker te blijven en te uitgeslapen om weer in slaap te vallen. Ik had het altijd koud.

Twee weken later zetten ze me heel voorzichtig op de rechte stoel, in het begin een paar minuutjes per dag, daarna een halfuur lang. Ik vermoedde dat ik er vreselijk uitzag met al dat verband, maar ik was ervan overtuigd dat het zonder verband nog veel erger zou zijn.

Op een dag kwam er een jongeman met een rieten rolstoel. Hij tilde me erin, rolde me langs de andere bedden en zette me voor het raam. Zodra de misselijkheid afnam, zag ik tot mijn verbazing dat de winter voorbij was en dat de forsythiastruiken een geel waas waren geworden. Inmiddels wist ik dat pa niet zou komen.

Er kwamen artsen. Ze hadden het over kaakbeenderen, terugbrengen in de goede stand en correctieve operaties. In een kamertje met gedempt licht verwijderden ze het verband – eerst van mijn voorhoofd en daarna van het gebied rond mijn ogen. Toen ik mijn hand naar mijn gezicht bracht, voelde ik niet de langgerekte rijtwonden die ik had verwacht, maar twee reliëflijnen, de ene boven een wenkbrauw en de andere op de plek waar mijn haarlijn had moeten zitten. Terwijl ze stonden te praten en hun werk bewonderden, krabde ik aan mijn hoofdhuid, die kaalgeschoren was. Ze zeiden dat mijn haar wel weer zou aangroeien.

Op een dag hoorde ik Ida in de hal schreeuwen dat we geen geld hadden voor nog meer operaties. De verpleegsters probeerden haar zachtjes te sussen. Daarna kwam Ida op de rand van mijn bed zitten, wat ik een van de liefste dingen vond die ze ooit had gedaan. Met mijn kaken op elkaar probeerde ik onhandig om het slangetje heen te praten: 'Hoe lang 'en ik hier al?'

'Maanden,' zei ze. 'Mijn hemel, Olivia, je bent vel over been. Ze laten je pas gaan als je eet.'

'Ik heb geen honger.'

'Nou, ze laten die slangetjes niet eeuwig zitten, jongedame. Dan zullen we wel eens zien wie er niet eet.'

Ik haalde diep adem en zei zonder haar aan te kijken: 'Pa.'

Ze opende haar handtas, rommelde erin en drukte hem met een scherpe tik weer dicht. 'Je pa is dood, Olivia, en ga nu niet huilen, want dan duurt het nog veel langer voordat je hier weg bent.' Na die woorden stond ze op en ging ze weg.

Een maand later haalden ze mijn slangetjes weg. Er werd nu van me verwacht dat ik elke ochtend met een paar stokken naar de wasruimte liep om me met een spons te wassen. Ze zeiden dat ik blij moest zijn dat ik nog leefde, dat ik een paar ribben had gebroken en dat mijn borstbeen was ingedrukt, waardoor ik niet zelf had kunnen ademen. Mijn rechterbeen was op drie plaatsen gebroken, mijn kaak was verbrijzeld en ik was drie kiezen kwijt.

Ik werd nog twee keer geopereerd om de oude bouten te verwijderen, en onder en achter mijn oren werden nieuwe bouten geplaatst. Er werden nieuwe draden om mijn gezicht aangebracht. Het was zomer toen de artsen de rest van het verband verwijderden, dat niet meer werd vernieuwd. Mijn haar was ongeveer vijf centimeter lang; mijn wangen voelden alsof ze waren strakgetrokken en bij mijn oren waren vastgeprikt. Mijn kaak deed pijn, als een soort kiespijn die niet meer overgaat. Drie kiezen waren nu van porselein, vastgemaakt aan een smalle brug die op mijn gehemelte paste. Met mijn vingers vond ik nog meer littekens, een dikke lijn die de linkerkant van mijn kaak volgde en eentje in mijn mondhoek, waardoor mijn onderlip een stukje naar beneden hing.

Ida kwam met een spiegel en hield hem omhoog, zodat ik mezelf kon zien. Ze zei: 'Zo ziet het loon van de zonde eruit.'

De vrouw in het bed naast me sloeg hard met haar vuist in haar kussen, en even dacht ik dat ze uit bed zou komen om Ida in elkaar te slaan. Ik nam niet de moeite om te vragen over welke zonde ze het had – ik wist wat ze bedoelde. Ik had mijn pa gedood.

Aan het einde van de zomer krikten de artsen mijn mond open door alles millimeter voor millimeter losser te draaien. Ze zetten mijn tanden met akelige metalen instrumenten recht, en maakten porseleinen tanden om de gaten op te vullen. In oktober was alles voorbij en werden de laatste bouten er onder de zoveelste verdoving uitgehaald. Toen ik met een lepel rijstebrij kon eten, kwam Ida me met een andere pick-up halen. Ze droeg een nieuwe winterjas en hoed, en sprak tijdens de hele rit geen woord. Ik keek naar het landschap en besefte dat ik bijna een jaar had gemist. Om me daaraan te herinneren had ik nu een houten stok, een mank been en een nieuwe glimlach die ik nooit liet zien.

Ik was verbaasd dat het huis er zo naargeestig uitzag, dat de winkel zo leeg was. Op de grond en het aanrecht zat een laagje viezigheid en etensresten, en er stond niet één schoon bord in de kast. Ik vroeg me af waar Ida de pick-up en de kleren van had betaald, dus ik vroeg het haar.

'Dat gaat je niets aan,' zei ze. 'Waag het niet om het me moeilijk te maken, meisje, want ik heb hier alles in mijn eentje draaiende gehouden. De hemel is mijn getuige dat ik wel wat rust heb verdiend. En als je het per se wilt weten, je pa is daarginds op het erf begraven. Naast de buitenplee.'

'Zijn er mensen op de begrafenis geweest?'

'Helemaal niemand. Dat geeft wel aan wat voor een man hij was.'

'Ligt er een grafsteen?'

'Nee.'

Het duurde heel lang voordat ik hoorde dat James Arnold Phelps die avond ook door mijn gebabbel was omgekomen. Ik ontdekte zijn graf op het kerkhof van de methodisten. Ik wist niet dat de familie Phelps methodistisch was. Sterker nog, ik had de grootste moeite om me een religieuze kant of zelfs maar iets christelijks van hen te herinneren.

Naast de buitenplee was pa's graf allang begroeid, en het gras was nu verdord en bruin. De lucht zag eruit alsof het ging sneeuwen. En toen kwam de beloofde hond – tien maanden oud, gebracht door de eigenaars, die in hun Ford naar ons toe reden en hem bij de achterdeur aan mij gaven. Ik verborg mijn gewonde gezicht in zijn vacht. Maar Ida zei dat we hem niet konden aannemen, dat we het ons niet konden veroorloven om nog een mond te voeden, en uiteindelijk stapten ze weer in de auto en reden ze weg. Ik verafschuwde haar, en dat vertelde ik haar ook.

17

Ik had het grootste deel van het zevende leerjaar gemist, maar mijn juf vond dat ik slim genoeg was om de achterstand in te halen. Maar mijn kin met dat dikke witte litteken en mijn hangende mondhoek waren gruwelijk om te zien, daar konden vriendelijke woorden niets aan veranderen. Ik liet mijn haar groeien totdat het over mijn gezicht viel en ik keek bijna altijd naar beneden.

Ondanks mijn schoolwerk, het helpen in de winkel en het huishouden vond ik ook nog tijd om te naaien. Ik knipte lapjes uit stukken oude stof en naaide ze aan elkaar. Ida's getier hield 's avonds al vroeg op, en als zij naar bed ging, sloop ik stiekem naar Junks huis, waar zijn ma me leerde dekens met watten te vullen, de achterkant af te zetten met mousseline en de hoeken met borduurdraad te verstevigen.

Nadat de afdankertjes door al haar kleinkinderen waren gedragen, gaf Miz Hanley ze aan mij om er lapjes uit te knippen. Ik maakte een stuk of vijf dekens, met steeds ingewikkelder patronen: overlappende cirkels, ruiten en vierkantjes met zijden van een paar centimeter. Als ze klaar waren, leek het alsof ik er iets mee had willen zeggen waar ik geen woorden voor had kunnen vinden.

Ik mestte het kippenhok uit en ruimde het afval van de geiten op, maar ik kon niet tegen het geluid van Ida's stem. En ik keek haar met opzet niet aan, omdat ik haar ongeschonden gezicht onverdraaglijk vond.

Ze stampvoette soms en smeet briesend met dingen – de keukenlepel, de haarborstel, de melkemmer. Ik werd 's nachts wel eens krom van de maagpijn wakker, en dan holde ik naar de tuin om mijn woede eruit te kotsen. Toch sloeg Ida me nooit. Ik vroeg me af of ze bang was voor mijn opnieuw in elkaar gezette lijf, of ze soms dacht dat er een kostbaar onderdeel zou kunnen losspringen als ze me een harde klap gaf. Maar op een stormachtige avond had ze ineens genoeg van mijn grote mond; ze pakte me bij mijn arm en trok me mee naar de kelder. Ze stak een petroleumlamp aan, liep de trap weer op en deed de deur op slot.

'Leer nou maar eens dat je niet altijd moet tegenspreken!' riep ze door de deur heen. 'En anders verrot je daar voor mijn part maar!'

In het begin was het niet zo erg om daar te zitten, tussen de langwerpige hondenhokken en alle andere dingen waarmee pa elke dag had gewerkt. Ik verbeeldde me dat ik hem rook en zijn stem hoorde, die een ziek beest sussend toesprak. Maar toen schoot me te binnen hoeveel hij van Ida had gehouden en hoe verbitterd ze om mij was geweest, zelfs toen ik alleen nog maar in haar buik zat.

Na een poosje was de petroleum op en ging de lamp uit. Het werd vochtig en mijn lege maag rommelde. Ik tastte over de tafel tot ik een deur van ijzerdraad vond. Ik kroop in het hok en nestelde me in het verste hoekje. Midden in de nacht werd ik wakker met het idee dat er spinnen langs mijn arm omhoog kropen. Ik krabde tot mijn handen kleverig waren en ik een branderig gevoel had op de plekken waar stukken huid waren losgescheurd. Ik verlangde naar pa en huilde tot ik er ziek van was.

In de uren dat ik daar was had ik het in mijn broek gedaan en over mijn trui heen overgegeven. Ik wilde alleen maar dat Ida zag wat ze had aangericht, maar volgens mij vond ze het griezelig om naar me te kijken. Of misschien kwam het door mijn lucht. In de loop van de weken kreeg ik een korsterige huiduitslag. Ik strompelde rond, stinkend naar mezelf en mijn vernedering, mijn haar in vlechten die stijf waren als gedroogde was. Elke avond dat ze me naar de kelder sleurde, waren mijn haatgevoelens voor haar de volgende ochtend vertienvoudigd.

Op een ochtend werd ik wakker van een enorm kabaal boven mijn hoofd. Daarna werd er met portieren geslagen en hoorde ik auto's starten.

Ida kwam beneden. 'Die vervloekte nikkers,' zei ze, en ze duwde me voor zich uit de trap op. Ze trok me al mijn kleren uit en boende me schoon terwijl ik midden in de keuken stond, mijn ogen dichtgeknepen tegen het daglicht. Ze schoof een pot gesmolten lamstalg naar me toe en zei dat ik dat op mijn armen mocht smeren als ik wilde. Daarna praatten we nooit meer over de kelder. De kelderdeur bleef op slot en het duurde een hele tijd voordat ik weer iets tegen haar zei.

Met tegenzin zette Ida zich ertoe de winkel draaiende te houden, en ik werkte na schooltijd mee. We sloten om zes uur, waarna een van ons iets opwarmde op de kachel. We aten zwijgend. 's Avonds deed ik mijn huiswerk en naaide ik. Op zaterdag bestelde ik nieuwe voorraden, vulde ik de planken en zat ik bij de kassa terwijl Ida in bed bleef. 's Zondags waren we dicht. Die regelmaat was aangenaam noch onaangenaam, hij wás er gewoon.

Op doordeweekse avonden kwamen er vaak mannen die ik niet kende. Ze slopen door de verandadeur naar binnen en liepen meteen door naar Ida's kamer. Soms ging Alton Phelps door de achterdeur naar buiten terwijl hij zijn broek dichtknoopte, maar Ida's mannen vertrokken meestal pas als ik al sliep. Hij heeft maar één keer het woord tot me gericht.

Op een vrijdagavond was ik uien aan het bakken en een stuk rundvlees met meel aan het bestrooien voor het de pan in zou gaan, toen Phelps me met zijn sterke lijf tegen de kachel drukte. Nu hij ineens zo tegen me aan stond, voelde ik zijn opwinding en rook ik zijn adem.

'Ik wil iets van je, meisje,' zei hij.

Mijn hand omklemde het handvat van de braadpan, maar ik voelde dat hij grijnsde.

'Nee, niet dat,' zei hij. 'Daar heb ik Ida voor.' En hij lachte en sprong achteruit, want ik denk dat hij die pan zag aankomen.

'Als ik zover ben, wil ik van jou hebben wat je pa had.'

Met die woorden was hij weg, en mijn hele hand was verbrand. Ik dompelde hem onder in koel water, besmeerde hem met boter en wikkelde hem in een doek. Zo kreeg ik er nog een litteken bij. En verder had ik geen idee wat hij bedoelde.

Kennelijk betaalde Alton Ida goed, want als hij langs was geweest, ging ze de volgende dag naar Paramus en kwam ze terug met nieuwe jurken en ondergoed met strookjes en frutseltjes. En één keer met een flesje lavendelwater en twee zilveren haarspelden.

Op school kreeg ik ondertussen les over de oudheid. Ik leerde dat de Egyptenaren middeltjes hadden tegen jicht, beenkrampen en verstopping. Het was jammer dat pa er niet meer was, die zou dat prachtig hebben gevonden. 's Avonds knipte ik uit stof Romeinse, Griekse of Spaanse motieven, en die naaide ik op donkerder getinte stukken stof om een schaduweffect te krijgen. Dan vulde ik de dekens op en naaide ik de achterkant vast met repen keperstof zodat de randjes niet zouden gaan rafelen. Korte tijd later verkocht ik er drie aan klanten van Ruse. Daarna had ik genoeg geld om draad, een betere schaar en vele meters mooie stof te kopen.

Het allermooiste was dat Wing Harris naar het dorp was gekomen. Op het eerste gezicht viel er niet veel aan hem te beleven. Hij was langer dan de meeste jongens en zo mager als een lat, zodat zijn broek om zijn benen flubberde en hij bretels van zijn pa droeg om ze op te houden. Zijn gezicht en zijn handen waren al even mager, en op zijn dertiende had hij de grootste voeten van de wijde omtrek. De juf zette hem in een bank achter in de klas, maar zijn knieën pasten er niet in en na een poosje kreeg hij een echte tafel met een bijpassende stoel.

Er zaten ook drie meisjes in onze klas die al ronde boezems kregen. Die meisjes kwamen 's ochtends bijeen onder de esdoorn en deden rouge op hun wangen. Ze trokken hun rokken heel hoog op en likten zo vaak aan hun lippen dat ik me afvroeg waarom er geen barsten in kwamen. In de klas wierpen ze Wing zwoele blikken toe en gaven ze briefjes voor hem door. Maar hij hield zijn ogen neergeslagen alsof hij wel andere dingen aan zijn hoofd had, wat me na de preek van Miss Dovey hogelijk verbaasde. Ik dacht dat jongens, zodra ze maar de kans kregen, mooie meisjes kusten en intieme dingen met ze deden. Ik vroeg me af of Wing een blinde vlek had of op de een of andere manier verminkt was. Maar nog geen week later zei hij iets aardigs tegen me, en op een keer liep hij met me mee naar huis, al had ik geen idee waarom.

Ik praatte met hem, beantwoordde zijn vragen, en we kregen het over Aurora en in welke kreken je het best kon zwemmen. En dat je bij de bakker roomsoesjes kon kopen, twee voor een stuiver. Hij mocht nooit verder meelopen dan tot de brug, want anders zou Ida hem zien. Ik wilde voor geen goud dat ze hem met haar venijn bestookte.

De maandag daarna betrapte ik hem erop dat hij mijn gezicht zat te bestuderen, en ik zei hem onomwonden dat hij dat nooit meer mocht doen als hij wilde dat we vrienden werden. Hij pakte mijn kin vast en ik trok me los. Maar zijn handen waren sterk en hij draaide mijn gezicht naar zich toe, streek met zijn duim over mijn kapotte lip en de andere bobbelige littekens en zei dat ik het mooiste meisje was dat hij ooit had gezien. Ik zei dat hij een vuil liegbeest was.

Wing vertelde dat hij trompet speelde en dat zijn ouders het oude Kentuckian Hotel in het dorp hadden gekocht. Een paar dagen later nam hij me mee naar huis, en daar zag ik twee oudere versies van Wing die met beitel en verfkwast in de weer waren en hagelwitte lakens uitschudden alsof ze verwachtten dat de gouverneur zou komen logeren.

'Ah, komen jullie helpen,' zei Wings pa met een grijns, en hij gaf me een kwast. Ik rolde mijn mouwen op en ging aan het werk. Later maakte zijn ma flensjes voor ons. Toen ik thuiskwam, was Ida woedend dat ik haar niet in de winkel had geholpen, maar het kon me niks schelen.

Op een zaterdag een paar weken later opende de familie Harris het Kentuckian officieel, en ik hing het bordje GESLOTEN op onze deur omdat iedereen toch naar het dorp was voor de opening. Wing stond op de stoep trompet te spelen. In de glanzende hal met het fluwelen tapijt serveerde Mrs. Harris rozijnenkoekjes en bekers punch, terwijl haar man met bezoekers naar boven ging in de nieuwe lift, een groot puffend geval waar ik doodsbang voor was. Zelf bevond ik me met een lint in mijn haar op de eerste verdieping om de mensen te wijzen op de badkamer met warm stromend water en de wc met houten bril en trekkoord.

Toen alle gasten waren vertrokken en zijn ouwelui amechtig onderuitgezakt zaten, kwam Wing de badkamer in. Hij deed de deur dicht en kuste me; hij stond een eind van me af, zodat hij zich ver naar voren moest buigen om met zijn lippen de mijne te raken.

'Wing Harris!'

'Kom, Olivia,' zei hij, en hij sloeg zijn armen om me heen en trok me naar zich toe. We kusten elkaar op een onwennige manier die pijn deed aan mijn lippen. Hij liet me los en zei: 'Binnenkort moet ik me al scheren.'

Ik keek omlaag naar mijn eigen lichaam en vroeg me af wat ik daartegenover kon stellen. Ik legde een hand op mijn kaak.

'Niet doen,' zei hij, en hij kuste mijn bobbelige huid.

Ik wilde met hem vluchten – of in elk geval altijd met hem en zijn ouders in het hotel blijven wonen. Met die kussen in de badkamer verzekerde Wing zich van mijn liefde.

18

Op school hoorde ik de opgemaakte meisjes in de garderobe jammeren. Wing zou wel verliefd zijn op de juf, of van een meisje in zijn oude woonplaats houden. Ik wist wel beter.

Het dorp was meteen ingenomen met de familie Harris. Bij kerstvieringen, jaarwisselingen en atletiekwedstrijden speelde Wing op zijn trompet. Hij liep mee in de parade op Onafhankelijkheidsdag en bracht zijn muziek op diploma-uitreikingen en bruiloften ten gehore. Hij speelde op begrafenissen. Alle gelegenheden werden bijzonder door Wings koperen instrument. En hij speelde voor mij.

Ida dacht daar heel anders over. 'Ga met dat ding van mijn veranda af!' schreeuwde ze tegen ons. 'Jullie jagen mijn klanten weg.'

'Hij jaagt geen mensen weg, Ida. Dat doe je zelf!' zei ik.

'Wegwezen, jullie!' Ze schudde met haar vuist en haar blonde haar piekte om haar hoofd.

Wing en ik vluchtten naar de bossen, waar ik ontdekte dat de ruimte tussen zijn nek en schouders de perfecte plek was om mijn gezicht te verbergen. Hij streelde mijn oor en mijn haar en het puntje van mijn neus, alsof hij dat mooi vond, en hij kleedde me uit zoals ik kleine meisjes poppen had zien uitkleden. Ik mocht me nooit van hem afwenden of mijn geslachtsdelen bedekken. In plaats daarvan kuste hij ze voorzichtig, en door alle keren dat we in die bossen in elkaars armen kropen, werd onze band steeds hechter en overweldigender. Zijn lange, gladde lichaam gaf zo veel warmte af dat je er tomaten bij kon laten rijpen. Hij had ontluikende haartjes op zijn borst en dons op zijn wangen. Zijn geslachtsdeel vlijde zich behaaglijk tegen mijn heup, en al voelde ik me aanvankelijk nogal opgelaten, ik vond het heerlijk dat ik dat effect op hem had. Ik had een nieuwe vochtigheid tussen mijn benen ontdekt, en het leek Wing niet uit te maken dat mijn borsten niet veel voorstelden. Als hij ze in zijn handen nam, waren ze mooi. Ik was bijna veertien, hij een jaar ouder.

Schuchter bedacht ik manieren om onze lichamen met elkaar te verstrengelen, houdingen waarvan ik zeker wist dat niemand er ooit van had gehoord. Hij lachte om mijn malle voorstellen, kuste mijn oogleden en streelde me op plekken die me in vuur en vlam zetten. Al die tijd praatten we met elkaar.

'God heeft me opgedragen om trompet te spelen, Olivia,' zei hij op een dag.

Met mijn knieën tegen elkaar en in mijn onderbroek en katoenen hemd peuterde ik aan de bladderende wortel van de moerbeiboom waaronder ik zat. Mijn borsten waren gegroeid, maar ze waren niet rond geworden, zoals ik had gehoopt. In plaats daarvan hadden ze donkerrode punten, maar Wing zei dat hij die mooi vond. 'Je klinkt alsof je dat heel zeker weet.'

Zijn glimlach was tot in zijn ogen te zien. 'Dat is ook zo,' zei hij.

'Heeft God soms met je gepraat?'

'Niet met woorden.' Wing leunde tegen de boomstam. 'Het was meer een gevoel.'

In mijn hart wist ik dat God nooit met mij zou praten. Ik pakte een rups op en hield hem in mijn handpalm. 'Hoe voelde dat dan?'

'Nou...' Zijn toon deed me denken aan de manier waarop hij voor het spelen aan het mondstuk van de trompet friemelde. 'Je moet je voorstellen dat je hoofd propvol gedachten zit...'

'Goed.'

'Dan ga je naar binnen en wroet je rond tot je de zuiverste, de helderste te pakken hebt.'

Ik zag een soort hemels aanplakbord voor me. 'En als er nou geen heldere bij is?'

'Die is er wél,' zei hij. 'Dat is je hoogste doel. Als je dat hebt gevonden, weet je dat het voor jou is voorbestemd. Het is net als met de dekens die jij naait, Olivia.'

'Naaien is niet iets hoogstaands.'

'Iets anders dan.'

'Wat dan?'

'Nou, waar denk je meestal aan?'

'Aan jou,' antwoordde ik. 'Ik kan je altijd binnen in me voelen.'

Wing lachte hardop en stak zijn armen naar me uit. 'Goed. Maar weet je verder niets? Is er niets dat zich in je hart heeft genesteld?'

Ik stond op en dacht daarover na terwijl hij mijn onderbroek naar beneden schoof. Ik stapte eruit, waarna hij zijn broek uittrok en naast me op de droge, bebladerde grond kwam liggen. Hij nam mijn tepel tussen zijn duim en wijsvinger, en kreunde toen ik roerloos bleef liggen.

'Ik denk aan Love Alice en Junk. En aan Miz Hanley en Miss Dovey – dat de blanken hen zo slecht behandelen.'

'Zie je wel,' zei hij. 'Wat nog meer?'

'Ik mis mijn pa.'

Wing kwam schrijlings op me zitten.

'Ik heb nooit afscheid kunnen nemen. Of kunnen zeggen dat het me speet.'

Wing stootte hard en diep, en ik wist niet of hij me wel had gehoord. Na afloop rolde ik me op mijn zij. 'Ik wou dat God me betere instructies gaf,' zei ik.

Hij sloeg een arm om me heen. 'Ik hou van je, Olivia Harker,' zei hij. 'En ik zal de rest van mijn leven van je blijven houden.'

Uiteindelijk vertelde ik hem dat Ida me nooit had gewild. Dat ze na mijn geboorte was weggegaan – en weer was teruggekomen. Ik vertelde hem over de beijzelde weg waarop ik pa met mijn geklets de dood in had gejaagd, maar Wing trok me tegen zich aan en zei dat het mijn schuld niet was. En dat pa, als hij dan toch moest sterven, in elk geval het geluid van mijn stem mee naar de hemel had genomen.

De liefde tussen Wing en mij duurde tweeëntwintig maanden, vier dagen en drie uur, en elke minuut voelde als de eerste. Ida wist ervan. Ze zei dat we ons dood moesten schamen voor wat we deden, en ze bad vaak en luidkeels voor mijn redding. Maar in mijn hart wist ik dat Wing me al had gered.

De winter daarna stierf Wings pa aan griep, en drie weken later overleed zijn ma in haar slaap. Ik was ervan overtuigd dat ze net zo veel van Mr. Harris had gehouden als ik van Wing en dat ze zonder hem niet kon leven. Ik was ziek van verdriet, ik vond het vreselijk voor mijn grote liefde. Het hele dorp ging naar de begrafenissen. Beide keren bleef ik in de keuken van het hotel, waar ik lepels klaarlegde en vetvrij papier van ovenschotels haalde. Wing was zo overmand door verdriet dat hij het niet kon opbrengen om zijn hoofd of zijn trompet op te heffen. Misschien had pa inderdaad mijn stem mee naar de hemel genomen, maar Wings ouders gingen zonder zijn muziek.

Daarna leek hij met zijn gedachten altijd ergens anders te zijn. Hij ging van school om het hotel draaiende te houden. Ik miste hem verschrikkelijk en zocht hem in het dorp op. Ik dacht dat we samen naar een van de acht mooie kamers met de gebloemde dekens zouden gaan, maar dit was een nieuwe Wing, ernstig en afstandelijk, met kromme schouders alsof zijn rug pijn deed. Ik zei dat ik kwam vragen hoe het met hem ging. Vervolgens vertelde ik hem de waarheid – dat ik wilde weten of hij nog van me hield. Hij wendde zijn blik af en stelde mij dezelfde vraag. Ik kon haast niet ademhalen, laat staan antwoord geven. Zo makkelijk kwam er een einde aan de tijd dat we samen waren geweest, we hadden zo veel verdriet dat we geen van beiden naar de toekomst konden kijken.

19

De maanden daarna werd het stil in het dorp, alsof heel Aurora zijn spullen had gepakt en naar huis was gegaan. De bakstenen gebouwen rond het Kentuckian Hotel stroomden leeg en werden roetzwarte geraamtes met ratten en hooguit een handjevol huurders. Het kantoor van de krant ging dicht, en zelfs Williford, de bakker, sloot zijn deuren. De kamers in Wings hotel werden bezet door een paar vakantiegangers of een enkele jager, en de bruidssuite werd bijna permanent verhuurd aan een man uit Buelton die zijn vrouw bedroog.

Ik miste Wings armen en het geluid van zijn ademhaling. Ik had mijn leven willen geven voor vijf minuutjes met hem. Opeens was ik zestien en zat ik opgesloten onder één dak met Ida.

Op eerste kerstdag trok ik 's avonds mijn jas aan en hobbelde ik op hoge hakken over de grote weg naar een kroeg die pas was geopend. Vanaf mijn kruk in Silty's Jamboree keek ik bewonderend naar de gekleurde glazen lampen die boven de biljarttafel schommelden, en naar de vrouwen, die onbeschaamd bij de mannen op schoot gingen zitten. In een baan van paars licht, die door het raam naar binnen viel, wachtte ik tot iemand me zou aanspreken. Binnen vijf minuten was dat het geval. Rond middernacht had ik kennisgemaakt met een fles sleepruimenbrandewijn en drie jongens uit Buelton. Toen een van hen me meenam naar de auto, wierp ik me in zijn armen zoals ik me altijd in die van Wing had laten vallen. Achteraf moest ik huilen. Hij liet me snotterend op de parkeerplaats staan, maar algauw kwamen de twee anderen naar buiten en kreeg ik het zo druk met hen dat ik geen tijd had om na te denken. Op dat moment begreep ik dat dit mijn voorland was. Ik gaf de jongens wat ze wilden en stond nooit meer huilend bij de weg.

Die lente en zomer liet ik me in de winkel en op school niet meer zien en bracht ik het merendeel van mijn tijd in Silty's café door. Het was er altijd schemerig en rokerig van de sigaretten van de vrouwen, waardoor alles er treurig en neerslachtig uitzag. En toen huurde Silty Wing in om op zaterdagavond trompet te komen spelen.

Wing en ik wisselden geen woord en keken elkaar ook niet over de dansvloer aan. Misschien verbaasde het hem me te zien, maar hij zei er niets van, en er was trouwens ook altijd wel een man die de barkeeper een kwartje toeschoof voor een halfuurtje in de achterkamer. Ik zei zelden nee. Na wat geworstel op Silty's smalle veldbed hees hij zijn broek omhoog en stak hij een sigaar op. Terwijl ik me opfriste, diepte hij een halve dollar op. Daarna hobbelde ik weer naar de bar en klom op mijn kruk. Na een poos bleef mijn maandelijkse bloeding uit. En mijn borsten werden groter – dat stond de mannen wel aan. Ze wilden de gekste dingen: aan mijn jarretelles trekken en dan loslaten, mijn onderbroek van me af scheuren, met hun platte hand op mijn billen slaan. Van hen leerde ik dingen zeggen die in het begin afschuwelijk klonken, maar die na een paar drankjes grappig werden.

Tegen de herfst stond er iemand anders achter de bar – een man die geen zwak voor me had en me geen gratis drankjes gaf. De ramen werden zwart geschilderd, en het nieuwe neonbord aan het plafond knetterde en knipperde. Achter in de hoek bracht Wing zijn trompet naar zijn mond, waarna de hele kroeg trilde van het klaaglijke geluid.

Op een avond zat ik met mijn hand over mijn buik te wrijven toen er aan de bar een luid gelach opklonk, van mannen die wedden op wie mijn kind zou lijken. Wings trompet jammerde zachtjes, alsof alle lucht eruit was verdwenen. Dat was de laatste avond dat hij daar werkte. Ik was diep teleurgesteld. Ik had ervan genoten dat hij me zo zag.

Net voor Thanksgiving kwam dominee Timothy Culpepper langs. Ik zat met mijn kin op mijn hand aan de bar, en hij liep rechtstreeks op me af.

'Miss Olivia,' zei hij voordat iemand hem eruit kon gooien, 'hier hoort een jongedame niet te komen.'

'Dame?' zei ik. De dominee had bijna geen haar meer, en zijn bakkebaarden waren grijs. 'Noemt u mij een dame, dominee?' Het klonk als een regel uit een grap, en ik moest lachen.

Hij pakte me bij de elleboog. 'Ik breng je naar huis.'

Ik schudde hem van me af. 'Gaat u maar een andere arme ziel redden, want ik kan wel voor mezelf zorgen.'

'Daar denkt Miz Hanley heel anders over, Olivia. Love Alice en Junk ook – zij hebben me hierheen gestuurd om je te halen. Ze vroegen of ik je naar hun huis wilde brengen. Je mag bij hen blijven tot de kleine is geboren.'

Ik moest er niet aan denken dat Love Alice me zo zou zien. Bovendien had iemand de Wurlitzer aangezet, en op de dansvloer kwamen de vrouwen weer in beweging.

'Wilt u dansen, dominee?'

'Miss Olivia...'

Ik legde een vinger op mijn lippen. 'Als u me iets te drinken geeft, zal ik u een geheimpje vertellen...'

Boven zijn witte kraag en das glom zijn gezicht van het zweet. 'Nee, meisje, ik wil geen geheimen horen.'

'Ik vertel het u toch. Kent u die Percy die aan de deur komt, die van alles verkoopt?'

'Van gezicht, ja.'

'Nou, ik heb tegen hem gezegd dat het zijn kind is.'

'Is dat ook zo?'

'Geen idee.' Ik haalde mijn blote schouders op. 'Maar ik zei van wel.'

'Miss Olivia, die Percy...'

'Weet u wat hij nu doet?'

'Nee.'

'Hij zit in de achterkamer, waar hij het bandje van een sigaar haalt en medelijden met zichzelf heeft. Ga nu naar huis, dominee,' zeurde ik. Ik had pijn in mijn buik gekregen en had geen zin meer om te praten. Ik draaide me naar de man aan de andere kant, die lekker rook en net een halve fles had gekocht. Ik glimlachte slaperig naar hem en wenste dat ik een glas kreeg, al had ik net zo lief rechtstreeks uit de fles gedronken.

In een wolk van sigarenrook kwam Percy het kantoortje uit. Hij trok me van mijn kruk. Ik stak verbazend lichtvoetig de dansvloer over, zweefde de donkere nacht in en liet de dominee met zijn hoed in zijn hand achter.

'Stap in.'

Hij stapte ook in de auto. De Ford kuchte en we draaiden de weg op, weg van de kroeg en zijn rokerige licht.

Na een poosje drukte ik mijn benen tegen elkaar. 'Percy, ik moet plassen,' zei ik.

Maar hij bleef met een strakke blik voor zich uit kijken. Met een zucht leunde ik opzij, met mijn gezicht naar de deur. Ik bevond me in dat moerassige gebied waar niets er meer toe deed.

De pijn maakte me wakker. 'Laten we teruggaan, schatje, dan zwieren we over de hele vloer.' Ik giechelde, maar het rolde als een nietszeggend geluid uit mijn mond. Mijn buik deed pijn, en ik bedacht dat het wel eens zover zou kunnen zijn. Maar het kostte te veel moeite om daarover te piekeren. Als het moest gebeuren, kon ik het toch niet tegenhouden.

Op de bergweg was het bewolkt en donker, alsof zelfs de maan zich had verstopt. In de Ford hield ik mijn ogen dicht. Ik wist dat er niets anders te zien zou zijn dan een gespannen, nijdige Percy en de knipperende witte lichtjes op het dashboard. Ik wilde niet naar huis gebracht worden. Naast hem verzon ik manieren om hem zover te krijgen dat hij me in zijn armen nam.

'Schatje...' zei ik, maar het woord kwam eruit alsof ik het alleen maar had gedroomd. De auto kwam trouwens al midden op de weg tot stilstand. Hij opende het portier en gaf me een duw, waardoor ik de auto uit rolde. Mijn schouder belandde hard op de scherpe steentjes in de weg, en ik voelde mijn blauwe jurk met pailletten onder me scheuren. Hij gooide de fles ook naar buiten. Ik hoorde hem kapotvallen, en op het moment dat ik mijn ogen opendeed, glinsterden het glas en de blauwe pailletten samen als sterren die aan de kant van de weg waren gevallen.

'Je bent uitschot, Olivia,' zei Percy met gebogen rug van achter het stuur. 'Net als je ma.'

Ik hoorde de Ford pruttelend wegrijden en over de lagergelegen brug ratelen. Met mijn hoofd op het zand wachtte ik tot Ida het trapje af zou komen en me zou vinden.

Ver weg, hoog in de heuvels, huilden wolven, opa's wolven. Maar mijn pa had gezegd dat ik nergens bang voor hoefde te zijn. Eigenlijk vond ik het best grappig dat ik hier als een gewond hert lag. Het duurde inderdaad niet lang voordat Ida het trappetje af kwam. Terwijl ze een hand op mijn buik legde, keek haar mannelijke bezoeker met half toegeknepen ogen toe. Ida snauwde hem iets toe, waarna zijn vlezige handen mijn hielen pakten alsof ik een varken was dat geslacht moest worden. Ze sleepten me naar binnen, waarbij Ida zwoegde en de deur opentrapte, en ze droegen me door de winkel en legden me op het grote hemelbed. Ida tilde haar hand op en gaf me een harde klap. Daarna deed ze het nog een keer, zonder zelfs maar adem te halen.

Ze rolde me op mijn zij om de blauwe jurk los te maken en trok hem over mijn benen omlaag, maar er stroomde een soort siroop uit me, en de pijn was woest en overweldigend geworden.

'Ga Doc Pritchett halen,' zei ze tegen de man, en daarna nog een keer: 'Godverdomme, ga de dokter halen!'

Hij pakte zijn hoed en schuifelde naar buiten. 'Maar ik had al betaald, Ida Mae...' zei hij.

Ik deed mijn mond open en er rolde een ijle, langgerekte kreet uit, als de allerhoogste noot uit Wings gouden trompet. Het geluid liet het raam rammelen en kleefde als vliegenpapier aan de muren en het plafond. En ik wist dat alles heel anders liep dan de bedoeling was geweest.

20

Mijn dochter werd diezelfde nacht nog geboren, en ik noemde haar Pauline omdat Love Alice had gezegd dat ze zo zou heten. Misschien wilde ik gewoon dat Love Alice gelijk had.

Ik had geen flauw idee wat ik met dat kleintje aan moest. Bij uitzondering stond Ida toe dat Miz Hanley bij ons thuis kwam. Ze arriveerde op een donderdag, met een kaarsrechte rug en een strakke mond. Ze schudde haar hoofd dat ik al zo volwassen was en noemde het kind een schatje, maar ik wist dat de dominee haar het hele verhaal al had verteld. Ze liet me zien hoe ik het kindje moest aanleggen, en dat ik haar stil kon krijgen en kon laten drinken als ik zachtjes over haar keel streelde. Als Pauline in mijn armen aan de borst lag, voelde ik me diep ongelukkig. Ik vermoedde dat ik warme gevoelens voor haar zou moeten koesteren, maar omdat Ida me er steeds aan herinnerde hoe ik aan haar was gekomen, kostte het me al de grootste moeite om haar lepeltjes havermelk te voeren en haar stinkende luier te verschonen. Ida noemde me Jezabel en de dochter van Satan. Ik zei dat ik inderdaad de dochter van Jezabel was, en dat leverde me zo'n bombardement van bitse Bijbelteksten op dat de kleine krijsend wakker werd.

Pauline sliep bij mij in de nis, in een oude lade. Als bescherming tegen de koude nachten had ik kranten aan de muur gespijkerd en opgevouwen dekens onder haar gelegd, maar ik moest heel stilletjes mijn bed in en uit kruipen om haar niet wakker te maken, en mijn hoekje was niet meer van mij.

Toen ze een paar dagen oud was, kwam Wing op bezoek. Met zijn handen in zijn zakken leunde hij tegen de deuropening naar de keuken. Hij was beleefd tegen Ida en speelde met Pauline, maar hij zei geen woord tegen mij. Uiteindelijk legde hij Pauline in haar lade en kocht hij paraffinewas en een doos zout. Voordat hij wegging, stonden we op de veranda aan de voorkant, waar hij mompelde dat hij wel met me wilde trouwen als ik Pauline een vader wilde geven, en ik hem stijfjes afwees en hem wegstuurde. Hij ging.

Aan het einde van de winter, toen mijn dochter begon te kruipen en werkelijk alles in haar knuistjes pakte en in haar mond stopte, arriveerde Mr. Solomon Cross in het dorp en in ons huis. Hij was bedekt met een laag stof van de weg en miste een voortand, waardoor hij floot als hij sprak. Hij hield zijn pet in zijn hand en zei tegen Ida: 'Neem me niet kwalijk, mevrouw, we zijn de zandweg aan het verharden en jullie kunnen een dag of twee niet naar het westen rijden.'

Ze vroeg hem binnen en zei: 'Ik ben Ida Harker, de vrouw van Tate Harker, die dood en begraven is.' Ik dacht dat ze hem zelf wilde inpalmen, maar ze gaf hem een kop koffie om warm te worden en reikte hem mijn wriemelende kindje aan, waarbij ze zei: 'Dit is Pauline. Blakend van gezondheid, en kijk eens wat een stevige ma ze heeft. Mijn dochter is niet mooi, maar ze kan prachtige spreien en heerlijke appeltaarten maken – dat heeft ze van mij. Ze heet Olivia.'

Hij knikte, zei dat we een keurig gezinnetje waren en kwam de volgende avond langs om mij te spreken.

Deze keer had hij zich opgeknapt. Zijn pak en zijn manieren staken nogal af bij ons treurige huisje. Hij zei dat we hem Saul moesten noemen. Het enige vertrek waar we bezoek konden ontvangen, was de keuken, dus hij ging aan tafel zitten terwijl ik onderuitzakte in mijn stoel, met een oude broek van pa over mijn lange onderbroek, twee flanellen overhemden en mijn muts in mijn hand, alsof ik er elk moment vandoor kon gaan. Ida en ik hadden hevig ruzie gemaakt over mijn uiterlijk, waarbij ik had aangevoerd dat hij me maar moest nemen zoals ik was. Saul leek daar geen problemen mee te hebben.

Hij was kalend en gedrongen, maar hij had goede manieren en zijn ogen hadden de helderste blauwe tint die ik ooit had gezien. Hij vertelde dat hij als wegwerker best goed verdiende, maar dat hij ook wel in Pope County wilde komen wonen en ander werk wilde zoeken – als ik met hem trouwde. Hij zei dat hij Pauline er ook bij zou nemen en een huis zou zoeken. Vanuit de slaapkamer riep Ida dat er niets mis was met dit huis, waar meer dan genoeg ruimte was als we het niet erg vonden om in de nis te slapen tot de begrafenisondernemer haar uit de slaapkamer kwam halen, wat nooit meer lang kon duren. Daartoe was Saul ook wel bereid.

Ik ging te rade bij Love Alice. Na alles wat er was voorgevallen zou ik me moeten schamen om daar aan te kloppen, maar Miz Hanley nam Pauline meteen van me over, legde haar arm om me heen, wat ik wel had verwacht, en liet me plaatsnemen in haar schommelstoel op de veranda. Ze wiegde Pauline in haar armen, liep met haar naar binnen en kwam terug met een glas voor mij – citroen met water en suiker. Ze vroeg niet naar Ida, maar kirde zachtjes tegen het kind. Ik deed mijn ogen dicht, dronk mijn zoete drankje op en probeerde uit alle macht te doen of ik weer negen was, maar dat lukte niet nu Miz Hanley zo veel aandacht voor Paulines gebrabbel had. De tijd heeft de gewoonte ons dingen af te pakken, en het klopt wat ze zeggen – je kunt nooit meer terug.

Al gauw kwam Love Alice over de weg aanlopen. Zodra ze me zag, liet ze de pakjes die ze bij zich had uit haar handen vallen, wat haar een afkeurend geluid van haar schoonmoeder opleverde. Ze rende de veranda op en omhelsde me.

'O-livvy,' riep ze met haar vreemde stemmetje. 'Wat heerlijk om je te zien, dat meen ik echt!'

Ik had gesnakt naar het geluid van haar stem, naar de grote donkere ogen en de rij sproetjes die aan de vleugels van een mus deed denken. Miz Hanley nam Pauline mee naar binnen.

'Ik heb je vreselijk gemist, Love Alice.'

'Ik vond het ook heel naar,' zei ze.

'Kom af en toe eens bij me langs. Alsjeblieft.'

Ze ging in kleermakerszit op de veranda zitten en stopte haar jurk onder haar benen. 'Ik kom langs, O-livvy. Als ik een paar stuivers heb, doe ik woensdags boodschappen.'

'Dat bedoel ik niet,' zei ik, terwijl ik mijn glas neerzette. 'Ik bedoel in mijn keuken. Dan zet ik thee, net als toen we klein waren.'

'Dat is lang geleden.' Love Alice keek alsof ze wilde wegvliegen. 'Maar dan is Miss Ida er ook.'

'Trek je maar niets van haar aan. Dat regel ik wel. Kom alsjeblieft langs. Ik heb een pot van die zoetzure groente die je lekker vindt, en dan snij ik een perzik in stukjes. Love Alice?'

'Ja?'

'Ik moet over een paar dingen nadenken, zoals het feit dat Saul Cross met me wil trouwen en Pauline erbij wil nemen.'

'Hij lijkt me een aardige man.'

'Maar het maakt me bang. Voor altijd bij dezelfde man zijn. En dan ook nog eens een man die Ida heeft uitgezocht.'

'Mij maakt het niet bang. Ik wil niemand anders dan Junk.' Ze ging op haar knieën zitten en keek me indringend aan. 'Trouw met hem, O-livvy. Het komt allemaal goed. En ik kom dinsdag bij je.'

21

Saul en ik trouwden in de tuin naast Ida's huis. Ik had vlechten en linten in mijn haar en ik droeg een lange groene jurk om mijn stevige schoenen, de enige die ik had, aan het gezicht te onttrekken. Bijna alle mensen uit het dorp waren komen kijken, ongetwijfeld om pa's nagedachtenis te eren. Ze stonden in groepjes koude thee en cider te drinken. Anderen stonden bij de voorraadschuur. Ida serveerde bruiloftstaart aan de blanken, en de zwarten installeerden zich achter het huis, legden stukken gebraden kip op opgevouwen kranten en keken hoofdschuddend naar pa's graf naast de buitenplee. Love Alice wierp me kushandjes toe. Ik was zenuwachtig en bijna in tranen en ik wiegde Pauline heen en weer op mijn heup, en misschien zei Ida daarom niets over Junk en Love Alice, zijn ma of Miss Dovey en al hun vrienden en familie die achter het geitenhok zaten te eten.

Later kwam Wing naar me toe in de keuken, waar ik op een rechte stoel zat, en hij vroeg me of ik echt van Saul hield. Ik vroeg hoe ik van hem zou kunnen houden terwijl ik hem helemaal niet kende, en wat dat Wing trouwens aanging. Hij zei dat hij dan maar een vrouw zou gaan zoeken en zou kijken of ze samen iets van het hotel konden maken. Ik zei dat hij dat vooral moest doen.

22

Vier jaar later ging Wing naar een hotelcongres in Paramus, en hij kwam terug met ene Grace Marie Saunders, een sprietig meisje met ogen als schoteltjes. Ik zag haar maar een paar keer – Wings handen pasten om haar middel, zo iel was ze – maar iedereen was op haar gesteld. Ze leek het altijd koud te hebben, ze liep rond met een vest om zich heen getrokken of snotterend in een zakdoek. Maar ze zei tegen Kleine Ruse dat ze zo gezond was als een vis, en dat ze tenslotte ook warm werd gehouden door Wings liefde.

Ik ging niet naar de bruiloft van Wing en Grace, maar Saul wel omdat hij vond dat dat burenplicht was. Hij droeg zijn rafelig geworden pak, kamde zijn haar over de kale plek op zijn hoofd en reed in Ida's pick-up naar de witte kerk aan de grote weg. Hij vertelde dat de mensen na afloop naar de hal van het hotel waren gegaan, waar boterhammen werden geserveerd die niet groter waren dan zijn duim, en punch waar schijfjes citroen in dreven. Hij zei dat Miz Grace een sprookjesprinses was geweest, getooid met bloemen en kantwerk, en dat Wing zijn ogen niet van haar had kunnen afhouden.

Saul zelf was een harde werker. Hij werkte achter de toonbank in de ijzerwinkel van Mr. French, want hij wist het verschil tussen een vleugelmoer en een tandveerring en kon feilloos één gewoon schroefje terugvinden in een berg machineboutjes. Hij wist overal wel iets van. Of iemand nu een loodgieter nodig had of linoleum wilde laten leggen, Saul kwam opdraven. Als een tijdlang niemand zijn hulp inriep, ging hij er zelf op uit om te kijken of hij ergens iets kon doen.

Elke zaterdag hield Saul pa's nagedachtenis in ere door de distilleerketel in het schuurtje aan te steken en zijn eigen soort sterkedrank te stoken. Ooit had de belastingdienst pa flink op de huid gezeten, ze hadden zelfs een keer de federale politie erbij gehaald, maar de regering had nu blijkbaar andere zaken aan het hoofd, want Saul werd met rust gelaten. Hoewel het geldgebrek nijpender was dan ooit, bleven de klanten komen; de mannen proefden stiekem van Sauls whisky terwijl hun vrouwen kruidenierswaren kochten. Ida ontving geen mannen meer in huis, maar was langs de straat gaan zwerven en viel de buren lastig met vroom gebrabbel; ze zeiden dat haar ziekte haar kennelijk weer in zijn greep kreeg. Ida noemde hen roddelaars en zei dat ze naar de hel konden lopen.

Terwijl Saul sterkedrank stookte en in de ijzerwinkel werkte, naaide ik mijn dekens, waarvan ik een deel verkocht. De zomer daarna bouwde hij een kraampje voor me op de plek waar Farm Road One uitkomt op de grote weg naar Paramus. In het weekend ging ik daar zitten, met een hoed op en wat wisselgeld. Af en toe stopte er een auto en kocht iemand voor vier of vijf dollar een deken.

Hoewel Saul en ik er nooit over praatten, zoals we vrijwel nooit over dingen praatten die echt belangrijk waren, voedden we Pauline zo goed mogelijk op. Toen ze drie was, reed hij naar het districtskantoor en vulde de benodigde papieren in, zodat Pauline zijn achternaam kreeg. En hij was aardig voor Ida. Het enige wat hij van mij vroeg was zijn eten klaar te maken, en dat vond ik allang best, want ik had een verschrikkelijke pijn in mijn hoofd en mijn hart, zodat ik toch nergens anders voor deugde.

Uiteindelijk ging ik naar Doc Pritchett om me te laten onderzoeken, en tot mijn grote schaamte verklaarde hij dat ik niets mankeerde en dat het waarschijnlijk allemaal in mijn hoofd zat. Ik wist wat hij dacht: als mijn ma gek was geweest, zou ik het ook wel worden. Ik zei tegen Ida en Saul dat ik griep had gehad, maar nu weer helemaal beter was. Ik praatte nooit meer over mijn pijn – zelfs niet in mezelf. Ik plantte tweemaal zoveel pompoenen in de rulle aarde bij de achterveranda en maakte een nieuwe lap grond vrij voor de zoete aardappelen die ik zou poten als het weer omsloeg. Ik schoffelde tot ik niet meer rechtop kon staan, en 's avonds knipte ik stukken stof, werkte ik de hoeken netjes af en naaide ik tot ik met mijn hoofd op de tafel in slaap viel.

Na een poosje bespraken Saul en ik het probleem Ida, want ik werd gek van haar en ze deed lelijk tegen Pauline, die al een echte wildebras was geworden. Ida kon het niet meer verdragen dat Pauline in haar kamer sliep, en daarom zetten we Paulines wiegje 's nachts in de winkel en haalden het 's ochtends terug naar de slaapkamer. Ondertussen werden we wakker gehouden door Paulines nachtmerries. Ten slotte reed Saul met Ida's pick-up naar Buelton, waar hij genoeg hout kocht om achter in de tuin een hut te timmeren. Hij bouwde een huisje met één raam en een deur op het zuiden. Ik sleepte het veldbed ernaartoe en kocht voor vijftig cent een stoel van Grote Ruse.

Op een herfstmorgen verhuisden we Ida naar de hut. Volgens mij was ze heimelijk blij met de aandacht die Saul haar had gegeven. Ze kwam bij ons voor het ontbijt, de lunch en het avondeten. Ze voerde gesprekken met Saul en dronk thee aan onze keukentafel. Ik bediende haar zwijgend, maar elke avond stuurde ik haar na het eten naar huis. Ik genoot intens van de uren dat ik Ida niet om me heen had. En al die jaren deed ik de kelderdeur niet één keer open.

Op een zaterdagmiddag om vier uur, toen Saul bezig was het dak van Ida's huisje met teerpapier te bedekken, kreeg hij een hartaanval, en hij viel dood neer. Op de een of andere manier verbaasde het me niet, want hij werkte altijd veel te hard en was veel te verzot op mijn bruinesuikercake. Ik begroef hem in de lage heuvels, aan de voet van de helling. Ik huilde niet. Ik had mijn bekomst van tranen, hoewel ik er al jarenlang niet één meer had vergoten.

Maar Pauline stortte helemaal in.

Ze werd volkomen onhandelbaar, en in mijn hart begreep ik dat ook wel. Zonder liefde is er niets dan een grote leegte, die we opvullen met wat er toevallig voorhanden is. Toen Pauline veertien was, ging ze om met een stel mensen die in een ouwe brik van de ene louche tent naar de andere trokken. Op een avond in het voorjaar ging ze ervandoor.

Ik had geen zin om uit te zoeken wanneer alles mis was gegaan, en daarom hield ik mezelf maar voor dat nu eenmaal gebeurt wat gebeuren moet. Saul lag begraven aan de voet van de helling, Ida woonde in haar geteerde schuurtje en Pauline liet zich ergens vollopen met sterkedrank. Ondertussen naaide, schoffelde, plantte, oogstte en weckte ik als een bezetene. Ik haalde twee oogsten nieuwe aardappelen binnen, en rapen en mosterdplanten, bieten en rode en gele paprika's om in de winkel te verkopen. Ik timmerde een kippenren en kocht nog vier kippen die aan de leg waren en een haan. Ik verkocht de eieren voor een cent per stuk en kocht er nog twee legkippen bij. Toen de ezel doodging, kocht ik een nieuwe – Ida noemde hem Sanderson II – en spande hem voor een ploeg. Ik bewerkte iedere vierkante meter grond, met uitzondering van pa's graf.

Ergens in oktober, toen ik tot op het bot afgepeigerd was, legde ik mijn schoffel neer en ging ik languit op de grond liggen, zoals ik als kind zo vaak aan het eind van de dag had gedaan. Ik smachtte naar iets nieuws, maar kon me niet voorstellen wat.

23

Het ging niet goed met Miz Grace Harris, zei men – ze scheen zelfs almaar zieker te worden. Ik had via Love Alice gehoord dat Wing zijn vrouw al jarenlang met zijn Ford naar alle uithoeken van de staat bracht, op zoek naar een dokter die haar zou kunnen genezen. Maar ze zeiden allemaal dat het een soort dubbele longaandoening was en dat daar niets aan te doen was. Ten slotte stuurde Wing haar naar Zuid-Frankrijk om in de zon te liggen. Het geld daarvoor leende hij van Grote Ruse. Maar toen ze weer thuiskwam, adviseerden de artsen om haar in een ijzeren long te leggen. Maar volgens Miz Grace was dat geen manier om je laatste levensdagen te slijten, in een machine die voor je ademhaalt. Ik vond dat daar wel wat in zat. Ze bleef dus in het Kentuckian Hotel. Wing richtte op de begane grond twee kamers in voor Miz Grace en zichzelf en verhuurde de rest.

Ik ging er nooit op bezoek, maar ik spitste mijn oren als de mensen het over haar of hem hadden. En ik smeekte Love Alice om nieuws. Hij speelde nooit meer op zijn trompet, vertelde ze, en hij bleef altijd in het hotel omdat Miz Grace bedlegerig was geworden. Zo ging dat een jaar of vijf.

In die tijd kwam Ida soms uit haar hut om naar me te kijken terwijl ik schoffelde. Om me nog meer te ergeren borstelde ze haar haar niet meer, ging ze nooit in bad en droeg ze altijd dezelfde flanellen ochtendjas totdat die in rafels van haar af viel. Ze zei dat ik getikt was dat ik elke avond op de grond ging liggen, maar ik lachte en zei dat ik de hartslag van de aarde hoorde.

Toen stond Pauline op een dag ineens voor de deur, met een vuil blauw dekentje in haar armholte. Het was alsof de tijd achteruit was gelopen en mijn eigen kind me werd overhandigd. Maar het was mijn kind niet. Het was een gloednieuw leven. Ik pakte het bundeltje aan, ging op de vloer van de winkel zitten en begroef mijn gezicht erin.

'Hij heeft nog geen naam,' zei Pauline. Ze droeg schoenen met wankele hoge hakken en haar haar was vettig. Ze zag er vermoeid uit, alsof ze al van middelbare leeftijd was, terwijl ze zelf nog maar een kind was.

Het kindje rook zuur, alsof het van zijn leven nog nooit in bad was geweest, zijn hoofdhuid was vlokkig van de berg en het wurm was nauwelijks dikker dan mijn pols.

'We noemen hem William Tate Harker,' zei ik. 'Naar mijn pa.'

Ze schudde haar hoofd. 'Niet Harker. Hij is een Cross, net als wij tweeën en papa Saul.'

Ik knikte. 'William Tate Cross dan.'

Haar gezicht was besmeurd met gruis. Of opgedroogde tranen. Dat van het kindje ook. Ik wiegde hem heen en weer. 'Hij moet flink aankomen.'

'Ja, weet ik.'

'We zullen hem melk met honing geven. En er ook een ei door doen.'

'Doe jij het maar, mama,' zei ze. 'Ik moet weer eens verder.'

'Hè?'

'Ik wil dat jij voor hem zorgt.'

'Pauline...'

'Ik ga naar Californië. Om in films te spelen. Ik ben er mooi genoeg voor, vind je niet? Maar daar kan ik geen klein kind bij gebruiken. Je zult niet veel last van hem hebben – hij is heel lief, hij huilt bijna nooit.'

Goeie god – er was een klein ziekelijk jongetje in mijn winkel afgeleverd. Maar ik hield al van hem voordat ik zijn dekentje opensloeg. Ik had me nog nooit zo verdrietig gevoeld als toen Pauline ons daar liet zitten en de deur uit liep, in de richting van een auto vol luidruchtige jonge mensen die op straat op haar stond te wachten.

24

Eerst dacht ik dat Ida krankzinnig was. 's Avonds stond ze naast haar hut, zelfs in de wind en de regen, terwijl haar haar wild om haar hoofd danste en ze een oude paardendeken om haar schouders had. Na verloop van tijd drong het tot me door dat ze door het raam keek, dat ze mij en de jongen in de gaten hield met Godmagwetenwat in gedachten. Eén keer heb ik me afgevraagd of ze eenzaam was, maar toen besloot ik ter plekke dat ik al vanaf mijn geboorte naar mijn ma had gehunkerd. Nu was het haar beurt om te lijden. Maar bij slecht weer legde ik sindsdien de kleine in bed, liep ik naar buiten en bracht ik haar naar haar bed in de hut. Ergens had ze een maiskolfpijp vandaan getoverd. Met de tabak die ik haar bracht, zat ze tot diep in de nacht te roken.

In huis waren Will'm en ik met ons tweeën, en het duurde niet lang voordat hij rondkroop. Daarna begon hij te waggelen en te zeuren om sabbeldoekjes met suiker en andere zoetigheden.

Ik stond in de winkel, werkte aan mijn dekens en gaf Will'm aan de keukentafel les. Toen hij zes was, liep ik elke dag met hem naar school. Ik vertelde hem dat onze enige levensregel was dat we van elkaar en van onszelf moesten houden – iets wat ik steeds moest herhalen omdat Will'm oud genoeg was om te beseffen dat ik Ida's naam niet noemde. Toch hield hij ook van haar.

Ida bracht haar leven in bed door, waar ze de bijbel las en op alles en iedereen schold. Ze at de maaltijden die ik haar bracht, en al mocht ze rond etenstijd het huis in, ze kwam bijna nooit. Toen Will'm wat groter werd, stuurde ik hem vaak met thee of een kop koffie naar haar toe. Tweemaal luisterde ik hun gesprek af en ontdekte ik dat ze vriendelijke en zelfs verstandige dingen tegen hem zei. Will'm legde een deken over haar heen als ze in slaap viel. Meer dan eens klopte hij haar pijp uit. Aanvankelijk maakte het me kwaad dat hij dit van haar gedaan kon krijgen en ik niet, maar in feite suisden Ida en ik rond in een achtbaan van verdriet, een stuurloze rit waaraan nooit een einde zou komen.

Will'm werd lang en had een van de beste en vriendelijkste karakters die ik ooit heb gezien. Hij had het blonde haar en de grote ronde ogen van zijn moeder. Hij was altijd bereid zijn handen uit de mouwen te steken, en omdat hij van mij geen geweer mocht hebben, ontwierp hij slimme vallen waarin hij konijnen en opossums ving. In de stoofschotels werden de opossums pezig en taai, maar ik was allang blij met het vlees. Hij bracht alleen maar dingen mee naar huis die we konden eten. Hij was dol op lezen, en terwijl ik 's avonds aan tafel vierkante stukjes stof borduurde, las hij me hardop voor tot ik al het werk van Mark Twain en William Faulkner had gehoord.

Hoewel ik het probeerde te ontmoedigen, had Will'm bovenal een warm kloppend hart voor zieke en gewonde dieren. Ik vermoedde dat hij ze niet los van zichzelf kon zien, hoe hard ik ook mijn best deed. Hij was een rustig, goedmoedig kind met een koppig trekje dat hij waarschijnlijk van mij had.

Ik was blij dat hij nooit geobsedeerd raakte door de afgesloten kelderdeur.

25

Maar nu heeft Ida de grijze wolvin gedood. In de vroege ochtend begraven Will'm en ik haar aan de noordkant van een rotsblok, de enige plek op de helling waar de aarde zacht genoeg is. Dan stook ik de kachel in de hoek van de keuken op, en we zoeken een oud stuk triplex tegen de kou die door het open raam naar binnen stroomt. We gaan aan tafel zitten, drinken thee en eten brood met jam; ik heb de pot weer op tafel gezet. In de hoek staat pa's geweer, dat ik uit Ida's handen heb getrokken. Ik heb haar geen ontbijt gebracht.

'Het heeft zeker geen zin om naar de jongen te gaan zoeken?' zegt Will'm met neergeslagen ogen.

'Nee.'

Ik ben nooit bang geweest om Will'm iets pijnlijks te vertellen, bijvoorbeeld hoe arm we zijn, al lijkt hij dat niet helemaal te kunnen bevatten. Hij loopt rond alsof hij ik weet niet wat voor moois bezit en de rijkste man van de hele streek is.

'We hebben bijna geen geld meer,' zeg ik om het gesprek op iets anders dan de wolvenjongen te brengen.

Hij likt jam van zijn bovenlip. 'Ik kan er een baantje bij nemen,' zegt hij. 'Af en toe bij Dooby achter de toonbank staan in plaats van alleen de zaak aanvegen. Of op zondagavond bij Ruse gaan werken. En misschien kan Wing wel wat hulp gebruiken in het hotel.'

Als Wings naam valt, stuiteren mijn gedachten als de parels van een gebroken snoer over de tafel. 'Je moet naar school, en tegen de tijd dat je terug bent met de bus, is het bijna vijf uur en dan help je in de winkel. En daarna heb je je huiswerk nog.'

Will'm gaat met zijn vinger langs de binnenkant van de jampot.

Ik geef hem een klap op zijn hand.

Hij grijnst. 'Als Wings vrouw doodging, zouden jullie kunnen trouwen, en dan zou het hotel voor de helft van ons zijn.'

'Will'm!' Ik slaag er inmiddels in niet meer rood te worden als hij zo praat, maar ik vind het wel heel vervelend.

'Dan konden we daar gaan wonen.'

'En hoe moet het dan met Ida? En de winkel?'

Hij zucht nadrukkelijk, drinkt zijn laatste slok thee op en veegt zijn mond af met de rug van zijn hand. Hij bestudeert zijn tweede snee brood, vouwt hem dubbel en propt hem bijna helemaal in zijn mond. Vervolgens staat hij op, trekt zijn jas aan, zet zijn muts op en wikkelt de sjaal om zijn hals. 'Het ruikt hier naar wolven,' zegt hij, en hij pakt mijn kop om het brood met een slok thee weg te spoelen. 'Als we die jongen hadden, zou ik voor ze zorgen. Ik zou ze voeren en een echte moeder voor ze zijn.'

Zonder op antwoord te wachten gaat hij buiten op de veranda staan wachten met zijn broodtrommeltje en zijn rugzakje. Ik blijf naar hem kijken. Een paar minuten later komt de schoolbus over de bevroren weg aangegleden. Will'm daalt de brede treden af en stapt in, en de bus rijdt met hem weg naar Buelton, naar de nieuwe school daar. Hij is er niet gelukkig mee; hij zou liever op de helling naar de wolfsjongen speuren.

Ik kan het nog niet opbrengen het bordje OPEN op de winkeldeur te hangen. Ik was de vuile borden af, maak mijn bed en dat van Will'm op, bekijk mijn gezicht in de keukenspiegel en vraag me af of de vlekken en roestplekken op de spiegel staan of op mijn huid. Ik borstel mijn haar en maak een nieuwe vlecht op mijn rug. Met een zucht die vast helemaal in Ruse's Café te horen is sla ik mijn cape om; ik zet mijn muts op en hang de deken waar de wolvin op heeft geslapen opgevouwen over mijn arm. Zonder ook maar één blik op Ida's hut te werpen ga ik op weg naar de plek op de helling waar we de wolvin hebben gevonden.

Het is op het eind van de ochtend en de bleke zon staat hoog aan de hemel. De twee doodgeschoten wolven zijn verdwenen, de kadavers zijn door aaseters weggesleept. Misschien heeft hun vlees wel een ander beest het leven gered, bedenk ik. Bij daglicht is het hol van de wolvin niet moeilijk te vinden. Ze was in een kleine grot gekropen, enkele tientallen meters van de plek waar we haar gisteren gewond aantroffen, en had daar haar jongen gekregen. Ik stel me voor dat ze gisteren haar schuilplaats verliet, misschien om de jagers van haar kinderen weg te lokken. Daar liggen ze: zes jonge wolfjes.

Ze janken heel zacht en bewegen nauwelijks. Als ik de tengere lijfjes oppak, merk ik dat er drie dood zijn, en de andere drie piepen als veldmuizen. Ze zijn er ellendig aan toe en graatmager van de honger. Ik graaf met mijn handen een gat in de sneeuw en begraaf de dode jongen, want ik vind de gedachte aan gieren en haviken onverdraaglijk. Dan wikkel ik de drie overgebleven jongen in de wollen deken, die naar hun moeder ruikt. Ze wegen stuk voor stuk minder dan een zilveren lepeltje.

26

Love Alice komt te voet naar ons toe omdat het vandaag dinsdag is, en terwijl ik thee met gember en kruidnagel zet, kijkt ze om zich heen. Dat doet ze elke week, alsof ze nog nooit eerder in mijn keuken is geweest. Al die tijd neuriet ze – 'Amazing Grace' en 'Come Down Lord'. Dan valt haar blik op een snuisterijtje, een boek of de deken waaraan ik werk, en dan vertelt ze me de waarheid die daarbij hoort. Zo noemt ze het altijd. De waarheid.

Zo noemt ze de wolfjes ook. Ze is gek op die beestjes, die geen van allen groter zijn dan haar hand, en ze gaat op de vloer zitten om ze te aaien en zegt met haar stem die als vogelgezang klinkt: 'Kijk nou toch eens wat een kleine schatjes.'

Ik roer melk in een pan, doe er wat maissiroop bij en doop er een gedraaid puntje van een keukenhanddoek in. Ik til een jong op en wrik zijn bek open, maar mijn vingers zijn dik en grof, waardoor ik me onhandig voel. Het jong zuigt. 'Ik heb nooit geweten hoe ik voor kleine wezentjes moet zorgen,' zeg ik.

'O-livvy, je doet het prima. Ze zijn dol op dat sabbeldoekje en op jou.'

Ik kijk haar aan.

Voordat het jong vol zit, is het doodmoe, en ik leg het neer en begin met het tweede.

'Dit heeft geen zin,' zeg ik. 'Ik moet een manier bedenken om iets voedzaams bij ze naar binnen te krijgen.'

'Dat lukt je wel,' zegt ze. Dan gaat ze aan tafel zitten om op haar thee te wachten.

In werkelijkheid kan ik me geen melk voor de wolfjes, Will'm én Ida veroorloven. Dan moet Ida het maar zonder doen – ik zal haar bij haar avondeten een kop thee met een beetje honing brengen. Het tweede jong wil helemaal niet zuigen, en ik wring de lap met mijn vingers uit en hou het beestje op allerlei manieren vast om de melk in zijn keel te krijgen. Maar zijn ogen blijven dicht, en het beestje heeft zo veel moeite om adem te halen dat zijn hele lijfje zwoegt. Het derde slikt wat melk door en valt in slaap. Ze gaan dood, en ik hoop dat ze het snel doen, voordat Will'm thuis komt. Als de jongen weer in hun doos liggen, schenk ik thee in, ga ik zitten en pak ik mijn borduurkatoen op.

Dan hoor ik de bel boven de winkeldeur. Ik loop tussen de gordijnen door en wacht terwijl Mr. Haversham een paar winterappels en een blikje maispuree uitzoekt. Ik sla de boodschappen aan op de rinkelende kassa die we al een eeuwigheid hebben en stop ze in een papieren zak.

In de keuken strijkt Love Alice over de deken waar ik al zo lang aan werk dat mijn vingers rond de eeltplekken beginnen te bloeden. 'Wat een prachtige deken,' zegt ze bewonderend.

Ik pak de draad op en mijn handen vliegen heen en weer als ik hem knoop.

Ze gaat op kousenvoeten tegenover me zitten. Haar ogen zijn ondoorgrondelijk. 'Weet je...' zegt ze.

Er komt een voorspelling aan.

'Onder deze deken zal een oude, dikke rijkaard slapen. Hij houdt van zijn ma. Hij behandelt zijn vrouw als oud vuil, maar hij houdt wel van zijn ma. Hij heeft een hond – nee, twee honden, en hij is bang in het donker.'

Zo gaat het maar door tot ik mijn ogen opsla. Ik ken Love Alice al heel lang. Voordat ze vertelt wat ze in mijn ogen ziet, wil ze eerst zien of ik het wil weten.

Ze staat op en loopt in haar vormeloze zwarte jurk door de keuken, waarbij ze allerlei dingen aanraakt – kopjes op het afdruiprek, een onderzetter, de knop van de kelderdeur. 'O-livvy, wat zit hierachter, als ik vragen mag?'

'Een trap. Naar de kelder.'

Ze houdt haar hoofd schuin als het eerste roodborstje in de lente, dat luistert of het wormen hoort.

'Je moet deze deur openmaken,' zegt ze.

'Het is gewoon de oude werkkamer van mijn pa.'

'Het moet,' zegt ze schouderophalend.

Ik schenk thee in. 'Ik ben gisteren nog beneden geweest.'

'Dan moet je nog een keer gaan.'

'Waarom?'

'Omdat je het bij het verkeerde eind hebt. Maar het is een begin.'

'Laten we het ergens anders over hebben. Hoe gaat het met Junk?'

'Goed.' Ze loopt naar de tafel en schept suiker in haar thee. 'Hoe gaat het met Miss Ida? Nog even gek als altijd?'

Ik moet altijd om Love Alice lachen, en ik sta op om een vork en een appelflap voor haar te pakken. 'Nog net zo gek.'

Ze leunt over de tafel heen en legt haar hand op de mijne. 'Ga met deze deken naar het hotel van Mr. Wing. Hij wil een winkel beginnen, waar je bezems en kaarsen kunt kopen en zo. Hij kan je dekens ook verkopen. Daarnaast is Mr. Harris een lieverd – zijn vrouw gaat ons zeer binnenkort verlaten.'

Ik kijk haar aan. 'Waarom denk je dat, Love Alice? Hoe kun je dat zo zeker weten?'

Ze glimlacht. Het heeft me altijd verbaasd dat ze zulke grote tanden heeft. 'Het maakt niet uit hoe ik het weet, ze gaat naar de hemel. Wat je eigenlijk wilt weten, is wat er daarna gebeurt. Of hij met een bloem in zijn hand in een mooi wit rijtuigje naar je toe komt.'

Ik prik mezelf met de naald, vloek en zuig het bloed weg.

'Het geeft niet,' zegt ze, terwijl ze een stuk appel aan haar vork prikt. 'Het is geen geheim. Je wilt het weten. Ik zal het je vertellen. Hij vraagt Jezus om haar ziel naar de hemel te halen.' Love Alice buigt zich naar me toe. 'O-livvy, wat jij en Mr. Harris deden was niet verkeerd.'

'Dat was heel, heel lang geleden.'

'Je houdt van hem als aarde van water.' Ze stopt een stukje korst in haar mond. 'Als ik lieg, mag je me deze appelflap afpakken – maar het is de waarheid.'

Ik leg mijn naald neer en kijk haar aan. 'Dat heb ik vijfentwintig jaar geleden al achter me gelaten. Het put je uit als je dag en nacht maar één doel hebt. Als je nergens anders aan denkt.'

'Daar heb je gelijk in.' Ze knikt. 'Dat is zeker waar.'

We zitten zwijgend aan tafel, en dan pikt ze met haar vinger de laatste kruimels van haar bord. 'Zo, het wordt tijd om mijn schoenen aan te trekken en weer naar huis te gaan. Dankjewel voor de thee.'

Ik steek mijn hand in de zak van mijn schort en leg een stuiver op tafel. 'Jij bedankt voor je gezelschap.' Het is de vergoeding voor een voorspelling, of gewoon een geschenkje voor een vriendin. Ik laat het altijd aan haar over of ze de stuiver wil hebben. Elke keer maakt ze haar handtas open en laat ze de munt erin vallen.

'Love Alice...' zeg ik. 'Als je in het dorp bent, ga je soms naar de drogist, het postkantoor, het hotel...'

'Stel me de vraag maar gewoon, O-livvy.'

'Kijk je... Kijk je Wing Harris wel eens recht in de ogen? Zie je zijn waarheden?'

Haar glimlach is als de opgaande zon. 'O, zeker. Ik zie daar van alles. Hij verdrinkt in zijn verdriet.'

Ik wil vragen of ik een deel van dat verdriet ben, of ik iets voor hem kan doen. Maar dat lijkt te veel gevraagd, en veel te veel om te weten.

27

Ik luister of ik het gerinkel van de winkelbel hoor. Ondertussen strooi ik voer uit voor de kippen, melk ik de geiten, sla het ijs op hun drinkbakken stuk, ruim sneeuw en verwarm water om de was te doen op de veranda achter het huis. Er wolkt stoom uit de wastobbe, waarvan mijn vingers verbranden en de ramen beslaan. Ik hang lakens en ondergoed op de waslijn; ze zijn al bevroren voor de laatste wasknijper er goed en wel op zit. Daarna begint het te sneeuwen, zo hard dat de hele lucht verduistert, en ik zet de hutspot vroeg op – aardappelen, uien en een stuk konijnenvlees dat Junk voor ons op de veranda heeft gelegd. Ik breng Ida een portie met een verkruimeld stuk brood erdoor, zet het bord op een doos om de hoek van de deur en ga weer weg voordat ze me ook maar één krachtterm naar het hoofd kan slingeren.

Als Will'm thuiskomt, ontfermt hij zich meteen over de wolfsjongen.

'Ik wist wel dat je ze zou halen,' zegt hij met een brede grijns.

Ik ga klanten helpen, en om zes uur draai ik het bordje GESLOTEN voor de deur. 'We zullen veel werk aan ze hebben,' zeg ik terwijl ik hutspot in twee diepe borden schep en die op tafel zet.

Ik vertel dat ik melk voor ze warm heb gemaakt en heb geprobeerd ze die te voeren, dat daar een eindeloos geduld voor nodig is. 'Reken er niet te veel op dat ze het zullen redden, Will'm. Ze zouden bij hun moeder moeten zijn.' Ik snij brood en pak boter uit het blik op de veranda.

'Ik zorg wel voor ze, oma. Ik zal alles doen.' Hij legt de jongen terug in de doos en komt aan tafel.

Ik wil tegen hem zeggen dat een goede verzorging hun kansen wel vergroot, maar niets garandeert. Sommige levende wezens redden het, andere niet. Maar ik zwijg en schep het laatste stukje appelflap op zijn bord. Ik schenk twee koppen hete thee in met melk van de geit. Ik ga aan tafel zitten en schraap mijn keel. 'Will'm, ik heb gehoord dat Alton Phelps op zoek is naar een ezel.'

Will'm kijkt op van zijn bord. Zijn ogen worden zo groot als schoteltjes. 'Je wilt hem toch niet Sanderson II verkopen? Die is helemaal áf, hij heeft een holle rug en hij kan niks meer, en hij is zo vals als wat...'

'Ik heb gehoord dat Phelps alleen maar iets nodig heeft om aan de noordkant van zijn land de coyotes bij de lammeren weg te houden.' Ik schiet bijna in de lach als ik het me voorstel. Als die ezel niet zowat dood was, zou hij die lammeren levend verslinden. Toch ben ik van plan morgen de ruiten van de pick-up schoon te krabben en met de ouwe Sanderson II in de achterbak naar de boerderij van Phelps te rijden. Het is lang geleden dat ik daar ben geweest. Ik probeer er niet aan te denken.

Will'm dweilt zijn bord schoon met het kapje. Hij kijkt rond of er nog meer is.

'Toe maar,' zeg ik. 'Eet het restje ook maar op.'

'Vraag je helemaal niks aan Ida? Het is háár ezel.' Will'm grijnst. Hij is gek op de oude verhalen die pa me altijd vertelde – over Ida's preektochten op haar ezel. Hij zegt dat hij zich niet kan voorstellen dat zij parmantig op dat beest door de straten reed.

'Ida heeft de wolvin doodgeschoten,' zeg ik. 'En déze ezel was niet van haar, dat was Sanderson I. Zo brengt dat ouwe beest nog een paar dollar op, en bovendien kan ik Phelps nu ter verantwoording roepen over die wolven.'

'O, oma...'

'Ik ga er morgenochtend heen. Onderweg ga ik even bij Dooby langs om te vragen of hij tips heeft voor de verzorging van de wolvenjongen. En als ik toch op pad ben, ga ik ook even naar Wings hotel om te kijken of hij mijn dekens wil verkopen in zijn souvenirwinkeltje.'

Will'm schraapt zijn keel. 'Goed.' Hij buigt zich over zijn bord en denkt dat ik niet zie dat hij grijnst.

28

De volgende ochtend sla ik mijn cape om en zet ik mijn muts op. Met het pannenkoeksmes krab ik het ijs van de ruiten van de pick-up. Omdat er in de schaduw van de voorraadschuur geen nieuwe sneeuw is gevallen, is het bloed van de wolvin nog duidelijk te zien. Ik schop en stamp tot het bijna allemaal weg is. Ik start de oude pick-up en laat hem even stationair rammelen. Hij doet me denken aan de auto die pa had toen ik klein was – waarin hij reed op de avond dat hij stierf. Het verschil is dat deze twee goede portierkrukken heeft. De achterklep is afgebroken, en op de meeste plekken waar vroeger lak zat, zijn nu grote roestplekken ontstaan.

Ik rij ermee naar de zijkant van Ida's hut, leg een paar planken neer en leid Sanderson II de laadbak in. Hij is een mager scharminkel. Met het touw bind ik hem stevig aan de vier hoeken vast. Ida komt niet naar buiten, en dat is maar goed ook. We vormen een fraai schouwspel, die oude ezel rijdt met opgeheven kop mee en balkt alsof hij te weinig aandacht krijgt.

Ten westen van het dorp zijn de wegen schoongeschraapt door mannen die naar Phelps' pijpen dansen. In de zomer zijn ze zijn tuinlieden, portiers en bedienden. Will'm noemt ze zijn lijfwachten.

Het land is hier afgezet met witte houten hekken, en er staan een paar honderd indrukwekkende, met sneeuw bedekte grove dennen. Door dit privébos kun je het huis nauwelijks zien. Ik herinner me dat hij zich verbeeldt dat hij een geweldige jager is, en heb gehoord dat hij zijn trofeeën uitstalt om ze aan iedereen te laten zien. Ik vraag me af hoe zijn vrouw al die dode dingen in haar huis kan verdragen.

Over de lange, bochtige oprit rij ik naar de achterkant van het huis. Terwijl Sanderson II in de laadbak balkt en trapt, passeer ik de voordeur, waarnaast een man op wacht staat. Ik zet mijn pick-up op de plek waar pa's auto stond op die middag dat ik me achterin had verstopt. Ik klop op de deur.

Miz Phelps is in haar keuken. Dat verbaast me, want haar man heeft genoeg geld om drie of vier koks in te huren. Met een kleur van het harde werken haalt ze perziktaarten uit de oven, en in haar gele jurk ziet ze er heel mooi uit. Ik sta met mijn muts in mijn handen in de deuropening, waarschijnlijk net zoals pa daar vroeger stond.

'Bakken. Daar vul ik mijn dagen mee, Olivia,' zegt Miz Phelps met een warme glimlach. Ze schenkt koffie voor me in, ook al had ik gezegd dat ik niet hoefde, en daarna schenkt ze nog een mok voor zichzelf in. In haar grote keuken zitten we samen tussen al het email aan de tafel. Ik wou dat ik met haar zaken kon doen en de baas helemaal niet hoefde te zien.

'Ik weet zeker dat hij de ezel neemt,' zegt ze vriendelijk, terwijl ze haar vingers op mijn hand legt. 'Zeg maar dat je er een goede prijs voor wilt hebben, Olivia. Geen dubbeltje minder dan twintig dollar – wat zeg ik, dertig dollar.'

Ik kijk naar de donkere koffie, de dikke room die ze erin heeft gedaan, en zeg: 'Zo veel is hij niet waard.'

'Je bent net je pa,' zegt ze, terwijl ze achterover leunt. 'Je lijkt zelfs op hem.'

Ik til mijn hand op, het gaat helemaal vanzelf, al zijn de littekens inmiddels vervaagd.

Ze schudt haar hoofd. 'Ooit, toen ik nog heel klein was en in dat huis aan het uiteinde van Rowe Street woonde – je weet wel welk huis ik bedoel, Olivia, een groot, groen gebouw, dat zelfs toen al vervallen was – is je vader bij ons thuis geweest.'

Ze laat me weten dat ze ook niet uit een rijke familie komt, dat we dezelfde achtergrond hebben.

'We hadden een oude gele hond. Ik denk dat hij in zijn jonge jaren een jachthond was geweest, en mijn vader was dol op hem. Wij allemaal. In de herfst jaagde hij op eekhoorns – dat zat nu eenmaal in zijn bloed. Op een keer at hij in het bos iets verkeerds. Je pa kwam met zijn pick-up naar ons huis. Na één blik op de gele hond wikkelde hij hem in een deken. Jij was erbij, Olivia, je zat zo trots als een pauw in je rode tuinbroek in die auto, en ik benijdde je omdat je zo'n zachtaardige pa had.'

Ik slik een mond vol zoete koffie door en zeg niets.

'Als vrouwen trouwen, zoeken ze een man die op hun vader lijkt – wist je dat, Olivia?'

'Nee.'

'Ik ben getrouwd met een man die op de mijne leek.' Er verschijnen rimpels tussen haar ogen. 'Maar goed, we kwamen bij jullie thuis kijken hoe het met de hond ging – ik weet niet meer hoe hij heette – en je pa nam ons mee naar zijn kelder. En daar zat die oude jachthond gekookte kip te eten. Hij zat in het hok en keek ons met een schuine kop en zijn tong uit zijn bek aan. Hij zag er weer kerngezond uit. Je pa zei dat hij hem over een paar dagen thuis zou brengen, en dat deed hij ook, en hij heeft ons nooit een cent in rekening gebracht. Toen we allemaal naar buiten renden om die gele hond te verwelkomen, lag hij prinsheerlijk in de auto met zijn kop op de schoot van je pa.' Ze lacht, alsof het een goede herinnering is waaraan ze al heel lang niet meer heeft gedacht.

Ik moet ook glimlachen. 'Hij heette Governor.'

'Dat je dat nog weet!' Ze houdt haar schort voor haar mond en moet weer lachen. Die minuten in haar lichte keuken zijn zo aangenaam dat ze van mij eeuwig hadden mogen duren. Maar ik sta op.

'Ja, dat is waar ook,' zegt ze, terwijl ze haar ogen afveegt. 'Je kwam voor de ezel. Ik zal je naar de werkkamer van mijn man brengen – volgens mij is er vanochtend niemand bij hem. Als je klaar bent, kom dan weer terug naar de keuken, dan geef ik je een perziktaart mee.'

'O, maar dat kan ik niet...'

'Jawel, ik sta erop. Als bedankje voor Governor.'

Ik volg haar door een lange gang en een marmeren hal en onder een hoge, glimmende boog door. Ze klopt zachtjes op een deur en steekt haar hoofd om de hoek. Nadat er op gedempte toon een paar woorden zijn gewisseld, zwaait ze de deur uiteindelijk wijd open. Voordat ik besef wat er gebeurt, sta ik voor het bureau van Alton Phelps, een reusachtig ding waarin je je gezicht weerspiegeld ziet.

Erachter zit Phelps, een bleek mannetje met een gerimpeld gezicht. Zijn haar is ook kleurloos en aan de achterkant en de zijkanten vrij lang, misschien als compensatie voor wat hij bovenop mist.

'Olivia,' zegt hij, zonder van de papieren in zijn hand op te kijken.

'Mr. Phelps.' Ik hou mijn muts in mijn hand, en ik heb het warm in mijn cape.

Hij legt de papieren in een la, schuift hem dicht en sluit hem af met een sleutel. Recht boven zijn hoofd hangt een hertenkop met wel tien of twaalf enden. In de glazen vitrine aan de andere kant van het vertrek staat een wild zwijn, en boven de haard, op de salontafel en in elke hoek staan kleinere opgezette dieren. In het hele vertrek staan rekken met geweren. Alles in de kamer is groter dan hij.

Als Phelps gaat staan, zie ik dat hij erg mager is. In zijn eentje zou hij nauwelijks een afdruk in de sneeuw maken, en nu begrijp ik waarom hij andere mensen nodig heeft om zijn klusjes voor hem op te knappen.

'Ik heb gehoord dat u een ezel zoekt om aaseters van uw land te verdrijven. Daarom heb ik onze Sanderson II meegebracht,' zeg ik. 'Hij is oud, maar hij jaagt coyotes en ongedierte op de vlucht.'

Zijn wangen en kin zijn pokdalig. Hij trekt zijn wenkbrauwen op en legt zijn vingertoppen tegen elkaar, alsof het om een grote aankoop gaat. Hij loopt om zijn bureau heen, en terwijl hij naar me kijkt, gaat hij met één bil op de rand zitten. Hij haalt een sigaar uit een doosje, bijt het uiteinde eraf en spuugt het in de prullenbak. Nadat hij het ding met een zilveren aansteker heeft aangestoken, zit hij rustig te roken tot de lucht blauw ziet. 'Hoeveel wil je voor hem hebben?'

Ik krijg het benauwd van de sigarenrook, maar ik weiger te hoesten. 'Twintig dollar.'

Hij zuigt zijn wangen naar binnen en tuit zijn lippen. Dan kijkt hij naar een plek boven mijn hoofd. 'Akkoord,' zegt hij. Hij loopt weer om zijn bureau heen, trekt een la open en haalt er vier briefjes van vijf dollar uit.

'Dan nog iets, Mr. Phelps. Over onze berg...'

Zijn wenkbrauwen gaan omhoog. 'Welke berg mag dat dan wel zijn?'

'Big Foley, achter ons huis.'

Hij rekt zijn woorden uit. 'Ik was me er niet van bewust dat die hele berg van jullie was.'

'Het stuk aan de zuidkant wel. Iemand heeft er twee van onze wolven doodgeschoten en hun oren afgesneden.'

Er tikken minuten weg. Ik kijk omhoog naar het hert, naar zijn zachte donkere neusgaten, zijn grote ronde ogen.

Hij kijkt ook omhoog. 'Prachtig exemplaar, dat beest.'

Ik heb zo veel zin om hem te slaan dat ik op mijn schoenzolen heen en weer wieg. 'Wat moet u haatdragend zijn om zoiets te zeggen en het dier toch dood te schieten. Misschien zie ik u nog wel eens voor een wild dier aan en schiet ik u neer. Twee keer.'

Al met al blijft hij redelijk kalm. 'Nu moet je eens heel goed naar me luisteren, Olivia Cross. Vandaag heb ik er geen moeite mee dat je met je lelijke pick-up mijn oprit op rijdt. En ik koop die ellendige, aftandse ezel van je, maar ik wil niet dat je die toon tegen me aanslaat. Je hoort je plaats te weten.'

Mijn plaats? Er wervelt rook om mijn hoofd. 'Ik heb borden neergezet. Ik kan de sheriff uit Buelton waarschuwen...'

'Luister, Olivia. Sheriff Pink is een vriend van me.'

Zijn gezicht is zo dichtbij dat ik hem in zijn ogen zou kunnen spugen.

Hij lacht, een snuivend geluid door zijn neus. 'Ik weet zeker dat degene die je wolven heeft gedood benieuwd is naar de eigendomspapieren – en naar de plek waar oude rekeningen zijn vereffend.'

Hij bedoelt James Arnold, de manier waarop die aan zijn einde is gekomen. Maar hij recht zijn rug en zet een andere blik op. 'Olivia, ik heb veel geld betaald voor het recht om op dat land te jagen. Ik wil je er nog een keer aan herinneren dat ik je heel lang met rust heb gelaten. Maar ik merk dat je een beetje onbeschaamd begint te worden. Als je het me lastig maakt...'

'De ezel is van u. Wat er met James Arnold is gebeurd, kan ik niet meer terugdraaien.' Ik pak het geld en draai me om. Maar de deurknop blijft hangen en ik krijg hem met geen mogelijkheid gedraaid. Ik heb nooit beweerd dat ik enige waardigheid bezat.

Ik sta in de marmeren hal en wil niet door de voordeur naar buiten, maar ik wil Phelps' vrouw ook niet meer onder ogen komen. Ik zal moeten kiezen. Met mijn kin in de lucht en mijn blik strak vooruit loop ik door de hal naar de keuken, waar ik door de achterdeur naar buiten glip. Miz Phelps is nergens te bekennen. Achter het huis, waar het grindpad een bocht maakt, komen de mannen van Phelps op een holletje naar me toe met de mededeling dat ik hen naar de wei moet volgen. Ik stap in en start de pick-up. Op de stoel naast me staat een taart in vetvrij papier, waardoor de cabine naar warm fruit en korstdeeg ruikt. Ik volg de twee mannen in hun dure pick-up over een smalle weg naar een stal, waar ze een loopplank maken, Sanderson II losmaken en hem de laadruimte uit leiden. Ik vermoed dat ze zich nu al rot lachen om die oude ezel, al trekt mijn pick-up nog meer bekijks.

Als ik vraag of het land van Phelps een achteruitgang heeft, wijzen ze me de weg. Ik rammel weg, slippend in de voren. Het is een opluchting om weg te rijden van het grote huis, van zijn omheinde land, en een tijdlang slaag ik erin om mijn woede te verbijten, maar na een poosje zet ik de auto aan de kant. Ik stap uit de pick-up en loop er twee keer omheen, waarbij ik tegen de spatborden trap, sneeuw omhoog schop en vloek. Daarna stap ik met mijn modderige schoenen weer in en trek ik het portier met een klap dicht. Die vervloekte Phelps, ik weet zeker dat hij aan me zag dat ik het geld nodig had. Ik heb pijn in mijn maag, en als ik een huilebalk was, zou ik nu in tranen uitbarsten. Maar gedane zaken nemen geen keer. Ik heb genoeg geld in mijn zak om de rekeningen van deze maand te betalen en wat voorraad voor de winkel te kopen.

29

In feite kan ik haast niet wachten tot ik Will'm kan laten zien wat we vanavond eten. Ik weet nog niet of ik Ida iets geef, want zij heeft me in mijn leven niets dan verdriet bezorgd. Ik denk aan de gele hond van Miz Phelps en zie weer voor me hoe mijn pa hem achter in zijn wagen legde – in dekens gewikkeld, net als Ida toen hij haar wegbracht. Ik verwonder me erover dat hij van alles en iedereen kon houden, en vraag me af of hij dat uit zijn medische boeken had geleerd. Het zou geen kwaad kunnen als ik het ook leerde. Wat me eraan doet denken dat ik met de kennis uit die boeken misschien ook meer voor de wolfsjongen zou kunnen doen. Ik moet ze zien te vinden.

Ik rij terug naar het dorp met drie dekens met trouwringmotieven naast me op de bank. Ik stop voor de zaak van Dooby en wacht tot hij klaar is met het bereiden van een medicijn.

'Wat kan ik voor je doen, Olivia?' vraagt hij van achter de glazen afscheiding. Hij telt tabletten af in een potje.

Ik weet niet goed hoeveel ik los moet laten. Als bekend wordt dat ik wolven in huis heb... 'Er was een wilde hond bij ons, Dooby, en die had jonkies. Ik heb ze in huis genomen, maar het gaat niet goed met ze. Wat zou ik kunnen doen om ze te redden?'

'Je hebt geen keus,' zegt hij. 'Je zult ze moeten afmaken.'

'Dat kan ik niet.'

'Maar de moeder zal nu niks meer van ze willen weten omdat ze naar jou ruiken,' zegt hij.

'Ze is dood,' zeg ik. 'En Will'm heeft zich vast voorgenomen ze in leven te houden.'

Dooby zucht. Will'm doet nu al twee jaar klusjes voor hem, hij veegt de zaak aan en bezorgt pakjes. 'Dan moet ik eerst meer over die teef weten voordat ik iets voor de puppy's kan doen.'

'Ze... was een halve wolvin,' zeg ik.

'Welke hond zou nou ooit met een wolf paren?'

Ik kan van alles en nog wat, maar in liegen ben ik nooit goed geweest. 'Het zijn wolvenjongen, Dooby, maar...'

'Schiet ze dood, Olivia. Ze zullen jou en Will'm opvreten, en Ida ook.'

'Ik ben niet van plan ze eeuwig te houden.'

'Dat zal anders wel moeten,' zegt hij, en hij kijkt naar me op. 'Als je a zegt, moet je ook b zeggen. Ze worden afhankelijk van je. Ze zullen nog geen grasspriet kunnen vinden zonder jouw hulp.'

'Als pa nog leefde, zou hij ze niet zomaar wegdoen. Ik heb die wolvin een hele nacht in mijn keuken gehad, Dooby, en als ik had geweten hoe ik haar had kunnen helpen, zou ze nu nog leven.'

Buiten schuiven auto's voorbij, en de klok boven de toonbank tikt de tijd weg.

Hij schraapt zijn keel. 'Je pa en ik hadden een afspraak, Olivia.'

'Wat voor afspraak?'

Hij komt achter de toonbank vandaan, we gaan op krukken zitten en hij maakt twee flesjes limonade open. De bel boven de deur rinkelt en er komen twee vrouwen binnen die in de buurt van Mount Sumpter wonen. 'Wat kan ik voor u doen, dames?' zegt Dooby, en hij staat op om hen te helpen.

Als hij terug is, heb ik mijn glas leeg.

'Wat voor afspraak?' herhaal ik.

'Ik ruilde spullen tegen de zelfgestookte drank van je pa.'

'Het spijt me, maar we stoken geen whisky meer, Dooby. Maar ik kan je een van mijn mooiste dekens geven, dat is een goeie ruil.'

Daar denkt hij over na. 'Beloof je me dat je niet elk gewond beest dat je tegenkomt beter probeert te maken, Olivia? Ik heb niet meer dan één deken nodig.'

'Dat beloof ik.'

Hij schudt zijn hoofd. 'Jij bent precies Tate Harker. Nou – goed dan. Mijn vrouw zal blij zijn met een mooie deken.'

Ik laat me van mijn kruk glijden, loop naar buiten en pak de rode met de blauwe en witte bloemen, die ik zelf de minst mooie vind.

Hij maakt intussen pakjes medicijnen en schrijft de namen erop met zijn vulpen. Kamille om de wolfjes te laten slapen en gember tegen de buikpijn. Sulferdruppels, een pincet, een oogdruppelaar. Een flanellen borstwarmer die hij in stukken knipt, potten met middeltjes om hun eetlust te stimuleren en hun botten te versterken. Hij schrijft op hoeveel ze van alles moeten hebben en hoe vaak.

Ik bedank hem. 'Zeg, Dooby, ik herinner me dat mijn pa medische boeken had. Heb jij enig idee waar die gebleven kunnen zijn?'

'Dat zal Ida je vast wel kunnen vertellen, als ze er zin in heeft. We zagen je vanmorgen met die ezel in de pick-up voorbijrijden. Een paar mensen dachten dat Ida dood was, maar Kleine Ruse zei dat ze zich weer had lopen aanstellen en dat jij die ezel ging verkopen om haar een lesje te leren.'

Ik zeg niets. Het klopt grotendeels.

'Als je met dit papiertje naar de zuivelhandel gaat, geeft Nels je een halve liter zoetemelk voor de jongen en volgende week nog een. Veel sterkte ermee,' zegt hij. 'En, Olivia – neem de volgende keer konijnen mee naar huis, of opossums als het echt moet – maar geen wolven meer. Die hebben namelijk verdraaid scherpe tanden.'

Ik verlaat de zaak met de pakjes onder mijn armen – en ineens besef ik dat die druppels oude chloroform die ik de wolvin heb gegeven, haar waarschijnlijk helemaal gek hebben gemaakt. Daarom is ze misschien wel dwars door dat raam gesprongen. Als Ida haar niet had doodgeschoten, was iets anders haar wel noodlottig geworden.

Ik ga in de pick-up zitten en kijk naar de twee laatste dekens. Met al mijn wilskracht kan ik me er niet toe zetten om ermee naar het hotel te gaan, en ik rij de heuvel weer op, geërgerd omdat de winkel al die tijd dicht is geweest en ik niet heb gedaan wat ik had gezegd. Maar nu moet ik toch die wolfjes gaan voeren; die beestjes kosten me handenvol geld. Als Will'm thuiskomt, kan hij hun stro verversen.

Ik heb op dit moment niet genoeg geld om het gebroken raam te laten vervangen. Het uitzicht is trouwens niets bijzonders. Het raam kijkt uit op de uit elkaar vallende voorraadschuur en het geitenhok, waar de sneeuw er omgewoeld en vies uitziet. Ik zet de taart in de provisiekast. Misschien verkoop ik van de zomer een extra deken, dan kunnen we nieuw glas in het keukenraam laten zetten.

Ida heeft blijkbaar haar wilgenbast genomen en is gaan slapen, want ze geeft geen kik in haar schuurtje. En het is stil in mijn keuken, alleen een heel zacht gejank komt uit de doos op tafel. Een van de jongen ligt dood in het verste hoekje.

Ik zucht, voer de twee overgebleven wolfjes met de oogdruppelaar die ik van Dooby heb gekregen en stop ze terug in hun doos. Ik loop met hun broertje en een grote pollepel naar de helling, begraaf hem naast zijn moeder en zeg uit naam van Will'm een gebedje. Ik markeer de plek met een tak. Het is een overdreven begrafenis voor zo'n nietig beestje, maar niet alle levende wezens hebben zo'n hekel aan hun moeder als ik. Misschien miste dit wolfje haar wel zo erg dat hij weer bij haar wilde zijn.

Dat zal ik Will'm straks vertellen als hij thuiskomt: dat het wolfsjong uit liefde is gestorven.

30

Op gezette tijden komt Levi de Dozenman langs, en als hij rond de middag arriveert, steek ik over naar zijn vrachtwagen met voorraden om te kijken wat hij bij zich heeft. Ik neem zes blikken rozijnen, een blik vijgen, een ton meel omdat ik me die kan veroorloven, een ton suiker, drie rollen bedrukte katoen, want als we lang genoeg in leven blijven wordt het uiteindelijk weer lente, en vier flesjes vanille-extract. Ik heb koffiebonen, bruine suiker, wijnsteenpoeder en gedroogde salie nodig. Ik neem een pot dropslierten, naalden, spelden en tabak, maar moet nee zeggen tegen sinaasappels, bananen, geraspte kokos en kaas. De winkel heeft een koelvitrine, en vroeger verkocht ik stukken kaas, vers kippenvlees en gerookt varkensvlees, maar dat ding staat al jaren niet meer aan.

Ik neem acht bundels wattenvulsel – vier voor mezelf – en loop naar de keuken, waar ik de twintig dollar van Phelps tevoorschijn haal en een cheque voor tien dollar uitschrijf. Als Will'm thuiskomt, kan hij de winkelvoorraad aanvullen. Als hij zaterdag van Dooby terugkomt, stuur ik hem naar de voorraadschuur om het wattenvulsel uit te pakken en er met een stok op te slaan om het luchtiger te maken. Dan maak ik de deken af waarvan nu alleen de bovenkant klaar is. Hij ligt opgevouwen op het voeteneinde van mijn bed – een trouwringpatroon in zilver en grijs. Als ik die met zwart afwerk, zou hij een goede prijs moeten opleveren.

Die middag komen er geen klanten meer, dus rond drie uur heb ik geen enkele reden om de dekens niet achter in de pick-up te leggen en naar het dorp te rijden. Ik ben verschrikkelijk nerveus. Er staan een paar auto's voor het hotel, waaraan ik zie dat Wing gasten heeft. Ik sta ervan te kijken dat mensen die door Kentucky reizen dit hotel kennen, maar ik heb gehoord dat je er in de watten wordt gelegd en dat de bedden zo heerlijk zacht zijn dat de gasten steeds terugkomen. Vroeger dronken ze liters van Wings koffie en werkten ze zoete rozijnenbroodjes, jamrollen en fruitflappen naar binnen. Ik vraag me af of hij die nog wel eens maakt.

Hij heeft de deuropening zo aangepast dat de rolstoel van Miz Grace erdoor kan. Ik vind nog steeds dat deze oude hal heerlijk ruikt – hout en boenwas, het enige elegante gebouw dat in dit dorp is overgebleven. Het tapijt is nog net zo dik als toen het werd gelegd. Een meisje met een rond gezicht, Molly, zit achter de balie een romannetje te lezen en met haar vlechten te spelen. Wing staat bij het raam aan de voorkant over een glazen vitrine gebogen.

Hij ziet me met de dekens over mijn arm, en alsof ik Lazarus ben die uit het graf herrijst, roept hij: 'Olivia! Ik ben over een half minuutje klaar...'

'Haast je maar niet.' Ik ben dankbaar dat ik een moment krijg om me te vermannen. Het is absurd na al die jaren, maar als ik hem zie stokt de adem me in de keel. 'Het hotel ziet er mooi uit.'

'Dank je,' zegt hij. 'Ik denk erover om die zijmuur uit te breken en een restaurant aan te bouwen. Dat zou alleen in de zomer open zijn, en misschien in het jachtseizoen. Kleine Ruse zegt dat hij in het weekeinde wel wil komen koken, als het van zijn vader mag.'

Ik slaag erin om ergens een lach vandaan te toveren. Kleine Ruse is vijfenveertig. Grote Ruse is mank en weegt nog geen veertig kilo. Hij bedient nog altijd klanten, maar hij is inmiddels zo traag geworden dat de jus koud is voordat hij op tafel staat.

Wing legt zijn hamer en schroevendraaier in een gereedschapskist. 'Hoe gaat het bij jullie thuis? Heb je Ida nog steeds niet vermoord?' vraagt hij, alsof we gisteren nog samen koffie hebben gedronken.

Terwijl ik naar mijn stem zoek, denk ik na over de vraag hoeveel ik hem zal vertellen. 'Het gaat prima.'

'De jongen wordt groot, zeg. Ik zag hem afgelopen zaterdag bij Dooby. Erg aardig jochie – attent. Lijkt op zijn oma.'

Daar ga ik niet op in omdat Wing me niet meer kent. Zijn haar is hier en daar grijs geworden, net als het mijne. Hij draagt zijn bril nog steeds op het puntje van zijn neus.

'Love Alice zei dat je een winkel begint.'

'Gewoon een vitrine voor het raam, maar ik ben er blij mee.' Hij duwt zijn bril een stukje omhoog.

'Ik vroeg me af of...'

Ik onderbreek zijn dagelijkse leven, ik, een oude vrouw in een rok en een lange broek en een zware wollen cape, met dik haar dat om haar hoofd is gewikkeld. Even weet ik werkelijk niet meer wat ik hier kom doen.

'Je hebt dekens meegenomen,' zegt Wing behulpzaam. Hij komt ze bekijken en strijkt met zijn duim over de stiksels. 'Mijn hemel, Olivia. In Louisville zouden die veel geld opbrengen. Ik kan je niet veel betalen...'

'Ik verwacht helemaal niet dat je me betaalt,' zeg ik, nerveus en zweterig onder mijn kleren. 'Verkoop ze voor vijf dollar per stuk en geef mij de helft.'

Wing heeft nog steeds het expressiefste gezicht dat ik ooit heb gezien, hoge vlakke jukbeenderen – al zijn de rimpels inmiddels zo diep dat ik er mais in zou kunnen poten.

'Zes,' zegt hij. 'En jij krijgt er vier.'

'Afgesproken.'

'Ik ga me nu opfrissen. Heb je tijd voor een kop koffie?'

We hebben het beleefdheidspraatje nu gehad. Zou het kunnen dat we vandaag geen ruzie krijgen zoals al die jaren geleden, dat we elkaar niet kwetsen met woorden en boze blikken?

Ik knik, laat de dekens op de balie achter – Molly glimlacht – en loop door de hal achter hem aan naar zijn keuken. Die is pijnlijk vertrouwd. Hij haalt het koffieapparaat van een plank, schenkt water op de bodem, maalt bonen en schept het poeder erin. Ik weet nog waar de kopjes vroeger stonden, maar ik blijf als een schim van mezelf naast de tafel staan.

'Wil jij de melk uit de ijskast halen?'

Ik schenk hem in een roomkannetje dat hij op tafel heeft gezet.

'Ik hoorde dat je die oude ezel hebt verkocht,' zegt hij, terwijl we wachten tot het water kookt.

'Dat klopt. Aan Alton Phelps.'

De koffie pruttelt, een prettig geluid.

Wing knikt. 'Zijn vrienden nemen hier wel eens een kamer.'

'De mannen die ginds op mijn land jagen?'

'Dat zou ik niet weten, Olivia.'

'Daar staan al jaren bordjes VERBODEN TOEGANG. En het is ook niet zo dat ze jagen om aan eten te komen.'

'Ik vind het heel vervelend voor je,' zegt hij, terwijl hij koffie inschenkt. 'Voor mij betekenen ze omzet in een rustig seizoen, dus veroordeel me niet te snel.'

'Veroordelen?' zeg ik.

Godverdomme, nu ben ik geïrriteerd. Verderop in de gang hoor ik iemand hoesten, en dan roept er een stem, even zwak als die van een kind. Wing zegt: 'Wil je me even excuseren? Er zitten kaneelbroodjes in dat blik.'

Wings keuken is echt helemaal van hem – wit geschilderd hout, en haakjes met lepels en pannenkoeksmessen in wel vijf verschillende maten. IJzeren braadpannen en moderne snufjes, een groot emaillen fornuis met zes branders en een warmhoudplaat. Hij is altijd gek op koken geweest, was erg goed in roeren en kneden en het oprollen van gevlochten luxedeeg met jam of krenten, rozijnen en walnoten in het midden. Het verbaast me dat zijn vrouw niet door zijn broden en pecantaarten is aangesterkt. Ik denk dat niets haar nog kan redden.

Ik heb Miz Grace al heel lang niet meer gezien. Zelfs toen ze nog gezond was, deed ik mijn best om haar te ontlopen. Als ik haar in het dorp zag, knikte ik en liep ik haastig door, en als ze bij Dooby in de zaak stond, betaalde ik acht cent voor een blikje met iets wat ik niet echt nodig had en haastte ik me naar buiten. Ik weet zeker dat ze me kent – Saul maakte wel eens een praatje met haar, en Ida ook.

Na een poosje komt Wing weer bij me zitten, en over de keukentafel kijken we elkaar aan. Ik heb wel honderd dingen waarover ik kan praten, maar ik weet niets te zeggen.

'Suiker?' vraagt hij.

Ik schud mijn hoofd.

'Vroeger deed je wel suiker in je thee.'

'Dat is waar.' Ik herinner hem er niet aan dat dat geld kost. Tegenwoordig bewaar ik de suiker voor Will'm, of om Ida te kalmeren als ze weer eens tekeergaat. Ik neem een slok koffie. Hij heeft zijn hemdsmouwen opgerold, en op zijn knokkels zie ik witte verf en eelt. Ik vraag me af of Love Alice zijn handen wel eens omdraait om zijn handpalmen te lezen.

'Ik raak haar binnenkort kwijt,' zegt hij. 'Dat heeft Love Alice gezegd. En al had ze niets gezegd, dan wist ik het nog.'

Ik knik, want de waarheid is de waarheid. Daarnaast heb ik nog nooit meegemaakt dat Love Alice zich vergiste. 'Je hebt heel lang voor haar gezorgd. Wat ga je doen als ze er straks niet meer is?' Wat een domme vraag. Ik kan me niet herinneren wanneer ik me voor het laatst zo slecht op mijn gemak heb gevoeld.

'Ik denk dat ik haar een roze jurk aantrek en haar in de grond stop.'

'De aarde zal haar in dank ontvangen.' Al klinkt dat vreemd, het is echt zo, en ik zeg het dan ook zonder schroom.

Hij glimlacht. 'Ik was vergeten dat je je zo met de aarde verbonden voelt,' zegt hij. 'En dat je zo van de lente houdt. Ik denk dat Grace de lente niet eens meer haalt. Ik hoop dat de grond ontdooit.'

Ik knik.

'En daarna zal ik wel een poosje huilen,' zegt hij. 'En zien dat het gras op haar graf weer begint te groeien.'

'Het zou mooi zijn als je trompet voor haar zou spelen.'

Hij neemt een slok koffie. 'Daar had ik nog niet aan gedacht.'

'Wing, mag ik je iets vragen?'

Hij kijkt me aan.

'Ik weet dat je je mijn pa niet kunt herinneren. Hij overleed voordat je hier kwam, maar...'

Hij legt zijn vingers op elkaar, en zijn blik dwaalt naar de muur. 'Ik heb wel verhalen over hem gehoord, en je hebt me eens een foto laten zien. Hij was lang, als ik me niet vergis. En broodmager. Een knappe man – je hebt zijn ogen.'

Bij die woorden begin ik hevig te blozen.

Hij ziet het en moet erom lachen. 'Ik hoorde dat hij goed met dieren kon omgaan. Kleine Ruse vertelde eens dat je pa hem met een geweer in het bos tegenkwam en vroeg waar hij op jaagde. Ruse vertelde dat hij een paar blauwe gaaien wilde schieten, en je pa trok ter plekke het geweer uit zijn vingers. Hij zei dat Ruse pas op een beest mocht schieten als het tot voedsel diende of terug kon schieten. Daarna reed hij in zijn pick-up weg. Toen Ruse thuiskwam, stond het geweer op zijn voorveranda op hem te wachten.'

Hij staart in zijn kopje.

'Wing, misschien verleen jij wel onderdak aan de mensen die mijn wolven doodschieten.' Ik neem het mezelf kwalijk dat ik in de stemming ben om ruzie te maken.

'Ik kan niet elke strijd aangaan, Olivia. Daar ben ik te oud voor.'

Ik wil hem vertellen over de wolvin, over Ida, de jonge wolfjes. Ooit deelde ik alles met Wing, en ik wil mijn mond opendoen en de verloren decennia in een stortvloed naar buiten laten stromen. Maar dat gaat niet. In plaats daarvan ben ik zo onhandig om er uit te flappen: 'Pa was de enige die ooit echt van me heeft gehouden.'

Ik breek een broodje om iets omhanden te hebben en wens dat ik de woorden kon terugnemen.

Maar hij lacht zijn scheve lach en zet zijn lege kopje neer. 'Ik denk dat hij dat nog steeds doet.'

Die opmerking houdt me even bezig. 'Dus jij denkt niet dat we niets meer voelen als we van de aarde verdwijnen?'

'Ik weet het niet. Maar ik denk dat onze zielen voortleven, en ik denk zelfs dat ze nog beter leren liefhebben. Vroeger dacht jij dat zielen terugkeerden. Gloednieuwe levens.'

'Dat denk ik nog steeds, maar ik heb er niet over nagedacht wat er tussen twee levens in gebeurt. Soms denk ik dat de hemel en hel zich hier op aarde bevinden.'

'Zou kunnen,' zegt hij.

'Een lichaam kan er genoeg van krijgen om iemand lief te hebben,' zeg ik, en ik besef dat ik weer onnadenkend ben geweest.

'Soms.'

Ik sta op omdat ik bang ben dat dit gesprek de verkeerde kant op gaat. Ik stapel de borden in de gootsteen.

'Laat maar staan,' zegt Wing. 'Ga zitten en praat met me.'

Maar in de andere kamer horen we Grace weer hoesten, en Wing wrijft in zijn ogen.

'Ik moet gaan,' zeg ik.

Hij knikt. 'Ik zorg voor de dekens.'

Ik haast me door de gang en de voordeur naar buiten, waar de kou in mijn ogen prikt en mijn wangen laat schrijnen. Op de stoep probeer ik weer tot rust te komen. Het is een week waarin allemaal nieuwe dingen gebeuren. In mijn keuken doe ik mijn uiterste best om de jonge wolfjes te redden. Na achtentwintig jaar ben ik weer in de kelder geweest. En wat ik nog het beangstigendst vind: een kop koffie in de keuken van Wings hotel dreigt iets in me wakker te maken waarvan ik dacht dat het dood was.

Ik schud mijn hoofd en kijk dan op omdat ik boven mijn huis een aantal schoten hoor. Er is weer een wolf dood, ik weet het zeker. Ik steek de straat over en maak het portier van de pick-up open, waarbij mijn wanten aan het ijs op de deurkruk vastvriezen. Mijn handen trillen zo hevig dat ik de auto nauwelijks kan starten.

Roekeloos rij ik over de weg die rond de voet van de berg loopt, en ik parkeer de pick-up vlak achter de brug naar Waynesboro. Hiervandaan kun je makkelijker naar de bergtop klimmen. Ik trek mijn muts over mijn oren en begin aan de klim, waarbij ik de stenen als steun gebruik tot ik er geen meer zie liggen. Ik loop een paar honderd meter naar links, waar de helling minder steil is, en spits mijn oren. Weer een schot. Twee. Drie. Er groeien hier meer bomen, en in het midden van dit bosje kan ik de lucht niet meer zien.

Ik ben hier te oud en te dik voor, maar ik kook van woede. Het duurt niet lang voordat ik de wolven heb gevonden. Ik begrijp niet waarom de jager ze niet wegsleept om ze voor mij te verbergen, totdat de reden tot me doordringt. Hij wil me laten zien dat ze geleden hebben. Vindt hij soms dat hij op een vergelijkbare manier heeft geleden? Ook al heb ik de familie Phelps altijd veracht, als ik die vreselijke avond kon uitwissen en James Arnold zijn leven terug kon geven, zou ik het met alle plezier doen. Dan zou pa hier bij me zijn, fris en gezond en bezig om sterkedrank te stoken.

De wolven liggen in een cirkel. Hun snuiten zijn gestreept en hun poten zijn gestrekt, alsof ze op het allerlaatste moment wilden vluchten. De ene is helemaal grijs, de andere twee zijn op de borst en nek wat donkerder. Alle drie zijn ze vakkundig door hun kop geschoten. Er is bloed uit de piepkleine gaatjes gedruppeld, waardoor hun ogen er verglaasd uitzien. Bij alle drie zijn bloederige sneeën en wit bot te zien op de plek waar hun rechteroor heeft gezeten. Ik val op mijn knieën en begin kokhalzend te huilen, terwijl mijn lichaam verkrampt alsof ik aan een vreselijke ziekte lijd.

Weer drie grijze wolven dood. Het kan nooit lang duren tot ze door aaseters worden gevonden, en dan blijven er alleen nog maar karkassen over. Ik wou dat de jager hier met één oor in de sneeuw lag. Dan zou ik hem aan de kalkoengieren overlaten, zodat ze hun snavel aan zijn schriele botten konden scherpen. Het lukt me nauwelijks om naar mijn pick-up af te dalen. Ik ben razend over de wolven, heb medelijden met Wing, ben boos op Ida en vind dat Will'm het ellendig heeft getroffen. Hij heeft geen ma, hij heeft alleen mij. En ik weet zeker dat hij zich soms net een van de jonge wolfjes voelt.

31

Er is nergens geld in Pope County, noch in de rest van dat mooie Amerika van ons, voor zover ik weet. Er zijn regeringsvoorzieningen zoals de Works Progress Administration en het National Children's Fund, waarvan ik elke maand één dollar tachtig krijg voor de verzorging van Will'm, maar dat is nog niet eens genoeg om hem te eten te geven. Niet dat ik per se geld moet hebben – ik zou met liefde mijn leven voor die jongen geven.

Aan de andere kant zou ik er geen moeite mee hebben iedere jager die ik op de helling betrapte neer te knallen. Als de Bijbel het heeft over 'oog om oog, tand om tand', waarom dan ook niet 'oor om oor'? Misschien zou ik alleen het oor van de jager eraf schieten, zodat hij bloedend en jankend de aftocht blies, net als de wolven. Hoe langer ik erover nadenk, hoe meer het idee me bevalt. Maar ik weet ook wel dat hij me bij de politie zou aangeven als ik hem in leven liet; ik zou naar Paramus worden gebracht en in een cel worden gegooid, in afwachting van de gevangenisstraf die ik zou krijgen.

Ik weet zeker dat het Phelps is, met zijn rare uitspraken waar ik de kriebels van krijg. Ik heb kleine voetafdrukken in de sneeuw gezien die precies overeenkomen met de schoenen die hij draagt. En ik heb hem hoog op de helling horen lachen. Het is maar goed dat het vanmorgen regent, want nu kunnen we geen van beiden naar boven. Zo heb ik tijd om na te denken – wat zou Will'm nog aan me hebben als ik voor de rest van mijn leven in de gevangenis in Kingston zat?

Zo dwarrelen, draaien en drenzen de gedachten door mijn hoofd. Uiteindelijk neem ik me voor om zondag onze magerste kip, die is opgehouden met leggen, de nek om te draaien en voor het avondeten klaar te maken. Misschien zal dat mijn bloeddorst lessen.

De regen komt met bakken naar beneden. Ik bagger naar de voorraadschuur, gooi een oliejas die daar ligt over mijn hoofd en ga met mijn voeten uit elkaar op het krukje zitten om de geit te melken. De regen loopt in straaltjes van mijn capuchon, want het schuine afdakje verkeert in dezelfde slechte staat als de schuur. Harde donderslagen laten alles rammelen. Ik dek de melkemmer af met een grote metalen taartschotel, zet hem op de veranda en ploeter naar de kippen. De haan stapt parmantig rond onder het afdakje van de ren. Bij de zeven veel te magere kippen vind ik vijf eieren; ik besluit er twee in de winkel te leggen en drie voor onszelf te houden.

Ik hang de oliejas op de veranda. In de donkere keuken voer ik de wolvenjongen terwijl de storm tegen de ramen beukt. Ik wrijf hun lijfjes met een doek die ik in de oven heb gewarmd en geef ze Dooby's middeltjes en havervlokken met melk. Ze kruipen dicht tegen elkaar aan om te slapen, ik kan in het knoedeltje niet meer zien waar de een ophoudt en de ander begint. Ik kijk op ze neer en tel hun ribbetjes terwijl ze ademen alsof elke hap lucht die ze naar binnen zuigen de laatste is. Ze moeten vakkundig behandeld worden, en ik moet die boeken van pa hebben.

Als het minder hard gaat regenen, zet ik mijn muts op en sla ik mijn cape om, en ik loop naar de voorraadschuur, waar de pick-up staat. Waarschijnlijk heeft Ida op de loer gelegen, want ze stormt haar hut uit, waarbij haar nachthemd door de papperige sneeuw sliert. Ze heeft haar schoenen aan, met losse, flapperende veters.

'Ik heb honger, Olivia. Waar ga je heen?'

'Junk Hanley halen,' zeg ik.

'Die lelijke kerel? Als je het maar laat,' zegt ze. 'Ik ben doodsbang voor hem. Hij heeft niks te zoeken bij het huis van een blanke.'

'Hij en zijn familie zouden wat mij betreft best hier mogen wonen,' zeg ik. Ik krab het ijs aan de bestuurderskant van de voorruit.

'Je zou ook eens rekening kunnen houden met wat ík wil.'

'Krijs niet zo, Ida. Ik hoor je zo ook wel.'

Ze slaat haar armen om zich heen. 'Waarom ga je nooit een eindje met me rijden, Olivia?'

'Morgenochtend,' zeg ik. 'Zorg dat je aangekleed bent en je jas aanhebt, dan breng ik je naar Buelton.'

'Niet naar Buelton,' zegt ze, en ze wendt snel haar blik af. 'Dan breng je me weer terug naar die inrichting.'

Met de portierkruk in mijn hand kijk ik haar stomverbaasd aan. 'Herinner je je de kliniek dan nog?'

Maar ze heeft zich al omgedraaid en is haar hut weer in gegaan; kennelijk is ze het ontbijt vergeten, hoewel er een ketel met heet water in de keuken staat en ik broodjes en jam op tafel heb gezet. Ze wappert met haar handen alsof ze het verkeer regelt, en haar nachthemd flappert om haar heen. Je komt er moeilijk achter hoe gek ze nou echt is.

32

De sneeuw is papperig geworden van de regen, maar de temperatuur daalt en weldra zal alles weer hard bevroren zijn. Ik rij in de mist het dorp door en sla Rowe Street in, en ondertussen denk ik na over Ida's heldere moment. En vraag me af of ik ook nog eens in die inrichting zal belanden. Ik stop voor Junks huis, stap uit en klop op de deur.

Miz Hanley doet open. 'Hé, Livvy, ben jij het,' zegt ze, leunend op haar stok.

Ik zie dat zij ook gebrekkig is geworden, maar ik durf te wedden dat ze geen moment bang is dat Junk háár in een tehuis zal stoppen.

'Wat heerlijk om je te zien!'

Ik schud het vocht uit mijn muts en geef haar een kus op haar zachte, gerimpelde wang. Haar borsten rusten op haar buik, en ze lijkt gekrompen. Maar in haar keuken ruikt het nog steeds naar gebakken uien.

'Ik kom voor Junk. Is hij thuis?'

'Ga eerst even zitten en vertel me hoe het met je gaat.'

Hoe kaal het hier ook is, ik hou van dit oude huis. Alles is hier ongeverfd en overal glimt het hout van het vele boenen.

'Goed, hoor.'

'Met je kleinzoon ook?' vraagt ze.

Ik herinner me dat ik heel makkelijk met haar kon praten toen ik klein was, en dat ze heel goed nadacht over alles wat ik zei. 'Ja. Will'm heeft een paar jonge wolfjes in huis gehaald waarvan de moeder dood is. Ik weet werkelijk niet hoe we die beestjes in leven moeten houden.'

'Geef je ze stroop?' vraagt ze.

'Ja, en sulfer, en gesteriliseerde melk. Heb ik allemaal van Dooby gekregen.'

'Maar de ouwe Mr. Dooby weet niet álles.'

Junk komt binnen en blijft staan luisteren. Hij is beleefd tegen zijn ma, heel anders dan ik; ik geef de mijne een grote mond en zeg gewoon wat ik denk. En dan daagt me iets: ik zeg tegen Ida inderdaad wat ik denk, maar nooit wat ik voel.

'Om te beginnen vrat die wolvin alle ratten en veldmuizen op die ze te pakken kon krijgen,' zegt Miz Hanley. 'En omdat die beestjes in haar zaten, hadden haar jongen daar ook wat aan. Zeg tegen Will'm dat ie een konijn moet vangen.'

'Als we een konijn hadden, zouden we het zelf opeten.'

Ze lacht. 'Het hangt ervan af hoe graag je wilt dat ze het redden. Ze missen natuurlijk ook de liefde van hun moeder. Will'm weet niet hoe hij een moeder voor ze moet zijn als jij het hem niet voordoet.'

'Miz Hanley, ik zeg maar meteen eerlijk dat ik zelf geen goeie moeder ben geweest.'

'Je hebt zo goed voor je dochter gezorgd als je kon. Ze is weggelopen, maar dat was niet omdat jij niet van haar hield. En je hebt het mirakels goed gedaan met je kleinzoon.'

Ik wil niet dat deze wond wordt opengehaald en ik vind het vreselijk dat het vlak onder de huid nog zo rauw is. 'Dat zou ik maar niet te hard zeggen als ik u was.'

Miz Hanley perst haar lippen op elkaar. 'Nou, ik zeg het toch. Ik had het jaren geleden al tegen je moeten zeggen.'

'U was niet verantwoordelijk voor me,' zeg ik.

'Ik hield van je alsof je mijn eigen kind was,' zegt ze. 'Jij en je pa zijn altijd goede mensen geweest. Ooit zal ik je zo veel waarheden vertellen dat je hoofd ervan tolt. Maar nu moet je eerst weten hoe je het met die wolvenjongen aanpakt.'

'Ja, mevrouw,' zeg ik.

Ze begint aan de twee bovenste knopen van haar jurk te prutsen en Junk en ik trekken ons allebei een eindje terug, maar zij lacht. Haar hals is kwabbig en haar borst ingevallen. 'Pak zo'n jong en leg het met zijn buik tegen je borst, zó,' zegt ze. 'Sla een deken om jezelf en het jong heen. Dan voelt hij je hartslag. Je ademhaling. Dan denkt hij dat je z'n moeder bent en blijft hij in leven.'

Ik knik en begin over iets anders. 'Zeg, Junk, ik wil nou eindelijk de kelder eens gaan uitmesten. Ik zou het fijn vinden als je wilt helpen.'

'Dat doe ik graag, Miss Livvy,' zegt hij.

Miz Hanley knoopt haar jurk weer dicht.

'Fijn,' zeg ik. 'Dan beginnen we zodra jij tijd hebt.'

'Ik kom naar je toe als ik klaar ben met houthakken voor tante Pinny Albert.'

Zijn ma buigt zich naar hem toe en klopt hem op zijn hand.

Ik bedank haar nog eens en rij naar huis om het middageten voor Ida en de wolfsjongen te gaan maken. Maar Ida ligt op haar veldbed te slapen, haar pijp is uitgegaan op een schoteltje. Haar soep is koud, maar het gesmeerde brood blijft wel goed in die doek. Ik ga het huis binnen, zet de jam weg en gooi de kruimels voor de kippen.

Junk komt halverwege de middag. Hij heeft een grote bezem, een dweil en een emmer met een of ander schoonmaakmiddel bij zich. Tegen de schimmel, zoals hij zegt. Ik maak de kelderdeur open en steek een lamp aan.

'Alles mag weg,' zeg ik, terwijl ik achter hem aan de trap af loop. 'Of nee, wacht: mijn pa had een paar grote zwarte boeken, en die hebben we dringend nodig als we die wolfjes in leven willen houden.'

'Begrepen.'

'Van deze kelder kunnen we mooi een voorraadkamer maken,' zeg ik dapper, maar hoe dieper we afdalen, hoe onzekerder ik word.

Ik til mijn lamp op en de schaduwen wijken terug, maar ik ben blij dat Junk de tweede lamp ook laat branden. Love Alice kijkt naar beneden door de deuropening.

'Ik maak straks thee,' roep ik naar boven. 'En er is whisky voor Junk als we klaar zijn. Daar zal ie tegen die tijd wel aan toe zijn.'

Die whisky is voor mij een nieuwe ontwikkeling. Ida is er razend om en zegt dat ik weer een treetje verder naar de hel ben afgedaald, maar na een glaasje van dat spul val ik tenminste in slaap, wat me anders niet lukt. Maar goed, nu moet ik me eerst concentreren op het uitmesten van die kelder. Ik til een paar kooien van hun haken.

'Sloop die oude planken er maar uit,' zeg ik tegen Junk.

Ze vallen in zijn handen uit elkaar.

Met een draadtang knip ik de hondenhokken in stukken, en dan laat ik hem de vier hoge raampjes schoonboenen waardoor straks als de sneeuw is gedooid weer licht naar binnen zal vallen. Ik schort mijn rok op en begin met een hamer de scheidingswand in pa's oude kamer te bewerken. Na een uur staat alleen nog de centrale steunbalk overeind. Die laten we staan, want volgens Junk stut hij de zoldering. Junk merkt op dat er nauwelijks lekkage is en zegt dat ik hier eigenlijk een kolenkachel zou moeten neerzetten, dan zouden we het warmer hebben, maar ik zeg dat ik geen geld heb voor een kachel of kolen.

'Daar zeg je een waar woord,' zegt Junk.

We vinden dozen met keihard geworden poeders en flesjes met gekristalliseerde vloeistoffen. Opgerolde slangen en blikken met injectiespuiten, verdroogd en roestig. Hij gooit alles onder aan de trap neer en zegt dat hij de spullen later zal begraven. Als puntje bij paaltje komt, zou hij harder opschieten als ik hem niet voor de voeten liep, en ik geef hem de hamer zodat hij verder kan werken.

Boven drinken Love Alice en ik thee met een scheutje whisky en een heleboel suiker.

'Sterkedrank is goed voor je keel met dit weer,' zegt ze.

Op een gegeven moment rinkelt de deurbel en ik sta op om te gaan kijken, maar het is Will'm die thuiskomt. Hij kust me vluchtig op mijn wang en legt zijn boeken op tafel; hij lijkt verbaasd dat de kelderdeur openstaat. Ik zeg dat hij wel mag gaan kijken wie daar beneden zo hard aan het werk is. Als hij weer boven komt, zie ik aan zijn gezicht dat ik had moeten wachten tot hij thuis was, of hem in elk geval had moeten vertellen wat ik van plan was. Hij heeft nooit gezeurd over die deur die op slot zat. Ik was vergeten dat mensen die van hun persoonlijke rots af springen al hun bekenden hulpeloos en verdrietig achterlaten.

De wolfsjongen zijn tenminste iets vertrouwds. Hij loopt naar hun doos en tilt ze er om beurten uit. Hij zegt niet veel, maar gaat zitten en streelt het dons dat ze op hun achterlijfjes hebben gekregen. Junk komt de trap op gesjokt, hijgend en met zijn armen vol rommel. Hij is al een paar keer heen en weer geweest naar de voorraadschuur, waar hij het nog bruikbare hout opstapelt.

Will'm wiegt de wolfjes en koert tegen ze.

Love Alice drinkt van haar thee. Ze is iets aan het vertellen – dat ze één keer per week naar Buelton reist om voorspellingen te doen voor de vrouwenclub daar, en dat Junk en zij genoeg geld hopen te verdienen om gauw zelf een huis te kunnen huren.

Dan komt Ida naar het huis toe met haar lege soepkom en haar bijbel, op pantoffels en met haar sjaal om.

'Ik kon het kabaal helemaal bij mij horen,' zegt ze, 'en ik wist meteen: die voert weer wat in haar schild.'

Ze gaat boven aan de trap staan, klakt afkeurend met haar tong en vraagt wat er daar beneden gebeurt waarvoor een deugdzame vrouw in haar slaap moet worden gestoord. Ze citeert met luide stem passages uit het boek Job terwijl Junk de hondenhokken en kleinere kooien de trap op en de tuin in zeult en ze met zeep en water afboent. Volgens hem kunnen ze nog wel worden geruild of verkocht. Ida dribbelt telkens de winkel in als hij door de keuken moet en komt dan op een holletje terug om in het trapgat te turen.

'Jullie gaan allemaal naar de hel!' gilt ze.

'Hoezo dat, Miss Ida?' vraagt Love Alice opgewekt.

Ida snuift. 'Ik vind dit allemaal heel verontrustend.'

'Dit is míjn huis,' zeg ik. 'En er moest daar nodig worden schoongemaakt.'

'Jij bent net de rijke, Olivia, en het verleden is het oog van de naald.'

Dat kan best wezen. Junk heeft het beschimmelde hout losgetrokken. De enige grote teleurstelling is dat ik pa's medische boeken niet heb gevonden. Het dringt tot me door dat het zoeken naar die boeken mijn persoonlijke kruistocht is geworden. Ik weet nog dat ik altijd toekeek terwijl hij aantekeningen bij de tekst schreef. Misschien is het vooral zijn handschrift dat ik wil zien – een tastbaar bewijs dat hij er echt geweest is.

Er is nog één andere plek waar de boeken zouden kunnen zijn: misschien heeft Ida ze meegenomen toen ze naar het hutje verhuisde.

Als Junk en Love Alice weg zijn, ga ik nog één keer naar de kelder. Het is er niet slecht toeven nu het is opgeruimd. Op dit moment is het ijs- en ijskoud, maar 's zomers zouden Will'm en ik hier heel goed een tafel en een paar stoelen kunnen neerzetten, dan hadden we een lekker koel plekje om te eten.

Will'm staat boven aan de trap en zegt niets.

Ida is daarentegen nog altijd aan het woord. 'God zal in je hart kijken en zien hoe wreed je bent geweest, Olivia,' zegt ze. 'En maak nu eten voor me, voordat een godvruchtige vrouw van de honger omkomt.'

Ik doe de kelderdeur op slot, ik kan er niets aan doen.

Die avond hoor ik vlak voor donker een hele rits schoten op de helling. Will'm dekt de wolfjes toe en kijkt me over de tafel heen aan. Ik durf er wat onder te verwedden dat er wéér een wolf dood is, als het er niet meer zijn.

33

Het is nu een etmaal geleden dat Junk en ik in de kelder waren.

Will'm is onder een dreigende lucht in de bus naar school gestapt en Ida zit aan tafel. Ze kijkt naar de doos met de wolfjes en lepelt haar ontbijt naar binnen. Ik ben bezig een deken te stikken, een bleekroze exemplaar met grote donkere rozen. Ik heb met een satijnsteek stelen met bladeren, doornen en krulletjes geborduurd. Er hangen ook twee dekens voor het raam van de winkel, maar het is al een tijdje geleden dat ik er een heb verkocht.

'Ik heb ze sulfer en stroop gegeven,' peins ik hardop. 'Ik heb alles geprobeerd wat ik maar kan bedenken, alles wat Dooby me heeft gegeven.'

'Nou, mijn havervlokken krijgen ze niet,' zegt Ida. Er klinkt een donderslag en het hele huis rammelt als een blikken bakplaat. De regen striemt tegen het raam. Zo'n storm is er vrijwel nooit om deze tijd van het jaar; na afloop zal ofwel alle sneeuw gesmolten zijn, ofwel er ligt een nieuw ijslaagje over alles heen. Nu ik eenmaal ben begonnen met schoonmaken, lijk ik niet meer te kunnen ophouden. Ik leg mijn naaiwerk neer en pak mijn cape van de haak.

'Waar ga je naartoe?' Ida draait zich om op haar stoel.

'Naar jouw huis.'

'Waarom?'

Ida's blik is verwilderd, maar ik trek mijn schoenen aan. Ik ga de achterdeur uit en loop de regen in. Ze laat haar ontbijt staan en komt achter me aan.

'Ik ben op zoek naar pa's boeken!' roep ik boven het kabaal van de regen uit. 'Ik denk dat ze bij jou zouden kunnen zijn.'

Ik doe de deur open en betreed het muffe vertrekje. Ik doe mijn cape af en schud mijn natte haar los, dat ik na het opstaan nog niet uit de vlecht heb gehaald. Overal staan dozen, die zuur ruiken, slap zijn van het vocht en op de hoeken beginnen te scheuren.

'Je mag niet zonder mijn toestemming aan mijn spullen komen!'

'Dan kun je die toestemming maar beter snel geven,' zeg ik, 'want ik ga nú beginnen.'

Ik trek de eerste doos naar het midden van de hut, op een vaal, rafelig kleed dat omhooggekruld tegen het ijzeren voeteneind van Ida's bed ligt. In het karton heeft zich het vocht van jaren verzameld, en de doos bevat een stuk of vijf geschilferde porseleinen beeldjes, een woordenboek en zeven koppen zonder schoteltjes, alles in krantenpapier gewikkeld. In de volgende doos zitten jurken waarin ik haar nog nooit heb gezien. Haarspelden, blikjes met knopen, gedroogde plantenwortels in vetvrij papier, lege snuifdozen, een oud nachtgewaad.

'Waarom bewaar je al die spullen?' vraag ik.

Ida gaat stijfjes op de rand van haar bed zitten in haar smerige ochtendjas. 'Het gaat jou niks aan wat ik bewaar of niet bewaar.'

Daar heeft ze natuurlijk gelijk in. Ik ben hier op haar terrein. En ze heeft gezien haar leeftijd eigenlijk juist schandalig wéínig spullen – drie blauwe etensborden, een vale avondjurk, versleten schoenen, een dof geworden zilveren kannetje. In twee van de dozen zit alleen maar verkreukeld papier. Die zet ik buiten op elkaar.

'Dat kannetje was een huwelijkscadeau,' zegt ze.

Ik kan me Ida niet als bruid voorstellen. Ik ga zitten en leg mijn handen in mijn schoot. 'Waarom ben je eigenlijk met pa getrouwd?'

'Omdat ik bij mijn eigen pa weg wilde, als je het per se weten wilt,' zegt ze. 'Hij was predikant, godbetert. Tate...' Ze aarzelt even. 'Tate beloofde me dat hij de rest van zijn leven voor me zou zorgen. Nou, dat was dus mooi gelogen.'

Ik pak alle spullen in, doe ze terug in de dozen en stapel die weer op tegen de muren. 'Hij kon niet weten hoe het met hem zou gaan, Ida. Hij kon zijn eigen dood niet voorzien.'

'Zijn dood was jouw schuld, Olivia!' Ze roept het me na. 'En je mag me wel eens je excuses aanbieden.'

Ik draai me om in de regen en de sneeuwblubber. 'Het spijt me dat ik geen toestemming heb gevraagd om je spullen te doorzoeken,' roep ik terug. 'Maar ik ben razend op je omdat je pa's spullen hebt weggegooid!'

'Waarom? Wat hadden ze voor nut?'

'Ze waren van hem! Ik had ze willen hebben!' Ik bescherm mijn gezicht met mijn hand. De regen is koud geworden en doet pijn aan mijn wangen. 'Nu heb ik niks meer waaruit ik kan opmaken hoe hij was! Of... of wie ik ben.'

'Ik kan je toch vertellen wie je bent.'

'Ja, dat doe je aan één stuk door!'

Ze komt achter me aan het huis binnen en gaat achter haar bord koude havervlokken zitten. 'Zet eens een verse pot thee, Olivia.'

'Ga naar huis, Ida,' zeg ik. 'En trek een droog nachthemd aan. Ik breng je straks koffie.'

Ik doe mijn natte cape uit, loop door de gang naar de badkamer en blijf staan voor dezelfde spiegel waar Saul elke ochtend in keek als hij zich schoor, al die jaren dat hij bij me was. Weerspiegeld in het glas zie ik de vrouw die ik ben geworden. Grote donkere ogen, een verbeten kin, een ooit bevallige kaaklijn, een mond waarop geen lippenstift meer heeft gezeten sinds die avond dat ik in de kroeg tegen een zekere Percy zei dat hij de vader van Pauline was. Geen wonder dat Pauline zestien jaar later vrijwel precies hetzelfde deed. Ik heb haar nooit gewaarschuwd, nooit gezegd: *Pas op, Pauline, dat je niet naar de kroeg gaat en met een kindje in je buik thuiskomt. Het verandert je hele leven en je kunt nooit meer terug.*

Ik kom de badkamer weer uit. Ida zit er nog steeds, in haar deken waaruit water op de vloer drupt.

'Ik had gezegd dat je naar huis moest gaan,' zeg ik.

'Dat kan niet. Die lelijke nikker staat op de achterdeur te bonken.'

'Hè?'

'Die man uit Rowe Street.'

Ik doe de achterdeur open. Junk Hanley staat op de veranda. Hij heeft zijn schouders opgetrokken en houdt zijn hoed in zijn hand, zodat de regen op zijn hoofd plenst en langs zijn gezicht stroomt.

'Junk, kom binnen om warm te worden, ik schenk een kop koffie voor je...'

Hij kijkt langs me heen, ziet Ida en schudt zijn hoofd. 'Nee, dank je, nu niet. Ik kom je alleen een boodschap brengen.'

'Wat is er dan? Is alles goed met Love Alice?'

Hij kijkt me verdrietig aan. 'Miss Livvy... De vrouw van Mr. Harris... ze ligt op sterven. Vanochtend vroeg kreeg ze al nauwelijks meer lucht. En nu heeft hij naar jou gevraagd.'

34

Op de achterkant van een papieren zak krabbel ik een briefje voor Will'm – *bak een ei voor jezelf, en ook een voor Ida. Allebei een sinaasappel, een kop thee. Bruin brood, maar niet te veel jam.*

Ik wring het restant van de melk met honing in de bekjes van de wolvenjongen, maar eigenlijk wil ik graag vertrekken. Dan persen Junk en ik ons in de pick-up en rijden we weg in de regen, die in natte sneeuw overgaat. De wielen glibberen weg en het is een wonder dat we niet in de greppel of de rivier belanden, want het hart klopt in mijn keel en ik rij als een bezetene. In Main Street rij ik de stoep op, en we stappen uit en lopen het hotel binnen.

Er zit niemand bij de receptie. Junk zegt: 'Ik ga zorgen dat Grote en Kleine Ruse thuis kunnen komen in dit weer. Ik kom straks kijken hoe het hier gaat.'

Ik had gehoopt dat Wing in de keuken zou zijn, maar daar is hij niet. Als ik de trappen aan de voorkant op loop, tref ik hem ook niet op de eerste verdieping. Hij is ook niet op de bovenste verdieping, en ook niet in de wc's. Sufferd, zeg ik tegen mezelf – zijn vrouw ligt op sterven, waar zou hij anders zijn? De confrontatie met Miz Grace Harris is het enige waar ik tegen op heb gezien, maar daar is niets aan te doen.

Het is donker in de zijgang die naar hun zitkamer en slaapkamer leidt. Ik durf niet te roepen, want ik wil niemands slaap verstoren of zelfs maar een stofje doen opdwarrelen. Ik heb het gevoel dat ik me op verboden terrein bevind en op een tapijt van eieren loop. Ik steek mijn hoofd om de deur van de zitkamer, maar het vertrek is leeg. Aan de andere kant van de gang zit hij in een schommelstoel met een rieten rugleuning naast het bed van Miz Grace, met zijn rug naar me toe.

De kamer heeft verschoten rozenbehang en is ingericht met roomwitte gordijnen en geborduurde kussens – waarschijnlijk gemaakt door de vrouw die er in het grote bed nu heel nietig uitziet. Haar gezicht is vel over been en haar fijne, pluizige haar is in de krul gezet. Als ze ademt, komt er een raar geluid uit haar keel, hetzelfde geluid dat Will'm maakte toen hij kinkhoest had. Terwijl ik over de drempel stap, voel ik me groot en onhandig. Ik hou mijn muts in mijn handen.

Wing hoort me binnenkomen, draait zich om en staat als een stokoude man op uit zijn stoel. 'Olivia...'

Ik stap weer de gang in, maar voordat ik de kamer uit ben, doet Miz Grace haar ogen open, enorme groene kijkers met oogleden als vlindervleugels.

'Kom binnen,' zegt Wing.

Ik weet dat ik mijn opwachting bij hen moet maken, maar ik heb het gevoel dat ik in drijfzand ben gestapt.

Miz Grace draait haar hoofd en kijkt naar me. Haar mond gaat een stukje open en mijn naam fladdert naar buiten.

'Wing. Miz Grace,' zeg ik met een knikje.

Haar vingers bewegen, ten teken dat ik moet gaan zitten. Ik knoop mijn cape los. Wing neemt hem van me aan en ik laat me in de schommelstoel zakken.

'Zo,' zegt ze. 'Livia. Vertel me – over jezelf.'

Ik kijk naar Wing, maar die is druk bezig om mijn spullen in de kast te hangen, alsof ik van plan ben om te blijven. Ik weet niet wat ik moet zeggen. Haar ogen gaan trillend dicht, en ik bedenk dat ze de vraag misschien is vergeten als ze ze weer opendoet. Dan kan ik over iets anders beginnen.

'Kleine Ruse heeft een chocoladetaart gebakken,' zeg ik. 'Junk en ik konden de geur op straat ruiken. Ruse koopt zijn repen couverture in onze winkel.'

Ze knikt, alsof dat belangrijk is om te weten.

Ik kijk naar het raam. 'Het regent niet meer, er komt nu natte sneeuw naar beneden. En het is bijna vier uur. Mijn kleinzoon – Will'm – zal nu wel uit de schoolbus stappen. Straks vindt hij het briefje dat ik voor hem heb neergelegd. Dan schept hij jam op brood

– twee, drie boterhammen – en snoept hij de jam van de lepel.'

Ze heeft haar ogen weer gesloten, maar ze doet ze open als ik ophou met praten. Omdat het haar veel moeite lijkt te kosten om die doorschijnende oogleden op te tillen, praat ik door. 'In de zomer maak ik jam – pruimen, abrikozen – hij is gek op abrikozen. Je hebt hier in de buurt niet veel aardbeien, maar wel veel bramen. Love Alice en ik gaan ze 's zomers plukken. Dan nemen we boterhammen met mosterd mee en...'

Ik weet niet of ze in slaap is gevallen. Ik blijf praten, voornamelijk om de geluiden van een stervende vrouw te maskeren. 'Naast mijn kachel staat een kartonnen doos met twee wolvenjongen erin, warm ingestopt in een oude wollen ochtendjas. Ze hebben de hele dag honger. Ze zijn hun ma kwijtgeraakt, en Will'm geeft ze met een druppelaar stroop en melk. Hij denkt dat hij ze in leven kan houden...'

Wat een afschuwelijke opmerking.

Ze kijkt me met halfgesloten ogen aan.

'Misschien kunt u beter gaan slapen,' zeg ik.

'Nee...'

Ik denk koortsachtig na. 'Love Alice Hanley. Mocht u haar niet kennen: ze is een fraaie verschijning. Sproetjes op haar neus, doet geen vlieg kwaad. Ze heeft een gave – ze kan je aankijken en je waarheid zien, zo noemt ze dat. Ze heeft ooit een kindje gebaard...'

'Ik weet – wie je bent,' zegt ze.

'Pardon?'

'Wing – heeft het over je.'

Ik weet niet waarom me dat doodsbenauwd maakt. Ik kijk om me heen, maar Wing is verdwenen, en ik vraag me af of ze dit moment heeft afgewacht om me ergens van te beschuldigen. Ik heb veel op mijn geweten. Misschien heeft ze wel dezelfde gave als Love Alice. Misschien ben ik wel de enige op aarde die de toekomst niet kan zien. Of het verleden.

'Ik zou niet weten wat er over mij te vertellen valt,' zeg ik.

Ze probeert te hoesten. Ik wil mijn keel voor haar schrapen, haar mond met de mijne bedekken, zuurstof in haar blazen. Haar mond wordt breder, bijna een glimlach. Het is een moment waarop er alleen nog maar waarheid over is, en die zien we zo helder in elkaars ogen dat ik mijn hoofd buig en mijn ogen sluit. Ik wieg zachtjes heen en weer. Als ik haar vingers op de sprei zie trillen, schuif ik de schommelstoel naar voren om ze te pakken. Haar handen zijn steenkoud. Ik sta op en loop naar de hal, naar het rek dat Wing voor het raam heeft gezet, om mijn mooiste roze deken voor haar te pakken. Ik leg hem voorzichtig over haar heen en schuif een van haar bleke handen eronder. Daarna ga ik aan haar bed zitten. De schommelstoel kraakt zachtjes terwijl ik haar andere hand vasthoud.

Ze blijft heel lang slapen, zo lang dat ik denk dat ze terugkomt als ze de drempel naar de dood heeft overschreden en voldoende is uitgerust. Als het de bedoeling is dat we naar perfectie streven, kan God per slot van rekening niet van ons verwachten dat we het in één keer goed doen. En ik vraag me nog meer dingen af: als een ziel bij de poort van het leven staat, kiest ze dan zelf een lichaam uit? Weet ze wat haar te wachten staat? En stel dat dat zo is, waarom zou ik er dan voor kiezen om als kind van Ida geboren te worden? God weet dat ik niet dapper ben.

Na een poosje voel ik dat Miz Grace naar me kijkt. 'Livia...'

'Ja?' Ik buig me naar haar toe.

'Ik wil naar buiten, de sneeuw in,' zegt ze.

'Dat gaat niet.' Ik stop haar nog beter in. 'Het is verschrikkelijk koud.'

'Alsjeblieft.'

Op het nachtkastje zie ik een kom water en een linnen handdoekje. Ik wring het uit en veeg haar voorhoofd af. Er staat ook lavendelwater, dat ze op haar polsen kan doen, en ik fatsoeneer haar haar.

Ze pakt mijn hand. 'Livia – alsjeblieft.'

Mijn rug doet pijn, en mijn hart breekt. Dit is werkelijk onverdraaglijk. Als ik door de hal loop, komt Junk binnen, die een natte, woeste wervelwind mee naar binnen neemt en met zijn voeten stampt. Er ligt sneeuw op zijn jas en zijn haar, en in het licht van de buitenlamp zie ik dat het hard stormt.

'Miss Livvy?' vraagt hij. 'Hebben jullie iets nodig?'

'Mijn pick-up...'

'Die is begraven onder de sneeuw. Je kunt vanavond niet meer weg.'

'Maar Will'm is alleen thuis – en Ida is er ook nog.'

Junk wrijft zijn handen over elkaar. Hij blaast erop. 'De zoon van Doc Pritchett is met zijn slee in het dorp. Ik stap wel bij hem in om te zeggen dat je hier nog bent.'

'Dankjewel... Vind je het erg om vannacht bij mij thuis te slapen?'

'Helemaal niet. Ik zal zorgen dat het aan Love Alice wordt doorgegeven.'

'En Junk, in de voorraadkast vind je eieren en brood. En je slaapt in het hemelbed.'

'Ja hoor, dat is goed,' zegt hij, al weet ik dat hij dat toch niet zal doen. Hij neemt bruinbrood en koffie en slaapt op de keukenvloer, maar Will'm zal zorgen dat hij dekens en een kussen krijgt. Junk duikt diep weg in zijn jas en loopt de storm in. Ik doe de voordeuren dicht en schuif de grendel erop.

Wing is in de keuken, waar hij zijn stoel bij het donkere raam heeft gezet en met zijn ellebogen op de vensterbank leunt. Er staan ijsbloemen op het raam, er ligt een flink pak sneeuw en er is ook wat naar binnen gewaaid. Ik zet een ketel water op, zet kopjes klaar en zoek in de ijskast naar avondeten. Er is een ham waar we plakken van kunnen snijden, en brood en boter, en een paar koude aardappelen die ik klein snij en in een braadpan met boter gooi. Het is vreemd om in deze keuken te koken.

'Wing?' zeg ik na een poosje. Hij komt aan tafel zitten, waar hij met gebogen schouders naar zijn bord staart. Ik schuif zijn thee naar hem toe. 'Toe, eet wat.'

'Ze haalt de ochtend niet,' zegt hij.

'Dat denk ik ook niet.'

'Tweeëntwintig jaar.'

'Ja.'

'Wat kan het toch akelig lopen in het leven,' zegt hij.

Ik pak mijn vork, maar Wing duikt nog verder in elkaar en vouwt zijn handen voor zijn gezicht. Er komt zo'n afschuwelijk geluid uit zijn keel dat ik haastig van mijn stoel kom. Even sta ik hulpeloos achter hem, maar dan sla ik mijn armen om hem heen. We wiegen zachtjes heen en weer, hij beeft en ik hou hem stevig vast.

'Je zou nu thuis moeten zijn,' zegt hij. 'Ik had je nooit mogen...'

'Sst.'

'Livia...'

'Wing, ze wil naar buiten.'

Hij kijkt me aan alsof ik Chinees spreek.

'Ze wil de sneeuw zien.'

'Waarom?'

Ik haal mijn schouders op. 'Ik vind dat we haar mee naar buiten moeten nemen. We kunnen haar warm inpakken, een paar minuutjes maar.'

'Olivia...'

'Wing – verder vraagt ze helemaal niets.'

Wing haalt haar rieten rolstoel van de zolder, en ik stof hem af en leg er een wollen deken in. Als ze ons ermee ziet binnenkomen, glijdt er een lach over haar gezicht, en Wing slaat de dekens terug. Ze doet me denken aan een van Will'ms wolvenjongen. Hij tilt haar op alsof ze niet meer weegt dan een zuigeling. Hij zet haar in de stoel, en ik wikkel haar voeten in een handdoek en leg de deken over haar heen. Ze is zo klein dat ik hem in zessen kan vouwen. Dan duwen we haar naar de hal, en Wing staat stil terwijl ik de deken over haar hoofd en haar oren til. Ze ziet eruit als de maagd Maria uit het kerstspel van de methodistenkerk. Op het moment dat ik de deur opendoe, waait er een flinke vlaag sneeuw naar binnen. Wing rijdt haar achterstevoren naar buiten om haar tegen de wind te beschermen.

Alle lampen in het dorp zijn aan – bij het eethuis van Ruse brandt binnen en buiten licht, ook al zijn ze vanavond niet open. Aan de gevel van het oude krantenkantoor en de winkel hangen gekleurde lichtjes, en boven de gestreepte paal van de kapperszaak hangt ook een snoer. Ik vermoed dat het overblijfselen van de feestdagen zijn. Aan het einde van de straat staat een lantaarn, en op de noordelijke helling schijnt licht uit een paar ramen. Op de grote weg zien we traag bewegende koplampen. De helderwitte sneeuw maakt het allemaal honderd keer zo fel, en Miz Grace Harris schuift de deken weg om als een kind in haar handen te klappen.

Ze schuift de wollen capuchon weg en kijkt omhoog. Er valt sneeuw op haar bleke wenkbrauwen en wimpers, en ze likt een vlok van haar lip. Uit haar mond ontsnapt een zucht, die langs de bovenste verdiepingen van het hotel de inktzwarte hemel in drijft.

Zo makkelijk komt er in Main Street een einde aan het leven van Miz Grace Harris, terwijl alle lampjes knipperen en twinkelen, en Wing met zijn hoofd op haar schoot bevend aan haar voeten zit.

35

Daarna zet anderhalve dag lang de dooi zo snel door als nog nooit eerder is vertoond, zodat ik in staat ben de plek te bereiken waar de pick-up staat en hem naar huis te rijden. De zon schijnt fel en verwarmt de keuken, ook al hebben we nog steeds maar één raam omdat ik het andere niet gerepareerd heb. De wolfsjongen kwijnen weg in de doos naast de kachel. Will'm is verschrikkelijk ongerust. Ook in mij is iets opgerakeld, misschien omdat ik heb toegekeken terwijl Grace Harris de laatste adem uitblies. Volgens mij wilde ze dolgraag dat het zover was, dat het voorbij was – voor zichzelf, én omdat Wing de draad van zijn leven dan weer kon oppakken. Misschien had ze het allemaal wel zelf bekokstoofd, en als dat zo is, heb ik meer bewondering voor haar dan ik ooit voor enig ander mens heb gehad.

En dat na al die jaren dat ik zelfs zijn naam niet wilde horen, en als een verliefd hoopje ellende in elkaar zou zijn gezakt als Wing alleen maar mijn huis binnen was komen lopen.

We zijn alle twee stil, Will'm omdat hij een beetje verkouden is en ik omdat ik havervlokken opschep. Ik heb hem vandaag thuisgehouden van school omdat ik bang ben dat hij kroep krijgt, want hij is de leeftijd daarvoor nog niet te boven.

Ik geef hem een lepel melasse, en vanavond als hij naar bed gaat, krijgt hij een brijomslag om zijn hals. Als ik eerlijk ben, ben ik doodsbang hem te verliezen. Hij zegt niets als ik zijn kom voor hem neerzet. Ik trek mijn cape aan en breng Ida haar portie havervlokken en een stuk brood. En een kop slappe koffie. Ik steek de tuin over. Het is donker in haar hut, het enige raam is afgedekt met een oud laken. Binnengekomen trek ik het opzij om wat licht binnen te laten. Maar Ida ligt niet in bed, zit niet in de stoel en is evenmin in haar oude muffe dozen aan het rommelen. Ze is helemaal niet in de hut, en ze was ook niet in de buitenplee, daar ben ik net langs gelopen. Ik zet de ontbijtspullen neer en loop naar buiten, roep haar naam.

'Ida?' Ik stamp naar de voorraadschuur. 'Godsamme, Ida, waar ben je 'm naartoe gesmeerd?'

Maar daar is ze niet, en ook niet in het kleine schuurtje of in de pick-up – allemaal plekken waar ik haar wel eens heb gevonden als ze boos op me was. Ik inspecteer mijn eigen voetsporen, draai in kringetjes rond en maak een knoeiboel van de sneeuw, die in de zon snel aan het smelten is. Er zijn geen duidelijke afdrukken van Ida's minuscule voetjes, en het wordt me koud om het hart. Het is nog vroeg. Misschien is ze al een poosje weg – maar waarnaartoe? De helling op?

'Ida!'

Is ze de weg op gegaan? Is ze dwars door een weiland gelopen, vergeten waar ze woont en in een auto gestapt?

'Ik ga haar zoeken,' zeg ik tegen Will'm.

Hij snottert en veegt zijn neus af met zijn hand.

'Gebruik je zakdoek, Will'm. Ze is aan het zwerven gegaan, denk ik. 'k Kan me niet voorstellen dat iemand haar mee zou nemen.'

Hij heeft zijn havervlokken op en duwt zijn stoel naar achteren. 'Ik help je wel.'

'Geen sprake van,' zeg ik. Mijn hart bonst. 'Ik neem de pick-up en vraag of iemand haar heeft gezien. Kleed je aan en pas op de winkel, Will'm. Het weer is omgeslagen, waarschijnlijk komen er vandaag wel weer klanten.'

Hij knikt.

Ik rij achteruit de weg op en zet koers naar het dorp. Overal auto's, vrouwen met afgedekte schalen op weg naar het hotel. Doc, die tevens begrafenisondernemer is, is gisterochtend vroeg langs geweest om een overlijdensverklaring in te vullen. Ongetwijfeld hebben een stuk of wat vrouwen – onder wie Miz Ruse van zevenenzeventig – Miz Grace Harris al netjes opgebaard voor de bezoekers. Ik vraag me af of al dat gedoe slecht is voor Wings omzet, en of hij ooit nog in de kamer met het rozenbehang zal slapen.

Ik ga even bij de drogisterij langs, maar Dooby schudt zijn hoofd. 'Ik heb haar niet gezien, Olivia. Maar ik zal rondvragen.'

'Dooby, Will'm is verkouden, ik weet niet of hij morgen wel kan komen...'

'Och, met die begrafenis zal er toch niet veel loop in de zaak zijn. Ik geef je een poeder voor hem mee. Om zijn keel te verzachten.'

Ik pak mijn beursje uit mijn zak en knip het open.

'Nee, nee,' zegt Dooby, en hij geeft me het opgevouwen papiertje. 'Ik zorg voor mijn eigen personeel.'

Of Ida langs de grote weg heeft gelopen, kan ik niet zien. Er lopen geen voetsporen in de berm. Bij het benzinestation heeft niemand haar gezien, en evenmin op andere plekken waar ik informeer. Ik keer om en neem nu de landweg, stop drie- of viermaal om met mijn hand boven mijn ogen de velden af te spieden. Ik rij terug en zet de pick-up naast ons huis, stel me voor dat ze warm ingestopt in haar stinkende bed ligt en over koude koffie klaagt terwijl ze aan haar pijp lurkt – maar ze is niet thuisgekomen.

Will'm heeft twee klanten en houdt zich goed achter de kassa, zelfs met zijn rode neus en zijn tranende ogen. Ik kijk hem vragend aan en hij schudt zijn hoofd. Ik ga weer op pad, nu de andere kant op.

In Rowe Street heeft niemand haar gezien. Ze is niet bij Doc geweest en ook niet bij het schooltje, waar de juf in mijn richting kijkt maar doorgaat met voorlezen. Ze is niet bij de garage van Meltons, niet bij het pandjeshuis en niet bij Ashy Rosie's, een kroeg voor zwarten. Ze zwerft niet over het kerkhof of langs de kreek. Er zitten geen gaten in het ijs, dus ze is er niet door gezakt en verdronken. Ik rij langs de boerderij van Phelps, die er als een prentbriefkaart uitziet, met alle toegangswegen keurig sneeuwvrij gemaakt, en vandaar de slingerende weg op. Ongeveer een kilometer verder naar het oosten, op de stoep van de doopsgezinde kerk, zie ik Ida op haar hurken zitten met haar nachthemd rond haar enkels getrokken. Ik zwenk af en zet de pick-up naast de veranda.

'Jij bent ook niks te vroeg,' zegt ze als ik uitstap en om de auto heen loop. 'Ik heb kouwe voeten.'

'Wat doe je hier in godsnaam? En waar zijn je schoenen?'

Ze kijkt naar haar voeten. Die zijn smerig en bebloed en zitten vol opgezwollen blauwe plekken en grote snijwonden met modder- en vuilkorsten; de nagels zijn afgebroken. 'Ik ben mijn schoenen kwijtgeraakt...'

Ik trek mijn cape uit en sla hem tweemaal om haar heen. 'Je kunt er niet zomaar vandoor gaan zonder iets te zeggen. Godallejezus, wat heb je me aan het schrikken gemaakt! Wat was je van plan?'

'We gaan nooit samen ergens naartoe, Olivia. God weet hoe erg je me als dochter hebt teleurgesteld.'

'Godallemachtig...'

Wat ziet ze er haveloos uit, zo treurig en eenzaam dat ik niet naar haar kan kijken. Hoe is het zover gekomen – Ida met haar beschuldigingen, en ik die haar zo haat dat ik alleen nog maar zo kan zijn als zij zegt. 'Kom, stap nou maar in de pick-up...'

'Ik kan niet lopen op blote voeten!'

'Je bent hier toch ook heen gelopen?'

Maar ik til haar in de auto. Haar nachthemd is bemodderd, haar haar zit vol klitten. Ze weegt bijna niets, haar benen zijn zo dun dat ik ze als twijgjes in tweeën zou kunnen breken. Wanneer is ze zo geworden, zo broodmager, zo verloren? En hoe moet ik voorkomen dat dit weer gebeurt? In gedachten zie ik mezelf terwijl ik haar aan haar bed vastbind, haar net als de geiten aan een touw leg, kippengaas rondom haar huisje aanbreng. Ze zit in elkaar gedoken aan de andere kant van de bank, en ik rij voorzichtig zodat ze niet door elkaar wordt geschud of iets breekt.

'Ik had je in de smiezen, Olivia,' zegt ze.

Opeens ben ik zo moe dat ik zo met mijn hoofd op het stuur in slaap zou kunnen vallen.

'Wat heb ik dan gedaan?'

'Je wilde dat ik wegging.' Eerst is haar stem nog ijl en beverig, maar hij wordt steeds vaster, gestut door de nieuwe beschuldiging. 'Je bent me gevolgd. Jij hebt ervoor gezorgd dat ik mijn schoenen verloor.'

Ik doe mijn best mijn ogen op de weg te houden.

'Ik bén ze helemaal niet verloren!' zegt ze. 'Jij hebt ze gestolen!'

Ik kan niets anders doen dan doorrijden, al wil ik eigenlijk uit de cabine springen en de auto nakijken terwijl hij met Ida het veld over en de kreek in rijdt. Wat is het toch voor schuld die wij menen te moeten inlossen door voor oude mensen te zorgen?

Ik ga even bij Dooby langs om te zeggen dat ik haar heb gevonden, en ik ben hem dankbaar dat hij niets vraagt. Hoewel mijn adem als ijs op de binnenkant van de ruiten neerslaat, heb ik het helemaal niet koud. Ik heb een branderig gevoel in mijn maag en achter mijn ogen. Ik rij met Ida naar huis. Het heeft geen zin tegen haar te praten – ze is alleen maar aan het tobben over haar schoenen, en zelfs daarover niet zo erg.

Vijf minuten later trek ik haar de cape uit, en ik zet de badkuip in mijn kamer en maak water warm voor haar bad. Aan de andere kant van de deur weegt Will'm twee pond pinda's af; af en toe snuit hij zijn neus en praat hij met een klant. Ida stapt in de badkuip en gaat zitten, en ik pak een waslapje en zeep en begin haar af te schrobben alsof ze een grote, hardnekkige vlek is, zo hard dat ze ineenkrimpt. Ik zeep haar haar in, giet een kan water over haar heen en vraag of ze in godsnaam stil wil blijven zitten.

'Je hebt het recht niet om dit te doen,' zeg ik als ik haar afdroog en ze bijna helemaal verdwijnt in een van mijn flanellen nachthemden. 'Het is niet eerlijk dat je, na alle ellende die je me hebt bezorgd, zo behoeftig bent geworden.'

Ida kijkt me aan, van onder haar warrige witte haar dat naar alle kanten piekt. Het is in elk geval schoon. Het is lang geleden dat ze zo lekker heeft geroken.

'Olivia,' zegt ze dreigend, 'ik ben niet zomaar een bedelaar van de straat. God zal je straffen dat je me zo behandelt.'

Ik zou nog liever mijn tong afbijten dan het hardop zeggen, maar ze heeft misschien wel gelijk.

36

Tegen de tijd dat Ida heeft gegeten en weer onder de wol ligt, is het bijna vijf uur. Ik draai het elektrische kacheltje in de hoek wat hoger en zet Will'ms oude schoenen bij de deur voor het geval ze naar de plee moet. Ik weet niet wat ik anders moet doen. De kelder is te koud, de nis is van Will'm, en al was het hemelbed een kilometer breed, dan nog zouden Ida en ik er samen niet in passen.

Toch kijk ik om me heen naar de slappe kartonnen dozen, de ongeschilderde muren, het lappenkleed op de vloer. Misschien hadden we meer moeten doen, Saul en ik. Misschien hadden we planken en kasten moeten maken en haar spullen moeten uitpakken. Destijds kon ik dat niet opbrengen. Het was dringend nodig dat ze uit huis verwijderd werd, en dat had ik gedaan. Ik doe het licht uit.

Will'm heeft vandaag hard gewerkt in de winkel, en ik denk dat hij door zijn verkoudheid doodmoe is. Ik neem me voor om twee grote aardappelen uit de ton te halen, de oven aan te steken en ze voor het avondeten te poffen. Maar Will'm staat op de achterveranda. Ik gebaar dat hij naar binnen moet gaan.

Maar hij ziet me niet zwaaien, en omdat de zon ondergaat, kan ik niet zien waar hij naar kijkt. Zwoegend loop ik naar hem toe. Als ik bij het ding in de sneeuw arriveer, kan ik mijn ogen niet scherp stellen en stokt de adem in mijn keel. Onder aan de trap van de achterveranda ligt een kleine grijze wolf, met een kogelgat in zijn voorhoofd en het rode schuim nog op zijn snuit. Zijn rechteroor is afgesneden, en aan het lange bloedspoor is te zien dat hij hierheen is gesleept. Het dier is hooguit een halfjaar oud. Ik walg tot in het diepst van mijn hart en ziel.

'Will'm!' schreeuw ik, alsof hij niet vlak achter me staat. 'Geef me godverdomme een spa.'

'Oma...'

'Ik moet hem begraven, ik wil niet dat er beesten onze tuin in komen om hem op te vreten.'

'Er is al iemand in onze tuin geweest,' zegt hij, terwijl hij me een spa geeft. 'Oma... hoeveel zouden er nog over zijn?'

Ik laat mijn blik over de helling dwalen. 'Geen idee. Als ze slim zijn, zijn ze hoger de heuvels in getrokken. Maar goed, het is al laat. Ik neem hem mee en stop hem diep onder de grond, dus ga jij maar vast naar binnen om de oven aan te steken en er twee aardappelen in te leggen. Daarna moet je in bed kruipen.'

'Ik moet de wolfjes nog te eten geven,' zegt hij huiverend.

'Goed, maar ik neem de nachtvoeding voor mijn rekening. Hup, naar binnen, het is buiten veel te koud voor je.'

Ik loop de tuin uit en sleep de wolf aan een achterpoot mee. Een van de jagers heeft een mooi, zijdezacht oor mee naar huis genomen, en met mijn woede zou ik heel Pope County kunnen vullen. Dan dringt er een verschrikkelijke waarheid tot me door: ik glij af naar een plek die net zo bitter is als de wereld waarin Ida woont.

37

Een nieuwe morgen. Ik melk en voer de geiten en strooi maiskorrels voor de kippen. Hak het ijs op de drinkbakken stuk. Weer vier eieren. Vorig najaar heb ik Will'm voor alle zekerheid een paardenharen deken op de wanden en de vloer van het kippenhok laten spijkeren. Daar ben ik nu blij om.

Als ik binnenkom, is hij in de provisiekast aan het rommelen. Hij pakt een appel, en terwijl ik water voor de havervlokken kook, praten we over Ida, en over Miz Grace Harris en de begrafenis, die om elf uur is.

Pas midden in de nacht dacht ik aan de brijomslag voor zijn keel; ik trok mijn schoenen aan, mengde bij het licht van de kachel droge mosterd en water en smeerde het papje tussen een paar lagen flanel om op zijn borst te leggen. Het lijkt te hebben gewerkt en mijn bezorgdheid over hem neemt wat af.

'Leg die appel terug, Will'm,' zeg ik. 'We gaan zo ontbijten.'

Hij kijkt in de doos waarin de wolfjes liggen te slapen, hun buikjes nog vol van de groentebouillon die ik ze in alle vroegte heb gevoerd. 'Het spijt me dat ik dat toen gezegd heb, oma.'

'Wat, jongen?'

'Dat als Miz Grace dood zou gaan... je weet wel. Dat Wing en jij...'

'Al goed.'

'Na de begrafenis ga ik naar Dooby, nog een paar uur werken.'

'Voel je je goed genoeg?'

Hij knikt en zegt dan geen woord meer, zelfs niet als we even later zitten te ontbijten en doen alsof er geen wolvenbloed op ons raamkozijn en op de muur daaronder zit.

Vandaag wordt er niet geschoten op de helling. De wolfjes scharrelen in hun doos. Will'm tilt ze eruit en houdt de zachte diertjes vast, streelt ze en propt met zijn pink havervlokken in hun bek. Ik vertel hem wat Miz Hanley tegen me zei over bouillon. Even kijkt hij me hoopvol aan, maar dan haast ik me hem eraan te herinneren dat er geen vlees is, zelfs nog geen kippensnavel.

'Als ik een geweer had, zou ik een konijn kunnen schieten,' zegt hij. 'Ik durf te wedden dat we dan de hele winter genoeg vlees hadden. Ik wéét dat ik het zou kunnen.' Maar hij zegt het half pruilend, want hij weet al wat er komt.

'We hebben nog even tot de begrafenis. Ga maar naar buiten, je vallen langslopen, als je er puf voor hebt. Misschien heb je wel wat gevangen, en als ik dat in de pot heb gestopt, mag jij wat van de jus hebben.'

Hij knikt en ik weet wat hij denkt: dat de wolfjes ook zijn deel van het vlees wel mogen hebben. Ik knoop mijn veters dicht en pak mijn cape. 'Ik ga Ida nu haar blad brengen.'

'En als ze er nou niet is?' zegt hij. 'Als ze er weer vandoor is?'

Daar zit ik ook over in de rats. Maar ik kan haar niet vastbinden.

Goddank, Ida ligt te slapen. Als ik haar wakker maak, draait ze zich van me weg. Ze is nog steeds boos op me omdat ik in haar hut heb rondgesnuffeld, hoewel ik alles netjes heb teruggelegd en de dozen heb opgestapeld.

'Waar is mijn glas melk?' vraagt ze.

Ik zorg dat er wat daglicht binnenkomt en ga op de rand van haar veldbed zitten. 'Er is geen melk, Ida. Ik heb honing in je thee gedaan.'

'Maar Doc Pritchett zegt dat ik melk moet drinken,' zegt ze stuurs.

'Ja, dat moet Will'm ook.' Ik vertel haar van Miz Grace Harris, en dat ik een poosje in het dorp zal zijn.

'Het werd tijd dat Wing Harris gestraft werd,' zegt ze, en ze vouwt haar armen over haar nachthemd. 'Ik heb heus wel gezien wat jullie met z'n tweeën uitspookten.'

Ze is niet te beroerd om me alle zonden na te dragen die ik ooit heb begaan. Ik kan er zoveel jaren later geen schaamte meer over voelen. Maar toch. 'Ben je ons gevolgd?'

'Dat zou iedere fatsoenlijke moeder hebben gedaan. Ik heb gezien dat hij zijn ding in je stak en dat je bloedde.'

'Ik begin aan een nieuwe deken,' zeg ik om het gesprek op iets anders te brengen. 'Weer trouwringen, in blauw en paars. Love Alice zegt...'

'Alice Hanley is niet goed snik,' zegt Ida, 'en als ze praat, klinkt ze als een schreeuwuil.' Ze fladdert omstandig met haar armen en kijkt dan fronsend naar haar kom, maar eet niets. Ik weet niet waarom ik nog hoop dat Ida zal veranderen, waarom ik denk dat ze misschien nog een keer op haar hoofd valt, net als Junk, en dan een heel ander mens wordt. Ik vind het vreselijk dat ik dat denk, dat ik steeds weer bij haar terugkom en als een klein kind jank om mijn moeder.

'Ida...'

Ze strijkt haar flanellen nachthemd glad. 'Zeg nou niet iets waarvan ik hoofdpijn krijg, Olivia. Jij bent daar zo onnadenkend in.'

Het is lang geleden dat ik haar recht in haar gezicht en in haar ogen heb gekeken, en wat ik zie is afschuwelijk: verschrompelde wangen en een rimpelig kinnetje, als druiven die te lang zijn blijven hangen. Ze is graatmager en haar ogen zijn donker, niet blauw zoals die van pa of van mij, en ze liggen peilloos diep in hun kassen.

Ik wil haar vragen of ze spijt heeft, of ze ooit pijn voelt als ze aan alles denkt wat er is gebeurd – het feit dat ze mij niet wilde, het ongeluk waardoor ik in het ziekenhuis belandde, pa's dood, zijn graf zonder grafsteen.

'Deze havervlokken zijn koud,' zegt ze. 'Ik wilde eigenlijk een zachtgekookt eitje.'

'Ida, toe nou.'

Ze zucht. 'Hè?'

'Je moet je toch ook iets leuks van pa herinneren.'

'God zal me bewaren,' zegt ze, 'niet dát weer. Bovendien heb jij hem uiteindelijk langer meegemaakt dan ik.'

'Hij is er al dertig jaar niet meer.'

'Nee, en zijn dood was jouw schuld,' brengt ze me in herinnering.

'Hoe was hij toen je met hem trouwde?'

Ze wendt haar blik af naar het berijpte raam, maar ze ziet iets wat veel verder weg is. 'William Tate Harker was een knappe man. Hij kon goed dansen en alle meisjes lonkten naar hem. Er werden chique feesten gegeven en wij werden altijd uitgenodigd. Dan wervelde Tate met me over de dansvloer. Och, wat zag ik er toen snoezig uit, in geplooid mousseline en met roze linten en strikken.'

Ik kan me niet voorstellen dat iemand geld zou hebben voor chique feesten, en evenmin dat Ida, die uit een straatarme familie komt, zo gekleed zou gaan. 'Vertel eens wat meer over hém,' zeg ik.

Ze steekt haar kin in de lucht. 'Hij was zo verliefd op me dat ik eerst geen oog had voor zijn tekortkomingen.'

'Hij had niet meer tekortkomingen dan een ander,' zeg ik, al was verliefd worden op Ida wel een ernstige fout.

'Door hem ben jij arm gebleven en moest je lelijke kleren dragen.'

'We waren niet arm. Hij had twee beroepen. Voor zijn medische diensten betaalden de mensen wat ze konden missen.'

'De beesten waar hij mee thuiskwam, zaten altijd onder de vlooien. En hij ging ook wel zelf naar ze toe. Dan was hij soms dagenlang weg, en daarna kwam hij thuis met een bloederige onderarm en wilde hij dat ik het bloed uit zijn kleren schrobde. En alles wat hij ervoor kreeg, was een handvol wortelen en koolrapen. Hij verbeeldde zich dat hij een goede, chique dokter was.'

'Hoe wist hij hoe hij gewonde dieren kon genezen?'

Ze haalt haar schouders op. 'Dat eerste jaar vroeg hij of hij een paar dingen uit de kasten mocht pakken. Dus ik gaf hem naalden en draad, een schaar, lepels. Maar het was nooit genoeg. Hij riep vanuit de kelder: "Ida Mae, breng me eens een schoteltje, een eidooier. Gooi eens een deken naar beneden." Hij verwachtte dat ik in de houding zou springen als hij met zijn vingers knipte. Daar zal hij nu wel spijt van hebben.'

Als ze nog maar iets hatelijker werd dan ze nu is, zou ze spontaan vlam vatten.

'Vertel eens van toen ik geboren werd.'

'O, dat,' zegt ze. 'Ik snap niet dat die primitieve vrouwen kinderen kregen op het maisveld en dan doorgingen met schoffelen. Je had een groot hoofd, en armen en benen als een aap. Het was een zware aanslag op mijn zenuwen. En je vader vluchtte steeds maar naar zijn distilleerketel of speelde in de kelder met die smerige beesten. Later trok hij je een broek aan en liet hij je ravotten. Je had geen flauw idee wat het betekende om een net meisje te zijn. Toen ik thuiskwam, had ik mijn handen vol aan je.'

Ik verzamel de spullen voor het blad. Ik sla haar nog eens een keer beurs als ze me weer vertelt wat een lelijk en wild kind ik was; misschien gooi ik haar zelfs wel op de grond en druk ik een kussen op haar gezicht. Maar vandaag heb ik er zelf om gevraagd. Ik sta op.

In de deuropening zeg ik: 'O ja, nog iets. Vertel nog eens van toen pa overleed.'

Ze slaakt een heel diepe zucht. 'Die avond droegen ze hem hierheen.'

'Wie?'

'Dat weet ik niet meer, Olivia. De mensen die jou en hem hadden gevonden. Hij lag helemaal in de kreukels. Ze legden hem op het bed, en ik waste hem helemaal schoon en trok hem zijn beste kleren aan.'

'Was er een herdenkingsdienst? Kwam er iemand om voor hem te bidden?'

'Nee. Het kon niemand wat schelen. De volgende ochtend bestelde ik een kist, en ik groef een gat en stopte hem erin.'

'En dat was alles.'

Ze trekt haar deken op tot halverwege haar gezicht.

Ik ga de helling achter Ida's hut op en vind een beschaduwd plekje waar weinig sneeuw ligt. Het valt me tegenwoordig minder gemakkelijk om me languit op de grond te werpen, maar ik doe het, met krakende kniegewrichten en een geknor als van een oud varken. Het is fijn om met gespreide armen en benen op de grond te liggen. Maar het is winter, en ik voel de linkerkant van mijn gezicht langzaam bevriezen terwijl ik alle indrukken in me opneem.

Waar die bitterheid van Ida ook vandaan komt, ze wordt er glad krankzinnig van. Wings vrouw is dood. Will'm heeft zich aan een paar beestjes gehecht die we niet kunnen redden, en er sterven bijna dagelijks wolven. En verder zal de wereld wel zonder mij doordraaien als ik hier doodvries. Ida zal vroeg of laat aan het zwerven gaan, in de kreek vallen en worden meegevoerd naar een betere plek. Wing zal misschien wel hertrouwen. Maar wat moet die jongen? En wat zal er van de wolven terechtkomen?

'Oma?' zegt Will'm, wiens schoenen ik nu zie en die er vroeger aan gewend was me zo te vinden. 'Is alles goed met je?'

Ik krabbel overeind op mijn knieën, veeg de sneeuw van me af. 'Prima, jongen.'

Hij heeft een jas over zijn nachthemd heen aangetrokken en een muts opgezet. Misschien lijkt hij wel meer op me dan ik denk. 'Ik heb een eekhoorn en twee ratten gevangen.'

Ik tast naar zijn hand. 'Goed zo. Geef de ratten maar aan de geit, het is nog niet zo erg met ons dat we ratten eten. En vil de eekhoorn, doe hem in de pot en begraaf die bij het achtertrapje. Ik maak hem vanavond klaar.'

Hij knikt grijnzend en loopt naar ons huis. Ik kom vlak achter hem aan. Ik zie op tegen de begrafenis; als ik eraan denk word ik al chagrijnig.

38

Will'm heeft de eekhoorn schoongemaakt, de kop en poten eraf gehakt en hem ontweid en gevild. In mijn keuken was ik af. Hij komt binnen en droogt zwijgend af, giet wat honing en melk in een pan en geeft de wolvenjongen met de druppelaar eten. De ribben van de wolfjes zwoegen als ze slikken. Ik heb elke dag gedacht dat er wel weer een dood zou gaan, maar hun buikjes worden ronder. Hun ogen gaan dicht, en Will'm stopt ze terug in hun doos terwijl ik de borden opruim.

In de nis trekt hij zijn nachthemd uit, en als die langbenige jongen daar in zijn onderbroek staat te rillen, besef ik dat hij geen klein kind meer is. Hij trekt het fris gestreken hemd aan dat ik voor hem had klaargelegd.

Ik heb een effen zwarte jurk met een witte kraag en witte manchetten, die ik tien jaar geleden heb gemaakt. De jurk heeft een rij witte glazen knoopjes op de voorkant, en ik pas er nog steeds in. In het stuk spiegel zie ik er helemaal niet beroerd uit. Ik borstel mijn haar en probeer verschillende kapsels om te kijken hoe ik er op mijn best uitzie. Uiteindelijk steek ik het op en zet ik het met twee zilverkleurige spelden vast. In mijn bureaula ligt een doosje poeder, en ik doe wat op mijn gezicht en knijp in mijn wangen om ze wat kleur te geven. Ik ben blij dat mijn jurk lang genoeg is om mijn kistjes te bedekken, en ik neem me heilig voor om een paar nette schoenen te kopen als ik er geld voor heb.

Met Will'm rij ik in de pick-up naar het kerkhof, dat zo'n tien kilometer van ons vandaan ligt. Het wordt druk, en Miz Grace Harris zal de grond in gaan in de wetenschap dat ze geliefd was. Ze wist wie ze was. Ik, daarentegen, weet wie ik ben als ik vanille-extract en kardemom verkoop of met Will'm een bruinesuikercake bak. In het gezelschap van Love Alice ben ik zelfverzekerd en sterk, maar als ik alleen ben, gebeurt er iets met me. Als er geen andere ogen zijn waarin de mijne weerspiegeld worden, word ik overvallen door grote twijfels, en op die momenten vraag ik me af of ik er eigenlijk wel ben.

Misschien komt het door Wing. Hoe hard ik er ook tegen heb gevochten en hoe moe ik er ook van werd, mijn gevoelens zijn nooit helemaal verdwenen. Of misschien komt het helemaal niet door Wing, maar door iets anders dat littekens heeft achtergelaten, zoals het feit dat ik pa mis, of mijn gebrek aan liefde voor Saul. Maar het kan natuurlijk ook zijn dat ik last van een ingegroeide teennagel begin te krijgen, of geleidelijk aan de overgang in waggel. Misschien heb ik behoefte aan een man die met me op de bladeren op Cooper's Ridge gaat liggen. Of misschien zit het allemaal in mijn hoofd.

Ik vind het altijd knap als het grafdelvers lukt om door bevroren grond heen te hakken om een lichaam te begraven. Maar soms moet een begrafenis wachten op de dooi en stapelen de winterdoden zich op als vademhout.

Vandaag is er een pad gemaakt in de sneeuw, en Will'm en ik lopen tussen rouwende mensen door die met hun handen in hun zakken diep wegduiken in hun overjassen en sjaals. De zwarten staan aan één kant bij elkaar. Will'm en ik gaan bij Junk en Love Alice staan en trotseren de blikken van de families Anatole en Standish en de heren French en Andrews. Kleine Ruse zwaait. Miz Phelps steekt ook een hand op als ze ons ziet, tot haar man haar bij de arm pakt.

Ik kan de dienst niet horen, maar ik kan de predikant zien – de dominee van de presbyteriaanse kerk in Paramus. Wings hoofd is gebogen. Ik was hevig verbaasd dat hij me liet halen toen Miz Grace op sterven lag. Maar hij kijkt op en ziet me, en al kan ik me vergissen, ik heb de indruk dat er iets van de spanning van zijn schouders glijdt.

Ik hoor de dominee amen zeggen. Twee mannen in pakken en strakke overjassen laten de kist zakken. De mensen lopen er zwijgend langs om haar de laatste eer te bewijzen, want ze hebben geen bloemen die ze in het gat kunnen gooien. Daarna lopen ze terug naar hun auto's en rijden ze in een kronkelende rij naar het dorp, waar ze samenstromen voor Wings hotel. Ik parkeer in het steegje, en omdat de rest in groepjes op het trottoir staat, ben ik als eerste binnen.

In de hal is het stil en donker. Ik haal mijn cape van mijn schouders en schud mijn muts uit. Even later verschijnt Wing ook. 'Hallo, Wing,' klinkt het vanuit de deuropening, en daar staan Grote Ruse en zijn familie, gevolgd door Darvis Butler, die in Buelton een slagerij heeft. Binnen de kortste keren stromen de hal, de gangen en de keuken vol. Mensen lopen door naar de privézitkamer aan de voorkant, waar Wing zo te zien de nacht heeft doorgebracht. Ik vouw zijn dekens op en breng ze naar de slaapkamer, waar ik ze in de kast leg. Het beddengoed in de rozenkamer is verschoond, nergens valt nog aan te zien dat het een ziekenkamer is geweest, maar mijn roze deken ligt opgevouwen op het voeteneinde.

Bij het keukenraam kijkt Wing uit over de veranda, waarvan hij een zomerterras voor zijn gasten heeft gemaakt. Er ligt nu sneeuw op. Achter hem zetten een stuk of vijf vrouwen al vruchtengebak, taarten, ovengerechten en gesneden rundvlees klaar. De tafel, het dressoir, elk vrij plekje in de keuken wordt vol met eten gezet. Ze knikken naar me. Doorgaans ben ik de eerste die met gegratineerde aardappelen, bonen of brood komt aanzetten, maar vandaag heb ik er gewoon niet aan gedacht. Ik leg mijn hand op Wings schouder en als hij zich omdraait, sla ik mijn armen om hem heen. We wiegen heen en weer, heen en weer, en uit het diepst van zijn keel komt een zacht, zwak geluid dat mijn knieën laat knikken.

Toen we nog kinderen waren, wist ik alles van Wings lichaam, hart en ziel. Maar in al die jaren daarna maakten we alleen maar beleefd een praatje als er iemand trouwde, ziek werd of doodging. Deerniswekkende decennia met uitsluitend vriendelijke groeten. Nu voelt zijn lichaam vreemd aan, een oud geworden man in plaats van een jongen. Ik laat hem los.

Hij zegt: 'Ik wist dat je terug zou komen. Ik wist het.'

Ik bedenk dat alles in een kringetje ronddraait. We worden geboren, we leven en gaan dood, zo gaat dat. Een boom krijgt knoppen, de bladeren zijn groen en vervolgens worden ze geel. In de winter vallen ze af en worden ze één met de aarde. Dan wordt het lente en begint alles weer opnieuw. Natuurlijk ben ik teruggekomen, maar met heel andere gevoelens. Op een of andere manier ben ik geïrriteerd, maar dit is niet het goede moment om dat tegen hem te zeggen.

Er zijn zo veel mensen in de keuken dat ik de indruk heb dat niemand ons ziet. Wing zoekt zijn zakdoek. 'Het is zo'n opluchting,' zegt hij. 'Ik zou me schuldig moeten voelen dat ik dat zeg, maar...'

'Dat hoeft helemaal niet.'

Hij veegt zijn gezicht af en snuit zijn neus. Zijn ogen zijn donkergrijs en zijn huid staat strak over zijn gezicht. 'Ik heb gedaan wat ik kon, Olivia. Alles wat ik had, was ook van haar.'

Zijn woorden bezorgen me maagpijn en een steek in mijn hart, maar ik weet dat hij de waarheid spreekt. Ze voeden dat stuk van mij dat verzuurd is geraakt.

'Je hebt je best gedaan,' zeg ik. 'Elke minuut, dag en nacht.'

Als hij zijn neus weer snuit, doet hij me denken aan Will'm, die twee zakdoeken in zijn zak heeft. Ik vraag me af waar hij is, en of hij weet dat er taart is.

'Zal ik koffie voor ons zetten?' vraag ik.

Hij haalt zo beverig adem dat ik mijn gevoelens wil vergeten en mijn mooiste deken om hem heen wil slaan. 'Thee, alsjeblieft. Ik denk dat ik even met de gasten moet gaan praten.'

Hij loopt de gang in. Nu zie ik dat er een enorme pot koffie staat te pruttelen – Ruse' ketel van de overkant – maar ik vul de fluitketel, hang het zeefje boven de pot en doe er thee in. De mensen pakken een bord. Ik snij tulbanden aan, schep dampende groenten met roze stukken varkenspoot op en deel sneeën bruin brood met een klontje boter uit. Even ben ik blij dat ik iets te doen heb.

Will'm is nergens te bekennen – niet in de keuken, niet in de hal en ook niet in Wings zitkamer. Ik zie hem ook niet buiten, niet aan de voorkant en niet aan de achterkant. Ik loop de trap op naar de eerste verdieping, in de hoop dat hij niet ziek is geworden en ergens een bed heeft opgezocht. Maar daar zit hij, in de eerste kamer waar ik kijk, lekker ontspannen in een schommelstoel terwijl Wings hulp, Molly, een bed opmaakt en de rolveger over het tapijt haalt. Ze is een mooi meisje met een perzikhuidje en een sjaal om haar blonde haar, en ze babbelt honderduit.

Als ik binnenkom, krijgt Will'm rode oren, maar Molly werkt gewoon door.

'Goedemorgen, Miz Cross,' zegt ze, terwijl ze de schuier onder het bed en langs het bureau laat rollen.

'Molly. Will'm. Er is chocoladetaart beneden.'

'Goed, oma,' zegt Will'm. 'Ik zat eigenlijk op Molly te wachten. Mag zij ook mee-eten?'

Dat is een nieuwe ontwikkeling, iets waar ik even aan moet wennen.

Ik zeg: 'Ga maar naar beneden als jullie klaar zijn, en neem maar waar jullie trek in hebben.'

'O, Miz Cross,' zegt Molly. 'Als ik dat deed, werd ik zo rond als een tonnetje. Al werk ik het er hier wel weer af, want die oude mannen weten niet hoe ze een kamer moeten achterlaten. Hun lakens in een prop, de bril van de wc nooit naar beneden...'

Will'm bloost weer en snuft.

'Heeft Wing gasten?' vraag ik.

'Ja. Ze zitten hier 's avonds te praten en te drinken. Een paar van hen zullen nu wel beneden van de gratis maaltijd genieten. Ik denk dat ze Mr. Wing kennen – en Miz Grace, die was aardig tegen iedereen.'

'Hoeveel jagers zijn er?'

'O hemel, heel wat.'

Ik vraag me af hoe hoog de prijs van het lidmaatschap van die club is. 'Molly, zie je Alton Phelps hier wel eens? Ik bedoel, komt hij bij hen op bezoek?'

'Nee, Miz Cross. Maar ja, ik werk hier alleen op zaterdagochtend en drie keer in de week na school.'

'Hoe lang blijven die jagers?'

'Twee, drie weken. Het zijn niet altijd dezelfde. Maar wat wel vreemd is: ik zie ze nooit met jachtbuit terugkomen. Ik denk dat ze iets in hun schild voeren.'

Nee, natuurlijk hebben ze geen wild bij zich, denk ik, maar ik moet het vragen: 'Hoe bedoel je?'

'Het is net of ze een spelletje spelen en elkaar geheimen vertellen,' zegt ze. 'Ze fluisteren en wijzen en lachen en beginnen dan weer te fluisteren.'

'Hoor je wel eens wat ze zeggen?'

'Nee. Als er iemand in hun buurt komt, houden ze op met praten. Ik krijg de kriebels van die mensen. Mr. Wing behandelt ze aardig, maar volgens mij vertrouwt hij ze ook niet.'

Dat is interessant. 'Kom zo maar wat eten,' zeg ik.

Beneden zitten de mensen te praten en is de sfeer wat minder somber geworden. Het duurt bijna een uur voordat Wing weer naar de keuken komt. Ik schenk thee in, die op het fornuis warm is gebleven, en vraag of hij vandaag al heeft gegeten. Dat is niet het geval. Ik smeer een snee brood voor hem. Hij vouwt hem dubbel en neemt een hap.

'Ging het ook zo toen Saul doodging?' vraagt hij.

'Er zijn een paar mensen langsgeweest.'

'Nee, ik bedoel het overlijden zelf.'

Ik schud mijn hoofd. Het is al lang geleden, maar ik weet het nog precies. 'O... hij legde de laatste dakspaan op Ida's hut, en toen viel hij zomaar dood neer.'

Er komen nog steeds mensen binnen. Angus Samson en zijn vrouw, Elizabeth Phelps en nog een stuk of vijf anderen.

'Olivia.' Dooby knikt naar me. 'Alles goed?'

'Ja hoor.'

'Middag, Olivia.' Elizabeth Phelps komt de keuken binnen. 'Fijn dat je hier bent. Ik weet zeker dat je een grote troost voor Wing bent. Die gave heb je.'

Ik stop een losgeraakte lok haar in. Ik kijk naar haar roze wollen jurk en naar mijn eigen zwarte keperstof.

'Miz Phelps...'

'Elizabeth,' zegt ze.

'Laatst vertelde je dat mijn pa voor jullie Governor had gezorgd, en ik vroeg me af – kun je je nog meer van pa herinneren?'

Haar glimlach is verdwenen. 'Waarom wil je dat weten?'

Haar vraag brengt me in verwarring. Ik kijk naar mijn handen, die geen enkele ring dragen. Daarna naar haar mooie handen, haar zilveren armband met roze vierkante stenen.

'Olivia.' Ze legt haar hand op mijn wang. 'Ik heb al te veel gezegd. Je moet geen slapende honden wakker maken. Is er koffie?'

'Jazeker, daar op het aanrecht.'

'Dank je,' zegt ze, maar ze loopt de keuken uit.

Ik maak een sopje, was kopjes en schoteltjes af en snij een cake die net is gearriveerd. En ik probeer de paar dingen die ik weet op een rijtje te zetten. Will'm en Molly komen naar beneden, en terwijl ze lekkers van de schalen en uit de kommen scheppen, praat Molly genoeg voor ons allemaal.

Tegen de tijd dat er een einde komt aan het feest, als je het zo zou kunnen noemen, ben ik doodmoe en ziet Wing er ook uitgeput uit. Ik denk dat hij behoefte heeft om alleen te zijn. Ik scheur Will'm los van Molly, en hij loopt door naar Dooby terwijl ik naar huis rij, een lange broek en een overhemd aantrek en de eekhoorn opgraaf. Ik snij hem in stukken en breng die aan de kook. In de doos liggen de wolvenjongen in hun slaap te jengelen. Eigenlijk zou ik ze wakker moeten maken en verdunde puree bij ze naar binnen moeten proppen, maar ik heb belangrijker dingen aan mijn hoofd: de vraag hoe ik ons grondgebied tegen die jagers moet verdedigen. Het is wel duidelijk dat ik iets zal moeten ondernemen. Het is zinloos om dreigende taal uit te slaan en vervolgens niets te doen. Mijn hoofd is moe, maar het is net een hond met een bot.

Ik pak een mes en begin vinnig een ui in stukjes te snijden. Ik doe zout in de pan en als ik de wolfjes eten geef, kan het ze niet schelen dat mijn handen trillen. Het begint donker te worden. Will'm komt zo thuis, en hij zal wel honger hebben. Ik snij brood, leg het op een bakblik en meng wat kaneel met een snufje suiker.

Er wordt nu op de voordeur geklopt, niet door Will'm, want die komt nooit aan de voorkant binnen. Waarschijnlijk wil iemand zuiveringszout hebben tegen de maagpijn, of is een klant iets vergeten voor het avondeten van morgen. Er wordt weer geklopt. Ik loop naar de deur zonder een lamp aan te steken en draai aan de knop. Er staat een vrouw voor de deur, haar haar lijkt pluizig tegen een stralenkrans van grijs licht. Ze zegt niets.

'Ja?' Ik knijp mijn ogen tot spleetjes om haar beter te kunnen zien.

'Ma,' zegt Pauline vanaf de stoep, 'ik ben het. Ik kom Will'm halen.'

39

Ik ben nog nooit zo beduusd geweest als op dit moment, nu ik een stap opzij doe om mijn dochter binnen te laten. Enerzijds wil ik mijn armen om haar heen slaan, haar alles vergeven en haar vragen hetzelfde te doen. Ik zou aardappelen kunnen schillen, een kip kunnen slachten – dat was ik toch al van plan – en een feestmaal kunnen aanrichten met wentelteefjes en roomjus. Maar ik heb haar laatste woorden gehoord en mijn hart bonst in mijn borst als een schuwe vogel in een kooi. 'Geen sprake van.'

Ze kijkt me aan. 'Mag ik binnenkomen?'

Ja.

Ze loopt langzaam en kijkt naar de grond, alsof haar voeten zich bij elke stap de planken herinneren. Wat is ze mooi, zoals ze daar in het licht stapt – zo mooi dat ik mijn ogen niet van haar af kan houden. Korte lichtblonde krullen, maar het is niet dezelfde neus waar ze nu haar hand op legt.

'Ik heb hem laten bijwerken,' zegt ze. Dan zie ik de groeven, het zijn er honderden, alsof ze een wild leven heeft geleid en veel heeft meegemaakt. Haar jas is dun en versleten op de ellebogen. Ze staat midden in mijn keuken, haar handen verstrengeld.

'Gaat het goed met je, mama?' vraagt ze.

'Ja, prima.' Ik wil haar niet vragen hoe het gaat, bang als ik ben om te horen dat ze zo rijk is geworden bij de film – daarvoor is ze hier immers weggegaan – dat ze alles voor Will'm kan kopen wat ze wil.

Ze schuift een stoel naar achteren en gaat zitten. 'Heb je koffie klaar?' Ze praat zachter dan ik me herinner, maar ze is actrice, misschien heeft ze zich die stem aangewend.

Ik schud met de pot. Schenk een kop in. 'Waar woon je nu?'

'In Hollywood, in Californië,' zegt ze. 'Is hij thuis?'

'Nee, op school. Hij komt zo.'

'Ik ben zo benieuwd naar hem,' zegt ze, en ze trekt haar jas uit. Ze heeft een lang en mager lijf, maar mooie rondingen onder haar trui. Ze draagt een lange, strakke rok en schoenen met hoge hakken. Maar geen kousen, hoewel het hartje winter is.

'Hoe ben je hier gekomen?'

'Met de bus,' zegt ze. 'Ik ben een paar dagen onderweg geweest, ik moest drie keer overstappen. Het heeft me bijna dertig dollar gekost. Ik heb nog dertig over voor de terugreis, en nog eens de helft daarvan voor William.'

'Ging de bus tot Buelton?'

'Ja. Vandaar ben ik met iemand meegereden, en toen vanaf de grote weg hiernaartoe gelopen.'

'Je zou eigenlijk een paar stevige schoenen moeten hebben.'

Ze draait zich om op haar stoel. 'Ik heb een huurkamer, mama, boven een slijterij. Er is een bank waar William op kan slapen.'

Het irriteert me zoals ze zijn naam uitspreekt. 'Hier heeft hij een echt bed.' Ik maak een hoofdbeweging naar de nis en het gordijn ervoor, dat van een oud laken is gemaakt.

'Hij went wel aan die bank. Ik heb een ijskast en een elektrisch plaatje, dus ik kan voor hem koken. En hij kan af en toe naar de filmopnamen komen kijken als ik werk,' zegt ze.

'Dus je hebt echt in een paar films gespeeld?'

Ze kijkt naar haar nagels, die tot aan het nagelbed zijn afgebeten. 'Een paar. Meestal als doublure, maar zo leer ik alle rollen kennen.'

Er is een bioscoop in Buelton. 'Ook in films die hier te zien zijn?'

'Ik denk het niet, maar volgens de regisseurs ben ik veelbelovend.'

'Veelbelovend,' herhaal ik, niet in staat om uit te maken of dat een zegen of een vloek is. Een paar maal heeft het leven er ook voor mij veelbelovend uitgezien. Ik ga dingen uit de provisiekast pakken om eten voor ons te maken. 'Betalen ze je goed?'

'Ik wist dat je dat zou vragen. Ik verdien een paar dollar bij de film. Een paar avonden per week werk ik in de slijterij. En ik dans in de

Starlight Ballroom, vanaf drie uur, en ik krijg een stuiver van elk dubbeltje dat de mannen na middernacht betalen. En ze zijn heel aardig, ik krijg altijd vrij voor audities.'

'Het is niet goed voor de jongen als je 's avonds werkt,' zeg ik.

'Dat loopt zo'n vaart niet.'

'Daar mag je niet zo licht over oordelen, Pauline. Je weet helemaal niets van hem!'

'Dat komt toch vanzelf? Ik ben zijn mama.'

Ik kan niet geloven dat dit echt gebeurt. Ik ben in slaap gevallen in afwachting van het moment dat Will'm thuiskomt, en nu droom ik. Maar als ik een lucifer afstrijk om de kachel aan te steken, zal ik de scherpe lucht van zwavel in mijn neus krijgen en wakker worden. Ik warm de koffie op terwijl zij rondloopt en alles bekijkt. Haar hakken tiktakken op het kapotte linoleum.

'Hij woont hier, en het zou wreed zijn om hem uit zijn vertrouwde omgeving weg te halen. Bovendien is hij verkouden.'

'In Californië sneeuwt het nooit,' zegt ze. 'Het blijft de hele winter warm.'

Hoe is het mogelijk dat ik al overhoop lig met Ida, en nu plotseling ook met Pauline? Een halfuur geleden was Pauline niet meer dan een herinnering. Ik wou dat ze nooit aan de deur was gekomen. Wat ik nu nodig heb is rust. Ik verwacht heus niet dat iemand mijn lasten zal verlichten, maar een poosje zonder zorgen over geld of familie, is dat te veel gevraagd? Maar nu – wat zeg ik straks tegen Will'm? Hoe leg ik uit wie Pauline is?

Ze zucht. 'Ik moest hier weg, mama. Het spijt me dat ik jou met hem opzadelde, maar het kon gewoon niet anders, begrijp je?'

Ja. Treurig genoeg begrijp ik dat maar al te goed. Ik heb zo'n zware steen in mijn maag dat mijn knieën ervan knikken. Ik moet me aan de kachel vasthouden. Maar dat zij er destijds vandoor is gegaan, betekent nog niet dat ze hier nu kan komen binnenhuppelen alsof er niks gebeurd is.

Ik wil gemeen zijn om mijn eigen pijn te verzachten. 'Toen hij klein was, heb ik geprobeerd uit te leggen waarom jij er niet was. Sindsdien hebben we het nooit meer over je gehad.'

'O, mooi. Dan denkt hij in ieder geval niet dat ik hem zomaar in de steek heb gelaten.'

'Maar dat heb je wél. En het is een pienter joch.'

'Nou ja, nu ben ik er weer,' zegt ze. 'Daar gaat het om.'

Daar gaat het níét om, en als ik weer voldoende gekalmeerd ben, zeg ik: 'Hij is nog niet eens twaalf. Wat weet jij nou van jongens van elf?'

'Och, dat leer ik gauw genoeg. Ik zal een mooi plekje inrichten voor ons tweetjes. Ik heb een radio, en hij kan buiten komen zonder door de slijterij te gaan. En er is daar een gele hond, dat vindt ie vast leuk.'

'Will'm is geen zwerfhond,' zeg ik, terwijl ik voel dat alles in mijn hoofd door elkaar loopt, waardoor ik net zo ga praten als Ida. 'Je kunt hem niet zomaar oppakken en meenemen.'

'Hij zal zich snel aanpassen. Daar zijn kinderen heel goed in.'

'Nee, helemaal niet!' Ik schreeuw inmiddels, wat de zaak er niet beter op maakt. Bovendien hoor ik de bus voor het huis stoppen. 'Ik wil het hem graag zelf vertellen.'

'Goed,' zegt ze, en ze strijkt haar rok en haar haar glad alsof de koning van Engeland zo dadelijk binnen zal komen. 'Maar als je lelijke dingen over me zegt, mama, dan sta ik niet voor mez...'

Will'm loopt langs het huis, klost de achterveranda op en doet de deur open. Hij kijkt naar Pauline en dan naar mij, legt zijn boeken op tafel, buigt zich over de doos en tilt er een wolvenjong uit alsof wij lucht zijn. Als het een gewone dag was geweest en er een gewone bezoeker in onze keuken had gezeten, zou ik hem een draai om zijn oren hebben gegeven voor zijn brutaliteit, en daarom vraag ik me af of hij dit heeft voelen aankomen. Ik kijk toe terwijl hij de kop van het wolfje streelt, het achter zijn oren kietelt en wat melk op een pit zet. En ik vraag me af hoe lang hij al op dit moment wacht.

Er is geen manier om de pil te vergulden. 'Will'm, het spijt me dat ik het er niet eerder met je over heb gehad, dan had je je kunnen voorbereiden. Maar dit is Pauline.'

Will'm blijft staan, zijn blik gericht op het wolfsjong op zijn arm.

'Dag William,' zegt Pauline. 'Ik ben je mama.'

Hij blijft naar beneden kijken en daar ben ik blij om. Ik herinner me het moment dat Ida thuiskwam, dat ik haar aankeek, hoopte op blijdschap dat ze mij zag, verlangde naar iets wat nooit kwam, en ik zou hem nu best wat goede raad willen geven. Bovenal: vertrouw nooit op mensen die je verraden, jongen.

Pauline schraapt haar keel. 'Voordat jij geboren werd, was ik serveerster in een restaurant in Paramus. Ik hoopte dat je snel zou komen, zodat ik auditie zou kunnen doen voor een rol in een toneelstuk. De regisseuse was een aardig mens, ze nam me in huis en stond me terzijde bij je geboorte. Toen had je ook al dat lichtblonde haar en die grote ogen. En kijk nou eens, je bent een grote, knappe man geworden.'

Will'm zwijgt, alsof hij zijn tong heeft ingeslikt. Ik vraag me af of hij ooit nog iets zal zeggen.

Alles in mijn keuken lijkt vreemd en misplaatst. 'Trek je jas uit, jongen. Ik maak chocola voor je.'

'William,' zegt Pauline, en ze staat op. 'Kom eens hier en geef je mama een knuffel.'

Maar hij verroert zich niet.

'Gelijk heb je,' zegt ze. 'Je moet nog aan het idee wennen, hè? Wat een leuk jong hondje heb je daar.'

'Er zijn er twee,' zegt hij. 'En het zijn geen hondjes, maar wolfsjongen.'

'O, is dat zo? Ik heb een grote gele hond. En naast mijn huis kun je verse limonade krijgen. Ik woon in Hollywood, in Californië, heb je daar wel eens van gehoord?'

Will'm knikt.

'Op zaterdag ga ik soms voor een stuiver naar de film,' zegt ze.

Hij kijkt haar aan. 'Wat kom je doen?'

'Eh...' Pauline frummelt aan haar jurk. 'Nou, ik kom jou ophalen.'

'Oma?' zegt Will'm, op een toon alsof hij hoopt dat ik niet alleen al zijn vragen zal beantwoorden, maar ze ook voor hem zal stellen.

Maar feitelijk weet ik niet goed wat ik moet zeggen. Ik denk aan de twee vrouwen in de Bijbel die allebei beweerden de moeder van een kind te zijn, en aan koning Salomo, die zijn zwaard tevoorschijn haalde om het jongetje in tweeën te hakken. Op het laatste moment liet de echte moeder de hand van het kind los, en Salomo zei: 'Dan krijg jij het kind.'

Alleen kan ik het kind niet loslaten, zodat ik hier de slechte vrouw ben. Ida zou dat beamen, en ik zou haar op dit moment niet tegenspreken. Ik heb tenslotte overwogen jagers te vermoorden omdat ze wolven hebben gedood – wat zal ik deze vrouw dan wel niet aandoen, die in mijn keuken zit en mijn hart uit mijn lijf rukt? Als ik mijn stem nu verhef, terwijl Will'm de bouillon en de oogdruppelaar pakt, als ik schreeuw dat ik hem niet laat gaan, dat hij van mij is omdat ik hem heb grootgebracht, dan is het net of hij een ouwe lap is die we in tweeën scheuren. Pauline doet flink haar best met haar verse limonade en haar films. Maar als ik toesta dat zij hier met hem de deur uit loopt, kan ik me net zo goed meteen met pa's geweer door mijn kop schieten.

Will'm neemt de doos met de wolfjes onder zijn arm, pakt de pan bouillon in de andere en schuift met zijn elleboog het gordijn voor zijn nis opzij. Dan kijkt hij naar me om, en zijn ogen schieten vuur – genoeg om heel Kentucky plat te branden. Het is alsof ik een stomp in mijn maag krijg.

40

Ik stuur Will'm weg om Ida te halen, en ze komt aanlopen in haar nachtjapon en met een wollen sjaal om. Ze heeft een gezicht als een donderwolk, dus ik denk dat hij het haar heeft verteld. Hij houdt een stoel voor haar naar achteren en zoekt in de la naar een stukje touw. Daarna strijkt hij haar haar glad en bindt hij het met het touwtje bijeen. Het doet me pijn om het te zien.

Ik denk aan Sauls graf op de heuvel, en vraag me af waarom er met mijn liefde zo veel fout is gegaan. Ik schep bonen en gezouten varkensvlees in een kom, haal maisbrood uit de oven en geef iedereen een lepel gebakken aardappelen. Dat is Will'ms lievelingskost, maar vanavond pakt hij zijn vork pas als ik zeg dat hij moet gaan eten.

'Ida,' zeg ik. 'Je herinnert je Pauline nog wel. Inmiddels is ze volwassen en beeldschoon geworden.' Dat is ook zo, maar ik zeg het omdat ik niet wil dat Ida een nare opmerking maakt.

'Wie?' vraagt ze.

'Onze Pauline. Ze is weer thuis.'

'Hoe gaat het, oma?' vraagt Pauline vanaf de andere kant van de tafel, die nu voor het eerst sinds jaren niet met één kant tegen de muur staat.

Ida kijkt naar haar, en daarna naar mij. Ze zegt: 'Olivia, zeg eens tegen die vrouw dat ze het maisbrood moet doorgeven.'

Als Pauline en ik vriendinnen waren geweest, zouden we elkaar nu hoofdschuddend aankijken. Ik zou graag een vrouw om me heen hebben met wie ik de last kon delen, maar zo'n vrouw kan ik niet zomaar tevoorschijn toveren. Ik heb het gevoel dat ik dieper en dieper wegzink. Misschien moet ik Pauline maar vragen of ze me naar het gesticht in Buelton brengt en me laat opsluiten.

'Will'm,' zeg ik, 'hoe gaat het met de wolvenjongen?'

'Goed,' antwoordt hij.

'Ik heb wat varkensvet bewaard. Dat mag je ze geven.'

Hij reageert met een knikje.

Ik sta op, haal een pot honing uit de winkel en maak die open. Will'm zet grote ogen op bij het zien van deze buitensporigheid, maar ik steek er een lepel in en geef de pot aan hem. Hij smeert honing op zijn maisbrood, en ook wat op dat van Ida. Volgens mij heeft hij besloten om Ida van dienst te zijn, en beurt het hem op om haar te helpen.

'Dat had ik je nog willen vertellen,' zeg ik. 'Ik ga het graf van pa verplaatsen.'

Will'm legt zijn vork neer.

'Hij gaat naar de heuvel, naast Saul. Dat had ik al veel eerder moeten doen.'

Ida kijkt me scherp aan, maar het vuur verdwijnt snel uit haar blik. Ze pulkt aan haar maisbrood en legt kruimeltjes op de palm van haar andere hand.

Iedereen zwijgt. Ik weet niet wat ik had verwacht. Ik wil dit vlug achter de rug hebben en het zou fijn zijn als we een soort ceremonie konden houden wanneer we pa in zijn nieuwe graf laten zakken, maar het lijkt niemand te interesseren. Dan zal ik het maar zonder enige ophef doen. In elk geval zullen Junk en Love Alice erbij zijn.

Ik haal het restant van de bonen en zet de pan op tafel. 'Ida? Wil jij nog wat?'

Maar Ida kijkt naar Pauline. En daarna naar Will'm. 'Lees je me vanavond voor, jongen?' vraagt ze.

'Dat is goed. Uit de brieven van Paulus?'

'Dat maakt niet uit, als het maar niet uit Openbaringen is,' zegt ze. 'Al die paardrijdende duivels jagen me de stuipen op het lijf.'

'Zo,' zegt Pauline opgewekt. Ze pakt nog een snee maisbrood van het bakblik. 'Ik denk dat ik maar een paar dagen blijf. Misschien een week.'

Ze laat me weten hoeveel tijd ze me nog met de jongen gunt.

41

Will'm gaat direct na het avondeten met Ida mee terug en neemt het laatste maisbrood in een handdoek gewikkeld mee. Het irriteert me dat hij zo om haar heen hangt, maar álles irriteert me op dit moment en God weet dat ze iemand nodig heeft. Terwijl hij weg is, kijk ik hoe het met de wolfjes is. Ze slapen, maar ze zijn geen spat gegroeid en ik vraag me af hoe lang ze het nog volhouden. Als ik Will'm niet bij me kan houden, als hij met Pauline meegaat, wat moet ik dan met die beestjes?

Een poos later valt Pauline naast me op bed in slaap. Haar gehavende koffer ligt opengeklapt op de grond. Ik kan het niet laten de paar dingen te bekijken die ze bij zich heeft, en ik vraag me af of ze zo weinig bezit of dat ze geld opzij heeft gelegd voor Will'm. Of misschien trekken de mensen in Californië steeds hetzelfde aan – als dat zo is, zullen ze wel vaak de was moeten doen.

Ik word wakker als het nog donker is, benauwd van de adem van mijn eigen dochter. Ik sta op, steek een lantaarn aan en draai hem op een laag pitje. Ik trek mijn jas en mijn wanten aan, sla een sjaal om mijn hoofd en daal de treden van de achterveranda af. Ik zie nog steeds de ondiepe plek in de sneeuw waar de wolf twee dagen geleden lag, en het spoor dat ik heb achtergelaten toen ik hem de helling op sleepte.

Omdat wij maar een smal strookje grond hebben en geen omheining, is het te begrijpen dat de wolven van ons terrein af zijn gelopen, en ik kan er niets tegen doen als ze buiten onze erfgrenzen worden doodgeschoten. Maar een slachtpartij op onze grond, dat is wat anders.

Ons terrein is in feite een zacht glooiende helling, want zodra je het hoogste punt hebt bereikt, zie je in het noorden en oosten hogere toppen. Op het zuidelijkste, spits toelopende stukje van onze grond staan het huis, de restanten van de voorraadschuur en het kleine schuurtje, een afgetimmerde buitenplee, het geitenhok, de kippenren en Ida's hutje. Omdat de bodem zo rotsachtig is, zijn er paden en treden in de helling uitgehakt die het makkelijker maken om naar boven te klimmen. De afgelopen dagen hebben Will'm en ik de sneeuw helemaal tot aan Cooper's Ridge platgetrapt, het dichtstbijzijnde bijna vlakke stuk grond, hoewel daar veel moeilijk doordringbare bosjes en grotten zijn. Daar voorbij zijn de stenen tot vlak bij de top groot en glibberig, waarna ze weer kleiner worden totdat het net is of je op fijngemalen grind loopt, alsof alle zware stenen naar beneden zijn gerold.

Bij de westrand van onze grond, op de Ridge, heb ik Saul begraven. Junk en zijn ooms hebben er een kuil gegraven onder twee treurwilgen. In de lente bloeien daar viooltjes in de kleur van de ondergaande zon, drieblad en kornoelje, en struiken met gele bloesems. Nu zijn de wilgen kaal en is het graf met sneeuw bedekt. Maar het is hier schaduwrijk en ik vermoed dat de aarde zacht is.

Ik kijk neer op Sauls smalle, kaarsrechte grafsteen, waar een glad bergje sneeuw tegenaan is gewaaid, en voel de behoefte om iets te doen dat ik sinds zijn laatste dag op aarde niet meer heb gedaan.

'Ze hebben Miz Grace Harris begraven,' zeg ik. Ik vind het prettig mezelf tegen Saul te horen praten. Hij had zo veel verantwoordelijkheidsgevoel dat ik haast verwacht dat hij iets terug zal zeggen. 'Dat deed me eraan denken hoe lief jij was. Zoals je je over Pauline en mij hebt ontfermd. Dat je dat uit eigen beweging deed... je had een goed hart, Saul.'

Ik herinner me dat hij de laatste jaren gebogen was gaan lopen waardoor hij nog kleiner leek, en dat hij van stoofschotel van rundvlees en rijst hield, en van in jus gedrenkt brood. Hij was dol op alles waar appels in zaten, en 's ochtends vroeg op gloeiend hete koffie. Als hij 's avonds als laatste in bed kwam, vlijde ik me tegen zijn rug aan, waarschijnlijk de enige tederheid die ik hem ooit heb betoond.

Hij kon alles aan. Overdag werkte hij in de ijzerwinkel van de ouwe French; hij kende alle soorten moeren en afdichtringen, en hij kon een zaagblad zo scherp slijpen dat een man zich ermee had kunnen scheren. Eén keer per week stookte hij de distilleerketel op, hoewel hij zelf zelden dronk, maar hij had twee of drie vaste klanten. Volgens mij deed hij het gewoon uit dwarsigheid, om te kijken hoe lang het zou duren voor er iemand van de belastingen langskwam.

Ik herinner me dat hij Pauline op zijn knie liet wippen. Hij hield van haar als van een eigen kind, en ik ben blij dat hij is overleden voordat ze ervandoor ging, dat hij dat niet heeft hoeven meemaken. Hij kon goed met Ida omgaan, net als Will'm, hij plaagde haar en danste met haar in het rond. Ze sloeg naar zijn hand, zei dat hij gek was en wierp mij kwade blikken toe. Ik stampte woedend rond, altijd en eeuwig van streek door Ida, totdat Saul die hut voor haar bouwde. Ik vraag me nu af of hij wel ooit gelukkig is geweest.

'Ik had meer van je kunnen houden,' zeg ik. 'Of misschien heb ik altijd al van je gehouden maar was ik te koppig om het zelf te zien.'

De zon komt op. Ik ga naast hem liggen. Mijn knieën kraken en ik voel pijnscheuten in mijn rug. Ik meende wat ik zei: pa zou hier begraven moeten liggen in plaats van naast die stinkende plee. Ik weet niet wat ik me bij die herbegrafenis moet voorstellen, want er kan daar in de grond niet veel meer van hem over zijn. Maar als Junk wil meehelpen, zullen we toch gaan graven en verplaatsen wat er over is – hout of botten. In het voorjaar sleep ik hier dan wat stenen naartoe en maak ik een begraafplaatsje voor twee.

Ik heb het met Saul nooit over de familie Phelps gehad. Ik wou nu maar dat ik dat wel had gedaan.

Na ons middagmaal, dat onder stilzwijgen verloopt, stap ik in de pick-up, en zonder iets tegen Pauline te zeggen, of tegen Will'm, die zich met de wolfjes in zijn nis heeft verschanst, rij ik naar Junks huis. De familie is naar de kerk geweest en zit aan een uitgebreide warme maaltijd, en ik blijf met mijn muts in mijn hand op de veranda wachten totdat Junk aan de deur komt. Dit is al de tweede keer binnen een week dat ik hem bij zijn dierbaren wegsleur omdat er iets is wat me vreselijk dwarszit.

'Junk.' Ik leg mijn hand op zijn arm. 'Ik heb je hulp nodig. In ruil daarvoor zal ik Love Alice een kwartje krediet geven in onze winkel.'

'Vijfentwintig cent,' zegt hij, terwijl hij kippenvet van zijn kin veegt. 'Daar zouden we beslist mee geholpen zijn.'

'Wat ik je wil vragen klinkt misschien raar, dus schrik niet, ja?'

'Zeg het maar, Miss Livvy,' zegt hij.

'Ik wil de kist met mijn pa opgraven en verplaatsen.'

Hij staat daar alsof ik iets onbegrijpelijks heb gezegd. Hij lijkt naar een steunpaal van de veranda te staren. 'Miss Livvy?'

'Ik wil hem hoger op de helling begraven, naast Saul. Overmorgen,' zeg ik.

'Miss Livvy, ik weet dat als jij eenmaal iets in je hoofd hebt, dat het dan ook gebeurt, maar ik geloof niet dat dit zo'n goed idee is.'

'Maar vind je dan ook niet dat hij een fatsoenlijk graf verdient?'

'Jawel. Maar het is winter. En de rust van de doden verstoren is... helemaal verkeerd.'

'Hoezo verkeerd? Dit voorjaar moet ik toch de buitenplee afbreken, en het kleine schuurtje ook. Ik wil de tunnel naar de kelder volstorten en verdergaan met alle reparaties.'

Hij schudt zijn hoofd en kijkt om zich heen alsof hij bang is dat er iemand meeluistert. 'Het voelt niet goed.'

'We maken de kist niet open, hoor, wees maar niet bang.'

'Miss Livvy, die kist is inmiddels totaal verrot.'

'We zullen hem stevig inpakken. Dat wil ik zelf wel doen, in een van mijn dekens, als jij me maar helpt met graven.'

Hij veegt het zweet van zijn voorhoofd, alsof het warm is in plaats van ruim tien graden onder nul.

'Junk, begin nou alsjeblieft niet over geesten en zo. Het zal hier heus niet gaan spoken als je me helpt.'

'Ik weet niet...'

'Als jij me niet wilt helpen, doe ik het zelf.'

'Zwaar werk voor een vrouw,' zegt hij.

'Ik verhoog het krediet tot een halve dollar.'

'Mijn ma zal dit niet leuk vinden,' zegt hij.

'Dan vertellen we het haar niet.'

'Ik heb nog nooit tegen haar gelogen...'

'Wie heeft het over liegen? We zeggen gewoon niks.'

'Je weet dat Love Alice altijd mee wil. Zij zal thee met je willen drinken.'

'Dan laten we haar zweren dat ze haar mond houdt.'

Hij zucht.

'Vijfenzeventig cent, Junk.' Als ik doorga met geld uitgeven om mijn leven op orde te krijgen, gaat me dat een waar fortuin kosten. 'En alle whisky die nog in de fles zit.'

'Ik voel me toch bezwaard,' zegt hij.

'Maar je gaat me helpen. Ik kom je over een paar dagen halen, op een ochtend als Will'm naar school is.' Ik loop de verandatreden af en naar mijn pick-up voordat hij nog meer kan tegensputteren.

Er ligt weer een lange middag voor me. Ik vraag me af of de jagers vandaag op pad zijn. Ze hebben 'm gisteravond waarschijnlijk flink geraakt op een van de hotelkamers en zijn vanochtend lang in bed blijven liggen, waarna Molly of Wing hun rotzooi heeft opgeruimd. Daarna hebben ze vast eieren met spek gegeten bij Ruse's Café, en rond deze tijd pakken ze hun geweren en gaan ze op weg naar mijn helling. En ik kan geen enkele reden verzinnen waarom ik niet hetzelfde zou doen.

En ja hoor, binnen het uur hoor ik schoten boven de Ridge.

Ik zou eigenlijk in de keuken moeten zitten om aan mijn dekens voor het voorjaar te werken en nieuwe patronen te verzinnen. Ik heb zitten denken over pijnbomen – eerst stukjes sneeuwwitte stof uitknippen voor de takken en donkerbruine voor de stammen, de lapjes opvullen met katoen en ze dan op een veld van blauw naaien.

Als de dooi invalt en de dagen warmer worden, hang ik de dekens opgevouwen over de leuningen van de veranda en vraag ik Will'm om een lijn tussen de platanen te spannen. Misschien rijden we wel met z'n tweeën met een hamer en spijkers naar de grote weg om te kijken of we het oude kraampje kunnen oplappen. Hij zou het niet erg vinden op zondagmiddag een paar dekens aan de man te brengen, waarbij hij wat kleingeld krijgt voor elk verkocht exemplaar.

Nou doe ik het weer: plannen maken alsof Will'm hier in het voorjaar nog zal zijn. Als ik een hoop drukte maak en Pauline voor het gerecht sleep, zal elke rechter hem aan haar toewijzen omdat zij zijn ma is. Ik heb hier heel wat jaren over kunnen nadenken. De problemen komen vanaf alle kanten op me af, als jus die over de rand van mijn bord loopt.

42

Met mijn gedachten ben ik niet bij dekens, maar bij jagers. Het is nooit iets voor mij geweest om stil te zitten, dus ik kan net zo goed een kijkje in de bossen gaan nemen. Voor de zoveelste keer loop ik met Sauls geweer de helling op. De sneeuw is hard geworden en mijn benen doen vreselijk pijn. Soms is dit steile land helemaal geen zegening – of misschien word ik gewoon oud.

Ik ga steeds verder de heuvel op. Na de middag is de temperatuur iets opgelopen, maar niet zo hoog dat de ijspegels smelten. Die ijspegels doen me denken aan vroeger, toen ik er vaak een van de overstek van Ruse' eethuis brak en er op weg naar school op zoog. Dat is lang geleden, en ik zou voor geen goud terug willen naar die tijd. Ik heb wel eens horen praten over de fontein van de eeuwige jeugd, maar al had ik daar een tobbe vol water uit, ik zou er niet van drinken. Wat er in het verschiet ligt, gebeurt toch.

Ik trek een voet uit de sneeuw en plant de andere erin – tot de knal van een geweerschot mijn nek bijna knakt. Ik kijk omhoog naar de top, maar van hieraf kan ik niets zien. Ik vraag me af of Will'm in de keuken met de wolfjes in zijn armen zit te luisteren.

Er staan sporen met scherpe randen op de top, die nog vrij vers zijn. Twee of drie mannen, zo te zien. Ik volg ze rond gaspeldoorns en struikdennen die zo dicht op elkaar staan dat ik de lucht niet meer kan zien. Ze lopen de donkere bossen in, en tussen de in hun groei belemmerde naaldbomen, heel toepasselijk eigenlijk, zie ik Alton Phelps op één knie zitten. Voor hem ligt een wolvin met een klein, rond gaatje in haar zij. Ze ademt bijna niet meer.

Met één hand tilt hij haar rechteroor op, en in zijn andere houdt hij een vismes waarmee hij een snelle neerwaartse beweging maakt, alsof hij boter snijdt. Bij de volgende haal komt het oor los. Ik leg mijn geweer aan en haal de trekker over. Er komt rook uit de loop, en de wolvin schokt als de kogel haar tussen de ogen raakt. De knal is zo hard dat ik even bang ben dat ik een lawine op gang breng. Phelps valt achterover. Ik heb hem met opzet niet geraakt, maar ik had het kunnen doen, met een gemak dat me verbaast. Ik sta zo dichtbij dat ik het bloed op zijn handschoenen kan ruiken.

'Jezus christus, Olivia Cross!' zegt hij, terwijl hij met zijn hand tegen zijn oor slaat alsof hij de galm eruit kan tikken. 'Ik dacht dat je me had geraakt.'

'Je neemt me niet serieus, Alton,' zeg ik. 'Ik beschouw deze wolven als mijn familie. Laat dat oor liggen en sta verdomme op.'

Hij staat langzaam op, met zijn handpalmen naar me toe. 'Wacht even...'

'Ik heb het volste recht je neer te schieten. Er staan hier al zeker twintig jaar bordjes. Je was dus voldoende gewaarschuwd. Als je vijfhonderd meter naar links of naar rechts loopt, kun je zo veel wild schieten als je wilt. Maar op een of andere manier heb je een voorkeur voor onze heuvel. Vertel me nu maar eens waarom dat in godsnaam zo is.'

'Dat weet je heel goed.' Hij trekt zijn lippen op, zodat ik zijn tanden kan zien. 'Oog om oog, tand om tand, zoals de Bijbel zegt.'

Ik haal zo diep adem dat de kou pijn aan mijn longen doet. 'Het spijt me van je broer, als het daar om gaat. Ik vind het erg dat James Arnold zo is gestorven. Het was een ongeluk. Het was donker, het was glad op de weg.'

Hij knijpt zijn oogjes samen. 'Ik heb het niet over die avond, Olivia. Op dit moment bemoei je je met dingen waarvan ik dacht dat je ze zou vergeten. Maar zolang je koppig blijft wroeten, vragen blijft stellen en dingen oprakelt, zit er voor mij niets anders op dan jou en je familie onder druk te zetten.'

Bemoei ik me ergens mee?

Omdat ik geen idee heb waar hij het over heeft, zeg ik: 'Ik zou jouw oor moeten afsnijden. Of in elk geval een gat in je knieschijf moeten schieten.'

Bij die woorden verbleekt hij een beetje.

'Of ik kan je met je eigen geweer in je voet schieten, dan staan we wat mij betreft quitte.'

'Je kunt me niet...'

In werkelijkheid heb ik geen idee wat ik ga doen. Dat weet ik pas als het gebeurt. Ik vraag me af of ik iets over de familie Phelps heb gehoord of gezien dat ik daarna glad ben vergeten. Blijkbaar denkt hij dat ik me iets kan herinneren.

'O jawel,' zeg ik. 'Je bent niet erg geliefd, Phelps. Zo lang als ik me kan herinneren, hebben jij en je broers hier in de buurt narigheid veroorzaakt. Vóór het donker wordt, kan ik wel twaalf mensen vinden die bereid zijn te zweren dat ik bij hen was toen jij werd doodgeschoten.'

Zijn grijns wordt breder. 'Laat me niet lachen, Olivia Cross.' Hij likt met zijn tong over zijn onderlip, alsof hij aan een koortsblaasje voelt.

Dan word ik vastgepakt door een paar handen en wordt er aan het geweer getrokken. Ik heb het zo stevig vast dat er een kogel de bomen in vliegt. Door het schot valt er sneeuw op ons hoofd, en Phelps schreeuwt: 'Mooi schot, Buford!'

De man die Buford heet, geeft me samen met een man die een rode puntmuts draagt een duw. Ik val op mijn heup. Terwijl ik overeind krabbel, duik ik naar hun benen, maar ze stappen achteruit, de ellendelingen.

Phelps stopt het oor in zijn zak en pakt zijn geweer van een steen. 'Ik kan de zaak ook omdraaien, Olivia. Ik kan Buford opdragen om je dood te schieten, en dan verklaren we allemaal onder ede dat we je voor een beer aanzagen. Of voor een agressieve lynx, dat ligt dichter bij de waarheid. Of we kunnen je gewoon heel diep begraven en iedereen naar je laten zoeken.'

Ik bal mijn vuisten. 'Rotzak.'

'Dat maakt de zaak er niet beter op. Je hebt toch wel in de gaten wie van ons tweeën een geweer heeft?'

Buford lacht met gierende uithalen en spuwt tabak in de sneeuw.

'Geef toe,' zegt Phelps, 'ik heb twee redenen om je op te hangen.'

Op te hangen?

'Wat heb ik dan gedaan?' Ik verkil tot diep in mijn botten en hoop dat er iemand langskomt, maar ik weet dat ik daar niet op hoef te rekenen.

'Jullie Harkers hebben me meer ellende bezorgd dan één man kan verdragen...'

De man met de rode muts knikt en zegt: 'Je weet het altijd mooi te zeggen, Alton.'

Phelps doet net of hij hem niet hoort.

Ik zeg: 'Ik heb je al verteld dat mijn pa nooit opzettelijk een levend wezen kwaad zou doen.'

Phelps krijgt een nijdige blik op zijn gezicht en komt naar me toe. Met zijn opgetrokken lippen en samengeklemde, vergeelde tanden doet hij me denken aan een dolle hond. Zelfs Buford doet een stap naar achteren. Phelps is net zo gek geworden als Ida, al is het bij hem sneller gegaan en heeft hij een winchester in zijn handen.

'Eerst Tate Harker en nu zijn familie,' zegt hij. 'Het ziet ernaar uit dat ik iets aan jou en die jongen moet doen, Olivia.'

Zijn woorden maken me doodsbang. 'Waar heb je het verdomme over?'

'Hou je niet van den domme, mens. Als jij me niet vertelt wat je weet, neem ik die jongen te pakken. Over die getikte Ida maak ik me geen zorgen – dat wijf slaat alleen maar onzin uit.' Hij lacht.

Vanaf de naaldbomen dwarrelt sneeuw naar beneden. Nog even, dan is het zo donker dat je niets meer kunt zien.

Als Phelps me nu doodt, is Pauline er in elk geval om Will'm mee te nemen. De staat mag Ida hebben.

'James Arnold is omgekomen en jij hebt mijn wolven doodgeschoten,' zeg ik met mijn tanden op elkaar. 'Dat noem ik quitte.'

Hij schudt zijn hoofd en steekt zijn hand uit naar mijn geweer. Buford reikt het hem aan. 'Eén ding: als je met iemand over dit babbeltje praat, vermoord ik hem, en dat doe ik langzaam.' Hij maakt het magazijn leeg, stopt de kogel in zijn zak en gooit het geweer van de heuvel. Hij geeft de wolvin een laatste trap en dan verdwijnen ze met hun drieën tussen de bomen.

Ik blijf een poosje staan, tot ik het geweer opraap en naar huis strompel. Omdat ik mijn adem heb ingehouden, zuig ik nu lucht naar binnen tot ik het gevoel heb dat mijn ribben breken.

Tegen de tijd dat ik het huis in het vizier krijg en Will'm op zijn krukje zie zitten, bezig om de geiten te melken en in zijn handen te blazen, weet ik één ding zeker. Ik moet hem uit de buurt van Phelps en mijn huis houden tot ik weet wat er aan de hand is. En de enige manier die ik daarvoor kan verzinnen, is hem aan Pauline meegeven als ze vertrekt.

Als ik de keuken binnen kom, maakt Ida daar ruzie met Pauline over de sneeën brood die Pauline in de oven roostert.

'Ik probeer een feestmaal voor ons te bereiden, ma!' Pauline zwaait met een papiertje. 'Ik heb een telegram gekregen. Over drie dagen heb ik een auditie.'

'Een auditie,' zeg ik.

'Ja. Vind je het niet spannend voor me?'

'Ik zeg al de hele tijd tegen haar dat ik niet tegen kaneel kan, dus strooi dat alsjeblieft niet op mijn geroosterde brood,' zegt Ida. 'Ik krijg er maagpijn van.'

Pauline heft haar handen op, terwijl er rook uit de oven kringelt. Met een theedoek ruk ik de oven open en trek ik het bakblik eruit. Daarna doe ik de keukendeur open en gooi ik het verbrande brood de tuin in.

'Ik moet morgen vertrekken, ma,' zegt Pauline. 'Dit zou mijn grote doorbraak kunnen zijn. Wees alsjeblieft blij voor me.'

Blij? Het is gedaan met de wolven, Will'm en ik staan op het lijstje van Phelps en het huis ruikt alsof we brand hebben gehad. En mijn jongen gaat weg. Erger nog, Will'm staat in de doorgang naar de nis met een blik alsof we hem om beurten met de zweep geven. Ik zie de aderen in zijn slapen kloppen. Zijn haar piekt alle kanten op, en zijn ogen zien eruit alsof hij gek geworden is.

'Hoor eens,' zegt hij, struikelend over zijn eigen stem. 'Een van de wolfjes is dood.'

43

Will'm is werkelijk ontroostbaar. Ik heb zo'n medelijden met hem dat ik zelf bijna vol schiet als ik hem aankijk. Ik haal papier uit de winkel en wikkel het wolfsjong erin.

'Ik heb mijn schoenen nog aan, dus ik pak maar meteen de schop en begraaf het wolfje achter Ida's hut,' zeg ik. 'Blijven jullie allemaal maar rustig zitten. Als ik terugkom, ga ik avondeten maken. En tot die tijd gaat niemand de deur uit.'

Will'm trekt zijn jas aan en komt achter me aan. Hij snottert nog steeds, maar ik weet niet of dat van verdriet is of van de rook van het verbrande brood. Ik moet erom denken dat ik tegen Pauline zeg dat hij verkouden is. We lopen over ons terrein en vinden een geschikte plek.

'Ik doe het wel,' zegt hij, en hij pakt de schop.

'God, Will'm, er zijn de laatste tijd te veel begrafenissen.'

Hij legt het dode wolfje in het gat en dekt het af. We lopen terug naar het huis; we zeggen geen van beiden een woord.

'Het was gewoon geroosterd brood met kaneel,' zegt Pauline tegen niemand in het bijzonder.

Ik trek mijn schoenen uit en hang mijn cape en mijn muts op. 'Bedankt dat je het geprobeerd hebt, maar het heeft geen zin om iets lekkers voor Ida te maken.'

'Tss,' zegt Pauline, nog steeds in haar wiek geschoten. Haar haar zit in krullers, plat tegen haar hoofd, met een netje eroverheen.

'Wat ongepast om zo aan tafel te komen,' zegt Ida. 'Je kunt wel merken dat ze geen familie is.'

'Dat is ze wél, Ida.' Ik zet de braadpan met een klap op de kachelplaat. 'Ze is je kleindochter.'

Op een normale avond zou ik ze allemaal aan het werk hebben gezet, en Will'm zou ook uit zichzelf hebben aangeboden om te helpen, maar vanavond heb ik rust nodig om althans enige orde voor mezelf te scheppen. Binnen de kortste keren staan er een heleboel maisbroodjes en plakken gebakken maisbrij op tafel. Ik heb gele bonen van een vorige maaltijd opgewarmd, en ook een kom bittere, gekookte groente op tafel gezet, al ben ik de enige die daarvan zal eten.

Ida prikt een maisbroodje aan haar vork, legt het op haar bord en besmeert het. Ik wou dat ik ergens aan kon zien of ze echt ergens anders is met haar hoofd of dat het maar toneelspel is. Misschien doe ik zelf ook een keer of ik gek ben, gewoon om te kijken of dat me opbeurt.

Pauline voelt aan haar haarspelden. 'Het is vrijdag vandaag. Ik denk dat ik vanavond even naar de kroeg ga, mama. Kijk me niet zo aan – het is maar voor een uurtje.'

Will'm staart naar zijn bord.

Ik omklem mijn koffiekop zo krampachtig dat ik hem dreig te vermorzelen. 'Van naar de kroeg gaan komt alleen maar ellende,' zeg ik. 'Dat weet jij ook wel.'

'Doe niet zo raar,' zegt ze. 'Morgenochtend pakken we Will'ms spullen, en dan gaan hij en ik ervandoor.'

'Will'm,' zeg ik, 'je kunt dat wolfsjong niet meenemen naar Californië. Dat kan niet, een paar dagen en nachten in zo'n bus. Hier heeft hij het goed. Ik zal voor hem zorgen.'

Volgens mij heeft die jongen helemaal niks gegeten. Pauline kan nauwelijks stil blijven zitten; ik heb haar zojuist toestemming gegeven hem mee te nemen.

Ook ik moet iets doen. Ik ruim de tafel af, terwijl Ida nog niet eens klaar is, en als ik Will'm vraag haar naar de hut te brengen, vouwt hij het laatste maisbroodje op en steekt het in zijn zak. Hij zal het onder haar kussen schuiven voor als ze vannacht wakker wordt en honger heeft. Ik doe de afwas terwijl Pauline haar lichtblonde haar kamt en rouge en lippenstift opdoet.

'Zie ik er niet beeldig uit in deze jurk, mama?' vraagt ze terwijl ze een pirouette maakt. 'En vind je de kleur van die lippenstift niet prachtig? Gekocht bij een parfumerie aan Hollywood Boulevard.'

Ik moet denken aan de avond dat Ida en ik vechtend over de vloer van de slaapkamer rolden. 'Die rouge zou wel iets minder nadrukkelijk mogen.'

Paulines handen fladderen rond als musjes die nergens kunnen neerstrijken. 'Ach, wat weet jij er nou van, jij woont al je leven lang in dit achterlijke gat. Je zou eens wat meer van de wereld moeten zien.'

Ik zou bij God niet weten waarom. Wat heb ik ergens anders op de wereld te zoeken? Maar Will'm is er natuurlijk ook nog, en ik zal die twee ongetwijfeld wel eens in Californië gaan bezoeken. Ik kan de gedachte niet verdragen dat ik hem nooit meer zou zien.

Pauline vist haar hooggehakte schoenen onder de tafel vandaan en wurmt haar voeten erin. Dan trekt ze haar katoenen jas aan. 'Ik neem aan dat Pete's nog altijd bestaat en op vrijdagavond open is?' zegt ze; ze doelt op het rokerige bierkroegje om de hoek, iets hoger op de heuvel dan Ruse's Café. Dat bestaat inderdaad nog. Ik houd Will'm ver uit de buurt van dat drankhol, waar het zo donker is als in de reet van een walvis en waar het stinkt naar het bier van vorige week. Silty's Jamboree, waar ik altijd heen ging voordat Pauline werd geboren, is al lang geleden afgebroken.

Ze voelt of haar haar goed zit en gaat de deur uit.

Daarna ben ik alleen met Will'm en is onze hartenklop het enige geluid. Hij zit aan tafel met het wolfsjong in zijn armen; hij was zo gek op het andere jong dat ik me afvraag of hij het niet regelrecht heeft doodgeknuffeld. Het wordt steeds later, maar we gaan geen van beiden naar bed. Als ik pech heb, blijf ik hier ter plekke dood, in mijn eigen keuken – Love Alice zou knikken en zeggen dat dat de waarheid is. Maar het enige wat nu telt, is Will'ms veiligheid.

44

Rond middernacht is Pauline nog steeds niet thuis. Ik had het kunnen weten. Voordat Will'm volwassen is, zal hij vaak zijn ma's vingers van een fles moeten peuteren. Maar doodgaan is veel erger.

Het is bijna twee uur als Will'm in zijn lange ondergoed naar me toe komt om me wakker te maken. Pauline ligt naast me in bed te snurken, al heb ik haar helemaal niet thuis horen komen.

'De laatste gaat dood, oma. Ik denk dat hij zijn broertjes mist...'

Ik stap uit bed, krom mijn tenen op de koude houten vloer en sla een dikke sjaal om me heen. Hij heeft gelijk, in de ademhaling van het wolvenjong hoor ik het gereutel van de dood. Ik sta er echt van te kijken dat zo'n klein wezentje zo veel geluid kan maken als het deze wereld verlaat. Ik heb altijd gedacht dat een lichaam niet veel te willen heeft als een ziel besluit naar huis te gaan, en ik weet bijna zeker dat deze wolfjes een ziel hebben, net als elk ander levend wezen en sommige levenloze dingen.

Maar naast me staat mijn jongen, mijn Will'm, die al genoeg verdriet heeft gehad, en in mijn keuken is de kachel uitgegaan. De brandende gloeilamp boven de doos geeft niet genoeg warmte af, en het wolvenjong ligt zielig te bibberen. Will'm haalt het uit de doos terwijl ik aanmaakhoutjes en houtblokken van de veranda haal en een vuur maak. Ik laat de deur van de oven openstaan.

Ik zet een stoel bij de kachel. 'Breng hem hierheen.'

Als hij op de stoel gaat zitten, maak ik de bovenste drie knopen van zijn hansop los.

'Wat doe je?'

Ik tik zijn hand weg en leg het buikje van het wolvenjong tegen zijn borst. 'Hou hem zo maar vast.' Daarna knoop ik het lange ondergoed om de jongen en het beestje heen. Ik schuif mijn eigen stoel naar de kachel en sla de sjaal om ons drieën heen. Will'ms ogen zijn groot als schoteltjes, alsof we op een of ander wonder wachten.

Al gauw hoor ik het wolfje zuchten, en Will'm zegt: 'Oma?'

'Volgens mij is hij in slaap gevallen,' zeg ik.

Hij houdt het jong vast alsof zijn leven ervan afhangt, en ik doe hetzelfde bij hem. Met mijn sjaal hou ik ons bij elkaar, alsof een van ons drieën weg zou kunnen vliegen. 'Hij hoort je hartslag, Will'm, je ademhaling. Hij hoort je buik rommelen. Die dingen herinnert hij zich – ze doen hem denken aan zijn ma.'

Will'm leunt tegen me aan. Ik steek mijn hand uit en doe het licht uit. Er komt een prachtige oranje gloed uit de oven, die de vloer en onze blote voeten verwarmt.

'Heb jij me ook zo vastgehouden toen ik klein was?' vraagt hij.

Ik streel hem over zijn haar. 'Nou, je bent nooit zo klein geweest, maar ik heb je wel in mijn armen gewiegd.'

'Ook al was ik niet je eigen kind.'

Ik vraag me af hoeveel moeite het hem heeft gekost om dat te zeggen. Wat dapper van hem om er niet omheen te draaien!

'Je bent wel mijn kind. Je hebt mijn vlees en bloed. We hadden je ma nodig om ons samen te brengen. We moeten haar dankbaar zijn. Jij en ik, Will'm, zijn twee handen op één buik.'

'Twee handen op één buik.'

'Ja.'

'Maar waarom heeft Pauline me hier achtergelaten?'

Hij is dus van plan haar bij haar voornaam te noemen. Ik heb bewondering voor die jongen, voor de manier waarop hij uitmaakt wat hij aankan en wat hij niet wil. Hij groeit straks uit tot een infatsoenlijke man.

'Vrouwen geven dingen door,' leg ik uit. 'Van generatie op generatie. Toen ik werd geboren, was Ida gek. Ze was helemaal geen ma. Dus toen ik Pauline kreeg, wist ik niet hoe ik voor haar moest zorgen. En omdat ik het haar niet kon voordoen, wist ze niet wat ze met jou aan moest.'

'Maar je hebt wel voor mij gezorgd.'

'Door de jaren heen leer je bij.'

'Oma, als je de klok terug kon draaien en alles over kon doen, zou je dan andere keuzes maken?'

Ik leg mijn wang tegen zijn oor. 'Dat gaat nu eenmaal niet. We kunnen de klok niet terugdraaien. Zelfs als we het wel konden, denk ik dat we dezelfde fouten zouden maken.'

Hij wrijft met zijn kin over het zachte kopje van het wolvenjong. 'Maar als je één ding kon veranderen, wat zou je dan kiezen?'

Ik schiet bijna vol als ik daarover nadenk. Natuurlijk dwalen mijn gedachten af naar pa – ik zou niet zo veel gepraat hebben op die avond dat we de greppel in reden. En naar Wing. Misschien zou ik meer begrip hebben getoond toen hij zijn ma en pa verloor. En ik denk aan Pauline, en Ida, en aan een miljoen andere dingen.

'Als ik één ding kon overdoen,' zeg ik, 'zou ik elke avond samen met jou bij de kachel gaan zitten.'

'Maar waarom wil je dan dat ik wegga?' fluistert hij nauwelijks hoorbaar.

Eén simpele vraag zou niet zo'n zware lading mogen hebben. We horen niets anders dan de wind, die huilend rond de dakrand waait. 'Omdat dat het beste is.'

Na een paar tellen vraagt hij: 'Waarom is dat het beste?'

'Will'm...'

Hij gaat rechtop zitten. 'Ik doe klusjes voor je. Ik help je altijd.'

'Dat is waar.'

'Ik ben niet lastig. Ik maak mijn huiswerk. Ik haal goede cijfers.'

'Het heeft niets te maken met...'

Pauline staat in haar nachthemd in de deuropening. Zelfs met de slaap in haar ogen zet ze een pruillip op. 'Ik hoorde jullie praten.'

'Ga terug naar bed,' zeg ik. 'Of doe in elk geval iets aan je voeten. Onder het bed staat een paar oude sloffen.'

'Jullie hadden het over mij, hè? Ma, je hoeft mij niet voor te schrijven wat ik met mijn zoon moet doen.'

Ik wil haar zo graag een klap geven dat ik me maar met moeite kan inhouden. Of misschien komt het wel omdat ze dit moment heeft verstoord.

Will'm praat door alsof ze er niet is. 'Ik wil weten waarom ik weg moet.'

Hij is koppig, en dat kan ik hem niet kwalijk nemen.

'Je probeert hem aan jouw kant te krijgen,' zegt Pauline.

Ze begrijpen het geen van beiden. Er valt geen kant te kiezen. Ik regel dingen op mijn manier. 'Als we nu toch allemaal wakker zijn, kan ik net zo goed aan het ontbijt beginnen.'

Voordat ik kan opstaan, zegt Will'm: 'Oma, zijn wij net als het Bijbelverhaal met koning Salomo en het kind met twee moeders? Dat degene die het meest van hem houdt zegt: "Neem jij hem maar"?'

Mijn hemel, hij kan mijn gedachten lezen.

'Hou op met die onzin,' zegt Pauline, terwijl ze met haar blote voet stampt. 'Ik heb je gebaard!'

'O, hou toch op, Pauline,' zeg ik tegen haar. 'Hoe kan het bestaan dat je in al die jaren nooit volwassen bent geworden?'

Ze legt haar handen op haar ellebogen. 'Je hebt het recht niet om dat tegen me te zeggen, ma. Dacht je dat ik nooit verdrietig en eenzaam was?'

'Je kon altijd langskomen.'

'Niet waar. Je wilde me niet. Nadat papa Saul was doodgegaan, wilde niemand me hebben.'

'Dat is dwaze praat.' Ik gooi nu onnadenkend woorden naar haar hoofd. Ik por in het vuur, leg er nog wat hout op en giet water in de pan.

'Is dat alles?' vraagt ze. 'Is dat het enige wat je na al die jaren tegen me kunt zeggen?'

'Wat wil je dan horen?'

'Sommige moeders zeggen tegen hun dochters dat ze van ze houden.'

Ik pak een doos griesmeel en maak hem open. Strooien. Roeren. Ik voel het aankomen – zo dadelijk loopt Pauline de deur uit en duurt het jaren voordat we haar weer zien. Eén ding heb ik van Ida geleerd: moeders houden niet altijd van de kinderen die ze uit hun buik persen en op de wereld zetten. En Pauline komt alleen langs als ze iets van me wil.

'Als ik je zou kennen, Pauline, zou ik misschien van je leren houden.'

Ze draait me haar rug toe. Ik roer in de griesmeelpap en ben misselijk.

'Nou, ik vind dat mijn mening ook moet tellen,' zegt Will'm. 'En ik wil niet naar Californië.'

'Het is heel fijn in Hollywood, Will'm,' zegt Pauline op een heel andere toon. Ik zie dat ze opeens bang is geworden. 'Op elke hoek van de straat kun je filmsterren zien.'

Terwijl de griesmeelpap pruttelt, valt er een lange stilte. Ik zet de pan op tafel en schep op. Pauline gaat zitten en roert met een lepel in haar pap.

Ik voel me verscheurd. Er kan van alles gebeuren als Will'm hier blijft. Ik heb het recht niet om hem aan gevaar bloot te stellen. Maar Pauline wordt echt geen betere ma dan ik. Ze stopt hem in die kamer boven de slijterij en laat hem overdag en 's avonds alleen. Je weet maar nooit of hij zijn school afmaakt of genoeg te eten krijgt. Eén ding zit me dwars. 'Pauline, waarom wil je hem na al die jaren opeens hebben?'

'Kijk dan wat een knappe jongen hij is, ma.'

'Wil je hem omdat hij een lief gezicht heeft?'

'Kindsterretjes zijn in de mode,' zegt ze. 'Als de productieleiders hem kleine rolletjes geven, kan hij helpen om de huur te betalen. Als hij succes krijgt, kunnen we een eigen huis zoeken en kan ik in een mooie auto rijden. Dan neem ik een dienstmeisje en...'

Ik ben blij dat ze dat zegt, maar ik word er ook woedend om. Ik plof op een stoel. 'Dat doet de deur dicht. Hij gaat niet met je mee, al ga je op je kop staan.'

Will'm zet grote ogen op en zijn mond valt open. 'Meen je dat?'

'Niet met je mond vol praten. Natuurlijk meen ik dat.'

'Dit kun je me niet aandoen,' zegt Pauline. 'Je kunt niet zomaar van gedachten veranderen.'

'Ik kan zelfs nog verder gaan, Pauline. Na het eten pak je je spullen en verdwijn je uit mijn huis. Geen enkele rechter in dit land zal toestaan dat je de jongen op die manier gebruikt.'

Ze krijgt tranen in haar ogen, en de adem lijkt haar in de keel te stokken terwijl ik naar een vlek op tafel kijk. Met een geluid dat op een snik lijkt, staat ze op en beent ze naar de slaapkamer. Ik hoor haar met spullen smijten, en binnen een paar minuten komt ze terug. Ze draagt de jurk, jas en hooggehakte schoenen waarmee ze is gekomen. Ik vraag me af of ze haar zoon haar verontschuldigingen zal aanbieden, maar ze pakt gewoon haar handtas van het aanrecht, loopt door de winkel naar buiten en gooit de deur met een klap achter zich dicht.

Will'm staart me met grote ogen aan.

'Eet je bord leeg,' zeg ik.

'Ja, oma,' zegt hij, maar we hebben allebei de grootste moeite om een brede grijns te onderdrukken. Binnen twee tellen staat hij op van zijn stoel, en hij slaat zijn armen om me heen en begraaft zijn gezicht in mijn hals.

'Zo!' Mijn adem komt als een diepe zucht naar buiten. 'Twee handen op één buik moet je nooit uit elkaar halen. Daarnaast kan ik nooit zo goed voor dat wolvenjong zorgen als jij.'

'Ik hou van je, oma.'

'Ik ook van jou, Will'm. Maar nu je hier blijft, moet ik je een paar dingen vertellen. Nare dingen.'

'Wat dan?'

'We krijgen problemen – al heb ik geen idee waarom.'

Hij neemt plaats op de stoel waar Pauline net nog heeft gezeten. 'Leg eens uit,' zegt hij. 'Ik wil het weten.'

'Will'm, gisteren kwam ik op Cooper's Ridge Alton Phelps tegen. Ik begreep niet veel van wat hij zei, maar hij heeft ons allebei bedreigd.'

'Wat zei hij dan?'

'Hij zei dat hij eerst met de wolven zou afrekenen en daarna met ons. Dat hij zich niet druk maakte om Ida.'

'Wat bedoelde hij daarmee?'

Ik schud mijn hoofd en leg mijn lepel neer. Ik vertel hem niet dat Phelps heeft gedreigd hem langzaam te vermoorden. 'Ik dacht dat hij het had over de avond waarop James Arnold is gestorven – dat verhaal heb ik je verteld – en dat hij het pa en mij nog steeds kwalijk nam. Ik heb al vaak gezegd dat ik het heel erg vind wat er is gebeurd, maar volgens mij ging het daar niet om.'

'Wat bedoelde hij dan?'

Ik schud mijn hoofd. 'Misschien denkt hij wel dat pa met opzet over James Arnold heen is gereden.'

'Is dat zo?' vraagt Will'm.

'Ik kan het me niet voorstellen.'

'Wat gaat hij nu doen, denk je?'

'Geen idee, maar hij wil ons kwaad doen.'

'Dus daarom wilde je me wegsturen.'

Ik laat een paar seconden wegtikken, en dan knik ik.

'Nu ik hier blijf, vinden we wel een oplossing,' zegt hij. Als de zaak niet zo ernstig was geweest, zou ik moeten lachen om de manier waarop hij in zijn handen wrijft.

'Will'm, dit is geen spelletje. We moeten inderdaad de puzzelstukjes bij elkaar zoeken, maar ik wil niet dat jij daarbij gevaar loopt.'

'We moeten elkaar beschermen, oma. Je had hier in je eentje diep in de problemen kunnen zitten terwijl ik in Californië naar de palmbomen staarde.'

'Als er iets met jou gebeurt...'

'Kan ik ook tegen jou zeggen,' zegt hij.

'Luister goed. Ik zal zorgen dat het geweer altijd geladen is. Als ik denk dat we problemen krijgen, als ik het zie aankomen, ga jij naar Wing en blijf je daar tot ik je kom halen.'

'Maar...'

'Will'm, als het moet, heb ik Pauline binnen vijf minuten ingehaald. Afgesproken?'

Will'm zucht. 'Afgesproken.'

45

Voor de middag ben ik uit bed en aangekleed. Ik ben klaar met het voeren van de geiten en de kippen en heb net vier eieren geraapt als Wing in zijn grote auto komt voorrijden.

'Olivia!' roept hij terwijl hij uitstapt.

'Wing,' zeg ik, en ik klos de verandatreden op en stamp de sneeuw van mijn schoenen. Ik voel dat ik verstrak, me afsluit.

Hij loopt om het huis heen. 'Ik zie dat je hout in je voorraadschuur hebt liggen. Ben je het huis aan het opknappen?'

'Zoiets, ja.' Wat gaat het hem aan wat ik doe? Maar de ongerijmdheid daarvan hindert me en dwingt me mijn wrevel te onderdrukken. 'Ik heb de kelder uitgemest en... nog wat dingen gedaan.'

Hoewel we op de veranda en uit de wind staan, rilt Wing van de kou. Hij irriteert me zo dat ik hem wel van de treden af zou willen duwen. Er daagt me iets: het tegengestelde van liefde is niet woede, maar onverschilligheid. Maar wat voel ik, het een of het ander?

'Heb je toevallig koffie klaar?' vraagt hij.

Onder mijn cape veeg ik mijn gekloofde handen af aan mijn schort. 'Kom binnen, dan zet ik even.'

'Lekker warm hier,' zegt hij, en hij wrijft zijn handen warm boven de kachel, die nog niet helemaal uit is.

Ik hang mijn cape aan de spijker, leg de eieren in de mand bij de twee die ik gisteren heb geraapt, gooi een middelgroot blok en wat aanmaakhout in de kachel, in stilte vloekend om de verspilling. Ik doe water en twee scheppen koffie in de pot en zet hem op de plaat. Wrijf wat gesmolten talg op mijn handen.

'Het ziet er hier nog hetzelfde uit,' zegt hij, en hij schuift een stoel naar achteren en gaat zitten.

'Je had geen vijfentwintig jaar hoeven wegblijven.'

Hoeveel tijd ik ook in deze keuken heb doorgebracht, ik weet niet meer wanneer ik voor het laatst naar de stoelen heb gekeken. Ze hebben een lattenrug en het kale hout is tot op de nerf versleten. De tafel ook. Wat een sjofele indruk moet dat maken.

Ik heb even niet opgelet wat hij zei. '... en ik weet nog dat ik hier vaak was. Dan kwam ik je halen en liepen we langs de grote weg, tot bij de rivier. Volgens mij wist iedereen in het dorp van ons. God, wat zat Ida ons altijd op de huid...'

'Wing.'

Hij kijkt me aan, maar ik draai me om en verschuif de pot op de plaat. 'Dat is meer dan een half leven geleden.'

Ik probeer niet aan het afbrokkelende linoleum te denken, waar je het pokdalige hout doorheen ziet. Ik kan er niets aan doen dat het hem goed is gegaan terwijl ik... Ik geef hem koffie en schenk voor mezelf ook een kop in. Twee weken geleden had ik gewild dat hij bleef, nu smacht ik naar het moment dat hij weggaat.

'Heb je het hier een beetje kunnen rooien, Olivia? Ik bedoel, sinds Saul dood is en zo.'

'Saul is al twaalf jaar dood, Wing.' Ik heb het gevoel alsof ik een hele kool heb ingeslikt, die nu zwaar op mijn borst drukt.

'Loopt de winkel goed?'

'Ja.'

'Weet je nog, die picknicks bij de rivier vroeger op Onafhankelijkheidsdag?' vraagt hij, alsof hij aan een los herinneringsdraadje trekt.

Ik knik.

'Dooby's vrouw maakte het lekkerste perzikijs. Die ouwe vrieskist van 'm – wij, de grotere jongens, gaven er om beurten een zwengel aan. De mooie Olivia Harker kwam binnenstormen en ging op het deksel zitten terwijl ik aan de hendel draaide. En dan pakte ik je bij de hand en renden we weg...'

'Wing.'

Hij kijkt op.

Ik wend mijn blik af en kijk uit het raam, denk aan het kwaaie gezicht van Phelps en houd mijn geheimen binnen.

'Olivia?'

'Wat is er?'

'Heb je zin om zaterdagavond met me naar Buelton te gaan, naar de film?'

Zaterdagavond. Er schuift een soort schaduw over me heen. 'Will'm...'

'Die mag ook mee. Of hij mag in het hotel slapen, als jij dat goedvindt. Hij kan naar de radio luisteren...'

Ik zie een kans; dit is precies waar ik het met Will'm over heb gehad. Ik zal een andere toon moeten aanslaan, aardig moeten zijn. 'Voor die film wil ik graag bedanken, maar zou Will'm misschien een paar nachtjes bij jou kunnen logeren terwijl ik de boel hier opknap?'

Wing drinkt zijn kop leeg en kijkt naar de pot. 'Natuurlijk kan dat, hij is welkom. Als ik er niet ben, komt Molly's ma om de tent draaiende te houden. Dat kan ze heel goed. Heb je dan misschien zin om uit eten te gaan, Olivia?'

Er is een belangrijk moment voorbijgegaan, maar ik kan niet bedenken waar het precies om ging. Even meende ik pa's stem te horen. En Phelps die zei: 'Ik weet wat je hier komt doen, en...'

Wat zei hij ook weer?

'... en ik wil dat je ermee ophoudt.'

Natuurlijk. Dat was op de dag dat ik wilde dat Love Alice en Mavis Brown stiekem meegingen achter in pa's wagen. De gebroeders Phelps hadden toen dingen tegen pa gezegd die even raadselachtig klonken als wat Alton op de Ridge tegen mij zei.

Ik sta op uit mijn stoel en loop naar de kachel, mijn blik op oneindig. Ik leg mijn handen op mijn buik. 'Wing, wat kom je hier doen?'

Even zegt hij niets. 'Kijken of je met me naar de film wilde. Met na afloop koffie en een stuk taart.'

Ik draai me om en kijk naar zijn vermoeide gezicht, dat diepere groeven heeft dan goed is voor een man.

'Ik heb je gemist, Olivia,' zegt hij. 'Zoals je een arm of een been mist.'

'Dat is niet eerlijk.'

Hij drinkt zijn kop leeg en staat op.

'Het leven is nu eenmaal niet eerlijk,' zegt hij. 'Alles is zoals het is. Ik heb al die jaren van je gehouden, soms zo erg dat ik het haast niet uithield.'

Ik zit klem tussen de kaken van een bankschroef. Daarstraks wilde ik hem van de veranda af duwen. Nu wil ik met mijn vuisten op hem inbeuken. 'Jíj bent met Grace getrouwd...'

'Ja, en waarom niet? Jij had iemand anders gevonden, je had een kind. Ik heb je gevraagd of je wilde dat ik het mijn naam gaf.'

'Je náám gaf? Wat is dat nou voor liefdesbetuiging? En het is trouwens niet eerlijk dat je nú met al die dingen komt, Wing. En kwetsend dat je over Pauline begint.'

'Praat me niet van kwetsen, Olivia. Heb je enig idee hoe ik me al die zaterdagen voelde dat ik bij Silty trompet speelde en moest toezien hoe de vrouw van wie ik hield zichzelf te grabbel gooide? Het spijt me, maar zo was het.'

Ik zou mijn mond moeten houden. Maar ik zeg: 'Ik was boos en eenzaam zonder jou, en ik hield het niet uit onder één dak met Ida...'

'Jij legde het met de ene na de andere man aan...'

Ik wil de braadpan pakken en hem bewusteloos slaan.

'... na alles wat wij voor elkaar hadden betekend.'

'We waren kinderen! Hoe kun je zo wreed zijn?'

'Het doet me verdriet, Olivia. Was onze liefde minder waard omdat we jong waren?'

Mijn knieën knikken zo dat ik nauwelijks kan blijven staan. 'God, Wing, ik weet niet wat echt was en wat niet. Mijn hart was gebroken. Voor mij had je afgedaan.'

'Dat kan ik niet geloven.'

'Alleen een dwaas blijft zijn leven lang treuren!'

Wing knikt langzaam.

'Nee, dat lieg ik,' zeg ik verdrietig. 'Ik ben altijd van je blijven houden.'

'Dat zou ik anders niet zeggen als ik je zo hoor.'

'Nee, ik van jou ook niet.'

Wing perst zijn lippen op elkaar, pakt zijn jas en trekt hem met een ongeduldige schouderbeweging aan. Ik stuur hem voor de tweede keer weg. Maar het kan niet anders. Al hou ik nog zo veel van hem, ik schiet er niets mee op.

'Wing...'

'Will'm kan altijd komen logeren. Wanneer je maar wilt.' Hij trekt de deur achter zich dicht.

46

Ik heb Will'm niets verteld van mijn ruzie met Wing. Wel vertel ik dat ik Wing heb gesproken en dat hij Will'm heeft uitgenodigd af en toe in het hotel te komen logeren. De jongen is verrukt. Mochten er problemen komen, dan heb ik me van alle kanten ingedekt.

We zitten samen aan tafel na het eten, als Will'm Ida naar haar hut heeft gebracht en haar heeft voorgelezen. We zetten op een rijtje wat we weten. Niet dat we ook maar één stap dichter bij een oplossing komen. Na een poosje haalt Will'm zijn zakboekje en begint hij dingen op te schrijven in de hoop dat dat meer duidelijkheid zal brengen.

'We weten het volgende,' zeg ik, terwijl hij schrijft. 'Alton heeft een sterke voorliefde – of haat – voor onze wolven ontwikkeld. Hij snijdt alle rechteroren af die hij te pakken kan krijgen.' Ik kijk op van het vierkante stuk mousseline dat ik zit te borduren. 'Volgens Molly komt die club drie- of viermaal per jaar.' Ik concentreer me op een ingewikkelde steek. 'Het vreemde is dat ik ze nog nooit op zaterdag op de helling heb gezien, voor zover ik me herinner.'

Het woord 'zaterdag' is kennelijk in mijn hoofd blijven hangen.

Ik kijk langs Will'm heen naar het dichtgetimmerde raam.

'Oma? Waar kijk je naar?'

'Ik denk aan de zaterdagen.'

'Waarom?'

'Als ik aan die dag denk, zie ik pa's achterhoofd.'

'Oma...'

'Pa zei een keer iets over de zaterdagen. Toen vroeg ik hem wat er dan bij Phelps gebeurde.'

Will'm zegt niets.

Ik denk hardop. 'Hij zei dat ik moest vergeten dat we daar waren geweest. Hm. Het is niet erg waarschijnlijk dat die jongens whisky stookten, want ze kochten hun drank van pa. Toen hij hun niet meer wilde leveren, begon juist de ellende...'

'Wat voor ellende?' vraagt Will'm.

Ging het al die tijd alleen maar over illegale whisky? Of misschien over gokken? Was pa hun op een of andere manier geld schuldig? Maar wat maakt het nu nog uit wat Alton Phelps in een grijs verleden allemaal uitspookte? Tenzij hij het nog steeds doet, natuurlijk. Op zaterdag.

Ik kan me niet voorstellen dat pa iets te maken had met lui als die familie Phelps. Aan de andere kant was drank stoken ook niet bepaald volgens de wet. Had het misschien wat te maken met dat ongeluk waarbij James Arnold de dood vond? Was James Arnold die avond gekomen om bij pa verhaal te halen? Had pa hem uit de greppel zien klimmen en in een opwelling besloten zich van hem te ontdoen? Maar pa zou mij nooit willens en wetens in gevaar brengen.

Phelps zei op de Ridge dat ik bepaalde dingen wist. Wát denkt hij dan dat ik weet?

Ik maak een mosterdpapje voor Will'ms brijomslag. Er blijft hem niets anders over dan zijn nachthemd aantrekken en in bed stappen. Ik strijk het stinkende lapje op zijn borst glad, druk een kus op zijn voorhoofd en ga naar mijn kamer, waar ik mijn nachthemd aantrek en onder de dekens kruip. Ik zou zó graag willen begrijpen hoe alles in elkaar zit.

47

Dinsdagavond, als Will'm weer wat meer lucht krijgt, besef ik dat Phelps denkt dat pa me een geheim heeft verteld – wat dat dan ook moge zijn. Maar dat is niet zo. Nu ik erover nadenk, vraag ik me af of pa het ooit aan Ida heeft verteld. Ik heb altijd het vermoeden gehad dat die meer weet dan ze zegt.

Die woensdag gaat Will'm weer naar school, en ik ben met mijn dekens bezig en bedien de zwarten in de winkel.

Tante Pinny Albert staat aan de andere kant van de winkel bij de ingeblikte spullen. Haar zusters Iva en Wellette kibbelen over klosjes garen, stukken elastiek en ellengoed.

'Ik heb net een rol mooie rode stof binnen,' zeg ik tegen ze. Ik maak met de naald vier rijgsteken en trek de draad door de stof. 'Die kleur zou u heel mooi staan, Miss Iva.'

De zusters kijken me geschokt aan.

Ik kijk op. 'Is er iets?' vraag ik.

'Dit geel is mooi,' zegt Miss Willette haastig. 'Net iets voor het voorjaar.'

'Lieve zusters, dat duurt nog twee maanden,' zegt tante Pinny Albert, en ze geeft hun een tik op hun handen. 'Zijn jullie vergeten dat we vandaag alleen gewone boodschappen doen?'

'U moet het zelf weten, maar u zou er prachtig uitzien in dat felle rood, Miss Iva. Met een mooie ceintuur of een grote witte strik.'

Miss Iva's gezicht verstart en haar adem stokt. Ze klemt haar lippen op elkaar alsof ik op een graf heb gespuugd, of als een ketter heb gevloekt.

Ik leg mijn naaiwerk weg, loop naar hen toe en kijk naar de nieuwe rollen stof.

'We kopen niets, meissie,' zegt tante Albert Pinny, en ze geeft Miss Iva een stevige tik op haar vingers.

Ik sla hun aankopen aan. Ze kibbelen een hele poos over wat ze nu zullen betalen en wat ze willen laten opschrijven, maar ze zijn van streek en het doet me verdriet dat ik dat op mijn geweten heb.

Maar voorlopig heb ik genoeg andere dingen om over te tobben. Ik pak mijn naald weer en ga in gedachten terug naar de dag dat pa met zijn wagen naar de boerderij van Phelps reed en ik Alton in zijn gezicht spuugde en zei wat ik van hem dacht. Als de avond valt, branden mijn ogen van vermoeidheid – of van zo ver terugkijken in het verleden.

Will'm en ik besluiten vanavond weer bij elkaar te gaan zitten om te proberen het raadsel op te lossen, maar hij is net zo moe als ik en om acht uur vallen we allebei zowat om van de slaap. Ik stop hem de laatste tijd weer in, net als toen hij klein was. Ik druk een kusje op zijn voorhoofd en geef het wolfje een aai, en dan sluiten ze allebei hun ogen. Een vast ritueel, om gezond van geest te blijven en niet te vergeten wie we zijn.

Die donderdag komt er bijna niemand in de winkel. Ik maak thee, ga aan tafel zitten en wacht op het belletje boven de voordeur. Ik werk aan de zilverkleurig-met-blauwe deken, en er schiet me weer meer te binnen. Toen ik weer thuis was uit het ziekenhuis, kwam Alton vaak cadeaus en geld brengen – als dank voor Ida's diensten, dacht ik altijd. Maar misschien wist Ida iets en bracht Alton die cadeaus om haar haar mond te laten houden.

En er is nog iets wat ik niet begrijp: als hij zich zo bedreigd voelt, waarom heeft hij ons dan in al die jaren nooit vermoord?

Ik kan niet verder denken. Met Will'm kan ik af en toe wel praten, maar die heeft het nu zo druk – hij stapt 's middags in het dorp uit de schoolbus en gaat bij Wing een kop chocola drinken. En daarna naar Dooby of French om voor een zakcentje spullen op planken te zetten en na sluitingstijd de zaak aan te vegen.

Die vrijdag bedenk ik dat ik Junk helemaal niet ben gaan halen, dat ik geen moment meer aan het verplaatsen van pa's graf heb gedacht. Ergens in mijn herinnering zit iets weggestopt dat weigert tevoorschijn te komen. Wat het ook is, ik ben de hele week gebukt gegaan onder de loden last ervan.

Die avond komt Will'm laat thuis uit de winkel van French, waar hij spijkers heeft uitgepakt. Terwijl hij zit te eten, vraag ik: 'Ben je nog bij Wing geweest?'

Hij knikt met volle mond.

'Gaat het goed met hem?'

Will'm prikt een aardappel aan zijn vork. 'Hij zegt van wel, maar... heb je erg lelijk tegen hem gedaan?'

Ik leg de schaar neer en sla mijn armen om mezelf heen. 'Hoezo?'

'Toen ik over jou begon, werd hij heel stil. En hij keek zo... zo...'

Ik moet snel over iets anders beginnen. 'Zit die club van Phelps daar nog steeds?'

'Molly klaagde steen en been over hun modderschoenen, maar ik heb die lui zelf niet gezien. Heb je nog horen schieten vandaag?'

'Een paar keer,' zeg ik. En dan zie ik opeens heel duidelijk wat er moet gebeuren. Als water dat vanzelf het laagste punt opzoekt en tot rust komt, zo voor de hand liggend dat ik geen moment twijfel.

Tot nu toe heb ik Will'm meestal in vertrouwen genomen, maar ik ben als de dood dat hem iets overkomt. Morgenvroeg ga ik meteen naar Wing. Als alles gaat zoals ik verwacht, is dat een teken dat ik op het goede spoor zit. Wing en Will'm zijn snel vrienden geworden, en als het de goede kant op blijft gaan met Will'ms verkoudheid, komt die vriendschap me uitstekend van pas.

De volgende middag ben ik op van de zenuwen. Will'm is verrukt dat hij in het hotel mag logeren, en ik wil hem hier zo snel mogelijk weg hebben, hoewel we tot nu toe altijd onder hetzelfde dak hebben geslapen. Uiteindelijk stuur ik hem al een uur voordat Wing hem verwacht weg, met de smoes dat hij Molly dan nog net even kan zien voor ze naar huis gaat. Hij is verkikkerd op haar, wat voor mij een bron is van nog meer zorgen, maar daar kan ik me op dit moment niet ook nog mee bezighouden.

Ik vouw zijn nachthemd op en stop het in een zak, doe er een appel en een broodje bij en hoop dat hij niks tegen Wing zegt. Een schone onderbroek voor morgenochtend en een gestreken hemd. Vlak voor hij vertrekt geef ik hem nog een knuffel, die hij gelaten ondergaat en beantwoordt.

Als hij weg is, sluit ik de winkel, en dan loop ik een uur rond – over de krakende vloerplanken van de voorkamer, door de keuken en de veranda op, waar de scherpe kou me in het gezicht slaat. Weer terug naar de voordeur en van voren af aan. Door het ene keukenraam zie ik de zon ondergaan; het lijkt alsof de onderkant ervan in brand staat, alsof hij vandaag in de schemering feller schijnt dan midden op de dag.

Ik moet wachten tot het helemaal donker is, want het is zaterdag en vanavond ga ik kijken wat er in de schuur van Phelps gebeurt.

Maar er is een ijskoude mist komen opzetten.

48

Stel dat Phelps zich met gokken of prostitutie bezighoudt, dan bel ik de sheriff, zet ik Phelps uit mijn hoofd en concentreer ik me weer op het verplaatsen van pa's graf. Ik heb Junk deze week twee keer gezien, maar ik weet zeker dat hij hoopt dat ik het vergeten ben of van gedachten ben veranderd. Of dat ik de klus in mijn eentje heb geklaard.

Toch blijft de hele zaak me dwarszitten. En Phelps heeft gezegd dat sheriff Pink een vriend van hem is.

Hoewel het inmiddels helemaal donker is geworden, is het geen inktzwarte nacht. De mist wordt verlicht door het ijs en de sneeuw op de grond, waardoor alles in een soort zilverwitte sluier is gehuld. Vanaf de achterdeur kan ik niet verder kijken dan de verandatreden. Maar goed, het is de perfecte dekking als je speurwerk wilt verrichten.

Ik draai de pick-up achteruit de weg op en rij in oostelijke richting. Ik heb helemaal niets aan de koplampen. Sterker nog, die maken het zicht alleen maar slechter. Doorgaans is het een rit van twintig minuten, maar vanavond doe ik er minstens drie kwartier over. Ik heb geen plan bedacht, maar hou mezelf voor dat dat niet uitmaakt – ik heb geen flauw idee wat ik zal aantreffen, ik weet niet eens óf ik wel iets zal ontdekken. Komt tijd, komt raad – zo heb ik het al zo vaak gedaan.

Tot mijn grote verbazing zie ik in de verte nog twee auto's rijden. Meestal is er maar weinig verkeer op deze weg, die nu bijna helemaal droog is omdat beide rijbanen zijn schoongeveegd. Daar ben ik wel dankbaar voor, want het is natuurlijk niet de bedoeling dat Phelps me morgenochtend vlak bij zijn huis in een greppel vindt. Ik neem deze hele zaak veel te luchtig op. De weg is natuurlijk niet voor mij schoongeveegd, maar voor zijn club. Waarschijnlijk hebben de automobilisten in de verte daar ook iets mee te maken. Ze draaien zijn oprit op en doen hun lichten uit. Dat laatste wakkert mijn nieuwsgierigheid alleen maar aan. Misschien zijn het gewoon gasten die attent willen zijn, maar ik betwijfel het. Ik rij de oprit voorbij.

Er is geen ander verkeer op de weg, en zo'n vijfhonderd meter verder keer ik de pick-up en rij ik terug. Inmiddels kunnen mijn ogen vormen onderscheiden, en tussen de mistslierten door zie ik achter zijn schuur, achter de heg en langs het pad naar de stallen geparkeerde auto's staan. Ik speel met de gedachte om mijn lichten te doven, de oprit op te rijden en de anderen te volgen, maar dat doe ik niet. Het is ook geen goed idee om mijn auto in de berm te zetten, want een laatkomer zou mijn pick-up wel eens kunnen herkennen. Zoals ik al had verwacht, is de schuur de enige plek waar licht brandt.

Ik rij nog vijfhonderd meter verder, trap hard op de rem en voel de auto heen en weer glibberen. Ik duw de knarsende versnelling in z'n achteruit en zoek de smalle weg die achter het terrein langs loopt. In alle voren staat een dikke laag ijs, maar het lijkt de enige manier om dichterbij te komen. Alhoewel, ik ben tot niets verplicht. Ik zou het hierbij kunnen laten – maar ik denk dat Alton Phelps me niet met rust zal laten. Hij is niet bereid me vergiffenis te schenken voor iets wat ik vergeten ben of nooit heb geweten, terwijl hij mij eigenlijk om vergiffenis zou moeten smeken.

Ik laat de koppeling opkomen, trap het gaspedaal in en sla met gedoofde lichten het weggetje in. Om op de weg te blijven, doe ik mijn portier open, leun ik naar buiten en volg ik de greppel. Ik hoop maar dat ik geen tegenligger krijg. Pas na zo'n drie kilometer wordt de weg breed genoeg om te kunnen keren, en mijn ogen doen pijn van het turen in dit licht.

Dit moet de goede plek zijn. Geen hek, alleen een gat in de omheining en bandensporen in de sneeuw. Peinzend kijk ik voor me uit. Ik wou dat ik eraan had gedacht om een spa en een paar jutezakken in de laadbak te leggen. En dat ik zo slim was geweest om een briefje neer te leggen, want als ik tussen dit punt en de schuur vast kom te zitten, ben ik ten dode opgeschreven. Dan zullen Will'm en Wing nooit weten wat er met me is gebeurd.

Bij elke meter breken de banden door een nieuw ijslaagje heen en zinken ze dieper weg tot de sneeuw bijna tot aan de treeplank komt. Ik weet niet goed waar ik mee bezig ben, ik weet niet waar ik ben, en ik kan de auto nergens parkeren. Ik zet de motor af en stap uit.

Te voet kom ik ook niet makkelijker vooruit, en nu heb ik helemaal geen licht meer. Als ik het veld oversteek, weet je maar nooit wat ik tegenkom. Ik ploeter voort tot ik geschreeuw hoor. Dronken stemmen. Ik weet nog steeds niet wat Phelps in zijn schild voert, maar waarom doet hij het hier? Hoe kan hij het zich veroorloven om zo in het oog te vallen, zo overduidelijk de wet te overtreden – of doet hij dat niet? Ik ben doodmoe van al die gedachten die in kringetjes ronddraaien. Maar als dit gewoon een stom dansfeest in een schuur is, weet ik straks in elk geval wat er speelt.

Nee, dat kan niet – er moet iets ergs aan de hand zijn als een familie die ik nooit spreek of zie zo'n ongelooflijke haat voor me voelt. En bij Phelps is het zelfs meer dan dat – hij kóéstert de haat. Hij laat de woede als een enorme kauwgombal door zijn mond rollen.

Ik bereik de heg. Mijn schoenen zitten vol sneeuw, en mijn tanden doen net zo veel pijn als een rot gebit. Ik hurk als er nog twee auto's arriveren, met vijf mannen die ik niet ken. Ze hebben een vrouw bij zich. Ze halen donkere zakdoeken uit hun achterzak en schudden ze uit. Daarna maken ze de grote schuurdeur open en gaan ze naar binnen.

Terwijl ik om de heg heen sluip, probeer ik zo min mogelijk geluid te maken. Ik loop naar de plek tussen de struiken en de muur op het zuiden, waar bijna geen sneeuw ligt.

Als ik mijn gezicht tegen de planken duw, zie ik een stuk of twintig mannen die het prima naar hun zin hebben. Het licht weerkaatst op de flessen en de glazen in hun hand. Aan één kant liggen een paar hooibalen, maar verder lijkt de ruimte helemaal niet op een schuur. Onder de lampen zijn drie jonge vrouwen in strakke, glimmende jurken met hun ellebogen tegen hun lichaam uitdagend aan het dansen. Nog nooit van mijn leven heb ik zulke hooggehakte schoenen gezien.

Phelps stapt op een podium. Ze draaien allemaal met hun gezicht in zijn richting. De enige andere aanwezige die ik door de spleet goed kan zien, is Doyle Pink, de sheriff. De muziek stopt als de naald abrupt van de plaat wordt gehaald, maar de vrouwen dansen door. Phelps begint te praten, en al kan ik woorden horen, ik kan ze niet verstaan. Als één man schuiven alle aanwezigen zakdoeken over hun hoofd, en dan zie ik dat het helemaal geen vierkante stukken stof zijn. Alle mannen hebben opeens een punt op hun hoofd, een felrode punt. Het bloed dendert door mijn armen en benen, en mijn hart komt los van mijn borstbeen en ploft in mijn schoenen. En daar in de schuur, boven de hooibalen, hangt een lus van hennep, geknoopt tot een strop.

Opeens voel ik een arm om me heen, en ik begin te bijten en te schoppen als er een hand op mijn mond wordt gelegd.

'Sst!' zegt Elizabeth Phelps. 'Kom mee!'

In haar ogen zie ik een ongelooflijke angst. Ik kijk nog een keer om en laat me dan meetrekken naar het huis, naar de mooie keuken waar nu overal donkere schaduwen hangen. Er brandt niet één lamp. Ze laat haar jas van haar schouders glijden.

Ze blijft zachtjes praten. 'Over een halfuur zijn ze stomdronken en komen ze naar buiten om in de sneeuw te plassen. Dan zouden ze je betrappen en zou je als een rat in de val zitten.'

'Ik ben nu ook betrapt.'

Even zegt ze niets, maar dan slaakt ze een zucht en gaat ze met een plof op een keukenstoel zitten. 'O, Olivia, waarom bemoei je je hiermee?'

'Omdat je man mijn wolven vermoordt.'

'Ik had al begrepen dat je niet kwam om ingewijd te worden. Je pa moest er niets van hebben, en ik neem aan dat dat ook voor jou geldt.'

'Ingewijd?' Ik begin aan het donker gewend te raken en zie het wit van haar ogen. 'Hoe bedoel je?'

'Je hebt echt geen idee waar ik het over heb, hè?'

'Ik begin er schoon genoeg van te krijgen om dat steeds te horen,' zeg ik.

'Wat de reden voor je komst ook is geweest, Olivia, je had het uit je hoofd kunnen zetten. Je had jezelf veel verdriet kunnen besparen.'

'Ik heb al verdriet, Elizabeth. Je kunt het me dus net zo goed vertellen.'

'Niemand kan je helpen, Olivia. Je hebt de sheriff daarnet in de schuur gezien. French, Andrews. De gebroeders Detwieler. Ze horen er allemaal bij, net als hun vaders vroeger.'

'Waarbij?' Ik schuif een stoel naar achteren en ga tegenover haar zitten. Onze knieën raken elkaar. 'Wie zijn ze? Wát zijn ze? Als je het me nu niet vertelt, rij ik naar Paramus om iemand van de federale politie te halen.'

Ze lacht, met een geluid alsof er iets breekt. 'Tegen de tijd dat die arriveert, zou er niet één rood gewaad meer te vinden zijn.'

'Rood gewaad?'

'Dat is wat ze bij de Cotton-tribunalen dragen.'

Cotton-tribunalen. Het woord laat geen smaak op mijn tong achter.

'Ik heb die gewaden stuk voor stuk gemaakt,' zegt ze dof. 'Vanavond komen er nieuwe leden bij, en dan dragen ze alleen de kappen.'

De zakdoeken die ik uit hun zak dacht te zien hangen...

'Ze denken dat je ze doorhebt,' zegt ze. 'Je kunt niet meer naar huis, en je winkel drijven en dekens naaien alsof er niets aan de hand is. Je kunt niet meer terug. Olivia, de Cottoners zijn het uitschot van de Klan. Ze zijn zo wreed dat zelfs de Klan hun daden afkeurt.'

Mijn maag draait zich om. 'Vertel eens over mijn pa.'

Haar stem is mat geworden. 'Hij kwam ze bespioneren, net als jij. Maar toen was het Booger die naar buiten kwam en hem in de bosjes verborg.'

'Booger!'

'Ja. Diezelfde nacht gaf James Arnold hem een nekschot.'

'Waarom?'

Ze haalt haar schouders op. 'Misschien hadden ze hem met je pa gezien. Misschien wilde hij ze verraden, wie zal het zeggen. Olivia, ik werkte vroeger voor Altons ma. De volgende ochtend vonden ze Booger, die in bed naar het plafond staarde met wat er nog van zijn ogen over was. Ze zeiden tegen iedereen dat hij het zelf had gedaan, maar ik wist wel beter.'

Ze wendt haar blik af.

Booger heeft mijn pa het leven gered.

'Toe, Olivia, vergeet wat je vanavond hebt gezien.'

'Ze hebben het op mij en Will'm voorzien.'

'Ze zullen je niets doen – je bent geen zwarte.'

Er laait een flits van schuldgevoel achter mijn ogen op. De pijn is net zo hevig als in de nacht dat ik God smeekte mijn huidkleur te veranderen. 'Hij heeft me bedreigd...'

'Hij heeft heel veel mensen pijn gedaan om het zo ver te schoppen. Het is afpersing, Olivia, dat is het enige woord ervoor. Alsof je een kind zijn melkgeld afpakt. Hij laat families betalen, anders doet hij ze iets vreselijks aan. Zijn pa deed vroeger precies hetzelfde.' Haar stem wordt onzeker en ze kijkt de andere kant op. 'Misschien wil hij ook geld van jou.'

Ik weet dat ze liegt. 'Elizabeth...'

'Ik wil er niet meer over praten, Olivia! Stap in je pick-up en maak dat je wegkomt! Vlug!'

49

Het lukt me niet mijn ogen te sluiten, laat staan te slapen. Zelfs als ik wakker ben, droom ik van mannen in lange gewaden die mijn huis binnendringen. Ergens wou ik dat ik door die kier in de wand van de schuur was blijven kijken. Misschien was ik er dan getuige van geweest dat er een nieuw lid werd toegelaten tot de Cottoners. Ik vraag me af wie die nieuweling is.

Dus pa had iets ontdekt, of hij zich er nou van bewust was of niet. Of misschien had hij hen al gezien of geraden hoe het zat, en liet hij hun op die dag dat we die bruine flessen daar afleverden weten dat hij het geheim kende. En de sheriff van Pope County is die stomme Doyle Pink, die zelf een Cottoner is.

Wie allemaal nog meer?

Ik kleed me niet uit en ben alweer op als het nog donker is. Het is zondag en vandaag hoeven we niets te doen. Rond de middag komt Will'm uit het dorp aangelopen met Wings exemplaar van de *Buelton Sunday News*. De krant meldt dat de helft van de leerlingen verkouden of met griep thuis zit en dat de school daarom de hele week gesloten blijft. Will'm vindt dat niet erg en vraagt me of hij nog een nacht in het hotel mag logeren. Wing zal hem laten zien hoe hij zijn beroemde koffiebroodjes bakt. Will'm vraagt of ik het goedvind dat we die broodjes in onze winkel verkopen.

'Als we een percentage van de winst krijgen,' zeg ik. 'Wing had het me ook even zelf kunnen komen vragen.'

Ik schenk koffie in. Ik heb de hele ochtend aan een rood-wit gestreepte deken gewerkt, mijn naald ingestoken, draden doorgehaald en tientallen rode knoopjes gelegd. Maar het werk leidt me niet genoeg af; ik probeer die mannen te doorgronden, die zo wreed zijn dat zelfs het boosaardigste tribunaal uit de geschiedenis van de mensheid niets van ze wil weten. En ik ken er een paar bij naam.

'Hij zegt dat je boos op hem bent, oma.'

'Ik ben niet boos op hem. Hij laat me koud.'

'Helemaal niet, oma.'

Ik kijk Will'm peinzend aan. In het hotel is hij vannacht tenminste veilig...

'Goed, zeg tegen hem dat ze elke morgen vers moeten zijn. De tweede dag prijs ik ze af. En daarna voer ik ze aan de geiten.'

Will'm grijnst.

Die nacht slaap ik, omdat ik uitgeput ben. De volgende ochtend ben ik voor dag en dauw op en met de auto op weg naar Paramus. Ik heb Buelton overwogen, maar ik wil de winkel niet langer alleen laten dan nodig is. In Aurora weet ik geen munttelefoon die gegarandeerd veilig is. Ik vertrouw niemand. Wing heeft telefoon, maar ik wil hem hier niet in betrekken. Plotseling bedenk ik iets waarvan de rillingen over mijn rug lopen: is Wing soms ook bij de Cottoners?

Ik ben anderhalf uur voordat het kantoor opengaat in Paramus, dus ik zoek een café op en ga daar zwarte koffie zitten drinken. Dan rij ik terug, zet de auto voor het kantoor en ga naar binnen. Tegen een vrouw aan een bureau zeg ik dat ik een telefoonnummer wil weten. Ze verwijst me naar een andere vrouw achter een balie.

De tweede vrouw vraagt me of het een interlokaal gesprek is, en ik zeg dat ik denk van wel. Van telefoons weet ik bitter weinig. Ik word naar een vertrek verder naar achteren gestuurd, waar een jongeman met een bril achter een bureau zit. Hij gaat bijna helemaal schuil achter stapels telefoonboeken.

'Welke plaats?' vraagt hij.

'Weet ik niet.'

'Zoekt u een nummer hier in Kentucky of in een andere staat?'

Dat weet ik ook niet. Misschien zit de federale politie wel alleen in Washington. Pa had het wel eens over inspecteurs van het ministerie van Financiën. 'Snuffelaars' noemde hij ze. Maar ik ben hier niet gekomen om een illegale stokerij aan te geven.

'Ik moet iemand van de federale politie spreken.'

'Momentje... Federale... politie,' zegt hij terwijl hij een boek tevoorschijn trekt en erin bladert. Zijn vinger schuift omlaag over een bladzij. 'Twaalf cent voor drie minuten, u kunt die telefoon daar gebruiken. U moet de koptelefoon opzetten. Ik verbind u door.'

Ik knik, maak mijn portemonnee open en geef hem het geld, dat hij in een la gooit. Ik ga aan het andere bureau zitten, zet de koptelefoon op mijn hoofd en schuif de oorschelpen recht. Ik hoor geklik en gezoem, en dan een vrouwenstem: 'Federale politie.'

'Goedemorgen,' zeg ik. 'U spreekt met Olivia Cross. Neem me niet kwalijk, maar kunt u me vertellen waar u zich bevindt?'

'In Wheeling, West Virginia. Wat kan ik voor u doen?'

West Virginia ligt in elk geval in het goede deel van de Verenigde Staten, dat is tenminste iets.

'Is dat het enige kantoor?'

'O nee, mevrouw,' zegt ze met haar welluidende stem. 'Wij hebben kantoren in alle staten. Waar belt u vandaan?'

Ik vertel het haar.

'We hebben kantoren in Lexington en Bowling Green. Vanuit welke plaats belt u?'

'Paramus.'

'Het spijt me, maar dat gebied ken ik niet. Kunt u iets nauwkeuriger zijn?'

'Vlak ten noorden van de grens met Tennessee, zo'n tachtig kilometer ten oosten van Route 65.'

'Even op de kaart kijken,' zegt ze. Dan: 'Ja, ik zie het. Ons dichtstbijzijnde kantoor is in Nashville. Zal ik u het nummer geven?'

Nashville. Bijna honderd kilometer hiervandaan.

'Ja, alstublieft. Moment.' Ik kijk om me heen, maar de jongeman is weg. Ik pak een schrijfblok en scheur er een hoekje af; in een la van het bureau vind ik een potlood. Ik schrijf het nummer op.

'Als u even aan de lijn blijft, verbind ik u door...'

Een stem achter me. 'Hé, Miz Cross, u hier? Wat een leuke verrassing.'

Ik ruk de koptelefoon van mijn hoofd en hij valt met veel gekletter op de grond. 'Mr. French! Wat doet u hier?'

Hij is me natuurlijk gevolgd.

'Problemen met mijn telefoonrekening. En u?'

'Ik overweeg een aansluiting te nemen,' zeg ik, blij dat Will'm en ik het daar een keer over gehad hebben. 'Het zou handig zijn voor het opnemen van bestellingen, om te bezorgen.'

'Ik dacht dat deze kamer voor interlokale gesprekken was,' zegt hij terwijl hij om zich heen kijkt. 'Nou, dat zal ik wel verkeerd hebben dan. Miz Cross...' Hij steekt zijn hand uit.

Ik buk me om de koptelefoon op te rapen en moffel het papiertje snel in mijn schoen. Ik druk zijn koude, knokige hand en mompel: 'Het was me een genoegen.'

Maar goed dat ik weet dat jij er zaterdagavond ook bij was, denk ik.

Ik heb Henry French nooit gemogen. Nu weet ik wat hij is: tuig, uitschot.

Ik haast me naar buiten. Stap in mijn auto, zo geagiteerd dat het me eerst niet lukt de motor te starten. Dan rij ik weg. De man achter de telefoonboeken zal French na een paar steekpenningen graag vertellen wat ik kwam doen. Het zijn tenslotte voor iedereen zware tijden.

50

Ik vraag me af of ik het dorp eerder bereik dan Henry French. Ik haal de winkeldeur van het slot, leg wisselgeld in de kassa en kijk om me heen of er dingen rechtgelegd moeten worden. Maar ik ben gewend om dat elke dag rond sluitingstijd te controleren, en alles lijkt in orde te zijn. Tot mijn oog ergens op valt.

Ik moet twee keer kijken, en dan nog een keer. Ik loop naar de toonbank, pak een aantal spullen op, leg ze op een rijtje en kijk dan nog een keer.

De rol rode stof is verdwenen.

Ik begin eraan gewend te raken om bang te zijn, om naar de donkere hoeken van de winkel, onder de toonbank, onder mijn bed en in de nis bij de keuken te turen, maar ik weet niet precies wat ik daar denk aan te treffen. En uiteindelijk blijft de rol stof nog steeds spoorloos.

De winkel blijft de rest van de dag open. Na sluitingstijd doe ik zelf wat boodschappen en haal ik de jongen op bij Dooby. Will'm laat de doos met het wolfje op zijn knieën balanceren. Alleen als hij hem meeneemt, kan hij werken en zorgen dat het wolvenjong zijn buikje steeds vol heeft. Het beestje vindt het inmiddels heel prettig om zich achter het oor van de jongen te nestelen.

'Ik denk erover om hem een naam geven,' zegt Will'm. 'Dat heb ik tot nu toe uitgesteld omdat ik niet zeker wist of...'

'Wat wist je niet zeker?'

'Of hij bij me zou blijven.'

Mooi geformuleerd. We rijden naar huis. Maar als ik de oprit op draai, weet ik al dat er meer mis is dan een rol verdwenen stof. Als je zo'n veertig jaar in hetzelfde huis hebt gewoond, vóél je het als er iets verandert. Ik stap uit de pick-up. Degene die hier is geweest, heeft de achterdeur open laten staan, en vanaf de veranda zien we de ravage. Overal liggen gebroken schalen, messen en vorken, en er is zout en spekvet overheen gegooid. Op dat moment weet ik dat French vanuit het telefoonkantoor Phelps heeft gebeld. Het is nog een wonder dat Phelps heeft gewacht tot ik weg was. Het gaat me dagen kosten om op te ruimen wat hij waarschijnlijk in tien minuten heeft aangericht. En als ik door de rommel naar de winkel loop, waar zakken meel en suiker kapot zijn gesneden en alle tonnen op de grond zijn geleegd, weet ik dat het tijd wordt om de jongen een aantal dingen te vertellen.

Maar eerst kijk ik in het geldkistje in de la – zes briefjes van een dollar, een biljet van vijf dollar, tachtig cent wisselgeld, er ontbreekt niets. Met een scheermes laat ik Will'm stroop van de ovendeur schrapen, zowel van de binnenkant als de buitenkant, zodat we in elk geval een vuur kunnen aansteken. Met mijn cape nog om en mijn muts nog op ga ik op de grond zitten om met mijn handen geknoeid zout in een kommetje te scheppen. Voor de gemalen koffie pak ik een andere kom.

'Meer krijg ik er niet af,' zegt hij na een poosje. Zijn handen plakken aan alle kanten. 'Ik ga mijn handen wassen en dan gooi ik er wat aanmaakhoutjes in. Het is hier ijskoud, en we zullen het maar voor lief moeten nemen dat het een poosje naar een snoepfabriek zal ruiken.'

Ik knik. 'Gooi er een klein blokje in, jongen, want we krijgen het warm.' Op de veranda liggen zakken die ik van ongebleekte mousseline heb gemaakt. Ik zal er meel en suiker in afwegen, en kijken wat ik kan redden.

Maar eerst moet ik Will'm vertellen wat er is gebeurd. Ik vertel hem ook dat ik me als klein meisje in pa's pick-up heb verstopt en het een en ander heb opgevangen.

'Dus Mr. French was vandaag aardig tegen je?'

'In dat kantoor gaf hij me een hand.'

'Misschien heeft Miz Phelps zich vergist. Misschien doen al die Cottoners niets ergers dan op konijnen jagen.'

'En op wolven. Will'm, hoe kun je na al het verdriet dat je hebt gehad, de dingen die ik je heb ontzegd en al die honderden kommen dunne havermout nog steeds het beste van andere mensen denken?'

Hij draait zich om en begint glasscherven op te vegen.

'Kijk om je heen, Will'm! Veel dingen in deze wereld deugen niet! Geef mij de bezem maar, dan veeg ik dit op terwijl jij je nachthemd aantrekt. Morgenochtend beginnen we aan de winkel. Kijken wat we kunnen redden.'

51

We beginnen al voor zonsopgang. Ik gooi de blikken die het ergst gedeukt zijn in een krat – drie voor een stuiver. De bij elkaar geveegde bloem en suiker zien er feestelijk uit in zakken die met een touwtje zijn dichtgeknoopt. De klanten zullen zich afvragen wat er met de kruidenierszaak is gebeurd. Ik heb de vloer grotendeels schoongeschrobd, en ik wil mezelf net een kop koffie inschenken als ik naar buiten kijk en Junk zie aankomen, met een dikke overall aan en een paar schoppen in zijn hand. In de slaapkamer is het nog een bende, en we hebben ook nog niet veel aan de provisiekast in de keuken gedaan. Ik trek mijn cape aan, sla een sjaal om mijn hoofd en loop Junk tegemoet.

'Nou, ik ben zover, Miss Livvy,' zegt hij, al ziet hij er duidelijk tegenop om een dode op te graven. 'Wil je eerst laten zien waar we hem opnieuw gaan begraven?'

Ik loop voor hem uit de helling op; het is bitter koud, maar niet kouder dan op andere dagen. De lucht is staalgrijs en onze adem bevriest in de ijzige kou. Ik versnel mijn pas, want de onbedekte delen van mijn gezicht doen al pijn. Ik trek de sjaal verder omhoog. Ik zie dat Junk twee broeken over elkaar draagt, en een dikke gevoerde legerjas met gaten in de ellebogen. Hij heeft een gebreide muts met oorkleppen op en zijn lippen zijn droog en gebarsten.

Ik kies een plek dicht bij Sauls graf en Junk steekt zijn schop in de grond.

'Vind je niet dat we beter tot het voorjaar kunnen wachten, als de grond ontdooid is?'

Ik moet toegeven dat ik dat wel heb overwogen toen ik hem zag aankomen. Maar nee, ik wil dat het nou eindelijk eens gebeurt en we kunnen het net zo goed nu meteen doen. Ik denk niet dat Phelps' mannen snel zullen terugkomen. Waarschijnlijk heeft Will'm vandaag niets te duchten in de winkel.

'Ik denk dat het wel meevalt, Junk. Onder die laag sneeuw... het is hier beschaduwd, zelfs in de winter. Die cederbomen...'

Hij knikt en we beginnen te graven. Het is verdomd zwaar werk. Maar uiteindelijk, als de zon al hoog staat en hij in de kuil springt en hem met zes grote stappen afmeet, besluiten we dat we klaar zijn. We pakken onze schoppen en lopen naar het huis. Ik ben dankbaar dat ik nu even binnen bij Will'm kan kijken, en met één oogopslag zie ik dat hij de provisiekast heeft opgeruimd en schoongemaakt.

Nu geniet hij ervan dat hij aan de keukentafel soep kan eten met Junk en mij. Ik zet een heel brood op tafel en kijk toe terwijl Junk een paar dikke hompen afbreekt en in zijn kom doopt. Dan steekt Love Alice haar hoofd om de hoek van de achterdeur, en ik pak nog een kom. Het is gezellig, zo met z'n vieren. Ik wou dat ik vla had gemaakt van de eieren van gisteren, want ik weet dat Junk daar dol op is. Maar Love Alice heeft een blik broodjes meegenomen en ik stuur Will'm naar de winkel om jam te halen. In gedachten tel ik acht cent op bij mijn schuld aan de kassa.

Als we klaar zijn, gaat Will'm weer naar de winkel. Ik zeg dat hij de voordeur op slot moet doen en ons vanuit de achterdeur moet roepen als hij Phelps of een onbekende ziet aankomen.

'Heeft een van die broers Phelps ooit kinderen gekregen?' vraagt Will'm.

'Nee. Maar Alton en James Arnold hadden een jongere broer, Booger.'

'Booger?' herhaalt Will'm verbaasd.

'Ja, dat was een zielig jongetje. Hij was al achterlijk bij zijn geboorte.'

'Booger,' zegt Will'm nog eens. 'Wat is er met hem gebeurd?'

'Hij is al een hele tijd dood. Ze hebben hem in de harde grond begraven.'

'Waarom zeg je dat zo?'

'Wat?'

'Van die harde grond. Dat klonk gek.'

Dat hoeft hij mij niet te vertellen. Zo zei Alton het – of misschien James Arnold, toen pa vroeg of hij kon helpen met begraven.

'Kom, weer aan het werk,' zeg ik tegen Will'm.

Als we achter in de tuin staan, zegt Junk dat we voor dit karwei een pikhouweel nodig hebben. Gedrieën marcheren we naar het schuurtje. Love Alice rilt onder al haar lagen wol, met haar dunne botten en haar magere lijfje. Junk zoekt een houweel. 'Miss Livvy?'

Ik voel een knoop in mijn maag en vraag me af of ik toch niet beter had kunnen wachten, en waarom ik deze hele onderneming op touw heb gezet. Ik wil dat rare gedoe met die broers Phelps uitwissen. Aan de andere kant, als ik het nog langer uitstel, moet Junk misschien wel twee of zelfs drie graven delven in plaats van één. En wie weet volgen er nog meer. Ik zie een ongewoon groot stuk van Junks oogwit, en aan zijn hijgende, dikke lippen ontsnappen angstige ademwolken.

'In welke tijd van het jaar heeft Miss Ida hem begraven?' vraagt Junk.

'In de winter.'

'Dan zal hij zeker aan de zuidkant liggen. En hoe heeft ze hem neergelegd, denk je, dwars of in de lengte?'

Geen idee.

Junk kijkt naar Ida in haar deken. 'Ik neem aan dat zij het ons ook niet gaat vertellen.'

'Waarschijnlijk niet, nee.' Ik hoop dat Ida onder die deken stevige schoenen draagt. De laatste paar weken is bijna al haar haar uitgevallen. Er liggen elke ochtend grote plukken op haar kussen, en het haar dat ze nog heeft is dun en vet. Ze heeft haar pijp tussen haar tanden geklemd; er stijgt een kringeltje rook uit op.

'Laten we maar gewoon gaan graven en kijken wat we tegenkomen,' zeg ik.

Junk knikt, zet zijn schop in de krakende sneeuw en duwt hem met zijn voet omlaag. Ik graaf ook. Meer dan een uur lang graven we zand op, en al snel liggen er twee grote hopen aarde. Junk en ik staan tot ons middel in de kuil. Love Alice zet thee in mijn keuken en brengt ons een kop. We drinken hem snel leeg, want onze voeten zijn ijskoud, maar die warmte in onze buik voelt lekker. Ida weigert de thee, haalt een lucifer tevoorschijn en steekt de brand weer in haar pijp. Ze trekt er krachtig aan en blaast een blauwe kring uit, die rond haar hoofd blijft hangen.

We beginnen weer. Ik ben al half verdoofd van de rugpijn en mijn armen weigeren nog één schep aarde op te tillen. Junk, die scheppen zand over de rand van de kuil gooit, hijgt en puft als een olifant terwijl Love Alice in al haar lagen wol aan de rand gehurkt zit.

Ik bekijk hoe lang en hoe breed onze kuil al is. 'Junk?'

'Ja?'

'Volgens haar was er niemand bij de begrafenis.'

'Nee,' zegt hij zachtjes.

'Dan moet ze het graf dus zelf hebben gedolven. Maar het was winter – ze kan nooit dieper zijn gekomen dan wij nu.'

'Nee.'

'Dan... dan ligt hij hier dus niet.'

'Hm, ja, daar ziet het wel naar uit.'

'Ze heeft hier helemaal niet gegraven. Maar waar ligt hij dan wel?' Ik kijk naar Love Alice, en vervolgens langs haar heen naar Ida. Op dat moment spatten er vonken uit haar pijp, en de onderkant van haar deken verdwijnt in een rookwolk. Vlammen schieten langs het boordsel, bereiken de zoom van haar nachthemd en vormen onmiddellijk een volle cirkel boven haar schoenen. Voordat ik uit de kuil kan klimmen, is het vuur al omhooggeschoten langs haar nachthemd en staat haar haar in brand. Ze geeft geen kik.

Dan staat Junk naast me – Love Alice gilt het uit. Ik sla Ida tegen de grond. Junk gooit handenvol sneeuw op haar. Ik scheur de restanten van het nachthemd van haar lijf tot ze spiernaakt is, en we rollen haar over de dunne sneeuwkorst. Ze is zo licht dat ze er niet eens door zakt.

Ik stroop mijn cape af en wikkel haar erin, Junk tilt haar op alsof ze niets weegt en we rennen weg, terwijl ik naar Will'm roep dat hij de autosleutels moet brengen. Het duurt een eeuwigheid voordat de motor aanslaat. Love Alice gaat tegen het andere portier aan zitten met Ida, die lijkt te slapen, in haar armen. Junk klimt achterin. Ik krijg pijn in mijn buik als ik achteruit de weg op rij – en Will'm alleen laat.

Hij staat bij de voorraadschuur. Onze blikken kruisen elkaar, en dan draait hij zich om en loopt haastig naar binnen. Ik bid dat hij alle deuren op slot doet.

Het is maar zo'n anderhalve kilometer naar het huis van Doc Pritchett. Ik zet de auto pal voor de veranda, en als ik ben uitgestapt en om de auto heen ben gelopen, is Love Alice al naar binnen gerend om Doc te halen en tilt Junk Ida uit de cabine.

Niemand zegt een woord terwijl ik de deur openhoud en Junk Ida langs een paar nieuwsgierige wachtenden draagt. Hij legt haar op de onderzoekstafel in Docs behandelkamer. Doc slaat voorzichtig de wollen cape open, onderzoekt de brandwonden, tilt Ida's oogleden op, kijkt in haar mond en zet zijn stethoscoop op haar borst.

'Hoe is dit gebeurd?' vraagt hij ten slotte.

'Haar pijp...' zeg ik.

'Die arme Ida.'

'Zeg dat wel,' zegt Junk. 'Ze brandde als droog hout.'

Love Alice staat erbij met haar handen voor haar mond.

Doc pakt een waskom en zeep. 'Ik zal haar wonden schoonmaken nu ze nog bewusteloos is,' zegt hij. 'Gaan jullie maar zolang in de voorkamer zitten, Olivia. Ik roep jullie wel als ik de brandwonden heb verbonden en weet hoe erg ze eraan toe is. Ga nu maar.'

Junk en Love Alice gaan weg, maar ik kan dat niet. Ik plof op een kruk neer, even verdoofd als ik zou zijn als ik in die kuil was bevroren. Doc heeft haar schoenen uitgetrokken en is bezig de zwarte plekken op haar benen schoon te maken. 'Ik had kunnen weten dat dit zou gebeuren, met dat pijproken van haar,' zeg ik. 'Het is een wonder dat ze nooit met bed en al is verbrand.'

'Het was een van haar laatste genoegens, Olivia. Ze zou een verschrikkelijke stampij hebben gemaakt als jullie haar dat ding hadden afgepakt. Dan was er niet meer met haar samen te leven geweest.'

'Dat ging toch al bijna niet.'

'Hoe dan ook, dit zal wel de genadeslag zijn. Ze kan nu niet meer voor zichzelf zorgen.'

'Maar hoe moet het dan verder? Ik kan haar niet voortdurend in de gaten houden.'

Met een pincet peutert Doc stukjes katoen los die aan haar knieën zijn blijven plakken. Hij doet zalf op de wonden. 'Toch zal iemand dat moeten doen.'

Ik doe mijn ogen dicht.

'Laat haar vannacht maar hier blijven, Olivia. Ik zal haar laudanum geven en een oogje op haar houden. Morgen weten we wel waar we aan toe zijn. Ik hoorde dat Junk en jij aan het graven waren naast de buitenplee.'

'Dat nieuws heeft zich ook snel verspreid.'

'Zoals dat gaat,' zegt hij. 'Zorg dat jij en Will'm vannacht goed slapen.' Hij smeert zalf op Ida's voorhoofd, en ik moet denken aan de tijd dat ik in het ziekenhuis lag, met mijn gezicht in de kreukels.

'Haar haar is weg, en haar wimpers ook,' hoor ik Doc zeggen.

'Doc?' Ik weet dat ik praat, maar mijn stem klinkt ver weg. Ik vraag me af of de kou op mijn oren is geslagen, of op mijn tong. 'We wilden pa vandaag verplaatsen. Ik had hem op de helling willen leggen, naast Saul, maar toen we gingen graven... was er niets te vinden. Geen kist en geen flintertje bot. Weet u... weet u misschien waar ze hem heeft begraven?'

Hij zucht diep. 'Ik denk dat je dat aan Ida zelf moet vragen.'

'Maar u zei net dat ze... dat ze misschien niet meer aanspreekbaar is, zelfs als ze weer bijkomt.'

'Nee, misschien niet,' zegt hij. 'Dit hing al een hele tijd in de lucht.'

'Maar... hoe moet ik er dan ooit achter komen?'

'Misschien kóm je er wel nooit achter,' zegt hij. 'Kom morgenochtend maar terug om te kijken hoe het met haar is.'

52

Will'm wast twee borden, twee vorken en zijn melkglas af. We hadden geen van beiden veel trek, en al heeft hij de kostbare melk opgedronken, uiteindelijk heb ik het eten bij de geit gegooid.

'Het enige wat we vandaag voor elkaar hebben gekregen, is dat we een paar grote gaten hebben gegraven en dat Ida zichzelf in brand heeft gestoken,' zeg ik.

Will'm schudt zijn hoofd. 'Zal ik jou eens iets vertellen?'

'Nou?'

'Ik heb vandaag geen schoten gehoord.'

Er gaat een rilling door me heen. Blijkbaar had Phelps andere dingen aan zijn hoofd.

'Als we Wing over Phelps vertellen, wil hij ons vast helpen,' zegt Will'm, terwijl hij de theedoek ophangt.

'Phelps en zijn vrienden zijn klanten van Wing. Ik kan het hem niet kwalijk nemen dat hij ze kamers verhuurt.'

'Maar Wing weet goed hoe hij met dat soort dingen moet omgaan, en ik weet zeker dat hij het tegen niemand zal zeggen...'

Ik schud mijn hoofd. 'Ik wou dat ik Miz Phelps had gevraagd wat al die Cottoners doen, wat die tribunalen te betekenen hebben. Maar als ik Wing in vertrouwen neem, breng ik hem ook in gevaar.'

Het is alsof Wing ons heeft gehoord, want we zien zijn bestelwagen over de oprit aankomen. Will'm laat hem binnen. Ik ben verbaasd dat hij er is. Zijn brillenglazen beslaan door de warmte in huis. 'Will'm, ' zegt hij. Hij knikt naar mij. 'Junk vertelde wat er met Ida is gebeurd. Hoe gaat het met haar?'

'Niet goed,' zeg ik.

Wing kijkt naar Will'm, die het wolvenjong oppakt, zijn hemd losknoopt en het diertje eronder stopt. Het tevreden geknor is tot in de andere kamer te horen.

'Nee maar.' Grijnzend kijkt Wing naar Will'm. Hij heeft mij nog niet aangekeken. 'Wat zegt Doc ervan?'

'De brandwonden hadden nog veel erger kunnen zijn,' zeg ik. 'Het ergste is...'

Op dat moment draait hij zich naar me toe. Zijn bril is naar het puntje van zijn neus gegleden en hij kijkt me over de rand van de glazen aan. Als ik mijn zin niet afmaak, zegt hij: 'Wat een stom ongeluk.'

Een ongeluk... Dat is iets waar ik tot nu toe niet over na wilde denken. Of het nu een ongeluk was of niet, het had niet op een slechter tijdstip kunnen gebeuren, want mijn volgende vraag aan Ida zou zijn geweest: 'Waar heb je pa verdomme begraven?'

Wing steekt zijn hand uit en aait het wolvenjong. 'Olivia, ik wil je met alle plezier helpen. Als ik iets kan doen.'

Ik schud mijn hoofd. Ik moet zeggen, hij heeft wel lef.

'Hoor eens, ik vind dat jij en de jongen vanavond naar het hotel moeten komen, want dan zijn jullie dichter bij Doc. Jullie kunnen allebei een eigen kamer krijgen. We hebben telefoon, en als het nodig is, kan ik je vlug naar Doc toe brengen.'

Will'm zet grote ogen op.

'We kunnen niet...' zeg ik.

'Natuurlijk wel. Jullie hebben vandaag twee schokkende dingen meegemaakt, en daarnaast zal een beetje rust je goeddoen.'

Junk heeft hem dus verteld dat het graf leeg was.

Wing trekt een stoel naar achteren en gaat met gespreide benen zitten – hij lijkt zich thuis te voelen, en ik vraag me af hoe dat na ons laatste gesprek mogelijk is.

Rust. Op een bepaald moment stond ik er niet meer bij stil dat ik graag van Ida verlost zou zijn en ging ik gewoon door. Uiteindelijk vergat ik hoe zwaar het allemaal was. Maar andere dingen hebben me ook uitgeput. 'Pauline is hier geweest.'

Het is even stil, maar dan zegt Wing: 'Ik had haar graag willen zien.'

Ik haal de bezem van de veranda en begin de vloer rond zijn voeten te vegen, alsof ik zojuist zijn haar heb geknipt. 'Ze kwam de jongen halen. Daar heb ik een stokje voor gestoken.'

'Mooi zo.' Ik heb de indruk dat hij nog meer wil zeggen, ik voel dat het in de lucht hangt. 'Kom alsjeblieft naar het hotel, Olivia.'

'Oma...'

'Jij moet me morgenochtend helpen, want je begint weer aardig op te knappen. En nu ik het daarover heb: ik moet nog een brijomslag voor je maken. Je kunt het wolfje niet alleen laten, en morgen komen de zwarten boodschappen doen. Will'm, vergeet niet te noteren dat Love Alice krediet krijgt...'

'Heb ik al gedaan.' Will'm houdt het wolvenjong en zijn hemd met één hand vast en schenkt met zijn andere de inhoud van een blikje melk in een pan. Maar hij kijkt naar mij.

'Er moet nog zo veel gebeuren. Het gat moet nog worden dichtgegooid.'

'Ik ben te moe om dat vanavond allemaal te regelen, Wing.'

'Laat mij dan voor jullie tweeën zorgen. Eén nacht kan toch geen kwaad?'

Een deel van mij wil ja zeggen, maar eigenlijk wil ik liever dat hij weggaat. Ik moet de waarschuwing van Phelps natuurlijk serieus nemen. Maar nu Wing in mijn keuken zit en met zijn duim over een barst in mijn tafelblad strijkt, lijkt de gedachte aan gevaar weg te glijden. Ik weet echt niet wat ik voor Wing voel. Het ene moment voel ik dit, het volgende moment dat. Ik schud mijn hoofd.

'Goed,' zegt hij, terwijl hij opstaat. 'Wil je dat ik even bij Doc ga kijken hoe het met Ida is?'

'Ik ga er morgenochtend zelf naartoe.'

Hij knikt. 'Als je iets nodig hebt... Will'm. Olivia.'

Ik kijk naar Will'm, wiens chagrijnige gezicht me aan Pauline doet denken. Ik denk dat we de poppen aan het dansen hebben zodra Wing de deur uit is.

53

De volgende ochtend is Will'm nog steeds boos op me. Maar ik laat hem alleen met de winkel, start de pick-up en rij naar Doc. Er brandt licht in de keuken en in het kleine achterkamertje dat hij gebruikt voor patiënten die een nacht blijven. Daar zijn ooit Paulines amandelen eruit gehaald.

'Kom binnen, Olivia.' Hij houdt de deur open.

Ida ligt inderdaad op het veldbed in het achterkamertje, en Doc en zijn vrouw zijn bezig haar verbanden te verversen. Haar huid ziet er vreselijk uit, strakgetrokken en roodachtig-zwart op de verbrande plekken, en voor de rest oud en gerimpeld. En wat is ze klein. Met haar verse verbanden ziet ze eruit als een kind dat oorlogje speelt, een soldaat die is teruggekeerd. Arme Ida. Wat heeft ze een afschuwelijk leven gehad, althans nadat ze met pa was getrouwd. Misschien had hij haar moeten toestaan op haar ezel te blijven rondrijden om het evangelie te verkondigen. Ik vraag me af of ze destijds wel bij haar volle verstand was, of de hand van God haar echt beschermde. Maar ik weet dat ik niet zo mag denken. God beschermt ons allemaal, zegt Ida, en zijzelf is geen uitzondering. Wat had haar ziel in gedachten toen ze dit lichaam uitkoos? Misschien heeft mijn geboorte haar wel het laatste zetje gegeven.

'Olivia,' zegt Doc. 'Ze is niet bijgekomen. Ze lijkt helemaal in zichzelf gekeerd. Dat gebeurt soms bij mensen die iets heel schokkends hebben meegemaakt.'

In andere omstandigheden had ik nu misschien gehuild. Maar ik ben al zo lang kwaad op Ida dat ik niet anders meer kan. Zelfs nu wil ik alleen maar dat ze wakker wordt omdat ik haar dan kan vragen waar ze pa heeft begraven.

'Ik kan haar zo niet in huis nemen, Doc,' zeg ik. 'Ik zou stapelgek worden.'

'Dat verwacht ook niemand van je, Olivia. Ik raad je aan haar ergens onder te brengen waar ze de verzorging krijgt die ze nodig heeft.'

'Waar denkt u aan?'

'Aan een tehuis,' zegt hij.

Het zonlicht is al fel, maar het kamertje voelt ineens klam aan. 'Wat voor tehuis?'

'Nou, je hebt bijvoorbeeld het sanatorium...'

Hij bedoelt de inrichting waar Ida lang geleden heeft gezeten. 'Het gekkenhuis.'

Hij trekt een grimas alsof ik een lelijk woord heb gezegd. 'Daar kunnen ze haar brandwonden ook verzorgen.'

Ik ben er zelf nooit geweest, maar ik heb er verhalen over gehoord. Die verhalen heb ik lang geleden diep weggestopt, maar ik heb me wel altijd afgevraagd hoe artsen geestesziekten behandelen. Hoe ze er destijds in zijn geslaagd haar weer beter te maken, althans voor zolang het duurde.

Beschaamd zeg ik: 'Ik kan haar verzorging niet betalen.'

'Ik probeer wel wat te regelen.'

Dan hoor ik Wing achter me zeggen: 'Als je wilt, kan ik je er wel met de auto naartoe brengen, Olivia.' Ik heb hem niet horen binnenkomen.

'Goeiemorgen, Wing, Olivia,' zegt Docs vrouw, die net binnenkomt.

Wing kijkt me recht aan. Hij heeft al net zo slecht geslapen als ik. 'Je kunt je nog zo kwaad maken,' zegt hij, met een verbeten ondertoon in zijn stem, 'maar volgens mij red jij het niet in je eentje. En je bent te koppig om hulp te vragen. Maar ik ben al naar de grote weg geweest en heb mijn tank laten volgooien.'

'Ik...'

'Will'm let wel op de winkel, en als hij sluit, kan hij naar Molly's huis gaan. Ik regel dat wel met Marta.'

Molly's huis – een nieuwe schuilplaats, tenzij zijn aanwezigheid daar de hele familie in gevaar brengt.

'Dat is een goed idee, Wing,' zegt Doc. Zijn ogen tranen en zijn gezichtshuid lijkt op verkreukeld papier. 'Luister, Olivia. Jij was nog maar een hummeltje toen ik haar met mijn wagen kwam halen. Tate en ik hebben haar samen weggebracht. Er was geen andere oplossing. En om je de waarheid te zeggen was ik stomverbaasd dat ze weer thuiskwam.'

Heeft hij mijn gedachten gelezen? Ik kijk naar de grond, en naar de gelakte kastjes en de tongspatels, en wou maar dat iemand me van dit alles verloste. Ik heb Ida genegeerd en gehaat vanaf het moment dat ze het huis betrad. Gebeden dat God haar terug zou sturen. Nu zegt Doc dat ik dat zelf mag doen, en ik snap niet waarom ik die kans niet met beide handen grijp.

'Je bent een volwassen vrouw, Olivia. Jij beslist, maar ik zeg je wat ík ervan denk. Ga er in elk geval even kijken.'

'Goed,' zeg ik.

Wing knikt.

'Schrik niet te erg,' zegt Doc. 'En laat me weten wat je beslist.'

54

'Ik heb geregeld dat Will'm vanavond naar Molly kan,' zegt Wing.

Vanaf mijn plaats voor in zijn groene bestelwagen kijk ik naar hem opzij.

'Maak je maar geen zorgen. Marta en haar man zorgen wel voor hem. Molly heeft twee zussen, die zijn vast dol op hem.'

Ik denk aan Molly, het onophoudelijke gebabbel waar Will'm met zo veel genoegen naar luisterde, de manier waarop ze hem om haar vinger wond. 'Dat is niet waar ik me zorgen om maak.'

Wing lacht, en ik vind het gênant dat hij misschien terugdenkt aan ons vroeger.

De inrichting heet Stipling State Hospital en is omringd door een hoge bakstenen muur met ingemetselde glasscherven op de bovenkant. Een portier vraagt naar mijn naam, kijkt op zijn lijst en gebaart dat we mogen doorrijden. Het gebouw zelf is een granieten blokkendoos. Ik tel zes rijen ramen met tralies ervoor, op elkaar gestapeld als grijze melkkratten. We parkeren de auto en stappen uit.

Ik geef Wing geen arm, al biedt hij hem wel aan. De deur zit niet op slot en we lopen een hal met een glazen kantoortje binnen, waar een vrouw opstaat en haastig door een binnendeur wegloopt. Wing legt een hand op mijn arm en stelt voor om te gaan zitten.

Ergens klinkt jengelende, blikkerige muziek uit een grammofoonmeubel.

Een eivormige man komt uit het kantoortje. Hij draagt een bruin pak en ongepoetste schoenen, en heeft lichtblond haar dat over zijn voorhoofd hangt. Zelfs zijn huid is kleurloos.

'Ik ben dokter Baird, van Evaluatie en Opname,' zegt hij, terwijl hij eerst Wing en daarna mij een hand geeft. Hij heeft een klembord bij zich. 'Ik ben vanuit Aurora gebeld door dokter Ed Pritchett, die vertelde dat u een spoedopname wenst.'

'Voor mijn moeder,' leg ik uit, voor het geval hij denkt dat het voor mij of voor Wing is.

'Tja,' zegt hij. 'We zullen haar natuurlijk een plaatsje moeten geven. We zijn een staatsinstelling. Al hebben we te weinig personeel en te weinig geld.'

Het klinkt alsof hij dat al heel vaak heeft gezegd.

'Ida Harker. Ik heb begrepen dat ze het slachtoffer van brand is geworden. Er komen wel meer patiënten binnen die zoiets hebben meegemaakt. Verschroeid haar, afgehakte vingers, door koudvuur aangetaste tenen. Ze blijft in onze ziekenzaal tot ze herstelt of overlijdt. Ik neem aan dat u een rondleiding wilt.'

Ik heb nog nooit iemand ontmoet die zo direct is als hij.

'We zorgen dat ze haar medicijnen krijgt,' zegt hij. 'En drie maaltijden per dag.'

'Ze is erg kieskeurig met eten,' zeg ik.

'Dat zijn ze allemaal.' Hij neemt ons mee een gang in. 'Mocht ze niveau Een of Twee bereiken, dan hebben we activiteiten om haar bezig te houden.'

Ida die aan activiteiten meedoet – ik kan me er geen voorstelling van maken.

'Onze staf telt vier psychiaters,' vertelt hij. 'Die komen zo vaak ze kunnen bij de patiënten langs. Hier ziet u onze keukens en de eetzaal, waar niveau Een de maaltijden gebruikt. Niveau Een en Twee doen hun eigen was.'

'Hoeveel patiënten hebt u?' vraagt Wing.

'Op dit moment vijfhonderdveertien, al hebben we eigenlijk maar plaats voor tweehonderdvijftig. De staat verplicht ons al die extra mensen op te nemen.'

'Hoeveel mensen verlaten de instelling?' vraag ik.

'De staf komt elk kwartaal bij elkaar en ontslaat dan vijfentwintig mensen.'

Vijfentwintig mensen, of ze er nu klaar voor zijn of niet.

Baird kijkt naar zijn klembord. 'Ida Harker heeft hier als jonge vrouw gezeten. Hoe jonger ze zijn, hoe groter de kans dat ze genezen.'

Ik herinner me dat pa krom moest liggen om de rekeningen te betalen.

'We hebben hier vijf niveaus,' vertelt Baird aan Wing. 'Miz Harker zat destijds op Twee, en daarna ging ze naar Vier.'

'Ik zou die afdelingen graag willen zien.'

Hij zucht. 'Goed. Loopt u maar mee.'

Zou hij zich afvragen hoe lang het nog duurt voordat ze mij moeten opnemen?

Hij leidt ons door een aantal gangen en drukt een knop in. Daarna schuift hij een hekwerk opzij en stappen we in een lift. De wanden en het plafond zijn van gecapitonneerd canvas. Als de lift stopt, haalt hij een sleutel uit zijn zak en maakt hij de deur open. 'Op Drie liggen de bedlegerige patiënten. Dit is de mannenafdeling.'

We zien een lange gang, met aan weerszijden rijen veldbedden met losse matrassen ertussen. De zaal is oud, en veel van het pleisterwerk is van de muren gebladderd. Het ruikt er zo sterk naar ontsmettingsmiddel dat ik er maagpijn van krijg. Er liggen hier minstens vijftig mannen, stijf als lijken, maar er zijn er maar een paar die slapen. Diepliggende ogen in donkere kassen, opengezakte kaken, de meeste monden tandeloos. De lakens zijn dun van het vele wassen, en de knokige armen zitten vol paarse plekken. Verpleegsters snellen op rubberen zolen heen en weer. Er wordt vreselijk gesnurkt. Mijn hand pakt die van Wing.

'Sommige patiënten liggen in coma,' zegt Baird. 'Een paar andere zijn catatonisch. De meeste zakken steeds weg en komen dan geleidelijk weer bij bewustzijn. We halen hun kunstgebitten eruit om te voorkomen dat ze erin stikken.'

'Ik wil Vier zien.'

'Miz Cross,' zegt hij, 'dat is een beetje voorbarig.'

Maar Ida moet hier misschien de rest van haar leven doorbrengen, en op dit moment heb ik een rothumeur.

We stappen weer in de lift en gaan een verdieping hoger. Recht tegenover ons zien we een hek met dikke tralies, waarachter een radio te horen is.

'Dit is het dagverblijf,' zegt Baird. 'Zoals u kunt zien, hebben we het moeten verkleinen om meer cellen te kunnen maken.'

Cellen.

De patiënten in het dagverblijf zitten doodstil op stoelen met rechte rugleuningen of schuifelen in hun pyjama of ochtendjas heen en weer. Een oudere man haast zich naar het hek om zijn gezicht ertegenaan te drukken. Zijn ogen zijn troebel, de pupillen net speldenprikken. Zijn hoofd is kaalgeschoren en er staan paarse inktplekken op zijn slapen. 'Waarom zit ik hier?' vraagt hij aan mij.

'Dat vraagt Mr. Franks aan iedereen,' zegt Baird. 'Hij weet heel goed waarom hij hier zit.'

'Waarom dan?' vraagt Wing.

Baird zucht. 'Hij heeft zijn vrouw met een nylonkous gewurgd, en haar daarna in de logeerkamer in bed gelegd en haar drie weken laten liggen. Tegen de tijd dat de politie haar vond, had hij eenentachtig paar kousen voor haar gekocht om het goed te maken.

Het dagverblijf van de vrouwen ligt aan de andere kant. En daarginds zitten de vrouwen van Vier die niet met de anderen kunnen opschieten.'

'Daarginds' is een smalle gang met al even smalle deuren, waarin rechthoekige, brievenbusachtige openingen zijn aangebracht. Ik vraag me af waar die voor zijn.

Bijna elke deur biedt zicht op een uitgemergeld gezicht met een papierachtige huid. Het lawaai is oorverdovend. Het is verbazend hoeveel ze op elkaar lijken – stokoud, zelfs de jongeren. Er priemen vingers door de gleuven naar buiten. Twee patiëntes brengen hun mond naar de opening. Een van hen werpt een kushandje.

Even verderop draait een ziekenverzorger een sleutel om. Ik hoor gegil, gevolgd door een vermoeide woordenwisseling.

'Tijd voor een wasbeurt,' verzucht Baird.

Ik probeer me voor te stellen dat Ida hier zat terwijl pa en ik gewonde pootjes verbonden en met bruine flessen ventten. Mais en bonen verbouwden, en onze pannenkoeken belegden met stroop die zo zoet was dat onze tanden er pijn van deden.

Ziekenverzorgers hebben de krijsende vrouw uit haar cel getrokken. In de badkamer zijn een paar badkuipen bedekt met rubberen zeiltjes. Een oude vrouw zit bibberend in een bak ijs, en een verpleegster propt een soort koord tussen haar tanden. Vlak voor de muur aan de andere kant hangen leren schommels met beengaten erin, die op de speeltoestellen lijken waar ze kleine kinderen in zetten. Een vrouw zit op een wc. Ze draagt een canvas jas met lange, vastgegespte mouwen – een dwangbuis, denk ik. Rechts van mij is een trap.

'Is er nog een niveau?' vraag ik.

In de gang vraagt Wing naar het personeel – hoeveel van zus, hoeveel van zo. Boven me klinkt een geluid dat op kattengejammer lijkt. Ik loop naar boven, draai me op de overloop om en luister. Gegil en geweeklaag van minstens tien verschillende stemmen.

Hier zie ik rijen metalen kooien, die allemaal een stuk of twintig vrouwen bevatten. Hun kin is nat van het speeksel en hun neus zit vol aangekoekt snot. Een van hen heeft geen ogen, alleen dichtgenaaide oogleden, en ik wend mijn blik af. Elk gezicht is ingevallen, sommige hoofden zijn kaalgeschoren. Een paar anderen hebben warrig, samengeklit haar, maar niet lang meer, denk ik. Binnenkort worden ze geboeid, gebaad, geschoren en God mag weten wat nog meer.

De meeste vrouwen dragen zakken waar gaten in zijn geknipt – of helemaal niets. Hun gezichten zijn niet wezenloos, zoals die van de bedlegerigen op Drie of de schuifelaars op Vier, maar geplooid in een grimas of vertrokken door een persoonlijke panische angst die ooit is ontstaan en nooit meer is weggegaan. Hun gekrijs vult scheuren in het pleisterwerk en stuitert tegen stutbalken. Als tien vrouwen ophouden met jammeren, gaan tien anderen ermee door, en ze zijn voortdurend in beweging, alsof er in een pan met iets levends wordt geroerd. Hun ogen zijn donkere gaten vol versplinterd glas.

In de kooi schreeuwt iemand: 'Lucy, kom terug! Lucy?'

Een vrouw slaat om zich heen, een andere barst in tranen uit. 'Op deze muziek kan ik niet dansen!'

'Hoe bedoel je, te duur? Ik heb nooit een cent te veel gevraagd...'

Een jong meisje hurkt op de grond.

Als een circusaap klimt een van hen in de tralies naar boven. 'Geen kinderen meer, Albert! Ik kan het niet, ik kan het niet!'

Een ziekenverzorger komt met een emmer en stokdweil aanlopen. Hij geeft een klap tegen de kooi.

Ze bonken met hun hoofd alsof ze hun schedel willen leegmaken, en misschien is dat ook wel zo. Of misschien hebben ze iemand pijn gedaan, of zijn ze bijvoorbeeld vergeten hoe ze brood moeten bakken of de koe moeten melken. Daarna konden ze alleen nog maar terecht op niveau Vijf. Mijn hele leven ben ik bang geweest voor krankzinnigheid, en nu word ik er bruut mee geconfronteerd. Het is of ik Ida zie. Phelps. Mezelf.

Een van de verpleegsters haast zich naar ons toe. Zal ze mijn handtas afpakken, de spelden uit mijn haar halen, een deken naar me toe gooien en me opsluiten? Ik hoop zelfs al dat er een wc is, zodat ik niet op de vloer hoef te hurken.

Stel dat deze ziekte in de familie zit. Misschien heeft Ida het wel van haar ma, en heeft die het weer van háár ma. Wat een gruwelijke verspilling van generaties. Ik wou dat ik de eerste vrouw kon vinden die een kind baarde en het vervolgens aan zijn lot overliet. Misschien was ze niet de judas waarvoor ik haar altijd heb aangezien. Misschien knapte er gewoon iets in haar hoofd.

In de kooi draait een vrouw op de bal van haar voet. Ze houdt haar hoofd schuin, alsof ze iets opvangt wat ik niet kan horen. Als ik mijn vingers in de tralies haak, komen de vrouwen naar voren alsof ze jonge eendjes zijn die broodkruimels zien. Hun handen zijn bleke, stijve klauwen, maar ze hebben eeltplekken en gebroken nagels, net als ik. Een tenger gebouwd meisje met klitten in haar haar schommelt op de grond heen en weer alsof ze een kind wiegt. Ze kijkt op en ziet me staan. 'Ik moet van mama nu naar huis,' zegt ze.

Een ander mompelt: 'Dat is Bernice, die haar kindje in haar armen wiegt.'

Ik vraag me af of het kind van Bernice vlak na de geboorte is gestorven. Of misschien heeft ze het wel ergens neergelegd en is ze vergeten waar.

'Maak de kleine niet wakker!'

'Olivia.' Wing pakt me bij mijn schouders en draait me voorzichtig om. Ik hoor hem inademen, alsof hij iets wil zeggen, maar er komen geen woorden uit zijn mond.

Ik moet van mama nu naar huis.

Ik ben zo van streek dat ik niet kan huilen. 'O, Wing, nu begrijp ik het pas – ook al worden we volwassen vrouwen, we blijven kleine meisjes. We blijven altijd naar onze ma verlangen. Ik heb altijd gehoopt dat Ida haar verstand terug zou krijgen, dat ze zou doen of ze van ons hield. Maar dat kon ze niet. Waarschijnlijk wilde ze dat haar eigen ma – of iemand anders – haar zou vertellen dat alles goed zou komen.'

Wing trekt me tegen zijn schone zeepgeur aan. Mijn tanden raken zijn bovenste knoop. Ik voel zijn gezicht in mijn haar.

'Dat zei pa vroeger ook tegen mij. En o, wat heb ik die woorden gemist. Als ik meer van dit gesticht had geweten, had geweten hoe erg het was, had ik het Ida makkelijker kunnen maken.'

'Olivia, je was nog maar een kind. Je was niet verantwoordelijk voor haar. En je hele leven ben je geweldig, lief en mooi geweest, precies zoals God je heeft gemaakt.'

Ik leun met mijn voorhoofd tegen zijn sleutelbeen. 'Maar ik heb niet alles gedaan wat ik kon, bij lange na niet.'

'Olivia, als we elke minuut alles deden wat we konden, zouden we uitgeput raken. We doen gewoon wat we doen.'

'Hoe weet je dat dat genoeg is?' vraag ik, terwijl ik hem aankijk.

Hij lacht zijn scheve grijns. 'Dat heeft God me verteld.'

'Net zoals hij heeft gezegd dat je trompet moest spelen?'

Wing knoopt mijn cape dicht. Ik denk aan de nacht dat Will'm en ik met de sjaal om ons heen zaten, luisterend naar het gereutel van het piepkleine wolvenjong.

Dokter Baird zegt: 'Miz Cross, zal ik dan maar iemand sturen om Miz Harker op te halen?'

Wing tilt mijn kin op en kijkt me aan. We krijgen de kans om te leven en we doen wat we kunnen. Ida kan niets.

'Morgenochtend?' vraagt hij. 'Rond negen uur?'

'Ja,' zeg ik.

De verpleegsters fladderen als kippen op een koude ochtend om ons heen. Wing gaat me over al die trappen voor naar de straat. Mijn adem wordt een witte pluim. Ik ben stomverbaasd dat het nog winter is en dolblij dat ik zijn auto zie staan. We stappen in en rijden weg.

55

In het Kentuckian Hotel is het stil. Er is niemand behalve Wing en ik. Hij geeft me een kamer op de eerste verdieping, met bloemetjesbehang, een raam dat op de straat uitkijkt en fluwelen gordijnen.

'Kom maar beneden als je je spullen hebt uitgepakt,' zegt hij, 'dan zet ik theewater op. Ik heb vanmorgen abrikozenbroodjes gemaakt, ze zijn nog vers.'

Ik haal mijn nachthemd en mijn haarborstel tevoorschijn. Het is lang geleden dat ik ergens anders heb geslapen dan thuis – dat was in de tijd dat ik wel eens bij Miz Hanley logeerde, en één keer bij Miss Dovey. En, bedenk ik nu, ik heb een keer bij dominee Culpepper en zijn vrouw geslapen toen pa voor zaken op reis was. Whiskyzaken. Zo noemde pa het altijd graag. En ik heb dus bij de Hanleys gelogeerd. Maar ik heb nog nooit in het huis van een andere blanke geslapen, besef ik.

Ik ga naar beneden om thee te drinken. Wing heeft zilveren lepeltjes en servetjes neergelegd, en hij heeft een porseleinen theepot klaargezet. Er liggen twee forse abrikozenbroodjes op een bord, netjes naast elkaar. Hij schenkt thee in. Ik eet weinig; ik ben te veel aangegrepen door alle vreemde dingen van de laatste tijd – overheidsgestichten en lege graven, Ida's vlucht en Alton Phelps, die nog veel ergere dingen doet dan de Klan. En nu drink ik thee uit een van Wings mooie porseleinen kopjes en slaap ik in een kamer in zijn huis. Ik knipper met mijn ogen en tuur in mijn kopje.

'Ik snap wel ongeveer hoe je je voelt, Olivia,' zegt hij. 'Het leven stelt je soms voor verdomd rare verrassingen.'

Dat is de waarheid, zoals Love Alice zou zeggen. Ik doe mijn mond open en begin te praten. Ik vertel Wing van mijn dekens, en dat ik van plan ben in het voorjaar de stal bij mijn huis te herbouwen.

Hij praat over het hotel, zijn plan om een restaurant aan te bouwen en zijn vitrine met souvenirs, en hij zegt dat hij denkt – nee, wéét – dat Aurora binnenkort weer voorspoed zal kennen. Hij is naar de begraafplaats geweest en heeft de dode bloemen van Grace' graf gehaald. Hij is van plan een grafsteen te plaatsen. En daardoor denk ik weer aan pa en het probleem dat ik er misschien wel nooit achter zal komen waar Ida hem heeft gelegd.

'Dat gekke ouwe mens,' zeg ik. 'Wie weet wat ze heeft uitgespookt. Het is al zo lang geleden.'

'Eén ding tegelijk,' zegt Wing sussend, alsof hij mijn partner is. 'Alles op z'n tijd.'

In die uitspraak schuilt meer waarheid dan ik kan bevatten. We hebben vijfentwintig jaar niet met elkaar gepraat, dus er ontbreekt heel wat aan onze kennis van elkaar en elkaars gevoelens.

De telefoon in de hal gaat, en Wing staat op om hem aan te nemen.

'Dat was Marta Havlicek,' zegt hij als hij terugkomt. 'Will'm en het wolfsjong zijn daar veilig aangekomen, maar na de laatste sneeuwval zijn de brug en de weg naar hun huis versperd. Het lijkt hun verstandig dat hij een paar nachtjes blijft.'

Ik kijk op.

'Ik heb gezegd dat ik het aan jou zou vragen,' zegt Wing. 'Maar de telefoonlijn zal binnenkort wel uitvallen, dus als je het niet goedvindt, moet ik haar meteen terugbellen.'

Ik ben dankbaar dat Will'm onbereikbaar is. Ik knik en schuif mijn stoel achteruit. 'Als je het niet erg vindt, ga ik nu naar bed, Wing.'

'Tuurlijk vind ik dat niet erg,' zegt hij. 'Wil je nog een deken? Of een extra kussen?'

'Nee, ik heb niks nodig.'

Hij knikt. 'Je wilt alleen maar slapen.'

'Dat zal me goeddoen. En, eh, Wing...'

'Mm?'

'Ik weet niet hoe ik je moet bedanken...'

'Laat maar,' zegt hij. 'Dat komt wel goed. Ik breng je om een uur of acht naar Doc. Eerst ontbijten we samen. Is dat goed?'

Ja. Ik vraag me ineens af hoe ik het al die jaren heb volgehouden zonder iemand naast me. Maar ik mag nu niet afhankelijk van hem worden. Tot dit allemaal voorbij is, moet ik afstand bewaren.

Als ik mijn haar heb losgemaakt en geborsteld en me heb klaargemaakt voor de nacht, druk ik op het lichtknopje, en de kamer wordt in duisternis gehuld. Ik loop nog even naar het raam om naar buiten te kijken, ik kan de verleiding niet weerstaan. Daar buiten ligt alles onder een vers wit sneeuwdek. Dikke vlokken dwarrelen traag naar de grond. Door de wervelingen heen zie ik dat er een pick-up voor Ruse's Café staat. Er zit iemand achter het stuur: een zwaargebouwde man met een gebreide muts op. Buford.

Ik voel mijn maag verkrampen. Mijn borst doet bij elke ademhaling pijn. Phelps heeft hem gestuurd om mij te bewaken. Waarschijnlijk denkt hij dat Will'm hier ook is.

God zegene de storm en Molly. God zegene de eerste liefde. Al heb ik over dat laatste gemengde gevoelens, want mijn eigen eerste liefde slaapt maar een paar meter hiervandaan.

56

De volgende ochtend sneeuwt het niet meer zo hard, maar de hemel heeft de kleur van vuil afwaswater. De pick-up staat niet meer voor Ruse's Café.

Wing maakt roereieren, zet koffie en roostert kaneelbrood. Tijdens de maaltijd zeggen we niet zo veel, en daarna pakken we ons warm in. Wing start de bestelbus en dan gaan we op weg.

Iemand is zo vooruitziend geweest om de oprit van Doc schoon te vegen, en op dit moment zit Docs vrouw naast Ida's bed. Miz Pritchett vertelt me dat Ida's toestand verslechtert. Haar mond hangt open en haar ademhaling is snel en oppervlakkig. Het geluid doet me denken aan de ademhaling van Will'ms stervende wolvenjongen. Enerzijds vind ik het naar voor hem dat hij er niet is om afscheid van zijn overgrootmoeder te nemen. Anderzijds ben ik blij dat hij haar niet zo ziet. Haar ziel heeft haar al verlaten.

Doc brengt me koffie met melk. Wing heeft geen trek in koffie en Doc gaat aan het werk. Er zitten een stuk of vijf patiënten in zijn wachtkamer, en ik ben ervan overtuigd dat ze inmiddels allemaal weten wat er aan de hand is. Na een poosje loop ik naar buiten en wandel ik heen en weer over de oprit.

Het duurt niet lang voordat er een bestelbus met een felrood kruis op de zijkant komt aanrijden. Ik haast me terug naar de achterkamer. Miz Pritchett loopt vlug de kamer uit, waarschijnlijk omdat ze denkt dat ik even met Ida alleen wil zijn. Ik leg mijn hand op Ida's schouder en schud haar zachtjes heen en weer.

'Ida?'

Ik ben blij dat niemand me kan horen. Eigenlijk zou ik afscheid moeten nemen of moeten zeggen dat er voor haar wordt gezorgd, maar ik wil nog iets weten. 'Ida, vertel me wat je met pa hebt gedaan!'

Er komen twee mannen in witte uniformen binnen. De ene heeft een opgevouwen laken bij zich, de andere draagt een brancard. Ze tillen Ida op, wier armen bungelen en wier mond is opengezakt. De eerste man slaat het laken uit en stopt haar ermee in. De vrouw van Doc snelt toe om een deken over haar heen te leggen, en ik moet een formulier ondertekenen. Ik loop achter hen aan naar buiten.

Op straat zie ik Love Alice, die naast me komt staan. We kijken toe terwijl ze Ida optillen en de lichte sneeuw op haar kleurloze wimpers valt. Op dat moment gaan haar ogen open en kijkt ze me recht aan. Dan doet ze ze weer dicht, en ze schuiven haar de ambulance in.

'Ida!' schreeuw ik, terwijl ik ook in de auto probeer te klimmen.

Ze pakken me bij mijn armen, omdat ze mijn gedrag voor verdriet aanzien.

'Ida, zeg op! Ik wil het nu weten!'

'Here Jezus,' zegt Love Alice. Haar stem gaat zangerig omhoog door een hymne die ze in haar hoofd heeft.

De deuren vallen met een klap dicht, en dan kijk ik toe terwijl de maagdelijk witte bestelbus met het rode kruis over de maagdelijk witte oprit naar de grote weg rijdt. De wolken zijn zo donker als een blik aangebrande broodjes.

Ida heeft haar laatste spelletje gespeeld. Houdt ze me voor de gek? Of zou ze, zoals dokter Baird zei, steeds wegzakken en dan geleidelijk aan weer bij bewustzijn komen? Misschien houdt ze in Stipling haar ogen open, gaat ze naar Vier en loopt ze de rest van haar leven in haar nachthemd doelloos rond. Dat lijkt wel een beetje op het leven dat ze tot nu toe heeft geleid. Op dit moment ben ik zo kwaad dat ik hoop dat ze naar Vijf gaat. Eén ding is zeker: ze zal nooit lager komen dan Drie, want ze krijgen haar nooit zover dat ze was opvouwt.

Love Alice kijkt langs me heen naar de greppel. 'Ik weet hoe het is om dingen te verliezen, O-livvy.'

Ik sla mijn armen om haar heen en trek haar dicht tegen me aan.

Haar zachte stemgeluid klinkt in mijn oor: 'Mijn dochtertje – ik noem haar Kleintje – is de reden dat ik mijn waarheden zie. Die gave heb ik van haar.'

Ach, mijn lieve Love Alice. Dat heb ik nooit geweten. Ik vraag me af wat ik nog meer heb gemist terwijl ik opging in de ellende van mijn eigen leven.

Dan komt Wing aanlopen, en hij slaat zijn armen om ons beiden heen.

57

'Bedankt dat ik bij je mocht overnachten.'

'Dat doe je nou elke keer,' zegt Wing zacht.

'Wat?'

'Eerst vertrouwelijk worden, en dan weer beleefd en afstandelijk.' Hij valt even stil en zegt dan: 'Zit er maar niet over in. Het zijn zware tijden voor je.'

'Voor jou ook de laatste weken,' zeg ik. 'Of de laatste jáaren, waarschijnlijk.'

Hij knikt en schuift zijn bril recht. Hij rijdt Docs straat uit en slaat de richting van het dorp in.

'Wing, ik moet naar de winkel en mijn geiten. En eieren rapen.'

'Nee, Olivia, ik sta erop dat je nog een nacht blijft. Dat heb je wel verdiend.'

Daar kan ik moeilijk iets tegen inbrengen nu ik min of meer gevangen zit in zijn auto. Ik sta op het punt te zeggen: *Breng me er dan even voor een uurtje heen, zodat ik daar een paar dingen kan doen.* Maar ik hou mijn mond, want ik herinner me hoe Will'm en ik alles daar eergisteravond bij thuiskomst aantroffen. Als de boel weer overhoop is gehaald, zal Wing vragen wat er aan de hand is.

Hoe vriendschappelijk gaat Wing precies met zijn gasten om?

Hij zet de auto in het steegje naast het hotel. 'Doe jij het vandaag maar rustig aan. Vanavond gaan we bij Ruse eten.'

Wing stuurt Junk naar mijn huis om de geit te melken en mais te strooien. Verder staat mijn huis leeg en kunnen de vandalen er naar hartenlust tekeergaan terwijl ik thee zit te drinken en naar Wing kijk, die deeg voor koffiebroodjes uitrolt. Hij bepoedert ze met kaneel, strooit er pecannoten over en schuift er achtenveertig tegelijk in de grote oven. Terwijl ze staan te bakken, controleert hij het brood dat hij te rijzen heeft gezet. Zijn hemdsmouwen zijn opgerold en de hele keuken zit onder de bloem. Hij kneedt en draait het brooddeeg in de grote kom. Dan schenkt hij zichzelf koffie in, maar het wekkertje gaat en hij springt op om de broodjes uit de oven te halen. Hij doet er bruinesuikerglazuur op terwijl ze nog gloeiend heet zijn.

Hij kijkt op. 'Ik geloof mijn ogen niet,' zegt hij. 'Olivia Cross lacht. Hier – pannenlappen – zou je deze bakplaat even willen dragen?'

Hij pakt een tweede plaat, en even later zijn we op weg naar de overkant van de straat. 'Een beetje voortmaken!' roept hij over zijn schouder. 'Bij Ruse staan de mensen al in de rij.'

Waarachtig. Hier heeft Wing een aardig handeltje aan. Hij zou zijn hotel moeten uitbreiden met een lunchroom. Ik help hem met het schoonboenen van de keuken, en om twaalf uur snijdt hij warm, versgebakken brood bij de moten vis die hij in maismeel heeft gebakken. Onder het werken vertelt hij me dat Samsons zoon, die al bijna zestig is, in het noorden vist. Hij komt terug met zo veel heilbot dat je die nauwelijks allemaal in waspapier kunt wikkelen en onder de sneeuw kunt stoppen. 'Ik moet nog drie kamers klaarmaken,' voegt hij eraan toe. 'Er komen vanavond laat gasten. Ze zullen wel broodjes en koffie willen, en taartjes...'

'Ik help wel.'

'Fijn. Maar nu heb je eerst wel hard genoeg gewerkt. Zet de radio maar aan en luister naar *Ma Perkins*, of waar jullie vrouwen ook maar van houden.'

Maar ik val in slaap zodra ik op mijn bed lig, en Wing moet me wakker maken voor het avondeten. Ik was mijn gezicht en doe mijn haar weer in een vlecht. Ik sputter dat ik de hele dag niets anders heb gedaan dan eten, maar hij slaat zijn arm om me heen en we haasten ons voor de tweede keer de straat over naar Ruse, zonder jas, en daar bestelt hij biefstuk met aardappelen en pecantaart. We gaan aan het hoektafeltje zitten, met onze ellebogen op tafel, en praten zachtjes met elkaar alsof we dat al jaren doen. Wing vertelt grappige verhalen over mensen uit het dorp. Ik beken dat ik Will'm mis. Hij vertelt dat Will'm zaterdagavond, toen hij in het hotel logeerde, met eidooiers geklopte slagroom aan het wolfsjong voerde. Geen wonder dat dat harige opdondertje groeit als kool, denk ik bij mezelf. Ik vind zo'n verkwisting van goed eten gênant, maar Wing lacht. Ik vraag me af of hij weet hoe dat wolfje bij ons verzeild is geraakt, dat zijn broertjes van honger en eenzaamheid zijn gestorven – en dat Ida hun moeder heeft neergeknald.

We gaan terug naar het hotel, en hoewel het bijna acht uur is, de tijd dat ik anders altijd naar bed ga, snijdt Wing brood en doet hij er mayonaise op. Ik beleg de sneden met dikke plakken ham en rosbief, snij de sandwiches diagonaal door en rangschik ze op een schaal. Hij zet koffie.

Ik ben net bezig plakken gemberkoek met boter neer te zetten als de buitendeur opengaat en de hal zich met een werveling van koude lucht en mensen vult. Wing loopt zijn gasten tegemoet. Hij lijkt een prettig leven te hebben. Ik weet niet of dat door de warmte en luxe van het hotel komt of doordat hij vandaag iemand had die hem bij het werk hielp. Misschien komt het wel gewoon doordat Wing nooit geldzorgen heeft.

In de hal daveren schorre stemmen, mannen zwengelen aan Wings hand en slaan hem op zijn rug. Met raspende sigaarstemmen vertellen ze smerige grappen, dezelfde die ik zaterdagavond in de schuur van Alton Phelps heb gehoord. De jagers zijn er weer. Ditmaal zijn ze niet gekomen om op mijn wolven te schieten en hun oren mee naar huis te nemen. Kennelijk zijn ze niet van plan het bij de waarschuwing te laten die ze me eergisteren gaven. Ik kijk rond of ik me ergens kan verstoppen, maar zelfs als ik de achterdeur uit glip, zouden ze me nog vanuit de hal kunnen opmerken. Kennelijk stond er zaterdag iemand op wacht en zijn Elizabeth en ik gezien. En als ze nu met mij komen afrekenen, wat zullen ze Elizabeth dan wel niet hebben aangedaan?

De liftdeur schuift puffend open en Wing brengt hen naar boven. Over een paar minuten zullen ze weer beneden komen voor het eten dat ik heb helpen klaarmaken – en mijn cape ligt nog boven in mijn kamer. Ik sla de hoek om naar de hal, sluip de eerste slaapkamer binnen en doe de kast open, op zoek naar een van Wings oude jassen.

Leeg. Maar op het bed ligt, netjes opgevouwen, de roze sprei die ik aan Grace Harris heb gegeven. Ik sla hem om, haast me de hal door en loop naar buiten, de gladde stoep op. Een fijne hagel striemt in mijn gezicht terwijl ik het steegje in vlucht, me tussen de gebouwen door haast, bij het volgende huizenblok de straat oversteek en op weg ga naar de brug. Ik trek de sprei over mijn hoofd. Was het echt pas vanochtend dat ik Wing in de weer heb gezien in zijn keuken? Nu ploeter ik door de ijskoude nacht, zonder jas, zonder te weten wat me te wachten staat. Ik schaam me, maar ik vraag me opnieuw af of Wing soms een Cottoner is.

58

Het is fijn om weer thuis te zijn. Terwijl ik het trappetje op loop, ben ik blij dat ik de achterdeur op slot heb gedaan. Ik steek mijn hand uit naar het kettinkje boven de tafel en trek eraan. Er gebeurt niets.

Mijn hart slaat een slag over als ik in de donkere winkel de bel van de kassa hoor. Alton Phelps schuift het gordijn opzij en verschijnt in de deuropening. Nu besef ik pas dat ik zijn stem niet heb gehoord tussen al die pratende mensen in Wings hal. Zijn geweer staat rechtop in de hoek, naast de kachel.

'Ga mijn huis uit.'

'Olivia toch, dat klinkt niet aardig,' zegt hij. Hij draagt een schaapsleren jas en pakt het geweer op. Uit de provisiekast komt een man met een dikke buik, die drie gekookte eieren in zijn hand heeft. Hij tikt ze kapot tegen het aanrecht en begint ze rustig te pellen.

'Mijn verontschuldigingen voor mijn vriend Doyle Pink,' zegt Phelps vriendelijk. 'Hij is dan wel sheriff, maar hij heeft geen manieren.'

De angst kruipt langs mijn armen omhoog en bezorgt me kippenvel. Ze mogen niet zien dat mijn hart in mijn keel klopt.

Met moeite slaag ik erin om nog enigszins beleefd te blijven. 'Alton, ik wil dat jullie weggaan.'

Phelps houdt het geweer vast en laat de loop ontspannen naar de grond wijzen. Hij fluit, alsof dat de domste opmerking is die hij ooit heeft gehoord. 'Toen je zaterdagavond bij mij thuis was, waren mijn vrouw en ik veel gastvrijer.'

Arme Elizabeth. Ik krijg pijn in mijn maag.

Hij gebaart met zijn hand en Pink haalt een touw tevoorschijn.

'Olivia, als ik jou was, zou ik op die stoel gaan zitten.'

Ik doe wat hij zegt, en mijn gezicht vertrekt als hij mijn armen achter me vastbindt en daarna mijn voeten boeit.

'Je bent lang niet zo gezellig als Ida,' zegt Phelps. 'Ik dacht dat hoeren hoeren baarden.'

In mijn binnenste knapt een twijgje. 'Ik heb er genoeg van om elke nacht bang te zijn. Als je hier bent om me dood te schieten, prima. Maar vertel me dan in elk geval waarom.'

'Doodschieten?' Hij glimlacht, alsof die gedachte nog niet eerder bij hem was opgekomen. 'Ik had gezegd dat ik jou en de jongen onder handen zou nemen, Olivia. Jullie hebben iets in je bezit wat ik wil hebben. Of anders weet je waar het is.'

Pink propt het laatste ei in zijn mond.

Phelps kijkt om zich heen en zegt: 'Godverdomme, Doyle, je maakt er een puinhoop van.'

'Die nikkers zouden het niet pikken als ze werd doodgeschoten,' zegt Pink. 'Ze zouden niet blij zijn als ze haar met een gat in haar strot zouden vinden.'

Phelps krijgt een dreigende blik in zijn ogen. 'Ze pikken alles van mij – ze moeten wel.'

Ik herinner me wat Elizabeth me heeft verteld. 'Jullie vinden jezelf geweldig, jij en je club, maar jullie zijn zo wreed dat zelfs de Klan niets met jullie te maken wil hebben.'

Phelps zet een stap naar voren, haalt uit en geeft me een harde klap in mijn gezicht.

De tranen springen me in de ogen. Wat willen ze toch van me? Oude chloroform? Hechtzijde, hondenhokken, pincetten in zes maten? Ik laat mijn gloeiende wang op mijn schouder zakken en hou mijn mond.

'Ik vraag het je nog één keer,' zegt Phelps.

Mijn oren suizen en ik kan niet helder nadenken. 'Wat wil je toch?'

'Desnoods breken we het hele huis af, Olivia, stukje bij beetje.'

Ik zit bijna een uur op die stoel terwijl zij verdomme alles in huis weer overhoop halen en stukgooien. De matrassen worden kapot gesneden. Ze trekken de kachel naar voren, gooien blikken uit de provisiekast. In de winkel hoor ik de ene glazen pot na de andere breken. Zo moet de dood klinken als hij nadert, en het geluid mat me nog heviger af dan een afranseling. De sheriff raakt ook uitgeput.

'Godverdomme, Alton,' zegt Pink. 'Ik ben bekaf.'

Phelps moet moeite doen om zich te beheersen. 'Wat vind je ervan om haar hier te berechten, Doyle?'

'We hebben geen baal katoen, Alton.'

Katoen. Cotton. Straks kom ik er dus achter wat een Cotton-tribunaal is.

Phelps steekt zijn hand in zijn achterzak, trekt er een rode doek uit, draait de gaten naar de voorkant en zet hem op zijn hoofd. De felrode stof die tante Pinny Albert niet wilde kopen. Door de gaten kijkt hij nu naar mij om te zien of ik bang ben.

'Verdomme, Alton, ik heb mijn kap niet meegenomen,' jammert Pink.

'Maakt niet uit, Doyle, je hebt beter zicht als je hem niet ophebt. Ik probeer alleen een beetje indruk te maken. Neem jij maar een kijkje in die kelder. Kijk maar of je een balk kunt vinden...'

Een balk.

Nu weet ik hoe dit straks afloopt.

Pink legt zijn hand op de klink, maar de deur zit op slot. Hij ziet de sleutel hangen. 'Jezus, wat is het daar donker.'

'Steek dan goddomme een lamp aan.'

Terwijl we wachten, kijkt Phelps om zich heen. 'Vroeger kwamen James Arnold en ik hier ook, en dan deden we het om beurten met Ida. Ze was een felle tante, maar dat vonden we juist prachtig.'

'Ik heb... James Arnold... hier nooit gezien.'

'O, hij genoot er zo van om Ida te strelen. Dat kun jij je niet meer herinneren.' Hij bromt. 'Jij lag toen halfdood in Buelton.'

Wát?

'Alton, er is hier geen donder te vinden!' roept Doyle vanuit de kelder.

'Op een of andere manier verbaast me dat niet,' zegt Phelps zachtjes.

'Die kelder is steenkoud en helemaal opgeruimd. Maar de balken zijn stevig. Ik kom naar boven!'

Ik heb geen enkele kans tegen die twee, en de sterkste raak ik natuurlijk nooit kwijt. Ik lik over mijn lippen. 'Pink moet weg.'

Phelps komt dichterbij. 'Wat zeg je?'

'Stuur Doyle weg. Als we met ons tweeën zijn, zal ik je vertellen wat je wilt weten.'

'Nee maar, Olivia!'

'Doe nu maar wat ik zeg.'

Met een grijns trekt hij zijn kap van zijn hoofd, en hij loopt naar de deuropening. 'Doyle,' schreeuwt hij. 'Kom inderdaad maar naar boven.'

De sheriff komt met rode oren en een zuur gezicht uit de kelder.

Phelps haalt een tandenstoker uit zijn zak. 'Rij jij maar met de pick-up naar mijn huis,' zegt hij. 'Ik ga even een babbeltje maken met Olivia.'

'Maar we zouden haar opknopen, gewoon voor de lol.'

Phelps fronst zijn wenkbrauwen. 'Jezus christus, wat is dat voor praat? Doe nu maar wat ik zeg.'

'Laten we haar in de kelder stoppen, Alton. Dan doen we de deur op slot en nemen we de sleutel mee.'

Mijn maag draait zich om.

'Het kan een hele tijd duren voordat ze haar vinden. Als we haar pick-up in beslag nemen, denken ze dat ze ervandoor is gegaan. Dan grijpen we de jongen...' Pink heeft er duidelijk plezier in.

Phelps pulkt tussen zijn tanden. 'Je neemt mijn pick-up mee, zoals ik al zei. Je hebt al zo vaak gezegd dat je er een keer in wilt rijden.'

'Maar die staat helemaal op de weg...'

'De wandeling zal je goeddoen. Wegwezen.'

Zodra hij weg is, zegt Phelps: 'Ik vertrouw je voor geen cent, Olivia, maar om erachter te komen of je hart op de juiste plaats zit...' Hij komt naar me toe, buigt zich naar voren en begraaft zijn lippen in mijn haren.

'Maak me los,' zeg ik.

'Ik zou wel gek zijn.'

'Alleen dan vertel ik wat je wilt weten,' zeg ik. 'Anders neem ik het mee in mijn graf. Ik meen het.'

Grijnzend loopt hij om me heen. Ik hoor dat hij het geweer neerzet en voel dat hij de knopen losmaakt. Ik wrijf met mijn polsen over elkaar.

'Ik zie het zo, Olivia: ik kan niet verliezen. En jij kunt niet winnen.'

Hij is weer om me heen gelopen en staat nu recht voor de kelderdeur. Mijn voeten zitten nog steeds aan elkaar vast, maar ik stort me op hem en probeer hem in zijn gezicht te krabben. Ik slaag erin om hem één flinke haal te geven voordat hij het uitbrult en me beetgrijpt. Hij pakt me bij mijn polsen en geeft me een duw. Ik beland met een klap op mijn rug. Hij komt op me af, maar ik trap hem in zijn kruis. Zijn vuist komt zo hard in aanraking met mijn kaak dat ik mijn tanden hoor rammelen. Hij laat zich op zijn knieën zakken, slaat dubbel en probeert zijn geweer te pakken. 'Rotwijf,' zegt hij met samengeklemde tanden.

Met het touw nog om mijn enkels krabbel ik overeind. Koortsachtig probeer ik de knopen los te krijgen.

Als hij kreunend mijn schoen vastgrijpt, val ik met mijn schouder op de grond. Ik graai naar de poot van Will'ms bed, de aardappelemmer, de deurpost. Maar zijn hand bedekt mijn neus en mond en knijpt hard in mijn gezicht. Ik bijt hem en zwaai met de emmer. Raak.

'Ellendig kreng!'

Ik hoor mijn jurk scheuren en probeer weg te komen.

Hij komt achter me aan. 'Deze is voor James Arnold...'

Hij geeft me een harde klap. Ik knal met mijn hoofd tegen de hoek van de nis en voel de achterkant van mijn hoofd warm en nat worden. Mijn knieën knikken en ik glij langs de muur naar beneden.

Phelps' blikken zijn furieus, zijn ogen zo zwart dat de kassen leeg lijken. 'Ik zal jou eens iets vertellen, meisje! Tate Harker heeft mijn broer inderdaad vermoord, maar niet op de avond die jij in je hoofd hebt.' Hij gaat op zijn knieën zitten en tilt het geweer op. 'Een paar maanden later kwam je pa thuis. Hij betrapte James Arnold, die zijn onderbroek had neergegooid op de plaats waar jij nu zit en met zijn vingers in Ida's doos zat.'

Ik krijg geen adem meer. Geen adem meer...

'Ja, je hoort het goed, schijnheilige Miss Olivia Harker. Jouw pa heeft mijn broer overhoop geschoten.'

59

'Hoor je wat ik zeg, Olivia?' Phelps schreeuwt alsof hij een grote afstand moet overbruggen.

Er flitst een pijnscheut door mijn arm. De lucht is stroef als smeer.

'Het was een heldere avond,' zegt hij. 'Het schot was tot aan de grote weg te horen. De mensen kwamen aangerend en stonden met open mond naar James Arnold te kijken, die op deze zelfde vloer dood lag te bloeden.'

'Pa is... bij dat auto-ongeluk... omgekomen.'

'Dat had je gedacht, verdomme! De grond was zo hard dat Ida nog geen kippenbotje had kunnen begraven. O, ze kon tekeergaan als een bronstig wild zwijn, hoor, maar dit had zelfs zij niet klaargespeeld.' Hij houdt zijn hoofd scheef alsof hij een mop heeft verteld en verwacht dat ik ga lachen.

Ik ga op mijn knieën zitten. 'Waarom... waarom vertel je me dat?'

'Omdat Olivia Harker geen kwaad kon doen. Het hele dorp droeg Tate en jou op handen, godbetert. Jij was totaal naïef, meisje. Die avond... godverdomme, ik wou dat Tate op de vlucht sloeg. Zodat ik erachteraan kon om 'm te pakken te nemen.'

'Dan had iemand... me dat toch wel verteld?'

'Gelul. Iedereen wist het. Ida had het hele dorp in de tang. Zonde dat ik je dood moet maken, ik had wel eens willen meemaken wat je tegen die liegende nikkers had gezegd en hoe je ze had aangekeken.'

Pa, met zijn geweer, één welgemikt schot. Love Alice. Junk, met zijn schop, terwijl ze allemaal wisten dat we niks zouden vinden. Ida, in brand gevlogen.

Phelps is opgekrabbeld. Hij wankelt naar me toe. Ik ruik zijn scherpe stank.

'Maar wat is er met... Waar is...'

Zijn grijns is afstotelijk. Hij heeft het geweer in zijn hand. 'Je pappie? Godver, wat heb ik lang op dit moment gewacht. Hij zit in de gevangenis, in Kingston. Al die tijd al.'

'Kingston.' Ik kokhals bij dat woord.

'Ik heb altijd geweten dat je het van mij zou horen. Je lijkt gewoon te veel op hem. Altijd maar wroeten in het verleden.' Hij drukt zich tegen me aan, laat me het harde ding in zijn broek voelen. 'Wat ruik je lekker, Olivia. Naar hoerenzeep.'

'Ik...'

'Het was zeker wel lekker vannacht, met die Wing Harris?' Zijn lippen raken mijn oor, zijn hand ligt op mijn arm. 'Je bent een sterke vrouw, dat mogen wij wel, de jongens en ik. Geen katje om zonder handschoenen aan te pakken, net als Ida.' Hij legt een hand om een van mijn borsten. 'Kom, Olivia, we kunnen dit ook op een andere manier regelen...'

Ik spuug hem krachtig tegen zijn wang, voel mijn hoofd achteroverslaan. Zijn vuisten zijn keihard. Ik proef bloed in mijn mond, de smaak van oude centen. Het loopt langs mijn kin. Ik laat me voorover vallen en stoot met mijn hoofd tegen zijn knieschijf, zo hard dat hij schreeuwt, zijn ogen dichtdoet en een grimas trekt. Ik graai het geweer naar me toe, stoot de geweerlade omhoog en hoor iets in zijn lijf knappen. Hij vloekt en maait met zijn vlakke hand in het rond, maar ik krabbel overeind en storm op zijn buik af. Zijn ogen worden groot terwijl hij om zich heen graait naar houvast en achteruit de opening van de kelderdeur in schiet. Hij geeft nog één schreeuw en knalt in zijn val tegen een paar traptreden aan. Dan ligt hij beneden, met zijn armen en benen in onnatuurlijke hoeken en zijn hoofd helemaal achterover, alsof hij iets zoekt.

Alles is anders, niets klopt meer. Mijn haar is losgegaan en er klappert een losse rafellap aan mijn jurk. Ik strompel naar de pick-up, stap in, draai het sleuteltje de verkeerde kant op, probeer het nog eens. Er gebeurt niets. Ik laat me weer naar buiten glijden, sla mijn armen om mezelf heen. Het sneeuwt alweer. Ik strompel door het veld, de heuvel af, de brug over; zelfs het ijs op de rivier is bedrieglijk. Alle vertrouwde dingen in Main Street zijn zwart en paars met rode vegen. Ik blijf voor Ruse's Café staan en schreeuw: 'Kom allemaal naar buiten! Godverdomme, vertel me de waarheid!'

Er komt niemand. Zelfs Wing niet. Noch de familie Ruse of iemand van die duivelse Cottoners. Ze wachten tot Phelps met mijn oor komt aanzetten. Wat een grap – Tate Harker leeft en Olivia is dood.

Ik kijk door de kale winterse bomen omhoog naar Rowe Street. Ik ploeter door de sneeuw, klim op een veranda en bons op deuren.

'Leugenaars! Jullie lieten me in de waan dat hij dood was! Stelletje vuile judassen!'

Daarna heb ik geen woorden meer, en ik keil een steen door een raam en stomp het volgende kapot met mijn vuist. Ik sla dubbel van de pijn, kan geen voet meer verzetten. Als ik omlaag kijk, zal ik ongetwijfeld een gat zien op de plek waar mijn hart zat. Zo meteen zie ik mijn leven uit me wegvloeien, al het bloed van mijn lange jaren hier, van een leven lang liefhebben, leren en spelen met kindjes.

Uit naam van de aarde doop ik u...

Verraders. Vervloekte judassen.

Het enige geluid is het gestage vallen van de sneeuw. Ergens gaat een deur open, en er komt een vrouw naar buiten. Love Alice. Haar handen lijken op mijn huid te branden. Miss Dovey met een sjaal om. Oude mensen met een zwarte huid. Zonder tanden. Leugenaars.

Ik ga hieraan kapot. 'Raak me niet aan.'

Junk neemt me in zijn armen. 'Kom binnen, Miss Livvy. Vertel ons wat er is gebeurd.'

'Jullie hebben tegen me gelogen, dát is er gebeurd!'

'Lieve Here Jezus,' zegt zijn ma.

Love Alice' zachte, zangerige stem. Ik ga op een stoel zitten. Ze spelden het gat in mijn jurk dicht. Ik kijk naar de geschrobde vloer vol kwastgaten. 'Phelps heeft het me verteld.'

'Heeft Mr. Alton Phelps jou dit aangedaan?'

'Hij is dood. Hij ligt in mijn kelder.'

'Lieve God. Weet je het zeker?'

'Nee.'

Voeten glijden uit op de natte planken van de veranda en haasten zich weg alsof ik besmettelijk ben. In quarantaine in mijn eigen huid. Rillend. Opnieuw gefluister. Deuren gaan open, dicht en weer open. Iemand wast het bloed van mijn kin. Een heleboel mensen, druk pratend, maar niet met mij. Ik word overeind getrokken, krijg iets omgeslagen; we gaan naar buiten. Ik voel de sneeuw tegen mijn gezicht terwijl ze me meetrekken. Waar brengen ze me naartoe? Ik wou dat ik kon denken; ben blij dat ik het niet kan.

Dan is het opeens warmer. De geur van zweet en wol, en de adem die ik ruik doet me aan het avondeten denken. Mijn maag draait zich om.

Er gaat een deur dicht en ik hoor Junk zeggen: 'Hij lag er inderdaad. We hebben hem naar buiten gedragen.'

Iemand zegt: 'De Heer mag weten wat ons nu te wachten staat.' Ik geloof dat het Miss Dovey is.

'Longfeet,' zegt Junk, 'ga naar Mr. Wing en zeg dat hij de jongen verborgen moet houden.'

Weten ze waar Will'm is? Ze weten alles.

Will'm. Wing heeft er dus niks mee te maken. Maar hij kwam toch niet naar buiten toen ik op straat stond...

Dominee Culpepper zegt: 'Miss Olivia, was er iemand bij hem?'

'Hè?'

'Mr. Phelps. Was hij alleen, of was er iemand bij hem?'

'Ja. De sheriff.'

Iemand grinnikt. 'Ze wisten dat één volwassen man jou niet aan zou kunnen.'

'En de sheriff is weer weg?' zegt Junk.

Er valt een stilte, waarin het tot iedereen doordringt wat dat betekent. Alle gezichten om me heen verstrakken, zodat ik de vorm van ieders schedel kan zien.

'Wat heeft Mr. Phelps precies gezegd?'

Ik doe mijn ogen dicht.

'Nee, O-livvy. Je moet nu praten.'

Ik zeg: 'Love Alice. Kijk me niet zo aan.'

'Goed, meisje,' zegt ze. 'Maar je moet wel vertellen wat je weet.'

'Hij zei dat Tate Harker in de gevangenis zit. Dat Tate James Arnold heeft doodgeschoten. En dat jullie dat allemaal weten.'

De stilte is zo zwaar dat ik meen dat ik verdronken ben.

'... voor je eigen bestwil.'

'Die Ida Mae... We waren bang voor wat ze zou kunnen doen.'

'Zou kunnen dóén?'

'Junk,' zegt de dominee. 'Vertel haar de waarheid.'

Junk schudt zijn hoofd.

'Jawel,' zegt hij. 'Vooruit.'

Junk kijkt me met een bedroefde blik aan. 'Miss Olivia – we hadden het aan je pa beloofd.'

'Beloofd om mij...'

'We waren hem allemaal veel verschuldigd.'

Dat gaat mijn verstand te boven. 'Is Phelps dood?'

'Ja – nu wel.'

Daar kan ik nog net bij. 'Maar toen jullie hem vonden, bij mij – was hij toen al dood?'

'Dat doet er nou niet meer toe.'

'Jawel! Ik wil weten of ik hem vermoord heb!' Ik ben opgesprongen en heb Junk met mijn volle vuist bij zijn overhemd gegrepen. *Geen leugens meer*!

Nu zie ik waar ik ben: in de zwarte methodistisch-anglicaanse kerk. Hij staat helemaal vol met mensen, en iedereen kijkt naar me.

'Dat kan ik niet zeggen.' Junk heeft zijn ogen neergeslagen. 'Maar hij is nu dood, dat is zeker.'

Ik deins terug. 'Blijf uit mijn buurt – ik wil met geen van jullie ooit nog wat te maken hebben.'

Ze zijn gelukkig zo verstandig om hun mond te houden.

Junk fronst zijn voorhoofd. Hij tilt zijn hoofd op en snuift, en we richten allemaal onze blik op de slierten zwarte rook die aan de droge zoldering likken. Om ons heen slaan de vlammen uit de kerk.

60

Het lukt me met geen mogelijkheid meer om helder na te denken. Binnen een paar minuten zijn de deuren verdwenen en zakt de voorste muur in elkaar, waardoor een deel van het dak instort. Door de ramen zien we blanke mannen met brandende toortsen voorbijrennen. Ze halen ermee uit, zwaaien er dreigend mee en slaan vuile taal uit. Hun vlammen worden neonstrepen in het donker.

Ik begin te hoesten. 'Ze moeten mij hebben.'

'Daar vergis je je in,' zegt de dominee. 'Ze moeten óns hebben. Het is ze altijd om ons te doen geweest.'

De gemeenteleden drommen naar het piepkleine keukentje aan de achterkant, de lokalen van de zondagsschool en de koorbanken. Kleine kinderen huilen. Het hout boven ons kermt en valt. Junks moeder struikelt. Hij tilt haar op in zijn armen, net zo voorzichtig als hij Ida heeft gedragen.

Mijn hemel. Waarom moet alles eindigen met vuur? Ida heeft zichzelf in brand gestoken om te zorgen dat ik ophield met graven. En nu de kerk aan Rowe Street. Ik vraag me af of ze mijn huis al in brand hebben gestoken; als ze dat niet hebben gedaan, is het slechts een kwestie van tijd. Ik denk dat ze ons laten verbranden en dan morgenochtend langskomen om onze lichamen af te dekken, of dat ze ons in een wagen stapelen en ons allemaal samen in één graf leggen. Dan kunnen ze weer een lucifer afstrijken.

'We moeten iedereen naar buiten zien te krijgen!' schreeuwt Junk.

Maar we kunnen nergens naartoe. We zitten gevangen in dit crematorium. Buiten zijn alleen een bitter koude nacht en laffe mensen met kappen.

De dominee slaat met zijn elleboog ramen kapot, peutert het glas uit de kozijnen en duwt mensen naar buiten. Gods kudde valt in de sneeuw. 'Help ze overeind!' schreeuwt hij. 'Anders gaan ze nog dood van de kou!'

Hij denkt dat we nog een kans maken. In gedachten zie ik grijnzende Cottoners buiten staan, wachtend om ons neer te knallen.

In de sneeuw draagt Miss Dovey haar zondagse hoed met de voile en de roze rozen, en ze heeft een wollen vest over haar jurk dichtgeknoopt. Boven het geknetter van de vlammen uit schreeuwt ze: 'Ze zijn nu nergens te bekennen, dominee! Maar ze komen terug, let op mijn woorden.'

Door de hitte spatten er nog meer ramen kapot. Junk duwt me over de vensterbank.

'We kunnen nergens naartoe,' zegt Wellette.

'Blijf bij elkaar,' zegt Junk tegen hen. 'Dan zijn we veiliger.'

Zou kunnen, maar ik betwijfel het.

Love Alice kijkt me recht in de ogen. 'Jij kunt ons helpen, O-livvy.'

Hoe kan ze mij om hulp vragen na de akelige dingen die ik heb gezegd? Zelfs nu heb ik zin om mijn hand op te heffen en haar te slaan. 'Leg de verantwoordelijkheid niet bij mij, Love Alice.'

Tante Pinny Albert staat te klappertanden met het restant van haar gebit. 'Dominee, het is bijna tien graden onder nul. We houden het hooguit een paar minuten uit.'

'Blijf dicht bij elkaar,' zegt de dominee, en de mensen houden elkaar vast, met hun armen door elkaar gehaakt en hun kleine kinderen tegen hun borst.

Boven ons is de hemel gitzwart. Ik stel me zo voor dat de Cottoners bij Wing koffiedrinken en hun handen warmen. Wing moet weten wie ze zijn. Hoe kan het hem zijn ontgaan?

Hoe kan het *míj* zijn ontgaan?

Junk heeft hem gewaarschuwd dat hij de jongen moet verstoppen. Ik bid vurig dat Will'm bij Molly is.

'Wat moeten we nu doen, Miss Livvy?' vraagt de moeder van Junk.

Phelps vormt nu een groter gevaar dan tijdens zijn leven. We hebben geen idee hoe wraakzuchtig deze mannen zijn. Eén ding weet ik zeker: ze zullen zorgen dat we dood zijn voordat het ochtend wordt.

Maar waarom kijken al die mensen nu naar mij? Ik ben niet zo'n held als Tate Harker. Wacht, dat zeg ik verkeerd. Hij is ook nooit een held geweest – na het ongeluk duurde het twee volle maanden voordat hij James Arnold doodschoot. Daarna heeft hij zich dertig jaar achter tralies verstopt, en als hij mij had willen zien, had zelfs Ida hem niet kunnen tegenhouden. Maar daar heb ik geen problemen mee. In de tussenliggende jaren heb ik zelf leren nadenken – of niet? Volgens mij heb ik me jarenlang door allerlei problemen heen geslagen – of heb ik ze gewoon opgestapeld tot ze een enorme berg vormden? Het maakt niet uit. Ik kan, ik wíl Tate Harker niet zien. Ik vervloek die man!

Maar mijn gedachten dwalen af en ik graaf steeds dieper in mijn geheugen, omdat ik me afvraag wat pa zou hebben gezegd in de tijd dat ik dacht dat ik hem kende.

Probeer te vluchten, Olivia?

Blijf hier en ga de strijd aan?

Het is waanzin om tegen hen vechten. We weten niet met hoeveel man ze zijn en wat ze allemaal op hun kerfstok hebben. Al mijn beproevingen komen hier bij elkaar, in het brullende vuur onder mijn ribben en in de houten balken achter me. Degene die de leugens heeft bekokstoofd, de enige die me zou kunnen vertellen wat hier aan de hand is, zit bijna honderd kilometer van me vandaan en kan alleen worden bereikt over wegen die door de vorst in donkere ijsbanen zijn veranderd. En mijn pick-up wil niet starten.

Ik kijk om naar het restant van de kerk, het smeulende vuur, de silhouetten die zich tegen het puin op de achtergrond aftekenen. 'Dominee, ik heb uw auto nodig.'

'Er zit geen benzine in, Olivia.'

'Dan de bus. Ik heb de kerkbus nodig.'

'Longfeet is de enige die hem kan besturen,' zegt Junk klappertandend. 'Ga hem maar halen, Longfeet. Breng ons naar Buelton.'

Miss Doveys woorden klinken hortend en traag. 'Een van de kerken in Buelton zal ons wel helpen.'

Hier moet ik een stokje voor steken. 'Van de mensen in Buelton hoeven jullie geen hulp te verwachten! De ene helft is hierbij betrokken, de andere helft is te bang om te helpen!'

'We hebben geen keus. We kunnen hier niet blijven.'

De bus staat naast het huis van de dominee, en Longfeet loopt al met grote passen over het veld. Het wasgoed van Miz Culpepper hangt nog steeds aan de lijn, en uit een vat in iemands tuin dwarrelt een verloren pluimpje rook omhoog.

Ik hoor de bus kuchen, en dan komt hij zwoegend heuvelopwaarts in onze richting. Longfeet trapt op de rem. De deur gaat piepend open en iedereen stapt in.

De dominee gaat vlak achter Longfeet zitten. Het is een van de weinige keren dat ik hem zonder zijn hoed heb gezien. De enige andere keer was die avond dat hij me bij Silty's Jamboree kwam halen en ik weigerde mee te gaan. De mensen lopen door de bus en gaan zitten voor de rit naar – ja, waarnaartoe? Ik ben de enige die nog buiten in de sneeuw staat.

Junk steekt zijn hand uit naar de arm van Love Alice.

'De Here Jezus zal ons redden, O-livvy,' zegt ze.

Ik schud mijn hoofd.

'Je hebt een paar lelijke wonden, Olivia,' roept de dominee vanuit de bus. 'Ga met ons mee.'

Er druppelt nog steeds bloed in mijn mondhoek. Ik proef het op mijn tong. Mijn jukbeen doet zeer, en ik voel de hele tijd een doffe pijn achter mijn oor.

'Ik kan niet mee. Ik laat Will'm hier niet achter.'

Hij knikt.

'Ze komen toch wel achter jullie aan, waar jullie ook naartoe gaan,' roep ik naar hem. 'Jullie weten te veel. Pa wist het ook, en ze regelden het zo dat hij Ida zou betrappen en James Arnold zou vermoorden.'

De woorden rollen uit mijn mond voordat ik er goed over na heb gedacht. Phelps wilde toch dat pa op de vlucht zou slaan, zodat hij jacht op hem kon maken? Terwijl ik naar de flikkerende schaduwen op de sneeuw kijk, denk ik terug aan Phelps, die kopjeduikelend van mijn keldertrap is gevallen. De Cottoners zullen zijn dood willen wreken. Als dat is gebeurd, zullen ze hem niet eens missen. Ik dacht dat Alton de leider was, maar nu weet ik dat de club veel groter is – zo groot dat de leden elkaar een paar keer per jaar openlijk in de schuur van Phelps ontmoeten en er geen haan naar kraait.

Ik begrijp ook wat er hierna gaat gebeuren. Ze zullen pa bedreigen om mij te dwingen mee te werken. Daarna zullen ze Will'm het bestaan onmogelijk maken. Steeds weer opnieuw, van alle kanten en op allerlei manieren zullen ze ons leven vergallen en onze angst voeden. Ik ben verbijsterd door de blindheid van Olivia Harker Cross, die zichzelf voor de gek hield en zei dat ze haar ogen gebruikte.

'Dominee,' roep ik, 'kunnen jullie me in Kingston afzetten?'

Hij knikt. 'Jazeker.'

Ik stap in. De dominee schuift op en ik ga op de plaats naast hem zitten, waar ik Longfeet de koppeling en het gaspedaal zie bedienen. Voorzichtig rijden we over het ijs. De nacht is aardedonker, en ik vind de geuren verstikkend – natte wol, kleine kinderen en andere dingen.

Op het bankje tegenover me legt Junk zijn arm om de schouder van Love Alice. Die grote Junk, die rots in de branding die me naar huis droeg en mijn brood en jam at. Nu slaat hij op de vlucht, net als de rest.

Love Alice leunt over de schoot van haar man heen. 'Je hebt gelijk, O-livvy. We rennen voor ons leven.'

Ik wend mijn blik af naar het donkere raam en vraag me af of de waarheden van Love Alice de enige zijn die ik ooit heb gekend.

De bus slipt op het ijs en slaat af. Longfeet vloekt. Probeert weer te starten. De motor brult. Tergend langzaam rijden we verder.

Ik draai me om op mijn stoel, en ondanks de duisternis wou ik dat ik dat niet had gedaan. Zo ver als ik kan kijken, zitten mensen dicht bij elkaar op metalen stoeltjes, op de grond, in het looppad, met dichtgeknoopte jassen of sjaals of in hun hemdsmouwen. Zwarte gezichten, gegroefde gezichten, allemaal uitgeput. Love Alice tikt liefdevol op Junks hand. Hij boft dat hij haar heeft.

Ik vraag me af waarom Doc destijds zijn oor niet heeft gehecht, net zoals ik naald en draad heb gepakt voor het oor van de wolvin. Dezelfde kant, het rechteroor. En dan herinner ik me de woorden van pa: 'De sheriff zou op een zaterdagavond best eens met de federale politie naar jullie schuur kunnen komen.'

'Junk?' vraag ik zachtjes. 'Wat is er met je oor gebeurd?'

Al het geroezemoes sterft weg.

Zijn stem lijkt ver weg. 'Ik had dit oor al voor je geboorte, Miss Livvy. Je hebt er nooit eerder naar gevraagd.'

'Ik vraag het je nu.'

'Geen leugens meer?'

'Je hebt het aan Phelps te danken, hè?'

'Aan hem en zijn broer.'

'Wat is er gebeurd?'

Hij zucht. 'We waren straatarm – met ons twaalven mochten we om beurten aan tafel zitten en in bed slapen. Ik vond een baantje, mest scheppen voor hun jonge pa. Op een dag mestte ik zijn stal uit en zag ik een paar zilveren sporen hangen. Ik had nog nooit zulke mooie glimmende dingen gezien.'

O, Junk...

'Ik was nog maar tien of elf, en ik trok de zoom van mijn hemd uit mijn broek om ze op te poetsen. Mr. Phelps rende schreeuwend de stal binnen: "Steel jij mijn sporen, jochie?" Hij ontsloeg me op staande voet.'

Ik zal nooit begrijpen waarom blanken meteen denken dat een zwarte iets heeft misdaan. Misschien is dat gewoon het makkelijkste, omdat de zwarten bang voor hen zijn. En misschien nemen de blanken zichzelf en elkaar minder kwalijk als ze de schuld op een ander kunnen afschuiven.

'Die zaterdag daarna stuurde Mr. Phelps zijn mannen met een touw naar het huis van mijn mama,' vertelt Junk. 'Ze namen me mee naar zijn schuur en knoopten me zomaar op.'

Achter in de bus hoor ik iemand huilen. Miz Hanley.

'Maar die nek van mij wilde niet breken. Ze lieten me een hele poos bungelen, terwijl zijn zoons toekeken. Uiteindelijk zei de oude Phelps dat we voor zonsopgang weg moesten zijn, omdat zijn vrouw zo van streek was dat ze dreigde weg te lopen. "Opgeruimd staat netjes," zei hij, maar ze sneden het touw door.'

Zijn stem hapert. 'Mr. Phelps pakte een mes en begon mijn oor af te snijden, maar ik kwam bij. Ik sprong op en rende de schuur uit of de duivel me op de hielen zat. Die jongen, Booger, floot vanuit de struiken en ik rende naar hem toe. Hij verstopte me tot de zon opkwam en al die kerels met hun wagens wegreden.

Op een dag heb ik het aan Mr. Tate verteld,' zegt Junk.

Alleen Elizabeth wist hoe Booger aan zijn einde was gekomen. Ik weet nog dat de jongens van Phelps zeiden dat hij zich door het hoofd had geschoten en dat pa aanbood om hem te helpen begraven, ook al wist hij dat hij met monsters te maken had.

'Hebben ze het later nog eens geprobeerd?'

'Ze kwamen naar ons huis, maar ze namen Samuel mee, mijn mama's oudste.'

'Droegen ze... rode kappen, Junk?'

'Ja, Miss Livvy.'

Ik draai me om en zie tante Pinny Albert, Miss Dovey en haar zusters. Junks moeder, die heen en weer wiegt en haar dochters Mettie en Doll omarmt, die door hun echtgenoten in de steek zijn gelaten – of was er iets anders aan de hand? Ik zie een stuk of vijf kinderen en oude mannen met grijze baardjes. Mr. Radney Holifield, die bijna tachtig is en altijd voorlezer in de afgebrande zwarte methodistenkerk is geweest. Twee vrouwen met slapende kleine kinderen in hun armen. Nog een stuk of tien anderen.

De bus trilt alsof hij parkinson heeft.

Maar ik moet het weten. 'Wie nog meer?'

Mr. Holifield komt een stukje van zijn stoel. 'Ze hebben mijn broer John opgehangen. De oude Phelps zei dat hij een van hun schapen had gestolen.'

'Mijn zoon Lavelle, die destijds in de bakkerij werkte,' zegt Miz Iva. 'Ze hingen hem op en zeiden daarna dat hij brood had gestolen.'

'Mijn pa, die alleen maar naar het dorp ging om een krant te halen. En mijn oom.'

Er ontsnapt een gekwelde kreun aan mijn keel. 'Hebben jullie nooit geprobeerd om er wat aan te doen?'

'Jawel...'

Iemand zegt: 'Mijn pa en zijn vrienden hebben het geprobeerd toen ze terugkwamen uit de oorlog. Maar de jongens van Phelps zeiden dat ze mijn pa hadden betrapt terwijl hij hun ma begluurde. Ze namen hem mee en leverden hem blind thuis af.'

'Als we wisten dat ze in het dorp waren, baden we tot God en spitsten we onze oren of we ze hoorden aankomen.'

'Het gebeurde niet alleen in deze streek,' zegt Mr. Holifield. 'Ze haalden ze zelfs van buiten de staat. Het enige wat de families terugkregen, was een oor – dan wisten we wat er was gebeurd.'

Mijn woorden klinken zwak en zinloos. 'Miss Dovey, Miz Hanley, waarom... Waarom heb ik dat nooit geweten?'

'Je kon het niet weten, Olivia,' zegt Miss Dovey. 'Je bent niet zwart.'

Ik kijk naar mijn handen. Als God mijn gebeden destijds had verhoord, zou ik zaterdags ook bang zijn geweest voor het moment dat de zon onderging.

'Jullie hadden het me kunnen vertellen.'

'Wat zou je daarmee zijn opgeschoten?' vraagt Miz Hanley.

'Jullie hebben die rol rode stof uit mijn winkel gehaald, hè?'

'Ja,' zegt ze. 'Het veranderde natuurlijk niets aan hun praktijken, maar dan deden we in elk geval iets.'

Ik zucht. 'Wat gaat er gebeuren nu Phelps dood is?'

'Ik denk dat de anderen gewoon doorgaan.'

'Weten jullie wie ze zijn?'

'Dat weet niemand precies. Die Cottoners zitten overal.'

Ik wil tegen Longfeet zeggen dat hij moet opschieten, maar hij buigt zich al over het stuur.

61

We zijn heel vroeg bij de federale gevangenis. De anderen weigeren mij alleen te laten. De dominee zegt dat iedereen maar moet proberen een beetje te slapen – hier zal toch niemand ons lastigvallen. Vlakbij zien we de wachttorens van de gevangenis. De witte muur is heel hoog en kilometers lang, en erbovenop zijn rollen prikkeldraad aangebracht. Om acht uur legt de dominee een hand op mijn schouder; hij zegt dat ze op me zullen wachten en me weer zullen meenemen als ik bij pa ben geweest.

Ik sputter niet tegen, want ik kan nergens anders naartoe en heb geen ander vervoer. Ik heb niet verder vooruitgedacht. We rijden langs de muur totdat we een poort bereiken waar vier mannen in grijze uniformen met het geweer in de aanslag staan. De dominee buigt zich voor Longfeet langs en zegt iets. Een van de bewakers schudt zijn hoofd.

'Het bezoekuur begint zo, Olivia.'

Het is een flink eind lopen naar de eigenlijke ingang, maar de wandeling duurt misschien toch niet zo lang als je al die jaren in aanmerking neemt.

Love Alice staat op, haalt mijn vlecht los en draait mijn haar ineen tot een knotje. Ze knijpt in mijn wangen.

Ik stap uit de bus en ga op weg, maar tegen de tijd dat ik bij het eerste gebouw aankom, weet ik niet meer wat ik eigenlijk kom doen. Wat is dit voor plek? Het ene granieten gebouw na het andere, kleine ommuurde binnenplaatsen. Rijen grijze vrachtwagens. Ik zou weer in de bus moeten stappen en Longfeet moeten vragen door te rijden. Maar ik ben nu hier. *Hier*.

De mensen drommen naar binnen. Sommigen met kinderen. De

zwarten blijven achter om als laatsten te worden binnengelaten. Ik vertel de bewaker hoe ik heet. Hij vraagt bij wie ik op bezoek wil. Ik krijg het benauwd.

'Tate Harker.'

Ik verwacht dat hij zal zeggen: 'Die krijgt nóóit bezoek.'

Maar hij zegt niets, schrijft alleen iets op een kaart met een knoopsgat. En gebaart met zijn duim dat ik het aan mijn jas moet vastknopen – wiens jas? Alle anderen lijken te weten wat ze hier doen, waar ze heen moeten. We lopen in ganzenmars door een gangetje met gaas aan weerskanten. Een andere bewaker werpt een blik op onze kaarten. Een voor een worden we in een vochtige grijze ruimte gelaten. Hoewel het niet regent, zitten er vochtplekken op de muren en staan er plassen water op de betonnen vloer. Ik loop achter de anderen aan door een galmende hal. Zet mijn naam op een lijst en ga op een metalen stoel met gebogen poten zitten.

Ik weet niet meer wat ik voel. Ik herinner me dat ik woedend was omdat mijn pa gewoon wilde dat zijn vrouw thuiskwam. En dat hij haar kant koos toen het slecht ging. Al die jaren heb ik het hem kwalijk genomen dat hij het ongeluk niet overleefd had. Nu lijken al die ruzies flets en onbeduidend in het licht van zijn eigen leugen over zijn dood.

Door een luidspreker worden namen afgeroepen. Ik zit in de val. Maar als de vrouw naast me snikkend naar de deur holt, begrijp ik dat ook ik kan besluiten weg te gaan. Ik blijf. Wacht met mijn handen in mijn schoot en pijn in mijn hart totdat ik iemand 'Olivia Cross!' hoor roepen.

Een bewaker staat me voor een stalen deur op te wachten. Met luid geratel rolt de deur open. Als we hem zijn gepasseerd, gaat hij knarsend weer dicht. We staan in de zoveelste hal.

Het vertrek dat we betreden, is lang, smal en pusgroen. In het midden bevindt zich een rij ruiten met aan weerskanten stoelen. De bewaker wijst waar ik moet gaan zitten, en ik zie dat de ruit in werkelijkheid bestaat uit twee glazen platen met een metalen raster ertussen; er zit een metalen plaatje met gaatjes in, om door te praten, neem ik aan. Aan de uiteinden van de ruimte staan bewakers, en een derde houdt de boel in de gaten vanaf een balkon.

Als alle bezoekers zitten, gaat er aan de andere kant een deur open. Er komt een gevangene binnen. Zijn broek en hemd zijn gestreept, zijn handen geboeid. De bewaker maakt de boeien met een ketting vast aan een ring twee plaatsen verderop, en de gevangene gaat zitten.

'Een halfuur,' zegt hij. Een grote klok aan de muur tikt de tijd weg.

De vrouw links van me leunt op de rand, legt haar hand op het glas en wacht. Ik wend mijn blik af.

Er komen nog twee gevangenen.

Dan gaat de deur open – en ik herken die man. Zijn haar is wit en hij is magerder dan ik me herinner. Maar hij loopt fier rechtop, zoals Tate Harker altijd heeft gedaan, en blijft naar me staan kijken tot de bewaker hem een duw geeft. Hij gaat zitten. *Klik* – hij zit aan de rand vast. Ik richt mijn blik op de strepen. Er is een lapje op zijn hemd genaaid met de letter M erop.

Ik leg een hand tegen mijn gezicht.

Aan de andere kant klinkt een afschuwelijk gekerm, en ik ben bang dat de bewaker hem weer zal meenemen.

Na een poos zegt hij: 'Ida is dood.' Zijn stem is niet veranderd. 'Als jij hier bent, moet Ida wel dood zijn.'

'Nee, ze is in Buelton.'

Na een tijdje knikt hij.

Het duurt nog een paar minuten voordat ik de woorden eruit pers. 'Ik geloof... dat ik Alton Phelps heb vermoord. Gisteren.'

Ik hoor hem aan de andere kant van het metalen plaatje zuchten. 'We zijn een mooi stel, zeg, jij en ik.'

'Heel lang geleden heeft hij... geprobeerd Junk op te hangen.'

'Ja.'

'En ook anderen...'

'Op het moment dat ik hierheen werd gestuurd, vierendertig in totaal.'

'Vierendertig! En je hebt nooit iets gezegd?'

'Nee.'

Ik hoor gelach, gehuil, gemurmel. Ik wil over de rand klimmen, door het glas heen, en hem bewusteloos slaan. 'Je had me best kunnen vertellen dat je hier zat.'

'Ida Mae moet wel erg veranderd zijn.'

'Nee, ze is nooit veranderd.'

'Dan zul je het wel begrijpen. Als ik het je verteld had, zou ze je leven tot een hel hebben gemaakt.'

Ik wil lachen, een lelijk, snerpend geluid maken.

'Alles wat ze nu heeft gedaan, zou honderd keer zo erg zijn geweest,' zegt hij.

'Ik heb in een hondenhok geslapen.'

'Ik ook,' zegt hij, terwijl hij om zich heen kijkt.

'De Cottoners. Vertel me wat je weet.'

Hij schudt zijn hoofd. 'Daar hebben we geen tijd voor.'

'Begin dan in ieder geval.'

Hij zucht. 'Slechte mannen, slechte daden.'

Daar valt niets tegen in te brengen. Ik kijk hem aarzelend aan.

'Ze houden me in de gaten, Olivia. Ze luisteren mee.'

Ik herinner me het gesprek in de bus:

Weet je wie het zijn?

Dat weet niemand precies. Die Cottoners zitten overal.

'Ik kan je wel dit vertellen,' zegt pa terwijl hij zich voorover buigt. 'Ik heb gezien dat ze zwarten ophingen. Op een avond moest ik daar iets afleveren, en toen heb ik in de schuur gekeken. Die jongens waren niet veel ouder dan jij...'

'Wie waren het? Dan zal ik...'

Zijn ellebogen liggen op de rand, zijn handen bewegen rusteloos, zijn nagels krabben aan de verf. *Lafaard*, denk ik.

'Waarom heb je niks gedáán?'

Hij kijkt me lang aan. 'Met Phelps en de Club zo vlak bij jou? En later - wie zou er hebben geluisterd naar een veroordeelde?'

'Vijf minuten,' zegt de bewaker.

Weer die blik. Dan slaat pa zijn ogen neer, hij krabt aan het glas en kijkt weer op. 'Wie heeft het je verteld?'

Ik kijk op naar de bewakers, ga zachter praten. Ongetwijfeld heeft Pink de jagers inmiddels alles verteld. Ik ben ten dode opgeschreven.

'Alton Phelps, vlak voor ik hem van de keldertrap duwde.'

'Godallemachtig.'

'Ik weet niet of ik hem heb vermoord. Junk is hem met een paar anderen gaan halen. Ze zeggen dat hij nu dood is.'

'Nou, mooi.'

'Hoe bedoel je, "nou, mooi"?'

Hij schudt zijn hoofd alsof hij verschrikkelijk moe is. 'Olivia, accepteer dat ze dit voor je doen.'

Ik zit verstard en verkleumd op mijn stoel.

'Begin er niet meer over,' zegt hij weer.

'Maar dan krijgen een heleboel mensen de schuld van iets wat...'

Hij drukt zijn duim en wijsvinger tegen elkaar. Ik kijk naar zijn handen, die maar plukken en peuteren. Ik krijg hoofdpijn van dat gewriemel. Misschien krijg ik uiteindelijk net zo'n zenuwaandoening als Ida had.

'Olivia,' zegt hij, 'weet je nog dat de ouwe Jackson Winnamere altijd op zijn muilezel langs ons huis reed?'

Ik krijg het gevoel alsof ik over een hobbel in de weg rij. 'Ja, vaag. Hij zwaaide altijd met zijn hoed...'

'Je vroeg een keer waarom hij dat deed.'

'Jij zei toen... dat het een teken was.'

Hij knikt. 'En verder?'

'Dat je moest leren hoe je de tekenen kon herkennen.'

En dan zie ik het teken. Hij krabt niet aan de verf, hij volgt geen barsten in het glas – hij houdt een onzichtbaar potlood vast en schrijft woorden. Wat wil hij – papier? Een brief? Hij ziet dat ik het zie.

Maar ik snap het niet, nog niet helemaal.

Hij gaat met één hand van rechts naar links, achteloos, alsof hij iets wegveegt. De aardappelen doorgeeft. Een bladzij omslaat.

Dat zag ik hem vroeger met zijn medicijnenboeken doen: bladzijden omslaan, nog wat opschrijven.

Ik hoor Phelps' stem: 'Ik weet wat je hier komt doen, en ik wil dat je ermee ophoudt.'

Wat ik nu doe is het raadsel ontcijferen. Net als pa heel lang geleden.

'Alles, Olivia,' zegt hij zachtjes. 'Tot de laatste letter.'

Ik stamel een paar woorden, schuif met de puzzelstukjes, en dan, in één glorieus ogenblik, ontvouwt de waarheid zich in mijn hoofd en vallen alle boeken, kappen en balen op hun plaats. Ik moet me inhouden om het niet uit te schreeuwen.

En ze denken dat ik het weet. Dat pa het me heeft verteld.

Aan de andere kant van het glas schudt hij zijn hoofd. *Sst.*

Ik kan nauwelijks stil blijven zitten, schuif heel dicht naar de opening toe. 'We huren een advocaat, Will'm en ik! Wing zal ons wel helpen.'

'Dat is zinloos gepraat, meisje. Ik heb iemand vermoord.'

'Ik ook!'

'Gedane zaken nemen geen keer, Olivia.'

Hij vraagt of ik het insigne op zijn hemd heb gezien, de letter M.

Ja.

Hij hoort bij het medisch personeel. Hij helpt gedetineerden, kalmeert anderen. Nu moet ik zelf kalm worden en helder denken. Ik adem in en uit.

'Pa, hield je van Ida – in het begin?'

'Ja.'

'En zij van jou?'

'Dat geloof ik wel.'

En dan beantwoordt hij de vraag die ik niet kan stellen. 'En soms hield ze ook van jou, Olivia. Op die momenten was alles volmaakt.'

'Opstaan allemaal!' brult de bewaker. Hij maakt de gevangenen los en voert ze weg.

Pa schuifelt de deur door zonder om te kijken.

62

Ik heb een geest gezien.

Wie heeft het je verteld?

Alton Phelps.

Dat is niet helemaal waar. De puzzelstukjes begonnen op hun plaats te vallen toen we naast de buitenplee gingen graven en helemaal niets aantroffen, geen kist, geen botten. Ik voelde het op het moment dat Ida haar nachthemd in brand stak. Nu stik ik bijna in alles wat ik weet – en alles wat ik niet weet, want ik heb nog steeds niet gevonden wat ik zocht.

Ik heb hulp nodig, nu meteen, en ik bons op het raam van de bewaker. 'Neem me niet kwalijk, maar ik moet iemand bellen!'

'Bezoekers kunnen hier niet bellen.'

'Dit is een noodgeval!'

'Dat zeggen ze altijd. Verderop, bij dat kruispunt, staat een telefooncel.'

Ik ren naar de bus, stap in, hoor de deuren piepend dichtgaan. Ik zie de mensen op hun stoelen zitten, stevig ingepakt tegen de kou, afwachtende gezichten, hoop, kleine kinderen die worden getroost en gewiegd.

'Longfeet, start de motor. Ik moet naar de telefooncel.'

Ik steek mijn hand in mijn zak en tel het kleingeld. 'Ik heb twaalf cent nodig!'

Ze zoeken in hun broekzakken en handtassen en halen stuivers tevoorschijn. Dan zie ik de grote weg, en als Longfeet de rem intrapt, komt de bus knarsend tot stilstand.

Ik stap uit, loop de telefooncel in, pak de hoorn en wacht op de telefonist, maar er gebeurt niets. Seconden tikken weg. Mijn hemel, hoe ver is het naar de volgende telefoon? Ik klem de stuivers in mijn hand en zie door het raam een glanzende zwarte auto aankomen, die onze kant op rijdt. Er zitten twee mannen in, wier ogen schuilgaan onder de rand van hun hoed.

'Zegt u het maar,' zegt de telefonist.

'Het bureau van de federale politie in Nashville, Tennessee.'

'Werp tien cent in, alstublieft.'

Er komt nog een auto aan! In deze telefooncel word ik straks afgemaakt, en daarna zijn alle zwarte mannen, vrouwen en kinderen in Aurora aan de beurt.

'Met het bureau van marshal Evan Quaid.'

'U spreekt met Olivia Harker Cross,' weet ik nog uit te brengen. 'Ik woon aan Farm Road One in Aurora, Kentucky, en ik heb het bewijs dat er in Pope County vierendertig mensen zijn gelyncht.'

'Mevrouw – blijft u alstublieft even aan de lijn.'

De auto's stoppen achter de bus. 'Ik kan niet...'

Marshal Quaid komt aan de telefoon. 'Miz Cross?'

'We staan met een bus op het kruispunt in Kingston. We hebben nu onmiddellijk hulp nodig.'

'Met hoeveel personen bent u?'

Er gaan autoportieren open. Ze gaan ons vermoorden, en daar hebben ze alle reden toe.

'Zo'n dertig man. Mr. Quaid, ik weet waar de slachtoffers van de Cotton-tribunalen zijn begraven. Ik weet...'

'Blijf waar u bent. We hebben een landingsbaan in Kingston.'

Vliegen ze hierheen? 'We kunnen niet...'

'Rijdt u dan met de bus hierheen, dan onderscheppen wij...'

'Geen geld voor benzine...'

'Kunt u wel terug naar Aurora rijden?'

'Misschien.'

'We komen eraan.'

Er stopt een derde auto. De verbinding wordt verbroken. Hebben zij de lijn doorgesneden of heeft Quaid opgehangen?

Buiten staan mannen te praten die ik ken. Ze overleggen wat ze het beste met ons kunnen doen.

Ik gooi mijn laatste stuiver in de telefoon.

Ze zullen ons niet vermoorden, maar ze zullen de bus volgen en ons van de weg drukken, een greppel in. Dan zullen ze toekijken terwijl de bus naar beneden rolt, en ons doodschieten als we door de verbrijzelde ramen proberen te vluchten. Misschien gaan we wel in vlammen op, net als Ida.

'Kentuckian Hotel. U spreekt met Molly.'

'Molly, roep Mr. Harris aan de lijn. Vlug.'

'Ogenblikje.'

Ze lopen nu in de richting van de telefooncel – French, de sheriff, nog een paar anderen. Ze zien er niet uit als moordenaars, maar ik weet inmiddels welke kleur hun hart heeft.

De lieve stem van Wing komt aan de lijn.

'Met Olivia. Ik...'

'Olivia? Waar ben je?'

'In Kingston. Wing?'

'Ja?'

'Ik ben altijd van je blijven houden,' flap ik eruit. 'Na de dood van je ouders was ik boos en toen je met Grace trouwde heb ik me egoïstisch en kinderachtig gedragen, maar...'

'Olivia, lieverd...'

'Wing...' Ik wring de woorden uit mijn keel. 'Is Will'm bij jou?'

'Ja, hij is hier.'

'Zorg goed voor hem.'

Ik kan Wings angst horen. Ik laat de telefoon vallen. Nog voor de deur dicht is, heeft Longfeet al gas gegeven. De Cottoners bonzen op de zijkant van de bus en rennen naar hun auto.

'Er is hulp onderweg,' zeg ik tegen Longfeet. 'Maar we moeten terug.'

Er rijden inmiddels twee auto's naast de bus, een derde rijdt erachter. De dominee draait zijn hoofd weg van het raam en schreeuwt dat iedereen zich klein moet maken. 'Alleen God kan ons nu nog helpen,' zegt hij. 'Longfeet, breng ons naar de methodistenkerk.'

De bus voegt zich tussen het andere verkeer.

'Nee! We mogen mensen die hier niets mee te maken hebben niet in gevaar brengen. Luister, ik kan bewijzen dat de Cottoners verantwoordelijk zijn voor de moorden op die mensen – jullie broers en zoons. Maar we moeten naar huis!'

Ze zien er doodmoe uit.

Ik zeg: 'Dominee Culpepper, God helpt wie zichzelf helpt.'

Hij zucht en wrijft over zijn gezicht. 'We kunnen onze hand opsteken om te stemmen.'

Junk, die op zijn hurken zit en zijn armen om Love Alice heen heeft geslagen, zegt: 'Weet u hoe ik erover denk? Ik ontmoet Jezus liever op weg naar huis dan ergens anders.'

Miz Hanley neemt het woord. 'We hoeven niet te stemmen, dominee. Als Tate Harker zegt dat we naar huis moeten, gaan we naar huis.'

Op een plek waar de weg zich verbreedt, keert Longfeet de bus, die luid piept, kucht en stilvalt. Longfeet bedient de knarsende versnelling en start de motor weer. Ik hou me goed vast en kijk naar het grind en de struiken, die langs het raam voorbijrazen. Als de auto's ons inhalen en voor ons gaan rijden, duik ik in elkaar. Na een bocht zie ik dat een zwarte auto ons de weg verspert.

'Hou je vast!' zegt Longfeet, en hij gaat op het gaspedaal staan.

Mijn laatste gedachte voordat we de zijkant van de auto rammen, is dat ik hoop dat er niemand meer in zat. Junk en de dominee vangen me op als ik mijn evenwicht verlies. Met het oorverdovende geluid van schurend metaal en de stank van gesmolten rubber duwen we de auto opzij, die uit het zicht verdwijnt. In de achteruitkijkspiegel zie ik Longfeet breeduit grijnzen. Terwijl we zo hard mogelijk in de richting van Aurora rijden, hoor ik de mensen achter me snikken en jammeren. We kunnen elk moment weer omsingeld worden. De bus rammelt zo hard dat ik bang ben dat we onderdelen verliezen. Niemand durft zijn ogen te sluiten, zelfs niet de kinderen die op schoot zijn weggedoken of onder stoelen zijn weggestopt. Veel gehuil heeft plaatsgemaakt voor gebeden.

Ik kan maar één plek bedenken waar we allemaal terechtkunnen, en dat is het hotel van Wing. Het probleem is dat Will'm daar zit, en dan zou ik de Cottoners rechtstreeks naar hem toe leiden.

63

We gaan van de grote weg af. Deze ouwe tank loopt bepaald niet op lucht. Als de motor stilvalt, zullen de Cottoners uit het niets opduiken, de deur openwrikken en de bus binnendrommen. Dan slaan ze ons allemaal bewusteloos, neem ik aan, en gooien ze ons op de bevroren Capulet, zodat we door het ijs zakken. Maar nee, daar is de laatste glooiing in de weg voor het dorp.

Ergens achter ons zijn Phelps' eigengerechtige kornuiten – een stel judassen, die fraaie zilvergrijze koppen in het oog kregen en er voor de lol op schoten. En, wat erger is: die gehuld in rode gewaden mannen veroordeelden en hun nek braken. En Wing heeft ze in zijn onschuld onderdak verschaft. Als we nu naar het hotel gaan, zullen de Cottoners het hele gebouw verwoesten en zal al het werk dat Wing heeft verzet voor niets zijn geweest. Van alle aandenkens aan Grace Harris die er nog zijn, zal niet meer dan een hoop as overblijven.

Voorlopig blijven de Cottoners nog op afstand.

'Breng ons naar mijn huis,' zeg ik tegen Longfeet.

Hij slaat Farm Road One in.

'Zet de bus naast het huis alsjeblieft,' zeg ik, en ik vertel hem de rest van mijn plan.

Longfeet luistert en knikt.

De auto's van de Cottoners zijn nog niet in zicht. Misschien dat ze vrienden bellen, geweren pakken, graven delven. Tegen hun vrouwen zeggen dat ze laat thuis zullen zijn.

Lieve God, *waar blijft de hulp die ik heb ingeroepen*?

De temperatuur stijgt kennelijk, want de sneeuw is in een dikke laag prut veranderd. We rijden langs het huis, en Longfeet zet de bus naast het oude schuurtje waar pa vroeger zijn drank stookte. Ik doe de schuurdeur open. Longfeet en ik verplaatsen zakken voer, een paar vaten en een stuk of vijf kisten. Junk helpt mee. Hij grijpt de ijzeren ring in de vloer en trekt het luik open. Daaronder is de tunnel die pa heeft gegraven. Een lucht van schimmel, bederf en rottende aarde slaat ons tegemoet.

Longfeet en de dominee helpen de mensen de bus uit en de schuur in, waar ze van schrik schreeuwen en terugschrikken, en ik hol weg om de lantaarn van de veranda te pakken. Maar als de achterdeur opengaat en Will'm naar buiten komt met het wolfsjong in zijn armen, ben ik bijna in tranen, bijna aan het eind van mijn Latijn. Ik heb niets en niemand gered.

Junk kijkt naar de sneeuwbrij. 'Onze sporen zijn zo te volgen.'

'Ik zal het luik dichtdoen en afdekken,' zegt Longfeet. 'Miss Livvy weet ervan. Ik rij langs de schuur en die ouwe hut, steeds maar in het rond. Als ik ze zie aankomen, lok ik ze van het huis weg. Misschien komen ze achter me aan, misschien niet. Maar jullie moeten wel opschieten.'

De dominee houdt zijn dochter in zijn armen. 'Longfeet, als ze je te pakken krijgen...'

'Maak je maar geen zorgen,' zegt Longfeet tegen zijn vrouw.

'Goed dan,' zegt Junk. 'Dominee, gaat u voorop met de lantaarn. Love Alice en ik sluiten de rij met Miss Livvy.'

Waar blijft de federale politie?

Een voor een verdwijnen de dominee en zijn schapen in het gat. Aan de andere kant van de achtertuin springen Junk en ik in het modderige graf waaraan we twee dagen geleden zijn begonnen. Junk heeft de schop, ik krabbel met mijn handen. Over een paar minuten zullen wij als laatsten door het luik afdalen. Ik vraag me nu af of pa die tunnel misschien niet voor het gemak heeft gegraven, maar voor het geval hij zich voor Phelps zou moeten verstoppen.

Dan stuit Junk ergens op met zijn schop. Hij gaat op zijn knieën in de derrie zitten en graaft met zijn handen. Het is de eerste keer van mijn leven dat ik Junk hoor vloeken. Met een zuigend geluid komt er een blikken trommel los, die hij aan mij geeft.

Longfeet roept: 'Opschieten nu! Ik moet gaan rijden met de bus!'

We kruipen uit het gat. Ik pak Will'm bij de hand. Door de kale bomen in het westen zie ik de grote weg. Een lange rij onverlichte auto's mindert vaart om af te slaan.

De schuur in en dan drie, vier treden omlaag, de buik van de aarde in. Zes, zeven. Mijn hart bonst in mijn keel en ik verbeeld me dat ik geen lucht meer krijg. Will'm is achter me. Van de achtste tree stap ik op de triplex vloer, maar hij is zacht en splinterig en er komt water omhoog. De stutten zijn verrot en de muren een en al modder. Ik hoor veel mensen kermen, en sommigen voor ons schreeuwen van angst. Ik probeer niet aan de aarde boven ons te denken, die wemelt van het ongedierte en ons van de buitenwereld afsluit. De dominee heeft mij ooit gedoopt uit naam van die aarde. Ik reken er nu op dat ze ons zal redden.

Ondanks de blubber geef ik de boodschap door dat iedereen moet gaan zitten. Als we blijven staan, zullen er weldra een heleboel mensen flauwvallen, en we mogen geen geluid maken. Will'm en ik gaan zitten, en Miss Willette, naast mij, laat zich opgevouwen in het slijk zakken. Ik weet dat veel ouderen last hebben van kramp in hun voeten, benen en knieën, en verbaas me erover dat de kinderen zo stil zijn. Ik geef ook door dat het andere eind van de tunnel alleen met een plaat triplex is afgesloten en dat ze langs die weg in onze kelder kunnen komen als de nood aan de man komt. De boodschap die terugkomt, blijft onuitgesproken. Ze gaan liever hier dood dan dat ze aan een strop in Phelps' schuur aan hun einde komen.

Junk en Love Alice komen de treden af gestommeld. Longfeet doet het luik dicht en stapelt er spullen bovenop om onze schuilplaats te verbergen. We horen de bus ronken en wegrijden, en wij blijven achter te midden van de schimmel en elkaars gebeden. Love Alice ligt in de armen van haar man.

Er wordt nog wat gemompeld en een paar mensen snikken heftig, maar dan is iedereen stil. Ik hoor de ademhaling van de anderen en vraag me af hoe lang het zal duren voordat de lantaarn van de dominee uitgaat. Ik sla mijn arm om Will'm heen en houd hem stevig vast.

Miss Willette legt haar hand op zijn hoofd. Een laatste zegen.

'Het komt goed,' zeg ik.

In werkelijkheid zullen we gebrek aan frisse lucht krijgen en doodvriezen. We zitten hier tot onze dood, en waarschijnlijk nog lang daarna. Ik wou dat ik, hier in de buik van de aarde, Will'ms grijze ogen kon zien. Ik weet dat hij het wolfje onder zijn hemd heeft gestopt, tegen zijn hart.

'Oma?' zegt hij zachtjes. 'Als de politie komt, hoe weten ze dan dat we hier zitten?'

Ik trek hem onder deze jas, die niet de mijne is, en knoop de voorkant om ons heen. De lucht is warm en stroperig. Hij nestelt zijn hoofd onder mijn kin, en ik doe mijn ogen dicht. Meer had ik niet kunnen wensen. Ik ga naar de hemel terwijl ik Will'm in mijn armen wieg.

64

De eersten die arriveerden, waren French, Andrews en die dikkop Doyle Pink, die ooit heeft gezworen dat hij ons zou verdedigen en beschermen. Ze werden gevolgd door een stuk of tien anderen, en tegen de tijd dat ze zich hadden opgesteld en het valluik opentrokken, was Junk klaar voor ze. Hij dook boven op hen. Met zijn vuisten sloeg hij de eerste vier of vijf tot bloedens toe voordat ze hem tegen de grond konden werken.

Ook al verloor Will'm het bewustzijn, hij durft nu te zweren dat hij op de grote weg sirenes hoorde.

Ik heb geen idee hoeveel politiemensen marshal Quaid bij zich had, maar ze reden ons erf op en omsingelden de Cottoners, die een paar bewusteloze mensen van onze groep uit het gat hadden gesleept. Dat was hun fout. Ze hadden ons daar moeten laten zitten.

Nu staan Junk en ik in het gat naast de buitenplee te staren, waar ik ooit de resten van pa's lichaam dacht te vinden. Love Alice staat naast me, geflankeerd door drie mensen van de federale politie. Omdat het gestortregend heeft, dragen ze gele regenjassen, maar inmiddels is de zon doorgebroken.

'Ga met marshal Quaid naar het ziekenhuis, Junk,' zeg ik.

'Sst, O-livvy,' zegt Love Alice, die een paraplu vasthoudt.

Wing is er ook.

We gaan naar binnen, waar ik de blikken trommel op tafel zet en het veerslot indruk. In de trommel zien we een stuk oliedoek, waarin de twee zwarte ringbanden zitten die ik me herinner als pa's medische boeken. Onder het toeziend oog van marshal Quaid pak ik de eerste, sla hem open en blader erdoorheen. In pa's kriebelige handschrift zien we data en verslagen van ophangingen waarvan hij getuige is geweest. Hij vermeldt dat de jongens van Phelps Booger hebben doodgeschoten. De inwijdingen in de schuur, de processen. Alle pagina's zijn aan beide kanten volgeschreven – slachtoffers en rechters, en wie er als jury optrad. Hele ritsen mannen die erbij betrokken waren, en tot mijn verbazing ook een paar vrouwen, onder wie Elizabeth Phelps. Tekeningen van zwarten met een strop om hun hals, die op hun tenen op strak ingepakte balen stonden terwijl mannen met kappen de katoen onder hen vandaan trapten. We zien op landkaarten dat hun graven zich in het noordelijk grondgebied van Phelps bevinden, het terrein waar Sanderson II de coyotes verjaagt.

Met een diepe zucht draag ik de boeken over. Wing slaat zijn armen om me heen. Quaid wikkelt de boeken voorzichtig in het stuk oliedoek en legt ze terug in de trommel. Hij neemt de trommel onder zijn arm en geeft me een hand. Vervolgens bukt hij zich om Junk de hand te schudden.

Daarna, en daar ben ik heel blij om, kijkt de marshal naar Love Alice en tikt hij aan zijn hoed.

Ze kijkt hem recht in de ogen en vertelt hem dat hij te veel pecantaart eet. En dat, zegt ze met een grijns, is een levensgrote waarheid.

65

Hoewel ik uitgeput ben, kan ik niet ophouden met praten. Ik heb Wing van Alton en James Arnold Phelps verteld, en van de dodelijke schijnprocessen van de Cottoners. Dat ze willekeurig slachtoffers uitkozen en hier in het dorp zo grondig te werk zijn gegaan dat er geen jonge zwarte mannen meer in Aurora zijn. De aantekeningen van pa zijn, samen met de namen die ik heb doorgegeven, voldoende om meer dan honderd mensen te veroordelen. Ik vermoed dat velen van hen inmiddels rimpelige oude mannetjes zijn.

Wing zegt dat hij wou dat hij het had geweten. Omdat hij me dan had kunnen redden. Ik hou van hem omdat hij dat zegt, en ik breng de zinloosheid van die gedachte niet naar voren. Hij had zelf genoeg aan zijn hoofd.

Quaid zegt dat de federale politie al heel lang onderzoek doet naar de Cotton-tribunalen. En dat het jammer is dat mijn pa daar niks van wist.

Tot nu toe is er geen spoor gevonden van Elizabeth. Phelps heeft haar waarschijnlijk in de Capulet verdronken, waarin zo veel mensen zijn gedoopt dat ze voor eeuwig gelouterd is.

Will'm is blij dat hij 'niet alle belangrijke dingen gemist heeft', zoals hij het noemt. Ik wou dat het hem bespaard was gebleven, en binnenkort zal ik met hem praten over ons verblijf in die tunnel. Ik ben blij dat hij het wolfsjong heeft weten te redden.

Urenlang zit Wing te luisteren. Ik wijs hem er niet op dat er in deze zelfde kamers Cottoners hebben geslapen. Wings blik is zo al verdrietig genoeg. Zo goed als ik kan, beschrijf ik de belevenissen met Alton en Doyle Pink, de waarheid over pa, de brand in de kerk. Ik vertel van de rit naar de federale gevangenis. Als ik mijn bezoek aan pa beschrijf, doet Wing zijn ogen dicht. Ik weet niet of hij de scène voor zich ziet of dat het hem gewoon allemaal te veel wordt. Ik praat door, vertel van mijn telefoontje naar hem. Hij zegt dat dat een heerlijk geschenk was.

'Die stuiver krijg je nog van me terug,' zegt hij.

Ik steek mijn hand uit naar de borstel waarmee hij mijn haar bewerkt.

'Nee, niet doen,' zegt hij, en hij trekt zijn hand terug. 'Ik heb al die jaren zo graag je haar willen borstelen. Alsof ik daarmee alle pijn tussen ons van je af zou kunnen laten glijden.'

Ik bijt op mijn lip. Ik kom net uit de badkuip met de vergulde klauwpoten naast de wc met het trekkoord, die ik de mensen op de dag van de opening heb laten zien. Ik kan niet bedenken waarom Wing ook maar iets zou willen veranderen. Hij draait me naar zich toe. We zitten op mijn bed in de kamer met de fluwelen gordijnen. Hij tilt mijn kin op, brengt zijn mond naar de mijne. Er liggen rivieren van tijd achter ons, en de hitte van onze lijven is zo hevig dat de adem me in de keel stokt.

Hoe we ook ons best doen, we kunnen niet dicht genoeg bij elkaar komen. We houden elkaar zo stevig vast dat het een wonder is dat we geen van tweeën breken. Wing trekt zijn kleren uit, duwt me achterover en gaat heel ontspannen op me liggen. Hij kust me in mijn hals, begraaft zijn gezicht in mijn haar en schuift mijn nachthemd omhoog.

Ik zie ons voor me in de bossen, toen we dertien waren, en ik moet glimlachen. Het is zo lang geleden dat ik zijn handen heb gevoeld dat ik tril als een heldin uit een van Dooby's stuiversromannetjes.

Eigenaardig dat een lijf zich zo makkelijk plooit naar deze behoefte. Ik spreid mijn benen en trek mijn knieën op. Duw mezelf naar hem omhoog.

'O god, Olivia. Ik hou van je, ik hou van je.'

Na afloop wil ik alleen maar tussen zijn benen liggen, met mijn hoofd op zijn borst. Telkens even inslapen en weer wakker worden. Ergens midden in de nacht strelen zijn handen me.

'Sjj,' zegt hij in mijn haar.

In het bleke maanlicht zie ik de spieren in zijn schouders, de vreugde op zijn gezicht. Dat er ooit nachten zijn geweest dat we dit niet deden: snakken naar adem, steeds nieuwe kussen uitproberen, nieuwe plekken om aan te raken. Ik schuif een beetje naar hem toe, lok zijn lijf, zijn liefde. Ik word overspoeld door de gloed en schreeuw dat hij weer in me moet komen, maar hij legt een vinger op mijn mond en laat zich niet opjagen. Ik vraag me af of God hem dat influistert. Hoe het ook zij, Love Alice had gelijk met wat ze zei over die pecantaart.

Epiloog

De maand daarna werd Will'm twaalf. Ik gaf hem het geweer van Saul. Hij mocht twaalf kaarsjes uitblazen op een feest dat was georganiseerd door Miss Dovey, die zelf net haar eigen verjaardag had gevierd. Op de dag van de brand was ze tweeëntachtig geworden.

Toen Evan Quaids mannen Henry French arresteerden, ging de ijzerhandel dicht. De overgang naar een nieuwe bestemming als zwarte methodistisch-anglicaanse kerk verliep vlekkeloos. Eloise, de kleindochter van French, maakte geen bezwaar.

Op paaszondag kreeg Doc een telefoontje uit Stipling dat Ida was overleden. Ik hoop dat ze volgende keer een makkelijker leven kiest, als je zulke dingen kunt kiezen. We begroeven haar op het kerkhof van de methodisten, niet ver van de graven van Alton en James Arnold Phelps. Ik had gelijk – alles draait in een kringetje rond.

Toen het zomer werd, hoorden we dat er dichter bij Aurora een nieuwe grote weg zou worden aangelegd, en dat schudde ons allemaal wakker. Misschien waren de mensen gewoon niet bang meer. Een van de jongens van Nailhow blies de oude bakkerij nieuw leven in, en een ander heropende de bank. Eloise French begint een schoonheidssalon, waar ze drie dollar voor een permanent vraagt. Will'm doet een jaar eerder eindexamen. Ik vraag me af of hij dan arm in arm met Molly loopt, of dat een stel snaterende meisjes hun zinnen op hem hebben gezet, net als destijds bij Wing. Hij leest veel en maakt plannen om een kolenketel te installeren en twee extra kamers en een brede voorveranda te bouwen. Af en toe, maar niet vaak, horen we hoog op de berg een wolf huilen.

Uiteindelijk moesten we ook het laatste wolvenjong begraven. Zestien maanden nadat we pa's boeken hadden opgegraven, viel het beest een voorbijganger aan, omdat het Will'm wilde verdedigen. Door zijn tranen heen schoot Will'm het een kogel tussen de ogen. Maar zijn hart telt nog meer dan genoeg lege kamers. Inmiddels heeft hij vier felgekleurde parkieten, een ooi, een kalf, en twee nukkige dalmatiërs die in de tuin achterna worden gezeten door een troep fladderende, chagrijnige ganzen.

Om ook iets liefs te vermelden: afgelopen winter overleed het nichtje van Love Alice, dat haar pasgeboren dochtertje Roseanne achterliet. Morgen stappen Love Alice en Junk in Paramus op de trein en komen ze met het kleine meisje thuis. In gedachten zie ik een lief, donker kindje met een roze mutsje en slofjes voor me, met handjes die kleiner zijn dan het uiteinde van Junks duim. De ogen van Miz Hanley zullen stralen; er zal weer een zuigeling op haar borst liggen slapen.

Ik weet niet of Wing en ik ooit zullen trouwen, maar hij heeft het hotel al verkocht en bouwt een huis voor ons op Cooper's Ridge – een mooi, bakstenen gebouw met een echte verwarmingsketel en een halfverhard pad ernaartoe. Daar gaan we samen wonen. Ik ben vormelozer dan ooit, en hij wordt geplaagd door reuma. Maar dat maakt allemaal niet uit als we met elkaar vrijen, als we dicht tegen elkaar aan in slaap vallen in het hemelbed waarin Pauline en ik zijn geboren.

Het allerbelangrijkste is dat Wing en ik elke zondag naar Kingston rijden om pa te bezoeken. Over zeven weken komt hij thuis – hij wordt voorwaardelijk vrijgelaten omdat hij als getuige à charge is opgetreden. Als we onze stoelen aanschuiven en ik pa door het dubbele glas naar me zie kijken, is deze wederopstanding de op twee na grootste zegen die ik ooit heb ontvangen.

Grote Ruse overleed in maart, toen het dak van het restaurant onder het gewicht van de sneeuw instortte. Kleine Ruse heeft de zaak herbouwd. Na een bezoekje aan Kingston gaan Wing en ik daar eten – gebraden rundvlees, worst, of cornedbeef en kool.

Helaas wordt er in Aurora nog steeds onderscheid gemaakt tussen zwart en blank. Dat is ook mijn schuld. Lang geleden sloeg Love Alice de spijker op de kop – wat wij voor waar aannemen, is in werkelijkheid vaak heel anders. Het is niet zo dat ik maar deed alsof – ik zag het gewoon niet. Misschien worden we ergens in de komende honderd jaar eindelijk eens wat wijzer.